姬野薰子——著
Himeno Kaoruko

郭台晏——譯

誰叫她是笨女人

彼女は頭が悪いから

推薦序

「幹嘛破壞人家好事？」

盧郁佳　作家

二〇一二年，文化大學一名男學生藉口慶生，邀十八歲高職女生聚餐。灌醉後，跟兩個學弟扛回宿舍輪流性侵。宿舍禁攜女生，但受訪男學生稱：常有同學帶爛醉女生回來。為何沒阻止？他答：幹嘛破壞人家好事。

一九九八年起五年，早稻田大學Super Free Club社團招攬各大學女生，利用她們憧憬東京、名校，灌醉輪流性侵數百名女學生；事後還強迫微笑拍照，證明合意以脫罪。

二〇一六年，東京大學「東大星座研究會」跨校聯誼，五名男生把二十一歲女生脫光，摸胸，強吻，毆辱。嫌犯說：誰叫她是笨女人。

同年，慶應大學多名男學生性侵一位女學生；千葉大學醫學系三名男學生，在居酒屋灌醉女同學，帶進廁所輪流性侵，一人帶回家再性侵。

姬野薰子《昭和之犬》、《謎樣的毒親》尖銳刻劃了她生長的怪奇屋，戰爭受創的父親以羞辱她來宣洩情緒，母親則把她當成性工具。她打破黑箱，訴諸筆墨，可見膽識非凡，才華過人。名校集體性侵，文壇沉默，她奮筆寫出《誰叫她是笨女人》直戳要害。社會以升學考試劃分階級，篩選出唯利是圖的反社會人格患者，榮登權力顛峰，享受白馬王子的濾鏡美化，濫用社會信任，組成詐騙集團洗劫女性的身心健康。他們算計但不思考，因為應考時一思考就會比別人慢。他們沒有同理心，因為習慣拋開沒用的情緒，專注賺取高分。他們踐踏別人，只因需要補償東大光環下一文不值的自尊。

性侵，不是在誘拐那天發生，是從媒體吹捧甘迺迪夫人自稱「不是丈夫的伙伴、而是內助」開始；從爸爸召妓回家開始；從媽媽款待成年兒子像餐廳女經理般有求必應，不要他洗碗，茶來伸手、飯來張口開始；從媽媽視兒子為小主人不敢反抗、視女兒為小僕人，家中衝突必歸咎女人開始。

奧地利小說家葉利尼克（Elfriede Jelinek）以《鋼琴教師》（*Die Klavierspielerin*）寫女人受男人性剝削，猶將怒火包裹在歡樂與嘲弄下。姬野薰子的憤怒，像富士山爆發般滾燙直撲遙遠觀者的臉頰，夜空中烈焰焚城。作者不時現身敲打加害者，將他的腦袋按在他臭不可聞的謊言上輾磨。性暴力報導底下酸民留言排山倒海的蕩婦羞辱，在書中也像嘔吐物噴發的暴雨般給讀者洗臉。作者無情地將讀者拖進每一個暴力現場：你一直想知道更多，對嗎？來吧，看你能承受多少。讓笑說「幹嘛破壞人家好事」的那群人，回看自己幹了什麼好事。

推薦序

我們絕對想不到是如此「溫暖」的小說

張亦絢　小說家

根據我的觀察，二十歲上下的女性，還不諳人世浮華、偽詐且黑暗的一面，一直是占大多數。因為心中沒有惡意，自然無法讀懂惡意；就像沒學過拉丁文，聽到拉丁語的淫穢詛咒，仍會微笑以對——我一直覺得該有人披露年輕女性這層令人心疼的實情，姫野薰子完美做到了。她勾勒了出生於單純家庭，人生初期多遇到良善他人的女性，對於脫逃陷阱與圈套，完全「不拿手」。女主角的數學代課老師，曾向她解釋，拿不拿手，比能力更有決定性的，是成長背景。小說這部分的寫實不僅鞭辟入裡，也深具代表性——在為沉默大多數發聲的同時，也有人類學式報導的價值。

在世界各地的集體強暴案裡，主謀是受害者男友一事，多少令人錯愕，卻也通常未加深究——有些受害者才十四、五歲，又生活在幫派控制的環境中，大眾總以為滋生性霸凌的是貧窮或黑道習氣。然而，作為「白道之最」的名校男大學生的不法，與黑道並無二致。除了有組織，會結合網路科技的色情歛財，還加上擁有比黑道更雄厚的聲譽資本，可用來引流針對受害者的二度暴力。其中嗜血、貪婪與性別剝削的心態，非但受害者需要語言指認，全體社會也必須急起直追，加倍警醒。在處理以戀愛為名的親密暴力一事上，本書可說居功厥偉。

《誰叫她是笨女人》這個書名，引用的是加害者的話。小說主題還包括了青春的寂寞與結構性輕蔑——後者與性別歧視，一種針對女性的男性威權，是兩種具共通性，但不見得總是成為複合體的毒素。在以解剖鏡頭呈現兩股惡勢力交互著床的精確性而言，本書令人想起哈代（Thomas Hardy）、薩克萊（William Thackeray）與莫瑞森（Toni Morrison）等批判社會的經典。小說家重視「社會結構問題」，有時未必用足夠餘裕描寫人物的生活。但《誰叫她是笨女人》，最令人驚奇的，是以文學立傳的細膩與平衡手法。它不倚重對殘暴的書寫，儘管它也做到了毫不迴避。相反地，小說不只「知惡」，它也「精通良善」——它的優異是兼有探測地雷的敏感與救傷扶弱的冷靜，能讓每個被凍至失溫的靈魂回暖。我毫無保留推薦這部文學典範之作。

推薦序

浪漫小說沒有說的事

康庭瑜　政治大學傳播學院副教授

記得幾年前出席過一個名校校友酒會，那是一個整桌人都以誰的爸爸擁有哪一家公司來認識彼此的場合。酒酣耳熱後，A滑著手機說，這是我在Tinder上認識的某大學女學生，待會要約回家。整桌男生隨即傳閱她的照片，紛紛表示對她胸形身材的認可，A在這個男性社交圈的地位，彷彿也因此也被認可了一樣。

「但這種學校的，你也不會想跟她認真吧？」

「對阿，這就是用來打炮的。」A答。

「小心喔，這種都有意要貼上來，甩不掉。」

菁英男性面對其他階級的女性，一方面嚮往她的身體作為性的對象，一方面又輕視她，這故事太常見了。

而本書正是這樣一個故事。

霸總小說沒有說的事

本書改編自日本五位東大學生集體對一位私大學生施行性暴力的真實事件。

善良的平凡女遇見菁英男，典型的浪漫小說設定。至少在女主角美咲的視角裡，她的確也以為這是一個浪漫的劇情。

然而本書同時也從男主角翼的視角來寫作——一個家境普通低學歷的笨女人，別有居心想糾纏經濟無虞東京大學的我，因此，在性方面輕蔑地待她、教訓她，也還好而已吧，這樣的故事。

浪漫小說從來沒有寫出來過的，另外一半的故事。

菁英階級的強暴迷思

人們常認為性暴力是為了滿足性慾的犯罪，是一種生物需求。

然而，許多國家的統計數據都指出，性暴力犯罪更是關於社會文化中流行的信念，比如說強暴迷思（rape myth），這是一組會滋養性暴力的信念。認為施行性暴力的男性不是惡意的（他只是鬧著玩、喝醉了不是故意），傾向否認性暴力的存在（大部分性侵都是誣告、那麼醜誰想性侵你）。或認為女人遭受性暴力多是她自己有錯在先（她穿放蕩的衣服、拜金、進男生房間）。

她的性道德先出了問題，我在性方面教訓她，哪有什麼不對，甚至很正義吧。

本書大概是幫這種迷思，加上了一個階級和社會地位的背景——高學歷菁英男性若是有強暴迷思，會是什麼樣的故事：

「我在女人眼中是肥羊。地位低下的女人總想勾引我們菁英男性，勢利又放蕩，那麼脫她衣服、傳她裸照也沒關係吧。」

而這從來不只是關於日本的故事而已。關於性的迷思往往是跨文化的。臺灣的讀者，也許像我一樣，會在紙頁中，讀到自己見過的人生。

目次

前言

每當出現下流的犯罪報導時，人們總是想下流地知道更多。

人們想知道，被害人到底受了哪些下流的對待。

透過新聞報導、評論、質疑社會等名義，製作出許多節目和報導，其實只是在滿足大眾殘忍的好奇心。

也就是說，他們都和加害者沒有不同。

二〇一六年春天，在豐島區巢鴨，有五名東京大學的男學生遭到逮捕。五個人輪暴了一名女大學生……據說是如此。這讓社會大眾的好奇心翻滾沸騰。

接下來，我將縷述這整起事件，但話先說在前頭。這裡面，一概不會出現任何滿足卑劣猥褻好奇心的內容。

因為，五名男子企圖輪暴一名女子這樣的說法，是錯的。

以晚餐來說略晚的八點，七名二十歲出頭的年輕人聚在一起，不過是幾小時的時間。

然而，事件的發生，經過了好幾年的時間。

說不上有任何特別之處的幾年平凡時光，成為不幸事件的背景。

當時，逮捕五人的罪名是強制猥褻罪。這則新聞報導的畫面上出現了觀眾的推特評論：

「和田先生，謝謝你讓會錯意的女人吃了一記重拳。」

然而遭逮捕的五個人當中，並沒有姓和田的學生。

在匿名留言板上，出現更多的發文：

「只要這世上還有會錯意的女人存在，打炮社團就永不滅亡！」

「被害人那女的應該把這件事看作是反省自己會錯意的機會。」

會錯意。

什麼叫會錯意呢？

第一章

1

二〇〇八年，十二月。

橫濱市北部，青葉區。

第二學期期末考的最後一天。

從市立中學回來的神立美咲站在空無一人的廚房，將鍋裡吃剩的燉雞肉和蔬菜在瓦斯爐上重新加熱，飯鍋裡剩的一人份白飯則用微波爐加熱。

不需要拿到有電視的起居室。冰箱旁邊有張小桌子，散亂著茶筒、即溶咖啡罐、穀片紙盒等，她在桌邊吃了起來。

期末最後一科考試是公民。考得如何？考試結束她便已不放在心上。

沒人在的家中，不開電視就是一片寂靜，能聽到嗶嗶的鳥鳴，咻咻的風吹。

有弟弟和妹妹在的家令人煩躁。母親罵人，弟弟回嘴，父親安慰，妹妹哭泣。

媽媽的老家經營著一間叫作「白雪洗衣店」的連鎖洗衣店，距離家裡腳踏車五分鐘的車程。曾在大型食品公司的子公司工作的外公，在屆齡退休後看到洗衣店在徵求加盟而加入。主要是由外婆打理，媽媽幫忙。小二跟小一的弟弟妹妹在學校下課後，會直接到洗衣店去。

媽媽、弟弟妹妹四點半到五點間就會回來，美咲一個人在家的時間只有一下下，所以待在一片寂靜的家裡，某個程度來說還滿開心的。

餐後洗完餐盤，美咲打開冰箱，看到一點五公升裝的寶特瓶裡的可爾必斯汽水所剩不多，索性直接整瓶拿到二樓的房間，坐在床沿邊翻雜誌邊喝。

床是爺爺奶奶慶祝她上中學在宜得利買的。爸爸的老家距離家裡開車八分鐘。相差一歲的弟弟妹妹睡上下鋪。而這是慶祝妹妹上小學，洗衣店的外祖父母買的。

因為美咲是「最大的姊姊」，一直都是獨自一間房間。雖然放了床變得非常窄，但以前鋪棉被睡的時候，早晚都得鋪了又收，還是有床比較好。

她的房間位在東南方角落。書桌前開了一扇窗。坐著面向桌子只看得到天空，但站起來就能望見高麗菜田和地瓜田，連再過去的遠藤牙科診所的矮牆、高出矮牆的樹也盡收眼底。

多數日本人對於横濱市懷抱著洋派新潮的印象，認為自鎖國結束以來，一直是走在流行最前端的城市；然而只有中區是如此。横濱市非常大，像綠區、瀨谷區、泉區、旭區等在行政區上都劃分為横濱市，卻是蔬菜農地跟住宅混合的地區。

美咲不管媽媽或爸爸那邊的親戚，只要法事、逢年過節聚在一起就會說到：「我們家原本是農民呢。」他們說得很坦然。一直到美咲的祖父母那代才開始半農半工的生活。在東急電鐵開發的推進之下，伴隨著學校的設立，也蓋了學校午餐中心。就職於其中一個單位的美咲父親如今已不再碰觸土地，在洗衣店兼職的母親也是。

（喔！）

美咲的目光，停留在雜誌的其中一頁。

《CanCam》是爸爸送餐到高中時帶回來的。他看到雜誌丟在午餐室於是便拿到辦公室，教職員說不會有人來領，打算丟掉。因為封面還很新，他覺得可惜，又覺得美咲應該會看，就帶回家了。

這本雜誌有非常多寫真專頁，也介紹了人氣化妝品店等，雖然不太適合每天閱讀，不過她在遠藤牙科診所，或是上中學之後父母允許去的「佐藤小姐家」也就是「Pretty美容院」的候位區，一定會把這本雜誌從書報架上取來看。放在美咲膝上攤開的頁面，簡短地介紹了活動、連續劇、電影、書等。

騎著白馬的王子。

這一行字閃閃發光。

那是即將要上映的電影介紹中的一行字。

她一開始是因為照片很漂亮才仔細看的。這部電影的海報比其他照片都大張。

拿著網球拍之類的男大學生，跟穿著淺色上衣搭配深色百褶裙的女大學生面對面站著。女大學生手裡拿著裝著筆記的資料夾和講義。在他們的背後有座類似體育館的建築物。照片旁邊寫著「獨・比利時合作」。

一九九五年出生，十三歲的美咲並不知道代表「德國」的漢字「獨」指的是什麼。

她讀了文字介紹。主角的女大學生在偶然之下認識了別校的男大學生，兩人一見鍾情，大概是這樣的故事。只看簡短的介紹沒辦法知道詳細內容。連「獨」到底是什麼，最後也不得而知。

（反正也不可能去看……）

美咲總是以這樣的心情為出發點，瀏覽電影或活動的介紹。

喔，原來有這種活動啊。喔，原來有這樣的電影啊。她總抱著事不關己的心情瀏覽著。

田園都市線的薊野站，雖然不動產的廣告上總是讚頌它是通勤至東京市中心極為方便的車站，但畢竟還是「近郊」。

從這一站走上好一段路的距離，才會到美咲家。

對於中學生的她來說，在東京市中心舉辦的活動或上映的電影，還有看到電視上介紹當紅的店，都不是能輕易參與或去到的地方。

然而，與住在連這些事物的影子都看不到的地方鄉鎮不同，在這裡，這些事物雖然遙不可及，卻至少還能看得到，這就是所謂的「近郊」。

就算看得見遠處的城門或陽臺，但自己絕對不可能受邀去市中心的舞會。

「反正就是如此」所指的，就是這種心情。

（如果是明日香就去得了吧。）

離開外祖母的洗衣店所在的街道更裡面的地方，是豪宅聚集的區域，明日香就住在那裡。不管是幼稚園還是小學，美咲常常跟明日香同班。她們一起打躲避球、參加學校的營隊、班際的音樂發表會，也有明日香當班長、美咲當副班長的時候。不過如果要說感情好或不好，似乎也說不上非常要好。

雖然她也會受邀參加明日香的慶生會，或是每當暑假明日香一家從輕井澤的別墅度假回來，明日香的媽媽一定會帶著裝在小巧精美的瓶子裡兩種口味不同的果醬，送給他們當土產。母親總會說：「真好，跟明日香這樣的孩子當好朋友。」這時美咲總覺得，她們不算是所謂的好朋友。

這股異樣的感覺究竟為何，不是小學生的美咲所能明白的。自己無法說明，對自己以外的人更加無法解釋。明日香和她即使近在咫尺，卻有著天壤之別。

（反正我跟明日香就是不一樣。）

長久以來，美咲都隱隱約約有這種感覺，而當明日香不上公立中學，而是進到日本女子大學附屬中學時，這種感覺又更加強烈了。

明日香每天上學都要換三班電車，橫跨民營鐵路跟JR才能到「附屬」的學校，意思就是「跟身旁那些人不一樣」。美咲是這麼想的。她不懂日本女子大學和日本大學的差別。只覺得「附屬」聽起來，非常地有都會感。

（好厲害……）

不是太懂，但總覺得很厲害。那樣的存在、那樣的事情出現在自己眼前，就像是城堡裡的公主、國王、皇后、王子身上，華麗衣裳的下襬飄啊飄啊飄地，總是令人懾服。

或許有些奇怪，但美咲對於弟弟妹妹也抱著類似的心情。弟弟妹妹可以大吵大鬧、吵吵鬧鬧，甚至任性耍賴也要獲得想要的東西。這是美咲做不到的。

懂事之後，她就聽媽媽、爸爸、祖父母和周遭的人說：「美咲是長女。」「因為美咲是大五歲的姊姊。」或許因為如此，或許是與生俱來，就算自己的欲望倏地浮上心頭，她也會迅速地壓抑住。

她從親身經驗明白，只要自己克制，只要壓制欲望，到哪裡都能安穩平靜。應該說是習慣，也已經成自然了。這對美咲來說，並不是痛苦或悲傷的事。就像是慢慢吸氣、慢慢吐氣一樣，能讓自身處於平穩自在的狀態。

弟弟妹妹在任性吵鬧的時候，「反正我只能這樣」；明日香去上「附屬」學校，「反正我只能這樣」；「反正就是這樣」這句話就像魔法，只要一說這咒語，就能讓她心情平靜。

騎著白馬的王子。

美咲目不轉睛地盯著閃閃發光的這一行字看。

她之前也聽過這句話。但那是在說著「很久很久以前」會有城堡的故事裡的用詞，原本不覺得會出現在現在的生活中。然而雜誌頁面上大大的照片裡，是現今大學生的模樣。原來這是個超越時代，在現在所活著的世界裡也通用的說法。

（真好。）

美咲並不是為了某個特定的異性小鹿亂撞，她也不是很清楚到底怎麼個好法。她只是覺得真好，為此感到興奮。

冬天的晴空，雲朵帶著淡淡薔薇色。陽光從窗戶注入，整個房間變得暖和。從窗外望去，隔著高麗菜田，遠藤牙科診所的庭院裡高聳的樹上，有鳥兒從樹梢起飛。

＊＊＊

二〇〇八年十二月。

東京都。澀谷區。

第二學期期末考最後一天。

從區立中學走出來的三年級生竹內翼，本來想在Café de prés吃點東西，但身上的錢太少，他放棄在外逗留，直接回家。

他一來到飯廳餐桌前，母親就端出三明治捲。裡面放了無農藥蔬菜專賣店的紅蘿蔔和西洋芹，多到煩人。

「今天是期末考最後一天對吧？我做了很多。小光的份已經先留好了，這裡全都是小翼的。」她得意洋洋地說。小學時，翼和哥哥光看到捲得圓圓的三明治就開心，但兄弟倆的心境早已與小學生時不同，母親卻沒察覺到這件事，這讓他們很困擾。

她應是用了某種無添加物的麵包，做了大量的三明治捲。不過讀高中的哥哥放學後直接去補習班，等回到家要吃的時候，恐怕已經變得乾巴巴了。

「餐後優格也要吃。是大豆優格。大豆能提升注意力，被稱作健腦食物。小光中學時期也是，餐後都一定會吃。」

母親從冰箱拿出大豆優格。附上湯匙。

「好、好。」

翼的手肘放在餐桌上，兩口就吃完優格。

「如何？」

母親將無咖啡因柚子茶倒入玻璃杯中。

「什麼如何？」

「期末考啊。」

最後一科是公民。考得怎麼樣？沒有半題不會的。過完年就是高中入學考試了。對翼來說，區立中學的期中考試就只是電視綜藝節目問答的程度。

「不過就是期末考。」

翼站著喝了柚子茶後便離開飯廳。

他原本打算回房間做高中入學考衝刺。

（飯後休息一下好了……）

他進了「偵訊室」。那是父親的書房。

翼的家在名為「廣尾原住宅」的國家公務員宿舍。

這裡靠近地下鐵日比谷線「廣尾」車站，交通極為方便。儘管如此，它仍位在有栖川宮紀念公園附近的安靜區域。這裡相較於同一地區的私人集合住宅要寬敞得多，但又比不上住在這一帶、錢多到難以置信的有錢人住的豪宅。房間格局非常普通，其中長男和二男各用一間房間，廚房飯廳、客廳、臥室、儲藏室之外，柱子跟柱子間的死角作為父親的書房。那是一個狹窄到只放得了桌上型電腦和印表機的空間。由於實在太狹窄，父親自嘲地戲稱它為「偵訊室」。

話說回來，父親如果早回家就泡在客廳看電視，假日通常出門打高爾夫，對他來說書房其實是可有可無的空間。

父親任職於農林水產省，平時不會把工作帶回家裡。然而不管空間多狹小，弄個給媽媽的房間這個想法，無論是父親或兄弟，甚至母親本人都沒想過。

哥哥的桌機配備比父親的齊全。那是爺爺奶奶為了慶祝他上高中從北海道來到東京買給他的，有著能看得很清楚的大螢幕。只是，每次翼用了哥哥的他就會生氣，所以翼在家幾乎不碰電腦，就算要用，也是借用父親的電腦。

哥哥從中學就是上私立學校，念的是國高一貫的男校。母親本來想讓翼也念一樣的學校，但他拒絕去參加考試。「畢竟我們家是公務員家庭，上公立的就好了。」聽到翼這麼說，父親笑逐顏開。

他曾經半夜起床上廁所，偶然聽到喝酒晚歸的父親向端水給他的母親在客廳講話的內容，

「果然還是次子本能上較願意接受磨練吃苦吧。」

「翼有他跟光不一樣的優點。次子是有可能超越長子的。」喝醉的父親心情大好，「翼應該

是像我吧。我也是次子。」

父親因為喝醉些許口齒不清，但他還提了翼的其他優點。

父親的說法大致正確。長子作為預演，而次子甚至到三子，更抓得到做人處事的訣竅。

他和哥哥差兩歲。小學時期經常被教過哥哥的老師們拿來比較，讓他很鬱悶。再加上哥哥念的私校對翼而言，有著看起來裝模作樣的校風。母親要去參加家長會的時候，也總是很仔細注意自己的服裝和髮型；哥哥看起來更是在打腫臉充胖子，拚命逞強，勉強配合同學和校風。

（要我每天上學還得配合那些家裡有錢多到花不完的傢伙，還是免了。）

雖然這才是他真正的想法，但聽到父親愉快地稱讚自己，他單純地感到開心。受到激勵的他，中學時期孜孜不倦上補習班，寒暑假的期間還請了家教。

努力念書的結果，是過完年就要面臨的高中入學考試，不只第二、第三志願，連第一志願的國立大學附屬高中，導師和補習班都掛保證說他一定會考上。

（這麼一來，跟那些傢伙也可以分道揚鑣了。）

翼對班上某些同學有點看不順眼。

（明明是靠父母金錢的力量，還以為是自己的能力。）

今天考試，公民之前的考科是歷史。他想確認「阿倍（Abe）仲麻呂」的Abe的漢字，搜尋了之後，從阿倍仲麻呂跳到安倍晴明，跑出一個匿名留言板。

「將照片用文字包住埋起來……」

這一行字微微發光。

上面寫著如何以陰陽道封印看不順眼的傢伙。

（這種廁所裡的垃圾話……）

翼出生於一九九三年。打從他開始接觸電腦，就已經有匿名留言板了。不同於網際網路剛興起的年代，網路上的言論有一半他會看情況當作公廁裡的塗鴉來看。

「……因此需準備看不爽的傢伙的照片與那傢伙所寫的文字。將照片用文字包住埋起來。接著開始詛咒……」留言板上是這麼寫的。

（啊？說什麼要照片，安倍晴明的時代怎麼可能啊，笨蛋。）

然而，在他對著螢幕訕笑的同時，「晴明的時代沒有照片，所以會把人形紙片當作對方，在上面寫下咒文。」進入眼簾的是後續的文字內容，「言語之中有言靈附著，文字則將言靈具象化。在想傷害對方的部位，在人形紙片（現代的話就是照片）上，用針刺該處，並以對方手寫的文字包裹，埋在戌亥方位下進行詛咒。」

（無聊。）

翼從放電腦的桌子抽屜拿出相機。這是哥哥、母親、翼和爸爸大家共用的。

（應該還在……）

嘴上說無聊，翼卻在相機的封存資料夾裡找尋著爺仔的照片。爺仔是個名叫「讓治」的矮小日本人，但要好的小團體裡的傢伙跟女同學們，卻像叫外國人一樣叫他：「喂，喬治。」「Ciao，喬治。」[1]

1 「讓治」的日文發音近似英文名George。

爺仔因為翼的名字是以平假名「つばさ」標示，而會叫他「まじめちゃん」（認真君）。從他有時會加上お字就知道，這是故意在酸他。也會叫他「書呆子」，或是故意叫錯成「屎呆子」。[2] 他也算會念書，但因為比不上翼而心生嫉妒。與此同時，又因為翼在體育完全比不上自己而自傲。

不管他說什麼做什麼，翼表面上都不以為意，但背地裡偷改他的名字，叫他「爺仔」。爺仔不管是襪子、側背包或球鞋，以及另外套在冬季制服上的連帽上衣或外套，全都是高檔貨，而且很愛炫耀。

剛進入十二月時，他對戴著百圓商店買的圍巾的翼問說：「咦，有Paul Swith這個牌子啊。這個是念成『史為斯』嗎？」

那只是百圓商店的圍巾，連仿冒Paul Smith的程度都算不上。翼並沒注意到Logo，也打算戴過一陣子就丟，即便注意到也不會在意，但爺仔卻將自己圍巾上的Smith湊到翼的Logo旁。

（這張，還拍得滿大張的。）

他從封存的檔案裡選出了爺仔的照片。

之所以會拍討厭的爺仔的照片，是因為有女同學拜託他拍的。

長著傑尼斯系娃娃臉的爺仔，表演了體操特技裡華麗的後空翻。女生們看了興奮地大叫。其中兩個人不知為何來拜託翼：「幫我拍喬治的照片，但不要被他發現是我拜託的。」由於拒絕反而更麻煩，翼便在沒被爺仔發現的情況下拍給她們。

（爺仔真是討人厭。）

他悶哼了一聲，離開「偵訊室」回到自己的房間。

翼從包包裡拿出公民課本，上面被用紅筆粗暴地畫了圈圈跟點點，還寫了「夏橙」二字。他在考試後發現這些塗鴉，那時有幾個爺仔常請客的傢伙在偷笑。塗鴉是在嘲笑翼的青春痘膚質。而爺仔並不在附近。

（反正一定是那傢伙畫的。）

翼是這麼想的。

（再忍一下下。）

那張滑溜溜的臉，再看也沒多久了，因為爺仔要去上學費貴得可笑的慶應義塾紐約學院。

（花父母一大筆錢去紐約，真夠蠢。）

翼將公民課本被亂畫的封面撕破。

冬天的晴空，雲朵帶著淡淡薔薇色。陽光從窗戶注入，整個房間變得暖和。窗戶另一頭，有錢人豪宅的另一頭，有栖川宮公園高聳的樹上，鳥兒正從樹梢起飛。

歲月流逝。

2 日本女性在明治維新前大多學習平假名、片假名，而非官方與文學使用的漢字，因此這裡有將翼當作女孩子取笑的意思。お字則為日語中對女性名字經常加上的前綴。

2

吹向藤尾高中的一陣風，捲起平紋棉質的白色窗簾，穿過了二年十二班的教室。

「所以，關於O點，我們設定位置向量為a、b。內分點P將AB線段分成3比2。Q為外分點，那它們的位置向量是……」

第六堂課，數學老師在黑板上畫直線，直線上標出A、B、P，接著看了看貼在講臺邊的座位表。

「那，神立同學。來做這題。」

他點了美咲。

（討厭，騙人的吧？）

嚇了一跳。已經接近暑假，她只當作這是複習課程，老師應該不會再點人回答才是。她昏昏欲睡。

「神立同學？該不會缺席吧？」

「啊，有。」

美咲不管是數學、英文還是現代國文，只要被點到就會緊張地膝蓋咔噠咔噠作響，雙腳僵硬。她用雙手緊緊抓了左右膝蓋，站起身。

站是站起來了，但一想到大家都在看自己就緊張不已，彷彿腦中的血液像瀑布一樣唰地一聲流到心臟，心跳變得更激烈。感受得到心臟噗通噗通的觸感。

美咲完全無法思考答案。光是要讓心跳靜下來就費盡心力，嘴乾舌燥。

（不想上去。不想去前面。）

但老師點到自己，不能不去。她從後方的座位走到黑板前的講臺，一路上心跳加速。

粉筆畫得粗粗的AB直線，正向美咲逼近。

「這裡，把3跟2當作m跟n，然後呢……？」

教數學的男老師是臨時的代課教師，在數學老師生病住院的期間從橫濱教育大學研究所派來的。二年十一班和十二班的數學課配合他的研究所課程，調整到第五堂與第六堂課。

住院中的正式老師是個長得像螳螂、焦躁不耐、上了年紀的老師；而臨時的代課老師是張臉圓圓、看起來豁達開朗的研究生，額頭和臉頰上各長了一顆青春痘。

「被點到會慌張吧。我不催你，慢慢想。」

就算他這麼說，站上講臺的美咲更加緊張，幾乎無法出聲。

「是……」

她照代課老師所說，吸了口氣。

「吸氣。」

「吐出來。」

她照著他所說，吐氣。

「再做一次。」

她照著他所說。吸氣，吐氣。稍微冷靜了一些。

美咲至今沒遇過會安撫點名回答問題的學生的老師，尤其是數學這樣果斷得到答案的科目，或許因為這個原因，老師大多性格也比較直接，通常壓根不曾想過學生解題之前受挫的心理層面。

「你看看教室。快放暑假了，大家都懶洋洋的，幾乎都在睡覺。」

代課老師說完，也有一些哈哈大笑的學生，但大多毫無反應。如他所說，三十度的炎熱午後，多數的學生都搖搖晃晃地打著瞌睡。

「對吧？」

（這麼說來，在被點名之前，我也是這樣。）

這麼一想，緊張感消除了。重新感受到自己站在講臺上，雙腳穩穩地踏著。

（反正根本沒人在看。就寫個1＋1＝5之類，讓老師打叉，大家還是昏昏沉沉地不會注意到。反正就是這樣。）

反正就是這樣。如此一想，剛剛彷彿要襲擊自己的直線AB，也好好地躺回黑板上了。

「先思考分點的位置向量對吧？首先內分點呢？」

$\frac{n\vec{a}+m\vec{b}}{m+n}$ 寫上小小的字之後，美咲回頭看代理老師。

「很好喔。」

「那個，外分點是……」

$$\frac{(-n)\vec{a}+m\vec{b}}{m+(-n)}$$

「很好喔，然後向量OP為$\overrightarrow{OP}=\frac{2\vec{a}+3\vec{b}}{3+2}$……」

「那個……嗯……」

$$\overrightarrow{OP}=\frac{2}{5}\vec{a}+\frac{3}{5}\vec{b}$$

$$\overrightarrow{OQ}=\frac{(-2)\vec{a}+3\vec{b}}{3+(-2)}=-2\vec{a}+3\vec{b}$$

美咲一邊聽代課老師的提示，寫出答案。

「完全正確。一百分。」

代課老師把美咲解題內容圈了起來，寫上一百分，又畫花圈圈，下課鐘聲響起。

「好，那，下課。」

老師將課本闔上，學生們也紛紛收起課本和筆記本。二年十二班和其他班級的教室，都傳出嘈雜的聲響。

美咲也將數學課本和筆記本收進包包……只是做做樣子。收還是要收，但她還想再看一會兒自己解題的內容。

雖然當時響起下課鐘響，同學沒人注意到她，就算如此，花圈圈仍然是花圈圈。

（像我這樣的人……）

這好不真實。

神奈川縣立藤尾高中算不上縣內頂尖，但在青葉區一帶也是升學學校，而美咲中學、小學時期也還算會念書。

只是上了高中就沒這麼理想了。那是一間光是中學時期還算會念書的學生，就多到一個年級能湊滿十二班的猛獁校[3]。學校位在悠閒的郊區，有著公立高中常見的鬆散校規和開明校風。大家可以一起開心地度過學校生活，但同時，若對於未來升學沒有明確的目標和高度緊張感，很容易因為過得太悠閒而變得對念書的態度不夠認真。

只要是以考試來量測學力，拿分數就需要技巧，這是美咲所不具備的觀念。她既沒上補習班，也沒有家教。補習班或家教老師這些概念，不存在美咲的家庭環境中。

美咲身為「最大的姊姊」放學回家後要幫忙家事、照顧弟弟妹妹，週末則跟父母雙方的祖父母一起到「孩子王國」吃便當或去釣池。日常生活實在太忙亂。到了中三冬天，總是要稍微認真一點準備高中入學考試，她卻還是常陪弟弟打電動。

考上藤尾高中的時候，雖然弟弟妹妹、爸媽和祖父母都說「不愧是姊姊」「畢竟大五歲，果然又可靠又聰明」，但他們不是太在意藤尾高中的偏差值。祖父母及年紀大的親戚也對此一無所知。

町內會裡因為清水溝或防災訓練接觸到的人對位在美咲居住地的藤尾高中，都是懷著好意接受、懷著好意看待。對美咲家的親戚而言，他們的認知，也就僅限在感受到這樣滿懷好意的氛圍而已。

跟美咲要好的同學，也都是類似的家庭環境。

有的同學會去上補習班或有家教，這件事她當然知道。然而對她來說，那些學生就跟從中學就去上「附屬學校」的明日香是一樣的。

因為打從心底如此認為，她無法想像考試其實有拿分訣竅、解題方法等這類技巧的存在。上了高中之後的成績，讓她只自認為是個「黯淡的JK」[4]。即便如此，也不至於讓她低落消沉。

想要什麼、想做什麼、想要別人這麼做。這樣的心情在美咲心中是很微弱的。「反正我跟明日香就是不一樣。」她這樣的想法就像是教室的平紋棉布窗簾隨風飛舞，又馬上被電視畫面上美食節目中出現的鮮奶油蛋糕所吸引，而當她知道蛋糕是京都河原町的店裡賣的之後，又立即想：「在京都啊。反正這麼遠，我是去不了的吧。」隨後從7-11買了甜點回家，跟弟弟妹妹一起邊閒聊邊大快朵頤，這樣便足夠了。

對於生長在這樣的家庭的美咲，突然被老師在數學課上點名，站到講臺上並當場解題，這件事實在太不真實了。

（解題解得真好。）

她盯著黑板看了一會。一百分和花圈圈讓人開心。但她選擇隱藏這份喜悅。因為她不是明日香，一個人悄悄地開心，這樣就夠了。

美咲故意慢吞吞地收著數學課本跟筆記本，一個人享受著高興的心情。

此時，拿著板擦的值日生毫不猶豫地大臂一揮，將黑板上的解答、一百分和花圈圈都擦得

3 猛獁校為日本在八〇、九〇年代用來指稱規模龐大、學生人數極多的學校。
4 JK為「女子高生」（Joshi Kosei）的簡稱，女高中生之意。

一乾二淨。美咲走到走廊去喝水。

二年十一班跟十二班之間，粗細不一的柱子之間正好構成一個凹槽，那裡設有飲水機。

「唷。」

她從飲水機抬起頭，用手帕遮住嘴後回過頭。是數學代課老師。

「聽說〇〇老師出院了。學年主任好像已經收到他的訊息。」

「啊，是這樣啊。」

因為數學老師出院日期不明確，學校原本告訴學生第二學期有可能也是由代課老師負責。

「所以，我沒能跟大家告別。神立同學，幫我跟大家說一聲吧。畢竟你在我最後的課堂上完美答題，看在這個交情份上。」

「那、那是因為老師給了我提示……我明明對數學很不拿手……英語也不拿手就是。古文也是。啊，還有體育也是。」

美咲說話吞吞吐吐。代課老師原本揮手道別的動作，突然做了一半停下來。

足球社的一群男生，哇喇哇喇地跑步經過。籃球社的一群女生，嘻嘻哈哈地小跑步經過。

手揮到一半停在半空中的代課老師，用一種軟綿綿的聲調說。

「那種事啊……」

「不拿手是正常的啊。」

「咦？」

「我原本也對數學、英語跟體育都不拿手。我啊，到高中一年級前，都住在非常偏遠的鄉下呢。離島。」
「黎倒？」
「島嶼啦，島嶼。」
「啊，離島。」
「我們家的經濟情況不容許我在義務教育之後繼續升學，但我拿到島上的獎學金，借住父母友人家，念了長崎的高中。
「到了長崎之後嚇了一跳。不是因為建築物或店家。我小時候也去過長崎很多次。」
讓代課老師驚訝的是補習班。
「嚇了一大跳。因為長崎的高中那些傢伙，幾乎所有人都上補習班。真的，嚇一大跳。
「驚訝之外也安了心。因為啊，一開始根本不知道大家都去上補習班嘛。不知道他們已經先在補習班學過，所以在學校被點到，輕輕鬆鬆就答出來了。那時只覺得不愧是長崎的高中生，有夠巧（聰明）的啊，跟我們島上的就是不一樣……」
「有夠巧……」
對於聽不慣的用語，美咲不由得模仿重覆了一遍。
「啊，我的腔跑出來了嗎？」
代課老師總算將揮到一半的手放下。
「獎學金畢竟不夠讓我去補習班，所以高中的時候，每一科都不拿手。但是大家也就是因為不拿手才去補習的吧。這麼說來，不拿手是正常的。

「所以神立同學，你也是正常的。其他人也是正常的。不一樣的就是，每個人都有自己的作法。神立同學就用你的方式做就可以了。」

「我的方式？是什麼樣的方式呢？」

「那就是接下來神立同學你要自己找到的。怎麼說我都只是代課的而已……」

他搔了搔脖子後方。

「不過呢，不能把我沒有可取之處這種話掛在嘴上。當然啦，只要是正常人，多少都會有這麼想的時候。但就算這麼想，也不可以說出口。一旦說出口，說出來的瞬間就會被鬼魂附身，想法就會成真。」

「鬼魂？唉唷，好可怕。」

「是啊，很可怕喔。」

代課老師擺了怨鬼的姿勢。美咲哈哈地笑了。代課老師突然間從正面盯著美咲看。

「怎、怎麼了嗎？」

「神立同學笑起來真古錐。」

他看了一眼手錶說：「那麼保重啊。」

代課老師匆匆忙忙地跑著離開了。

美咲傻住了，小井大聲呼喊了她。

「咲。」

上高中後變得要好的小井（井上菜摘）、從中學就很要好的真由（鈴木真由），還有從小學就一直是好朋友的小楓（相川楓），在藤尾高中裡，這三個跟美咲感情很好的朋友都叫她咲。

「快一點。在二廣喔。」

二廣指的是第二廣場。腳踏車停車區跟運動社團社辦相鄰，管樂社也會在這邊練習。美咲中學時期參加管樂社，但高中沒有加入。因為藤尾高中學生人數太多，不像中學一樣氣氛溫馨。她在真由和小楓邀約下，參加了攝影社，小井也是。攝影社的社員同樣很多，多到已經沒有怎麼進行社團活動可言，半數的人都是回家社。因此，他們四人便計畫暑假要一起去過夜旅行，決定放學後討論。

與跑著離開的代課老師方向相反，美咲朝揮著手的小井的方向跑去。

「小楓說想去夢之島。」

「夢之島？那個垃圾場？」

「她說因為有體育館……啊，等等。我去去就回。」

小井話說到一半跑進女廁，從包包裡拿出粉餅往臉上撲，又拿出睫毛膏。校規禁止化妝，但只要不是太顯眼的濃妝，在放學後是被默許的。

美咲也拿出護唇膏塗了塗。是稍帶一點顏色的那種。

「我也想像小井一樣，嘗試畫眼線和塗睫毛膏。」

「你也可以畫啊。」

「我一畫就會很可怕。」

「那是因為你眼睛大啊。我又不像咲你眼睛這麼大。」

小井長得像女演員小西真奈美。跟小鴿子一樣小小的眼睛，畫上咖啡色的眼線和睫毛膏之後，眼神變得活靈活現，很可愛。美咲的五官與小井的相反。

「小楓的姑姑不是說過，咲長得像一個以前的女演員，什麼由美子的。」

「長得滿像野川由美子的呢。」小楓的姑姑曾這樣這樣說過。姑姑在丈夫過世後回到老家，跟小楓一家人同住，在家族開的麵包店「格林」幫忙，跟美咲的母親感情也很好。

小井、真由和美咲三人去小楓家玩的時候，姑姑說：「不過你們不知道野川由美子吧？在我們的時代是很有人氣的喔。對了，你們用那種轉轉轉的打字機，用那個查查看。」邊說邊把握拳的手在起居室的桌上磨來磨去。大家一時之間互看對方。「你該不會是在比滑鼠？你是在說電腦嗎？」美咲如此一問。「對對，就是它。電腦。」姑姑點了點頭。「唉唷姑姑，你說什麼轉轉轉的打字機，完全聽不懂在說什麼啦。」小楓大笑著說，姑姑也跟著大家一起笑了。

小楓的姑姑指著美咲笑開的臉說：「看吧，一笑起來就更像了。好好化妝的話就更像了呢。我以前是粉絲喔，野川由美子的粉絲。」她又再說了一次這個名字，於是大家一起到「格林」的辦公室，用電腦搜尋圖片。

對於不知道野川由美子的人來說，靜止的圖片沒有辦法表現出她在這部日本電影經典名作中展現的過人演技。一九六〇年代的電影圈蔚為話題的豐滿體態，看在二〇一二年的高中女生眼裡，以藝人來說是胖的。

（被說像的是這個部分嗎？）

拿鏡子裡的小井跟自己相比，美咲這麼想。

美咲並不喜歡自己的體型。她是標準體重，但並不是視覺上看起來好看的體重。如果是和真由一樣的身高加上凹凸有致的身材，就會是性感的，但她並沒有這樣誘人的身材。如果是像現在身旁認真化妝的小井一樣嬌小，就會被說是想守護她的類型，但美咲的身高不矮也不高。小楓也是平均身高，但比平均體重輕了十公斤左右，所以看起來比美咲高很多。

（如果像小楓一樣瘦，化起妝來也好看，衣服也是怎麼穿怎麼搭吧。）

所以美咲頂多只會擦擦護唇膏。

走出廁所的美咲和小井，快步走到二廣。

她經過三年一班的教室前時，卻微妙地放慢了速度。

運動會時，是將學年縱切來分隊伍。去年運動會上，這班的男生和美咲兩人一組代表隊上參加兩人三腳的比賽，拿到第一名。

雖然兩人三腳只是像餘興節目一樣的項目，就算拿第一名也和百米賽跑或接力賽的等級不同，但到達終點線衝破彩帶的喜悅，還是讓兩人開心了一番。

僅止於此。單戀、一見鍾情之類的強烈情感並不存在。「跑得很順利。我們會不會其實很合得來？」

雖然對方這麼說，但美咲只當作是得到第一名的喜悅之情。從那之後，他們在校園裡擦身而過時，彼此都會若有似無地看著對方，僅止於此。

對此美咲既不痛苦，也不覺得焦躁不安。經過三年一班的教室時，閃過瞬間開心的緊張，這樣就好。

「沒遇到呢。」

小井回頭看了看三年一班。

「別管了啦。」

美咲加快腳步。

她們到了二廣。

「你們兩個，好慢喔！」

原本坐在草地上的小楓站起身來。

「比賽是早上九點喔。」

原來小楓是想看在夢之島體育館舉辦的板網球比賽。

「板網球？那是什麼？跟網球不一樣嗎？」

小井不解地歪了歪頭，而美咲和真由知道這是「連城劍一從事的運動」。歪頭不解的小井，也知道連城劍一是誰。他拍過運動飲料的廣告，是名身材高䠷的年輕演員。板網球是一般網球稍微縮小版的運動，球場較窄，為了讓包含高齡人士、身障人士，男女老幼都能樂在其中，球拍和球也都經過改良來減低對肩膀、手肘及手腕的負擔。由於東京爭取了下一屆殘障奧運的舉辦地點，有部雙腳殘疾的女學生因板網球，跟男學生墜入愛河的兩小時電視劇，連播了兩晚。連城劍一的出道作品就是主演這齣電視劇。他被選中的原因，就是因為他有這項運動的指導員資格。

小楓並不是想看板網球比賽，而是想看連城劍一。暑假確定會在夢之島體育館舉辦的「板網球關東高中大賽」，分為一般男性女性ＡＢ級來進行比賽，只有決賽會由專營影像平臺的公司來做現場直播，據說連城劍一會是特別嘉賓。

「哇，原來如此。他很帥吔，那個人。」

小井也馬上展露出對比賽的興趣。

「結婚的話，還是跟那種人比較好。不僅帥，感覺就不會外遇，很誠懇。」

真由也表示同意。

最後，他們打算暑假去看板網球比賽，之後住上野一帶外國觀光客多的飯店，練習講英文。這場女高中生四人組的暑假小冒險，是這樣計畫的。

「如果跟中國觀光客交朋友，要記得叫他們來我家店裡。」

真由做出抽菸的動作。實際上並不是真的抽菸，而是把食指和中指做出夾菸的動作，放到面前吸了又吐氣。「抽一支空氣菸」，真由總是這麼說。

她家經營麻將館。爸爸是親生父親，媽媽不是。親生母親因為外遇，被丈夫（真由的親生父親）發現，痛毆一頓，她氣呼呼地說被家暴，帶著真由的弟弟離家出走。

真由的親生父親自己也是，之前就和從福建省來工作的二十一歲太太外遇。真由的親生母親離家出走前，這位中國太太也因為外遇被她的丈夫發現，然後離婚。真由的親生父親跟比自己親生女兒只大四歲的中國女性再婚。「我老媽愛男人愛到在外面有男人，連離家出走帶走的都是男生。」這是真由的口頭禪。美咲和其他人都因為這番話而笑了起來，因為她們多少明白，真由會這樣故意耍壞地說話，大概是因為寂寞吧。她們知道，真由對繼母、還有對離家出走的媽媽，彼此都有話直說，感情很好。

「不過啊，小楓。板網球比賽這麼冷門的消息，你竟然會知道。」

真由吸了一口空氣菸，朝小楓的方向吐氣。

「是因為那兩個女經理邀我，叫我去看啊。」

她說的是同年級總是形影不離的女學生。小井、美咲和真由都沒跟她們講過話，但馬上就知道在說誰。因為她們倆，在別的學校板網球社擔任社團經理。「這也可行啊？」大家都很驚訝，她們因此成為學校裡有名的「女經理二人組」。

「與其說是邀我，應該說她們硬賣票給我啦。」小楓說道。

「她們說：『板網球比起一般網球，更適合做為促進健康的運動，這次是為了向高中生推廣辦的大賽，你買張票吧。』」

如果只是板網球的比賽，小楓原本打算客氣地拒絕。不過，一聽說連城劍一會去當嘉賓，她立刻回答：「我要去，我要買票。」

「聽說比賽後也會有跟別校的聯誼會喔。」

搞不好還可以跟連城劍一合照呢。小楓、真由，以及今天才第一次聽說板網球的小井都興奮不已。

美咲對連城劍一不是特別有興趣，對板網球也是。當然，她也沒有否定的心情。只不過對美咲來說，她最期待的就是能和好友三人一起去兩天一夜的旅行。

＊＊＊

翼關掉冷氣，打開窗戶。七月晨間的風吹進停在夢之島體育館停車場的廂型車內。

「聽說數B的〇〇老師，計分的時候完全不給部分給分，是真的嗎？」

「真的。只有五班跟六班的數B平均分數特別低，就是因為這樣。」

翼和穿著同樣制服、去年還是他高中的學弟們聊著天。對於已經是大學生的他來說，學弟擔心的事很微不足道。

明明到去年他也像他們一樣聊著同樣的事，悲嘆著數學老師給分很嚴格。

「高中的定期考試不過就是個過程而已，不用太在意。」

高中畢業，這個春天開始成為東京大學理科I類大學生的翼，對學弟如此說。

「今天的比賽好好表現，在某個意義上，甚至還比較重要喔。」

努力在運動方面「被看見」，在各種層面都有提高他人對自己的評價，翼向學弟們透露這個祕訣。

今天他們會以橫濱教育大學附屬高中的校隊身分，參加板網球關東大賽。

翼以校友的身分，並以這次向直播的影像平臺，提議邀請連城劍一擔任嘉賓並且進行現場直播的企畫提案者身分，來到比賽現場。

「那個，竹內學長，連城劍一大概幾點會來啊？」

女性經理人，簡稱女經理，向校友翼詢問。

「他應該是決賽前才來，然後很快就走。畢竟是藝人，行程很滿吧。」

翼向兩個女經理如此回答。原本興奮前來的兩人，露出失望的表情。

去年的女經理和今年的不同，與翼還在高中的時候也不同。板網球社僅被許可作為同好會，由別間高中的兩個志願者擔任女經理。不管她們本名叫什麼，社內男生都叫她們「朝倉」和「南」[5]。

翼在進入高中之前，對擅長體育的學生和體育社團的學生厭惡至極。那都是爺仔的錯。此外，翼在小學、中學時期放學後就泡在補習班，放長假時也請了家教，因此並沒有參加社團活動。由於視力變差戴著眼鏡，很難做些拉單槓或跳跳箱的運動，而且這一類運動在體育課上一旦失敗，看起來就格外笨拙，更顯得他是個體弱的眼鏡仔。

因此，翼時常被長得像傑尼斯藝人又運動神經過人的爺仔，和他身邊的小嘍囉們嘲笑揶揄，故意刁難。雖說並不是很露骨明顯地嘲弄。

外婆為了慶祝他考上第一志願的高中時說：「買個東西送你吧。」他在購物中心逛了逛，決定選隱形眼鏡。他的目光停留在海報上。海報上面寫著「眼神・新鮮」的廣告文案，剛出道的連城劍一帶著微笑拿著毛氈外皮的網球。

他在中學時期也不是沒想過要改戴隱形眼鏡，不過被兩個補習班老師建議：在日常生活中，還是避免直接接觸眼睛的矯正用醫療器材比較好。這樣的建議究竟有多少程度的醫學根據不得而知，但兩人都分享了在重要考試前發生角膜炎的經驗，所以翼還是戴眼鏡。

「我是戴遠近兩用的隱形眼鏡喔。小翼如果戴日用型的拋棄式的話，既不麻煩也衛生喔。」

聽年長自己兩個世代的外婆這麼說，翼很快就決定好獎勵了。

到了高中，上第一堂體育課時他很驚訝。和眼鏡有一百八十度不同，隱形眼鏡看得清楚，活動起來方便。要出體育館時，他發現有一顆籃球滾到角落。其他學生都走向更衣室，沒有人注意到。翼心血來潮從很遠的地方朝著籃框一投，唰地一聲投進去了。「哇？」自己忍不住叫出了聲。他又投了一次，還是一樣唰地投進去。原本他左右眼視力有極大落差，戴眼鏡總是掌握不好距離。如果是隱形眼鏡就沒這個問題。

那天放學後，翼恰巧被板網球社的人拉進社團。他們剛創立沒多久，只被當作同好會。從板網球盛行的美國西岸城市回國的男學生，趁著連城劍一主演的電視劇廣受好評的機會，向學校提出申請，獲得批准先以同好會的形式試辦。

如果當時是被籃球或足球社的人邀請加入，翼應該會當下立刻拒絕。即便不是社團十分興盛的高中，主流運動項目的社團也必定是從高中以前就有一定經驗的學生才會加入。

（而且，那種有著上對下頤指氣使風氣的運動社團就免了。）

他是這麼想的。所以這種剛創社只被當同好會、小眾項目的運動社團，也許意外地會是個不為人知的好地方。

（如果加入這個同好會，每天不會練習到太晚，方便去補習，也不用被學長姊使喚，畢竟還是個運動社團，在校成績應該會滿高的吧……）

5「朝倉南」為安達充漫畫《TOUCH 鄰家女孩》的女主角。

他靈機一動。

再加上，作為弟弟的翼或許下意識有一絲想贏過哥哥的想法。哥哥在運動方面並不在行。

「嗯，總之不用刻意努力地加油吧。」

翼勉勵高中的學弟們。

統稱「教育大附屬」的橫濱教育大學附屬高中，位在橫濱市青葉區。原本在這裡還有大學和研究所，隨著電車沿線陸續開發，校地賣掉了一半，剩下的工地就設立附屬高中，大學和研究所則遷移到瀨谷區。

首都圈裡也有其他公立及私立學校，是像這樣全校學生都是以東大為目標的升學高中，而教育大附屬在這當中算是頂尖中的頂尖。

在這樣的高中裡，只被認可為同好會的板網球社，一如翼的預測，待起來很輕鬆，而且為了準備入學考試，社團活動實際上只進行到高二的十月為止。和硬梆梆的體育會系[6]社團不同，這個社團讓翼體會到了運動單純的樂趣。活動身體之後反而思考更為敏捷，更能掌握考試技巧，最終讓他追上哥哥的腳步，成功考上東大。

哥哥念的是錄取難度僅次於東大理III的文I（法學部），而弟弟的目標是理I（工學部）。這又是一連串靈機一動的決定。理I的數學和其他理科學系稍有不同，要求能夠對於標準問題快速無誤地解題。這正是翼最擅長的。

這可能也是次子特有的靈活度。創立高中板網球社並找他進去的同學進了東大文III（教育・文學部）。那個人也是次子，哥哥也是先上了東大。他受哥哥影響開始打板網球，並學哥哥在東大創立板網球社的方法，也在高中申請創社。

翼與教育大附屬考上文III的同學一起，在東大也參加他哥哥創立的板網球社。

＊＊＊

「今天的比賽會現場直播喔。」

翼想出可以邀請連城劍一到只有高中生隊伍及組合參加的大會當嘉賓的企畫，並與文III的兄弟三人一起帶著這個點子，去找專業的網路影像平臺「微笑動畫頻道」。

企畫很順利地實現了。三人感受到東大的品牌力量。上大學比起高中，更讓翼的信心大增。

「大家要打出一些醒目的好球，讓攝影機特寫你們的臉，當上連城劍二喔。」

聽了翼的笑話，讓笑點很低高中後輩選手和女經理全都放聲大笑。

「我們也找了我們家的女生來看喔。」

「她們是攝影社的女生，我會叫她們大拍特拍喔。」

女經理朝倉和南將運動飲料發給選手們。「我們家的女生」指的是藤尾高中的女學生們。

教育大附屬高中板網球社的女經理由藤尾高中的女生來擔任的原因，是因為創社時沒有校內的女學生來應徵。

6「體育會系」原指體育類社團，衍伸指為團體的調性，通常講求精神論、耐力毅力、上下關係等。

藤尾高中也算不錯的升學學校，但成績不如教育大附屬好。對於該校的學生而言，高中只是上大學之前的必經過程而已。另一方面，藤尾高中的校風是要全力享受高中生活。單就考試體制層面來說，這樣的校風不幸地導致中學畢業時偏差值很高的學生，考大學時偏差值大幅降低。教育大附屬與藤尾高中的位置相近，因此當招募女經理時有藤尾高中的學生表示希望參與。自此，由藤尾高中的女生擔任這個角色成了慣例。

翼靠著區立中學時期和他同年級的女生徵到了經理，但幫忙招募的女生本身上的是都立高中。那是拜託他幫忙拍爺仔照片的女生，名叫山岸遙。不過，真的想要爺仔照片的是另一個女生，遙只是跟著一起來拜託翼。

住在廣尾原住宅的翼，和住在都營廣尾公寓的遙，雖說高中不同學校，但經常會在車站和商店街碰到。關於女經理的事，也只是兩人碰巧遇到，並沒有特別想託她幫忙，隨口說說的而已。

「女經理？」遙突兀地拉高語尾，「女經理，好怪。好奇怪喔。」她這麼說。問她哪裡怪？「就是……就是、不怪嗎？女經理。就是啊……」她不斷重複著「就是」。

「嗯，經理是沒什麼奇怪的。有些因為生病或意外，無法繼續從事該運動項目的人，他們希望以球隊經理的形式繼續參與運動，這樣的想法來當經理我可以理解喔。可是啊，並非如此的女經理不是很怪嗎？總覺得很怪。連當經理的女生都不是。是女經理對吧？女經理。不怪嗎？沒有男經理只有女經理。」她緩緩地搖晃著肩膀。翼不懂到底哪裡怪，就當耳邊風聽過。

「因為我們還只被視為同好會，至少得有個女經理比較像樣。」翼說道。「嗯……」遙像北野武一樣，把一邊肩靠近臉，轉了轉，「如果是教育大附屬，附近不是有藤尾嗎？藤尾的話學生那麼多，要不要去徵求看看呢？應該也會對這個感興趣的人吧。我在網路上有認識藤尾的學生，幫你問問吧？」因為她這麼說就拜託她了。

就算距離上相近也還是別校被當作同好會看待的社團的女經理，在僅限一週兩天的條件之下，兩校都允許了。這成為直至現在的慣例。一週兩天的女經理能做的事也有限，比起說是社團的家管，比較像是吉祥物，所以才會是「朝倉」和「南」。

「竹內學長也請喝。」

從第三代朝倉手上接過紙杯，第四代南倒了冰麥茶，翼喝完之後走出廂型車。

＊　＊　＊

一放暑假，美咲跟好友三人一起到夢之島體育館。

這是第一次親眼看板網球。還算得上有趣。先不管詳細的規則，大力打球所發出的乒乒乓乓聲讓人頗為愉快。

藤尾高中同年級的兩名同學擔任了教育大附屬選手的女經理要美咲她們一起為他們加油。雖然全體都在第二、第三輪就輸了，但和大家一起加油的感覺很開心。聯誼會只是在體育館門口，大家差不多要回家的時間進行，選手們彼此打打招呼，沒有過多的交談。於是美咲一行人很快就前往淺草去。

大家在地下鐵淺草站旁的拉麵店點了泡菜拉麵，雖然辣得舌頭刺刺的，配上微甜的梅子汁一起享用，「不覺得這是會上癮的美味嗎？」正如真由所說，大家一邊嘶嘶地喊辣，這才好吃。

交誼會中，只有三個名字讓她們印象深刻。

朝倉。南。須田秀。朝倉和南是藤尾高中的女經理二人組，被教育大附屬板網球社的社員這麼叫的。還有日大附屬高中的男生須田秀。

須田秀並沒有出賽，只因為他的名字發音「Suda Shu」聽起來像殺球的「smash」而去加油。他們在賽後進行的，就只是這種程度、連聯誼都說不上的聚會而已。

「欸，那對女經理二人組，為什麼被叫作朝倉和南？」小楓向小井詢問。

「對啊為什麼？」小井向真由詢問。

「啊啊，這拉麵，真的好辣。好燙。嗯，南什麼的，好像有部動畫吧。啊，有聽過！」真由因為拉麵又辣又熱而嚷嚷著，因此問題也不了了之。大家眼睛旁都汗濕了。

「大家表情都好誇張。」美咲也擤了鼻子。她們一起大笑，朝倉和南還有須田秀的話題都不知飛到哪裡去了。

美咲，還有與美咲要好的朋友們，所有人的家裡都熱鬧而忙碌。

即使有像真由雙親那樣的問題，也是忙碌地流逝，鬧哄哄地結束。如此幸福的家庭。住在幸福家庭中的人不會深入任何事，因為流逝的日常中充滿著幸福。

「很居家」這個形容詞，在戰後長時間用在女性身上作為稱讚。如果，這個形容詞也包含「在家的時候很舒服」、「和家人一起很放鬆」的意思，美咲確實是很居家。

3

九月中旬的節日這天，美咲收到一封信。

「喔，美咲，有你的信喔。」

和外婆換班完的外公，拉開紙門遞來信封。

因為是敬老之日，大家聚集在外祖父母家，但就算是假日，全年無休的白雪洗衣店薊野店還是營業中。「外公當上町內會副會長之後，就拿這個當藉口不幫忙顧店。」就像外婆說的，外公只稍微顧店了一下，就伸手吃起餐桌上的珍珠葡萄。

「有信？給我的？」

「上面寫著藤尾高中二年十二班，神立美咲收。」

「為什麼會寄來外公家啊？」

「我才想問咧。你看，在這。」

美咲接過信封看了背面。寫著須田秀。如果只是這樣，大概不會知道是誰吧。但看到上面標了「Suda Shu」的平假名她就知道了。

（啊，是在夢之島體育館遇到的那個人。）

賽後參賽學校的選手跟去加油的人一起站著嘩啦嘩啦地聊天，但他與美咲並沒有直接對話。女經理二人組和他在聊天的時候，她在旁邊聽而已。「我叫須田秀，因為Suda Shu聽起來像殺球（smash）感覺會帶來勝利，硬被拉來加油。」聽他這麼說覺得很好笑，所以記得他的名字。

「認識的人嗎?」

「稍微認識。可是為什麼,會寄到外公家……」

打開信封。一開頭說:

「不好意思。因為不知道你的簡訊號碼跟電子信箱,我搜尋了白雪洗衣店薊野店,查到地址。不確定會不會寄到神立美咲同學手上,但還是孤注一擲,寫了這封信。」

上面如此寫著。如此說來,大家站著聊天時,女經理二人組跟美咲說到會幫社員洗制服的事,她不帶特別的意思,開玩笑地回說:「我外婆家是白雪洗衣店薊野店喔」。

「是藤尾高中的人嗎?」

「不是。是日大附屬鳩之丘高中。」

「那真是厲害。是資優生啊。」

外公沒聽到「鳩之丘」的部分。「日大」的部分也是。只聽到「附屬」的部分就說:「很厲害。是資優生啊。」

「就是那個美女媽媽,她女兒去上的學校對吧?」

外公以為日本女子大學是日本大學的女生部門。

外祖父母家,比起美咲家,離明日香家更近。明日香媽媽說「小東西不成敬意」送來的禮物,外婆總是覺得洋派新潮而讚嘆,而拿著禮物來的明日香媽媽,外公總是因為她是個美女而讚嘆。

不過,他並不是很清楚記得明日香媽媽的臉。只要身材適中,長髮飄逸,穿著保守的衣服,擦上粉色系口紅,每個人都是美女。如果不是在家裡玄關或附近,而是在比如工地現場遇到穿著工作服的明日香媽媽的話，外公應該完全認不出來她是誰吧。

美咲也是一樣。明日香念「附屬」，而明日香媽媽是「女子大學法文系畢業」。哪裡的女子大學她並不知道。外祖父母跟父母也都不知道，也沒在意過。「反正我跟明日香就是不一樣。」小學生的時候美咲這麼想，現在也是如此，但明日香他們，並不是她該對抗或羡慕的對象。美咲的「反正」，或許比較接近遠眺著那些永遠不會與自己有關的事物時的心情。像是小野小町、奧黛莉．赫本、佳子公主等，那樣的存在。「反正」是自己不會接觸到的人。

外公對於須田秀「好厲害。是資優生啊」這樣的發言，和美咲的「反正我跟明日香不一樣」可以說是相同的。不管「鳩之丘」或「日本女子」都不重要。「附屬」這個字眼，就是小野小町，就是奧黛莉．赫本，就是佳子內親王。

美咲的家也好，美咲外祖父母的家也好，都是良善之家。良善之家，就是熱鬧忙碌地過著日常生活。

美咲離開起居室，在白雪洗衣店洗好吊著的一整排衣服下面讀著信。

「怎麼啦？」

外婆從店裡的櫃檯回過頭來。

「沒什麼。」

美咲把信紙的摺線撫平。

我是在夢之島體育館的板網球比賽後跟你碰過面的傢伙。因為只是站著聊天，或許你已經忘了。但因為我有件事，無論如何想傳達給你。如開頭所說，因為不知道你的聯絡方式，才會寫這封信。

如果你還記得我，也有空的話，請發訊息給我。我的電子信箱是XXXXX。

如果收到這封信的人是個文學少女，對於須田秀所說「想傳達的事」，會不會是他的愛慕之情，或許多多少少會如此猜測。不過美咲不是。她是出生在日常生活熱鬧且忙碌流逝的良善之家，並在此生活的女高中生。

（是要拜託我幫下次的板網球賽加油嗎？）

看著手上不是很用心選的信紙，而是KOKUYO的辦公用信紙，美咲這麼想。

（好厲害。寫得真好。）

比起他想傳達的事云云，美咲更讚嘆秀的字。

不是在Word打好印出來的。是手寫的。而且是鋼筆。就像是在學手寫字的廣告上會出現的，非常美的筆跡。

小學高年級的某天，她收到明日香的謝卡。只是在百圓商店買的東西當生日禮物，上面寫著：「謝謝你送我很方便的東西。光是記得我生日這點就已經很開心，還送我禮物，真的謝謝你。」用的不是三麗鷗的可愛信紙，而是在和紙信紙上用直書寫的。她想起和父母一起讚嘆這件事。

秀所寫的「孤注一擲」，是美咲不認識也不會念的成語。這點她也很讚嘆。

「不愧是『附屬』的。」

美咲將信上所寫的電子信箱，輸進去年終於得以使用的手機裡，寄出給秀。

「要擁有自己專屬的手機，等當上放長假可以打工的大學生再說。等到可以打工賺錢，實際體會通話費多貴之後再說。」她父母很嚴厲地說，美咲也能了解。只是公共電話驟減，父親的想法也改變了：「如果是家人一起用會更便宜的方案，只有簡單功能的機子的話也可以。」

她摺疊式、設計簡單的掀蓋手機裡，馬上傳來秀的回信。

「抱歉這麼誇張地寄信給你。賽後聊天時，只記得你說到二年十二班、白雪洗衣店這類的，不知道聯絡方式，應該說那個情況沒辦法問你。」

「domin.」

本來要打 don't mind，沒辦法好好打出符號和拼音就不小心寄出了。

「比賽那天，你的名字，我記得很清楚。」

「真的假的？」

「嗯，我記得啊。Smash 同學。」

「是這樣啊。太好了。那天早上六點，我同學打電話來，硬要我去加油。」

「嗯。就是從國二開始打板網球的那個人對吧？然後，你說想傳達的是什麼？」

「唉，是個難題。」

「難題？」

「該說困難嗎嗎嗎嗎嗎嗎？」

為什麼要打這麼多個「嗎」，美咲不解地歪了歪頭。

「？」

她只回了一個符號。

「那天，大家站在那聊天，不知為何只對你特別有印象。不會特別想表現，感覺是躲在其他朋友後面。」

「很陰沉嗎？」

「完全不會。不是那個意思，是很低調，反而更發光。如果你願意，我們能再見一次面嗎？見了面之後，如果覺得討厭，就不用再見面，我不會強迫你。」

看著他的文字，美咲很開心。

四年後，美咲捫心自問：「因為對方提出要求說想見面而感到高興，這是自滿嗎？還是會錯意？」那時在她的面前，是蒙面群眾所丟擲的責備的石頭。

然而，對於無從得知四年後發生什麼事的這個女高中生而言，這一天，她單純地為有異性這麼說而感到高興。

他們兩人相約在溝之口站。住在京王電鐵沿線的須田秀，配合美咲容易到的車站。

「啊，太好了。你真的來了。」

秀笑了。

（牙齒好整齊……）

大一個年級的須田秀額頭上長著小小的一顆顆青春痘。加上圓圓的臉部輪廓，很討人喜歡。雖是很平均的身高，但因為臉小所以看起來比實際高。身材是結實的倒三角形。他其實不是板網球隊，而是籃球隊，這上次在夢之島體育館（他跟女經理二人組聊天的時候）聽說的。

「我已經退出社團了喔。已經三年級了，第二學期就退出了。神立同學有參加社團活動嗎？」

「攝影社。」

「咦，這樣啊。我家是相館喔。」

「真的嗎？」

「嗯，原本是啦。現在大家都已經數位化了對吧？到祖父那代為止還經營相館。」

秀打開手機給她看了照片。爬滿地錦的牆、櫥窗，和以舊體漢字寫著「須田寫真館」的招牌。秀的家，是老舊但浪漫的外觀。

「你跟爺爺奶奶住在一起嗎？」

「這張照片裡的家，我們稍微改裝後住在這裡。過了庭院再裡面，我和我哥、爸媽住在這裡。」

陽臺上，應該是媽媽吧，穿著吊帶圍裙的女性摸著狗。連這樣的照片都給美咲看了。

「須田同學家，有養狗啊。是貴賓吧？我們家也是貴賓喔。啊，我家指的是我外婆家。」

「嗯，白雪洗衣店。」

「對啊。狗的名字叫天空。」

「咦，天空？我家的也是吔。」

「真的嗎？」

「爺爺奶奶住附近、都養貴賓、名字都叫天空，總覺得，我們還滿相像的呢。」

「真的吔！」

兩個人發出歡喜的呼喊。聲音比起在夢之島體育館的比賽中加油時還更大。

「相像」。這個詞彙，是「有好感」的換句話說。不，應該說好感會讓對方覺得和自己「相像」。

祖父母住在距離一箭之遙的地方的家庭非常多。飼養熱門犬種貴賓的也很多。「天空」也是個近幾年很受歡迎的狗名。不管是哪一點都不特別。然而，對於互有好感的男高中生和女高中生來說，卻是讓他們感受到那是很特別的偶然，特別到他們會放聲大叫的程度。讓他們覺得彼此很「相像」。

「你說是攝影部的，神立同學有單眼相機嗎？」

「沒有。是數位相機喔。有兩臺社團共用的，用那個來拍，顧問老師會教我們拍起來好看的構圖、光線的調整。都拍些很日常的照片。」

「感覺像是會去報名參加《日本相機》的老師嗎？」

秀脫口而出攝影狂熱者會看的雜誌名稱。原相館主人的孫子，本來的大學志願是攝影學系。

「對啊對啊。他有一次在比賽中獲選，對此炫耀不已。」

「那樣很好。很好喔。」

「是嗎？」

「很好喔。不管是拍照、或是踏實地學習，我都覺得很好。」

「原來。踏實也很重要呢。」

「很重要喔。非常。」

「天空」這個名字作為狗名開始流行的時期，溝之口站前的商用大樓也變得越來越多，變得越來越熱鬧。在熱鬧的車站前，他們兩人沒有特別聊了什麼，兩個小時左右以後便各自離開了。

（好開心。）

美咲在回程的東急電鐵上如此心想。

就這樣，美咲和秀開始經常碰面。

秀叫美咲時，從「神立同學」變成「小咲」。然而，並沒有稱呼她「咲」。

大部分的時候都是一大群人一起見面。秀的日大附屬高中的同學、美咲藤尾高中的同學，每次都是和其他有空的人一起見面，他們是這樣的交往方式。

嘻嘻哈哈地打保齡球；在其中一個人家裡的客廳，和家長一起看著租來的ＤＶＤ電影；與兄弟姊妹一起健行。有時候板網球社的女經理二人組也會一起。

唯一一次單獨兩個人是去「孩子王國」野餐的時候，秀對美咲做的三明治喊著好吃好吃，吃了很多。

他比她大一個年級，成績和品行都沒問題，也已經確定可以透過推薦入學進入在日大當中也是熱門學部的藝術學部。

秀並沒有像韓國偶像明星一樣的外貌，也沒有穿著名牌服飾，但打扮總是整齊俐落，乾淨清新。

大家一起出遊時，他對祖父母、老師及年長者的用字譴詞處處帶著尊敬，而且是自然而然地流露出來。他的個性絕非死板嚴肅，而是一個清新乾淨而老實認真的男高中生。

團體交往。這已經是上一個時代的說法了，但美咲與秀，以一種不會讓社會大眾皺眉不認同、非常健全的方式交往。

美咲很喜歡秀。「小咲的這個部分，我真的很喜歡啊。」秀時不時會這麼說。

「我要把日藝放第一志願。」美咲在第二學期結業式前的升學面談時向導師表達這個想法。「小咲也來日藝嘛。我會等你。」因為秀如此對她說。寒假結束時他們接吻了。那是像清純偶像主演的戀愛電影裡會出現的淡淡的吻。

＊＊＊

九月中旬的某個假日，大學一年級的翼收到一封信。

東大板網球社在翼入學那年創立，得到一間在駒場校區的「校園廣場」大樓內的教室作為社辦。因為是新創的同好會，所以和其他新創同好會共用。

「竹內同學，有你的信唷。」

到了社辦後，女經理朝倉轉交一封信給他。

同在教育大附屬都是板網球社的同學，他和翼在東大板網球社也還是叫女經理「朝倉」和「南」。女經理是和東大駒場校區相鄰的山本女子學園大學的學生。

「是送到朝倉家嗎？郵寄的？」

「唉啊，怎麼可能啦。現在還有人會寫信郵寄的嗎？是認識的朋友寫的啦。」

朝倉嘴嘛得尖尖地，將信封遞過來。翼看了背面。

「沒寫名字。」

「應該是寫在裡面吧？一樣是山本學園，但不是特別要好的人託我拿的啦。而且寫信的好像不是那個人，而又是她認識的人託的。」

信封有些厚度。內容他大概有底。就如朝倉所說，應該寫在信裡面，所以先放進包包，未拆信就直接帶回了家。

「現在沒有人會寫信郵寄」，就如朝倉所說，一九九三年出生的翼，連信都沒寫過。身邊也沒有人寫過。

不過，收信這件事，就像今天一樣偶爾會有。多半是淺色的、小小的信封，信紙也是淺色的。偶爾會有女生不傳電子郵件或Line而是寫信，為的是引人注目。

那些信裡面，多半都寫著相似的內容。

十一天前，謝謝你。

十六天前，謝謝你幫我出了麥當勞味道很淡的咖啡錢。

十一天之後才道謝，雖然很奇怪，但再次地。

想再次道謝。向你道謝。

＊＊＊

不是有電線桿嗎。那個，你曾抬頭看過嗎？
很多線連在一起。一直盯著看會覺得不安嗎？
我覺得很不安，所以今後，看到電線桿，我決定要想起竹內同學。

＊＊＊

翼（つばさ）的つ是罪（つみ）的つ。
翼（つばさ）的ば是語言（ことば）的ば。
翼（つばさ）的さ是塞列歐斯[7]（サレオス）的サ！サ！サ！

這些信的寄件者都不一樣，表現方式也都不一樣。
然而，要表達的內容都一樣。就是「我喜歡你。請你也喜歡我。」電子郵件或Line寫來的，像這樣的告白就更多。
翼第一次遇到這種告白手法時，也心想「為什麼？」、「什麼意思？」地感到疑惑。
「第一次」是高二的時候。地點是有栖川宮公園。
那時他跟同中學的山岸遙相遇。進都立高中的遙，和同年級女生在公園散步。「這是我同學〇〇。」她介紹了同學的暱稱，他們只聊了一兩句就分開了。雖然交換了電子信箱，但「〇〇」叫什麼名字，和兩人道別之後就忘了。沒什麼印象。

翼從中學時期開始，便不自覺地對遙這個人很在意。不是對遙這個女生，他並沒有以異性的角度在意她的感覺。

遙的長相有點奇特。大概每間中學（恐怕是全世界的中學），都會有男生在女生不知情的情況下，偷偷舉辦「哪個女生好看的投票」。那是毫不留情而殘忍的評價。以數學考試來說就是完全不給部分分數，僅僅基於外表來評價。

男生以為那是在背地裡舉行的，但其實女生都知道。男女合校和分校最大的差別，不在於「正式場合」，而在於是否在極為日常的生活中遭受到這種殘忍，在於是否親身體會過這種殘酷。

在這個殘酷的投票中，遙不是排在第一或第二的那種女生。甚至連第五或第十也進不去。然而她的名字總會出現在選項中。她長得並不醜，但長著一張讓人有罪惡感的臉——即便沒人看到你圈選她，你也會感到不安。「可是，那傢伙讓人很難圈她啊。」她的長相就是讓同年級男生忍不住流露這樣心聲，如此的奇特。

翼並沒有自覺自己很在意遙。去在意既不是第一也不是第二的女生讓人心生怒氣，而且他滿小的時候，就已學會不去看自己內心那些沒有助益的情感。不愧是考上東大的人會有的靈巧能幹。

7 塞列歐斯（Saleos），為所羅門王驅使的七十二柱魔神之一，擁有令男女相戀的力量。

在有栖川宮公園遇到遙時，她對翼說：「我差點認不得了！」養成運動習慣的翼，體脂肪下降，肌肉增加。遙點出的是這個部分。這是對他的外貌做出的客觀評價，但翼以為她對自己說的是主觀感受，為此滿足。而這份滿足出乎意料地強烈。或許因為如此，他對於遙身邊的都立高中的同班女同學幾乎沒什麼印象。

不過，那個同學寄來了Mail。而且是過了三個月左右的事。

刺槐的金黃與赤紅緩緩飄落
在黎明的秋光中飄落
披著綿絨薄衣我的憂鬱

好的，請問：請選擇適合填入缺漏部分的詞語。

「什麼啊？」、「什麼意思？」、「漏掉的部分是哪裡？」翼心想。

他馬上打電話給遙。「山岸你那個同學寄Mail來給我，那是什麼意思啊？」與其說是想弄清楚意思，更多是找到打電話給遙的理由而感到高興，但他選擇忽視。若不是他擁有可以對這種喜悅視而不見的判斷力，他也不會考上教育大附屬高中。遙說「我們再約有栖川宮公園見面吧」，於是約了方便的時間，結果，該位女同學也出現了。

「上次見面的時候，陽光穿過樹梢灑在竹內同學身上……然後，就想起北原白秋的詩……」

該位女同學說道。「上次見面的時候，天氣不是很好嗎？竹內同學站在大樹下，穿過樹梢的陽光剛好照在你臉上，她說感覺很棒……」遙幫她重新說明（翻譯？）。「那首詩的詩名，你知道嗎……」女同學問道。「搜尋一下就馬上知道了吧？」翼一回答，遙接著說：「不是搜尋不搜尋的問題啦。那是北原白秋以〈單戀〉為題的詩喔。」她又再次說明（翻譯？）。就這樣，遙就像是外國藝人訪日時的口譯，對於女同學不可思議的發言，幫她解釋將不可思議的程度降低四成，並給予了暗示說出來。

那時是二月。天氣很冷，翼有了尿意。「我去一下廁所。」他往公園的廁所走去時，遙說「我也要去」，並在從廁所出來時說：「所以說啊，竹內同學。她呢，是想跟竹內同學交往的意思啦。」遙如實地翻譯出來。「在大學入學考試結束前不要碰那些事，對她跟對我才是最好的。你幫我轉達。」說完，翼直接走出公園回家。他對遙說的話是真心的。如果被「交往」之類的事占用時間是考不上東大的。

*　*　*

高中時的翼一直都是如此，直到成為東大生後他才失去處男之身。這很簡單。一旦取得東大理Ⅰ學生這個身分，面前馬上就有兩張「女生卡」供他選擇。只要從紙牌當中，選出適合第一次練習的那張就好。抽了一張，下一次紙牌又多了兩張，再選一張之後，接著又增加三張。只要熟悉女性，可選擇的紙牌就會增加。這個準則跟東大無關，古往今來，放諸四海皆準。

翼隨意地徒手拆開今天在社辦收到的信。

從No. 1、No. 2……No. 5，在信紙邊緣手寫著編號卻是空白的。只有第六張上寫著電話號碼跟電子信箱。

沒有名字。輸入號碼之後，iPhone通訊錄的搜尋結果出現「女經理・南」。

翼把這封故弄玄虛的信放到書架角落疊放在類似信件的上面。

同樣是念東大的哥哥，偶爾也會收到這類告白交往的內容。不過單就郵寄的信相比，翼收到的多很多。

哥哥中學、高中都念男校。一直在只有同性的地方念書，上了東大文I後，也一直為司法考試而努力念書。他聽從了只當了一年多小學老師的母親所給的感性而多餘的建議，甚至修了教育課程。雖然他嘴上說單就科目而言很有趣，但看在弟弟眼裡，他只是運動白痴加上天性認真過頭，完全沒想過念書以外的事。哥哥長得像母親，體型稍胖，身高也矮。

（而且還很臭，這點真是……）

他有狐臭。

（這樣的話，不太可能有異性緣吧。）

正當翼打算去洗澡從椅子站起來時，電話響了。畫面上出現：「女經理・南」。女經理不是朝倉就是南，他不知道到底是其中哪一個。不知道也不在意。總之，只要知道是朝倉以外的女經理就好。

「小南，你好。」

「對不起……寫了信給你……」

（原來是給我空白信的女生。）

「打電話，現在這個時間比較方便對吧？我在社辦問你……」

（我講過嗎……啊，這麼說來，上星期有人問過。想起來了。她說想打電話來，問什麼時間比較好，喔是那個女生啊。）

「嗯，可以啊。」

（啊，不過，這個女生，那時好像有說要辭掉不當女經理……）

「對不起，做了奇怪的事。辭掉不當女經理這件事，讓我很煩惱……」

（已經辭掉了啊？所以，又會有新的女生進來吧。）

「然後，想找你聊這件事，信上本來打算寫很多我的心情……不知道要從何寫起、怎麼寫，這也不是那也不是……於是覺得那樣最能表達自己心情……」

「嗯。」

「啊，對不起，就是，那樣是最能表達自己心情的方式……」

「嗯。」

翼一邊搭腔，一邊在房間裡走來走去。

（不喜歡放在浴室的洗髮精。來用用看昨天神泉站前拿到的試用品。）

他將iPhone用下巴和肩膀夾著，翻找著包包。

「我並不是討厭板網球，只是跟別人一起當經理，我覺得所謂的合作精神和……」

從聽筒傳來的南話音，就像山谷中潺潺溪水聲。

（找不到。我拿出來了嗎？雖然是免費送的，但瓶子看起來還不錯。）

他看了一下書架旁、東西放得亂七八糟的櫃子上。

「不知道有沒有可能，不是以經理的身分，而是更能展現自己特色的方式與竹內同學來往……」

南小心翼翼地說著雖然已經辭掉不當女經理，今後想與翼繼續見面之類的話。

（放到哪裡去了？好奇怪。昨天才拿到的。）

翼在意的是洗髮精的試用品放在哪裡。

「你覺得呢？在意這種事情，是不是很奇怪？」

（找到了。竟然放到這裡來了。）

「喂，竹內同學？訊號不好嗎？」

「啊，沒事喔。」

「太好了。我以為斷掉了。那，你覺得怎麼樣？」

「可以啊。今後你就算不是女經理，就當球迷，比賽的時候來加油吧。到時候有空再去吃個飯。」

「真的嗎？太好了！謝謝你。」

「該道謝的是我啊。以後也要繼續幫我加油喔。」

就這樣，翼說完掛掉電話，走到浴室。

洗髮精試用品散發著魅力十足的香味。

（「歐舒丹」。好，我要買。）

洗完頭，沖了頭髮。前女經理的信、電話和印象，都從排水孔沖走了。

＊＊＊

高三前的春假即將結束。

美咲在近中午時分離開家前往溝之口。

繞過遠藤牙科診所的轉角，加快腳步往車站去。和須田秀約好了時間，她不想遲到。碰面的地點與兩人第一次見面的時候一樣，位於車站前立體交叉的天橋進去、大樓裡的免費長凳。儘管那長凳在這棟地點方便的大樓裡，卻意外地很難找到，因此她和秀還有朋友約在溝之口時，都稱呼那個地方「溝之口車站的祕密基地」。

她到的時候，秀已經在那裡了。

美咲揮揮手，小跑步往長凳。

秀沒有回應她的揮手。對於美咲的笑容，也沒有回以笑容。

「怎麼啦？沒什麼精神。」

「……我不能再跟小咲交往了。」

秀開口道。

很突然。

「咦？」

美咲以為他在開玩笑。

「什麼意思？」

她甚至試著笑了一下。

「分手吧。」

秀的聲音很低。美咲的嘴角像慢動作般逐漸往下掉。

「分手」、「分手吧」之類男女間的對話，實在不適合他們兩個。秀跟美咲的交往可以說是很傳統、非常健全。基本上是以團體活動為主，就算兩個人單獨相處，也像是扮家家酒一樣的約會。

不論年齡，世上有兩種女性存在。敢一個人進吉野家的女性和不敢的女性。美咲屬於後者。她可以想辦法一個人走進麥當勞，但沒辦法一個人走進吉野家，這樣的美咲，在秀眼裡顯得十分清純。他們兩人連小小的爭吵都沒有過。

「為什麼？」

她用沙啞的聲音問他。

「因為我覺得這樣比較好。」

「為什麼？」

「不是因為小咲做錯什麼、不是我不喜歡你了。我考慮了很多，還是覺得分手比較好。」

「考慮了什麼？」

「今後的事。」

美咲沒有錯。只是我很快就要上大學了，跟高中生的活動範圍很明顯會不同。因為我念的是附屬高中，可以直升進大學，但念公立高中的美咲接下來要面臨大學入學考試。這對高三生而言非常重要，應該要全力以赴。自己不想成為阻礙……秀講了類似這樣的話。

「準備考試期間最好不要見面。」

也不要再打電話和傳訊息。否則，我會干擾美咲念書。秀是這麼說的。

「那等我上大學之後就能見面了嗎？我把這個當目標，會認真念書的。」

美咲這麼問。秀沉默了。

「能再見面嗎？等我上大學後？」

她又問了一次。

沉默了許久，秀回答道。

「可以見面。」

「太好……」

對於他的回答，美咲笑以回應。

「不過，我沒辦法答應你到時候也能像現在一樣交往，所以我不能隨便地說你考試加油。因此我們還是分手吧。」

「……」

美咲無法理解分手的理由。

「我現在這樣就很幸福。秀不幸福嗎？」

「很幸福，很開心啊。」

「之後會不幸福，不開心嗎？」

而秀已經無話可說，只能低頭。

「小咲沒有不好。是我不好。我不想因為我的懶散隨便，給即將面對重要考試的小咲造成不好的影響。真的完全不是小咲的問題。希望你忘記這麼自甘墮落的我。」

「我不懂這是什麼意思……」

「對不起。」

秀抓住美咲的手，硬是跟她握了手，站起身，往大樓出口跑去。

被留下來的美咲，視線的焦點落在電線接頭上。長凳對面牆角的電線接頭。

美咲在溝之口車站的祕密基地，一個人坐了很長一段時間。

經過遠藤牙科，回到家中，照著母親貼在冰箱上的便條紙，準備晚餐。

煮了四杯米，留下一些洗米水在大盆中。汆燙菠菜後，將奶奶給的竹筍去皮切半，然後在留有洗米水的大盆裡加水後，放入竹筍浸泡。

洗完手，擦乾之後，她感到寂寞。彷彿心臟被重物壓迫。

（我不懂。）

為什麼會變成這樣，完全不懂。然而，秀已經「下定決心」這件事是懂的。

（雖然不懂，但他「下定決心」要分手的，並且好好地當面講了，我不能做出像跟蹤狂一樣的事。）

儘管胸口緊悶痛苦，但美咲也「下定決心」不做出讓秀困擾的事。在逗子市發生女性遭跟蹤狂殺害的事件，這起事件的新聞讓美咲害怕，她認為被要求分手之後，殺人或威脅當然不用說，連深入詢問理由都不應該。她認為會造成對方負擔的事都不好。

她爬上樓梯，往祖父母買的床裡飛身而入，緊緊閉起雙眼，唱起ＡＫＢ的〈Flying Get〉。唱完後開始數數，努力想入睡。妹妹來叫她起床說「姊，吃飯」時，她也回說自己頭痛繼續睡。

＊＊＊

大學二年級前的春假即將結束。

翼的左腳腳跟骨折了。那是一家人駕駛共用的Prius去箱根住一晚回家的路上發生的事。哥哥開車撞到山壁。不是太嚴重的車禍。同車的爺爺手臂擦傷，奶奶及母親則完好無傷。開車的哥哥有些擦傷。車子也沒有太嚴重的損壞。翼坐哥哥隔壁，頭部輕微撞到了擋風玻璃。

「很危險，暫時先不要動。」

翼甩開哥哥的手，反駁說：「先出去確認車況再說吧。」走出車門時，他瞄到腳邊排水溝裡的積水，因為不想弄髒鞋子，導致他以奇怪的姿勢跨出腳步，失去平衡，重摔在路旁的小斜坡上，因而受傷。

（詛咒他人必自傷。）

對爺仔進行的詛咒，像迴力鏢一樣回到自己身上了。雖然不科學，但翼忍不住這麼想。

「將對方的照片，以對方手寫文字包裹，埋在戌亥方位下詛咒。」

區立中學期末考最後一天。在匿名留言板所看到的陰陽道詛咒。「無聊。」他心想。不可能成真，不科學。正因如此才以開玩笑的心態，將爺仔當作詛咒對象照做了。

他將受遙陪著來的女生拜託他拍的爺仔照片，在父親的「偵訊室」列印出來。在爺仔的腳上用自動鉛筆筆尖刺了幾下。他常常仗著會後空翻，愛現地做給遙和其他女學生看，這點很礙眼。

他將公民課本封面撕下來。上頭畫著調侃翼青春痘的「夏橙」塗鴉。他深信那是爺仔畫的，用撕下來的封面包著他的照片，便用爸爸的電腦查了「戌亥」方位後埋起來。

（爺仔既沒受傷，也沒發生意外，還是活蹦亂跳地去了紐約。）

很久沒想起爺仔在體育課上睥睨翼的表情，全場騷動的翻轉後下單槓時一臉得意的樣子，他想起來就一肚子氣。

幸好不是太複雜的骨折。年輕就是本錢，恢復也快。日常生活也大致上沒問題，反正不是職業板網球球員，仍然可以持續這項運動。只是比起之前，能力似乎微妙地下降了一個等級。

（可惡。真討厭。）

之前能做的事現在做不到。感覺就像降了一級，他討厭這種感覺。退出了板網球社。

＊＊＊

藤尾高中門口旁有櫻花樹，但二廣沒有。走廊和校舍成直角，在日照不佳的角落種了瑞香花，在第一學期的這個時候開花吐芳。

「桂花好香喔。」

真由身子靠著升上高三的美咲，抽起了空氣菸。

「那是瑞香喔。」

小井糾正她。

「咦？不覺得味道很像嗎？」

「是有點。都是花嘛。」

「一樣是花，櫻花就沒香味。」

小楓將在校門邊撿來的櫻花，湊到鼻子旁聞。在V字形的小樹枝上，開著一朵染井吉野櫻花。

「咲，你聞聞看。有氣味嗎？」

小楓伸長手。櫻花搔著美咲的鼻尖。

關於花的話題並沒有什麼意義。她們只是在替形同被秀甩了的美咲打氣。

依照升學方向分班，小井是私立理組課程三年一班。真由、小楓和美咲是私立文組課程三年十班。

「啊……」

真由停止抽空氣菸。

因為板網球社的女經理二人組經過走廊。

一個是私立文組班，另一個是私立理組班。其中私文班的那個女的和秀正在交往，而且是濃烈的交往，這件事是前天與小井同班的私理班經理跟她說的。「神立同學還滿乾脆的喔。至少表面上看起來這樣。」她這麼說。「什麼意思？」小井一問之下，她把詳情告訴她。

私文班經理在夢之島體育館的比賽後認識了須田秀，覺得有「被電到的感覺」。她知道秀和美咲走得很近，但他們總是跟女經理等人一起出去玩，所以她一心以為他們充其量只是感情很好，沒有想到是穩定交往的男女朋友關係。「一心以為」充其量是私文班經理的說辭。

過了一陣子，某次秀到私文班經理家裡。據私理班經理所說：「須田同學一心以為神立同學、井上同學和其他幾個藤尾的學生都會一起去玩。」

然而，家裡除了私文班經理，連她父母都不在，而兩人喝了甜酒。「因為是女兒節才端出來，她以為是無酒精的。她是這樣說的，不過我想她大概是知道裡面有酒精。」私理班經理如此對小井說。

不知道秀是因為生性認真嚴謹、第一次喝酒，還是體質上不耐酒精，或是房間的暖氣溫度設定得太高，他全身通紅，滿身大汗。「她說因為他看起來很不舒服所以借他沖澡。哪有人會借不舒服的人沖澡啊？通常都是給他喝水之類的吧。沖澡感覺擺明就是有問題，但對她而言就是個藉口吧。須田同學沖完澡出來，那女生只包著浴巾站在他面前，突然就用嘴含住他的那個。然後他們就順勢做了，」……私理班經理在小井面前，嘖了一聲。

當女經理二人組穿過走廊逐漸走遠，「唉，真的有那種動作迅速的女人啊。一下子就建立既定事實的女人。」

小井躺在草地上嘆了口氣。

「我想她們兩人都同時看上了須田同學。一方成功攻占了，另一方就很不甘心，特地跑來告訴我。我是這麼覺得啦。不然特地來告訴我這種事，實在太不自然了。」

「我也這麼認為。」

真由再次抽了口空氣菸。

「須田同學看起來輕浮，但實際是個老實認真的人，對嗎？我見過他，真的有這種感覺。」

「嗯，很老實認真。」

美咲微微點頭。

「須田同學以前當過童子軍。我小學時也有過被鼓吹要不要參加的經歷。」

正如真由所說，小學加入童子的秀真的是非常認真的男孩。

「正因為認真，所以才輸給了既定事實。首先，讓這種事情發生……在這情況下，須田同學是『被迫讓它』發生的。但即使如此，這種事一旦發生了，就成了既定事實，須田同學就輸了。如果是不老實的男生……」

「如果是不老實的男生，即使發生這種事也可以一邊留著她當炮友，一邊還是和咲交往對吧？但須田同學很認真，沒辦法這樣做，才會做出應該跟咲分手的結論。」

「某個程度來說，也是好事啊？跟這麼認真的人交往。雖然很短，但是是很棒的初戀啊？初戀本來就是短命的啦。」

小楓這麼對咲說。

「對啊。他要是仔細地說出實話，咲會受傷，才下定決心什麼都不說而分手。」

「嗯嗯。男人的弱點果然還是身體啊。」

躺成大字型的小井向天空大喊。然後突然站起身將手繞過美咲的肩膀說：

「所以啊，咲。下一個吧、下一個。」

＊＊＊

大學二年級的翼正從祥雲寺的停車場大門走出去時，目光停留在一旁的樹叢。

春暖花開，杜鵑恣意綻放。不過，翼的目光並不是停留在花上，而是掉著保險套的樹叢。

套口打著結，看起來才剛被丟棄，不是一副乾癟樣。

（這是怎樣啊？）

令人不快。

（不要丟在這種地方好嗎？）

在觸目所及的地方丟了這種東西，讓他感到不快。

會在祥雲寺的樹叢裡丟用過的保險套的人，究竟有什麼苦衷或情況，對此翼並不關心。因為一直以來從不把時間花在關心這種事上，他才會考上東大。

走出祥雲寺的翼，從胸前口袋拿出手機看。差不多到講好的時間了。

他獲邀在附近的義大利餐廳吃晚餐。因為太早出門有空檔，隨意走進了祥雲寺。

黃金週前邀請翼吃晚餐的，是他擔任家教老師的男中學生的雙親。兒子考上了私立海城高中，他的雙親非常高興地說：「都是多虧老師。」預約了翼方便去的廣尾的餐廳來慶祝。

中學小子、他的雙親和翼。這種組合的餐會並不是特別讓人期待。如果要講有興趣的，大概就只有中學小子的媽媽會穿什麼衣服來。

（真是個好笑的阿姨。）

翼當家教老師沒多久，這位中學生的母親開始穿著領子開得低低的衣服來開門，或是塗著很濃的口紅端紅茶來。一邊說著：「請用。」一邊將茶杯放到靠近翼的位子，讓她的胸部輕碰翼的上臂。

中學生的母親這樣的舉動，是來自她的不安。

＊　＊　＊

她的丈夫，也就是中學生的父親，與到他工作的公司爭取廣告業務、二十多歲後半的女性過從甚密。對於母親而言，最愛的男人是兒子，對丈夫已經僅剩薄弱的關心。然而，丈夫從公司能領到的錢是固定的，若分配這筆錢的人數變多，能用在最愛兒子身上的金額就會減少。現階段還沒有發生什麼狀況，但如果丈夫對那女人更加沉迷，可用的錢更加減少。這對她而言是極大的不安。

為了不讓丈夫減少給自己的配額，她必須要提高自身的女性魅力。源自不安的這股焦慮，造成的結果是，此時此刻在距離相近的兒子家教老師面前，不是以一位母親，而是作為一名女人來表現自己。藉此，她想測試自己「是否還行」。

這件事是在之後翼的名字上了新聞，她身為與翼有過接觸的人而接受週刊記者的採訪，但因為與翼沒有關係所以沒被寫成報導。當然，翼不管在之後、或現在都無從得知此事。

＊＊＊

（她在向東大生的我強調胸部。明明是個阿姨。）

他心想。

「上衣罩衫很美呢。」他稱讚了衣服，令她雙頰泛紅，彷彿被他人直接指出丈夫與二十幾歲女性的關係造成自身的不安，顯得無法冷靜而泛紅。不過，翼只是單純覺得：

（她對我有意思。都這把年紀了。）

他這麼一想，忍不住快失笑。因為很有趣，所以他總是會在意她的衣服。

（那個阿姨，不知道今天又會穿什麼樣的衣服。）

今晚被招待的義大利餐廳，是一間叫作「Acqua Pazza」，價錢頗貴的餐廳。因為離家很近，倒不是從來沒去過，但也無法像一般家庭式餐廳經常光顧。對此翼表示：「您的慷慨，我真不知該怎麼表示道謝。」話中完全不帶真心地回應。

電梯按了B1，電梯門一打開眼前就是餐廳的櫃檯。

在櫃檯前。

有數個客人。兩男兩女。雖然都是背對自己，但都穿著跟翼相似的衣服，拿著相似的包包。

「歡迎光臨，請問您和這些客人是一起的嗎？」

店員也如此向翼詢問。

「不是，應該有一個○○先生的預約。」

翼說出中學小子雙親的姓。

「請稍待……」

店員低下頭確認預約名單。前面的其中一位客人回頭看。

「咦？」

是和久田悟。他是東大理I的學生，在理I算是有名。石川縣裡頂尖升學高中——縣立金澤鏡丘高中畢業，參加過全國高中數學競賽個人賽得到優勝。家境富裕，「他的父母是金澤文化沙龍圈裡知名的人物。」這是他的遠親，也是參議院議員的和久田雅子上ＮＨＫ教育臺，與高中生對談的節目當嘉賓的時候說的。翼正好在轉台時碰巧看到。

「嗯？我們認識嗎？」

和久田並不認識翼，很坦然地問他。

（該怎麼回答好……）

對於像這樣的同性，該怎麼回答才不會被看輕，為此翼猶豫了一秒鐘。

「這不是竹內同學嗎？」

山岸遙回過頭。她上了東洋大學文學部。

她為他介紹同伴：和久田悟、一樣是東大理I的國枝幸兒，以及日大藝術學部的那珂泉。

「我們都是跳完舞要回家，剛剛有舞蹈社團的聯合練習。」

遙說完，另一名不同於剛才在櫃檯的店員走過來：

「跟○○先生一起的客人。讓您久等了，幫您帶位。」

「先這樣。」因為店員出現，翼向遙等人告別。

店員帶著翼往裡面走，邊說著：

「您的朋友預定的，是一樓的Acqua Vino。」

聽著店員說明，他回過頭看了一眼，看見遙他們帶著滿臉學生樣的笑容，走出餐廳。

店員帶他到餐廳最裡面的位子。

考上海城高中的兒子、他的父親，以及被翼認為是「可笑阿姨」的母親，正帶著滿臉笑容迎接東大生家教老師。

丈夫並不是因為兒子考上第一志願的海城高中而清醒，而是正好在放榜前夕被二十多歲的外遇對象說「我討厭優柔寡斷的人」就此被甩，於是他變得更加珍惜家人了。妻子在這一天，身為母親的她感到非常幸福滿足。比起女性魅力，她選了一身更顯賢妻良母的衣服。

她穿著白色立領罩衫，釦子一路緊緊地扣到下巴，搭配道明寺餅顏色的無領西裝外套。高高盤起的頭髮，一根頭髮都不掉地以髮蠟梳得緊緊的。兒子穿著新制服，父親則是西裝。

一家人全都喝氣泡礦泉水。兒子是因為年紀，父親因為開車，母親則是為了在兒子與丈夫面前，做一個好母親。

翼也喝了氣泡礦泉水。作為一名配合他們一家人的好家教老師。

料理非常棒，但卻是一場無聊的餐會。餐後他送一家人到附近的停車場，道謝之後，翼沒有直接回家，而是再次慢步走向祥雲寺。

此時，似乎剛才從Acqua Vino走出來的遙跟其他人，正從前方朝他走來。

「咦，又遇到竹內同學。」

遙注意到翼。他告訴她那場餐會多麼乏味無趣後，遙說：

「那跟我們一起去第二攤吧。」

翼加入了他們的行列。

他們在附近舉行舞蹈社團的聯合練習，跳華爾滋的時候則是和其他大學的學生配對。抽籤結果以和久田與遙，國枝與泉兩兩一組一起練習跳舞之後，大家便一起出來玩。

他們和翼找了一間看起來挺便宜的店，連店名都沒看就進去了。在Acqua Pazza時，義大利料理當前卻沒配酒，翼像是要喝回本似的，接連快速地喝著酒。舞蹈社團的成員們也喝了不少。又是啤酒又是燒酎氣泡酒又是High Ball，大喝特喝了一番。

喝太多，喝到隔天頭痛得厲害。

聊了些什麼，翼已記不太清楚。聊的都是一些無聊的內容。記得比較清楚的只有日藝的那珂泉。美女一枚。

（東洋大的遙，怎麼會跟日藝的女生一起？是東洋大、日藝和東大的校際社團交流活動嗎？）
遙從中學的時候，就說要念東洋大。因為她是叫坂口什麼的小說家的書迷。
（不過，記得他們說到大家是第一次見面……）
細節全部都忘了。
（算了……）
對舞蹈沒興趣的翼，打算今後在學校裡遇到和久田或國枝，點頭打個招呼就夠了。
他穿著睡衣走到廚房。
黃金週的第一天，父親去打高爾夫，哥哥為了準備司法考試的預備考試，去上補習班伊藤塾。
（矮胖又腋臭的運動白痴，還真是辛苦。）
客廳桌上，他看了看母親用水性原子筆寫的便條紙。
「冰箱裡有明日葉的三明治捲。」
母親好像去了南青山的健身房上熱瑜珈。
（不了。明日葉的三明治，或許很健康，但很難吃。）
頭好痛。翼從冰箱拿出母親總會泡一些冰在冰箱，裝著南非國寶茶的冷水瓶。倒在大的玻璃杯裡，一口氣喝完。
（啊，頭痛死了。今天就繼續睡。）
翼又回到床上躺。

4

大學一年級的美咲，在學生餐廳點了健康沙拉午餐。她將裝著菠菜、水煮蛋沙拉、裸麥麵包和去脂牛奶的托盤放在桌上。

辦完入學手續之後，很多女同學因為解脫而把減肥什麼的都放一邊，愛吃什麼就吃什麼，但美咲則認為「上了大學就要趁現在減肥」，因此注意起每餐攝取的熱量。

她上的大學是水谷女子大學。

主修綜合生活學部．國際設計學科。

在河合塾的女子大學偏差值排行當中，被放在偏差值四八的類別。

從藤尾高中升上大學的女生多數選擇了聖心、實踐、共立、大阪樟陰、安田等偏差值等級的學校。雖說幾乎沒有人選擇關東以外的大學，但成績好的學生中，也有考上津田塾、東京女子、日本女子等程度的女子大學。

美咲從小學就沒有去過所謂的補習班。上高中之後，會去開在外婆的洗衣店旁，退休高中教師自家開設的讀書會，也只是一週一次的頻率。讀書會在暑假和寒假中也是休息不上課。

她也參加了藤尾高中以自願參加者為對象、每天放學後七十分鐘的「因應入學考試集中輔導」，但因為是公立高中老師找空檔輪流幫學生補習，所以只有上十月到十二月之間這段時間。

就在輔導的最後一天，十二月中旬，總是放聲大笑、充滿活力的奶奶，因為主動脈剝離過世。受到巨大打擊和治喪等事影響，使她在慌亂之中應考。

因為和秀的事情讓她很難過，美咲將第一志願從日藝改成明治學院大學的文學部藝術學科。第二志願是專修大學文學部的人文．新聞學科。第三志願則是水谷女子大學，綜合生活學部國際設計學科。

就算是大考在前的高三，她也還是陪弟弟打電動、幫妹妹把衣服脫線的地方補縫好。在一個「因為是最大的姊姊」要幫忙很多家事這樣一個熱鬧且忙碌的良善之家裡，關於升學，還沉浸在「畢竟是女孩子」這樣過時的觀念中，一切顯得安穩寬容。

對於祖父母而言，不管是明治學院或水谷女子大學，他們從來不以偏差值的角度來看待，更不知道偏差值會因為學部或學科產生很大差異，他們完全不具備這樣的知識。

美咲本人也絕對沒有一丁點要重考的想法，匆匆忙忙中辦好了水谷女子大的入學手續。所有親戚對於美咲要成為水谷女子大的學生都衷心祝福她，尤其是母親和外婆，她們對此很開心。

起初是明治時期裁縫學校的水谷女子短期大學，規模雖小，在昭和時期二次大戰後，以「合乎理論的家政學」為標語蔚為話題，是一間有歷史的學校。開校時的校舍，位於跟豐島區相鄰的文京區。

「女孩子就是高中畢業之後上個短大，在自家附近的幼稚園工作，或是到爸爸友人的公司上班，二十五歲之前，和公務員或是在大公司工作的上班族結婚，離職當家庭主婦。」在某個時代，這是女性最受祝福的人生模式。那是約翰．甘迺迪跟池田勇人彼此互稱說日本和美國是「合作伙伴」的時代。

不是戰勝國與戰敗國，而是「伙伴」。伙伴這個詞，對日本人來說很新鮮，迴蕩在他們心中。與此同時，哥哥約翰的最佳伙伴，弟弟羅伯特．甘迺迪及大學時期結婚的妻子所說的「我不是羅伯特的伙伴」這句話也引起了共鳴。訪問中採訪者說：「你是羅伯特的（人生）伙伴。」對此他的夫人說：「羅伯特是一家之主，我僅僅是一家之主的內助。我不是羅伯特的伙伴。」這是她在記者會上的發言。這番發言對於戰後日本，就像是民主主義時期賢妻良母的象徵一樣，迴蕩在民眾心中。[8]

在那樣的時代，水谷女子短大是女學生升學最理想的短期大學之一，曾經如此。已是過去式。現在已經不是短大。

水谷女子大學校區分散在兩處：原有的位置，以及橫濱郊區。新校區校地較廣，但離東京市區很遠。

美咲所選的綜合生活學部，包含國際設計、圖書、社福三個學科，校區位於相鐵線沿線的三境車站搭公車幾站的地方，叫作「大學前」的公車站。不叫「水谷女子大前」而是「大學前」，就是因為附近還有橫濱教育大學。

通車距離比小學、中學、高中時期要遠得多，卻給正值十九、二十歲的她，一種真正成大學生的感覺。

「裸麥麵包的話……嗯。」

---

8 本段的「伙伴」原文為「partner」。

她在網路上搜尋，確認熱量。

美咲成為堂堂正正的大學生，她的手機也換成家庭優惠方案超便宜智慧型手機。每週兩天課比較少的日子，她決定在小楓家開的格林麵包店做收銀員打工。

「可以坐你旁邊嗎？」

拿著托盤的女學生問她。

「可以啊。」

「只吃這麼清淡的沙拉夠嗎？是午餐吧？」

上午通識課時，她們兩個坐在隔壁。第一次看到這個人時，美咲還以為她是真由。兩人非常相像。不是長相，而是整個人的氛圍很像。髮型也一模一樣。因為是水谷女子大阪的真由，所以叫她水真由，美咲也跟真由本人講過。

「是不夠，但想減肥。」

「好厲害。對了，美咲和同班的女生會傳Line嗎？」

水真由吃著咖哩飯。

「我才剛用智慧型手機，還不是很順手，沒有在用Line。不過，快要梅雨季了，好像要開始用比較好。」

「梅雨跟Line有什麼關係？」

「嗯，因為從入學典禮到現在已經過了很久，認識的人也越來越多……覺得是不是應該要開始用Line比較好……」

「但是，一直保持聯絡，不覺得很討厭嗎？為什麼一定要聯絡成那樣啊？Line真的很討厭。互相傳著一些無關緊要的內容。有夠煩的，我絕對不用。我甚至想要為了可以說：『對不起喔，我的手機是這個，不能用Line。』而將手機從智慧型換成掀蓋式。」

水真由的這種個性，真的和藤尾高中的真由很像。

「畢業的時候，明明哭著說之後也要見面，但高中時期的朋友現在已經沒在聯絡。不過，因為我是在岐阜縣，跟一直住在這附近的美咲不一樣。」

「嗯，我不住這附近啊。我是青葉區啦。」

「也算這附近啊，從岐阜來看的話。」

水真由說她是因為想來東京看看所以進了水大。不管是水大所在地橫濱市瀨谷區、橫濱市青葉區，或是東京都文京區、東京都千代田區，從岐阜縣惠那市看來，全部都算是「廣義上的東京」。

「對同高中的女生來說上東京是不可思議的想法，感情好的同學們百分之九十九待在縣內，要離開也頂多是到隔壁縣。」

對地方城鎮的年長世代而言，聽到水谷女子歷史悠久、重賢淑教育的家政學校這樣的印象相當強烈，如果是水谷女子他們就允許上東京。

「所以慢慢地連Mail也不傳了。」

「這點的話，我也一樣。跟高中要好的女生們見面的頻率變少了……」

首先是跟真由不再見面，因為她搬去紐西蘭了。離婚後帶著弟弟離家的媽媽與日裔人士再婚，她和繼父一起住在紐西蘭。「先在當地語言學校上課上個一年左右，再思考之後的事。」真由這麼說。

（好好喔。）

美咲是這麼想的。她感覺在新大陸充滿著各種可能性。

跟小楓也不見面了。

小楓沒有上大學。

她爸爸新年後在工作現場倒下，是腦出血。非常愛爸爸的小楓因為焦急，連入學考試都錯過了。所幸她爸爸僅是輕度腦出血，處置得當，手術順利，平安出院。不過要恢復到以往能做麵包的狀態還需要一些時間，小楓便留在家裡幫忙。

麵包店裡有一個比小楓年紀稍大的男性員工。那是野川由美子迷的伯母過世丈夫的表親的兒子，而他們在麵包店朝夕相處一起工作之後，兩人關係迅速走近，很快就結婚並生了小孩。就是所謂的先上車後補票。

小楓懷孕時因為孕吐，而生了之後又忙於照顧小孩，就算美咲去格林打工，跟她也碰不到面。

小井則是私立理組班，第一志願是昭和藥科大學，第二志願是駒澤大學醫療健康科學部，第三志願是東邦大學藥學部，但她進了東京理科大學理學部第二部。那是夜間部。她並不是為了白天工作賺錢而選了夜間部，但小井家也跟美咲家很像，都是忙碌的的良善之家，她也不是多認真念書的類型，很乾脆地考上哪就念哪。只是生活節奏跟美咲不再一致，接觸的機會也變少了。

「去者日以疏，對吧。」

水真由說道。

「那我跟剛認識的美咲交換電子信箱吧。」

「你不是說很煩嗎？」

「那是指Line。一般的Mail的話就還可以。不想嗎?沒關係喔，不用勉強交換。」

「完全不會啊。」

她們交換了信箱。交換完之後，水真由隨即將餐盤拿到回收處。這點也跟藤尾高中的真由很像。

（感覺要下雨了。）

窗外變得非常陰暗。

美咲已經沒課。本來有一堂，但因為教授有事，教室貼著今天停課的通知。

（早點回家吧。）

出了校門走向公車站，大滴大滴的雨開始打在頭頂。美咲跑了起來。公車站有屋頂。不過，雨很快變大了。

（反正會淋濕。）

走到一半她放慢腳步。

「這雨還真大。」

「想辦法走到公車站就能躲過。」

對面路上有兩個看似男大學生的人，頭頂上放著包包跑著。一個穿著灰色連帽運動上衣，一個則是海軍藍外套。

灰連帽上衣和海軍藍外套回頭喊。

「喂，快點啦。」

「鞋帶掉了！」

另一個男學生蹲在路邊。重新綁好之後，站起身繼續跑，他們過斑馬線到美咲所在的這一邊。公車站的小小屋頂下，所有的男大學生都看向美咲。視線統一都集中在一處。

（咦？我臉上有沾到髒東西嗎？）

美咲用手掌摸摸左右臉頰。明明這樣做沒意義，但她還是反射性地做了。

「這個，如果你願意的話，這個……」

灰色連帽上衣男放下背著的背包，並從包包裡拿出adidas的大運動毛巾，伸手遞給美咲。

「嗯？」

「那個，就是，可以遮得住……」

被這麼一說，她才注意到自己的胸口。罩衫被雨淋溼，裡面的襯衣透了出來。

因為《肉體之門》而成為話題的野川由美子，如果是現在會被用「圓圓的」這種豪無美感的詞來形容。美咲一直覺得小楓細瘦的手臂和沒有起伏的胸口，很像巴黎時裝週上的模特兒，總是覺得羨慕。因為很在意自己G罩杯的胸部，制服也是訂做大一號的尺寸，平常的衣服也總是選不會突顯身體線條的衣服。當上大學生之後沒了制服，上學通車也變遠，每天早上選衣服總是讓她很困擾。今天穿的是外婆慶祝自己考上大學，在東急商店買的，比起保守更偏向純樸的化學纖維罩衫，配上及膝的箱式褶裙，很安全的穿著。

罩衫底下穿的是Uniqlo和胸罩一體成型的細肩帶背心，雖然說濕透了也只是細肩帶背心透出來而已。但因為是Uniqlo的一體成型式背心，往往只有大概的尺寸，罩衫淋濕之後貼在背心上之後，G罩杯的乳房重晃晃地彷彿要從背心掉出來一般。

「啊……」

「你可能不想用我的毛巾，不過現在這樣不太好，還是請用吧。」

「謝謝。請借我。」

得救了。美咲接過毛巾之後，剛剛重綁鞋帶的男學生，也大聲說：

「太好了！這樣我就不會一直盯著看了。」

海軍藍外套男笑了。

美咲也笑了，四個人一起笑了。眼前公車快來了。

「水大？」

「對。你們是橫濱教育大的嗎？」

「嗯。」

會用這個公車站的，通常是水谷女子大或橫濱教育大的學生。

「一年級？」

「對。」

「一樣吔。我們也是。」

四人在公車站小小的屋頂下，一來一往地聊起天。

一旦到了被叫叔叔阿姨的年紀，這種情況下的對話就僅限於當下。只是社會人士為了不讓場面尷尬的社交禮儀罷了。

然而，年輕時就並非如此。因為這樣的情況開始交流之後，就想加深彼此的關係。年輕時，不論同性異性都會想認識新朋友，因為光是如此就很讓人開心。

在公車開到公車站之前，有人提出橫濱教育大的男學生三人，跟水谷女子大的女學生三人一起去唱ＫＴＶ的提案。

「我們兩個馬上就要下車了，神立同學，你隨便傳個Mail給誰都好。快點快點。」

重綁鞋帶的學生和海軍藍外套的學生，因為住在橫教的學生宿舍所以會在下兩站下車。

「等等。」

就算被他們兩個催促，也總覺得很開心。美咲傳了Mail給剛剛在學生餐廳存了信箱的水真由。

（希望她有空。）

美咲對於為了這樣的事情傳Mail給同學而興奮。

她感受到成為大學生的事實與新鮮感。美咲被這樣微微的興奮之情包圍住。

去外婆的洗衣店接弟弟妹妹，或去附近超市買東西，或在藤尾高中的二廣跟一樣的人聊天……以往的美咲只做過像這樣在固定的範圍內進行的安全行動。

「反正」這個咒語，讓美咲在沒有意識到的情況下，總是要別人採取行動才會感到安心。

然而，現在的她卻正在聯絡同學和男大學生一起去唱歌。

（這種事我是第一次……）

比起受到橫教的男學生邀約唱歌這件事本身，美咲更為當上幹事的自己感到興奮緊張。

「哇。」

正想著公車要靠站了的時候，手機響了，美咲因此嚇了一跳。是水真由。

「傳Mail太麻煩了，我直接打電話。ＯＫ喔。〇〇你知道嗎？我也是前天剛認識的。今天課堂結束的時候，〇〇也說她可以，就一起去吧！詳細情況決定之後再Mail給我。」

在公車打開門之前，水真由快速地講完，然後掛掉電話。美咲在車裡跟橫教的大學生說了。

「喔，好吔。那地點就……」

他們在車上決定好了。

一方面因為美咲的衣服濕了，加上大家在晚上之前都各自有事，所以決定先分開，等會再碰面。

鞋帶男和海軍藍外套馬上就下車，而灰連帽上衣和美咲一起在相鐵線轉車，在橫濱分開。他住在日吉，和住薊野的美咲一樣搭橫濱市營地下鐵就到了，但因為他買了東急東橫線的定期票，而且有事需要在東橫線某站下車。

美咲在橫濱市營地下鐵車上收到水真由的Mail。原本要參加的〇〇不能去了。

「橫教三個人的話，我們女生兩個也可以吧？不一定非要一樣人數。」

原本要回覆「也是」給水真由的美咲，突然想起不知道小井現在如何了。
小井上的是東京理科大夜間部，所以總是跟她錯過碰面的時間。
（好久沒見了，很想她。）
她傳了Mail給她。
「我會去喔！」
美咲馬上收到回信。
（太好了。）
美咲馬上通知鞋帶男、海軍藍外套、灰連帽上衣。
「水谷女子其中一個不能去了，我臨時找了一個東京理科大的女生來參加囉。」
橫教的學生回信表示他們知道了。其中灰連帽上衣又問：
「東京理科大的什麼學部？我在岩手的高中好友也上理科大。」
她回說是理學部第二部。
「那是夜間部囉。該不會是白天當上班族、快三十的姊姊吧？啊，不過就算是姊姊也歡迎喔。」
美咲看了之後嘻嘻笑。
「是同年的女大學生啦（笑）。」
她回信道。
沒有他意。只是傳達了事實而已。

水谷女子大學還是水谷女子短期大學的那個時代。羅伯特．甘迺迪拜訪早稻田大學的那個時代。他的夫人說出自己並不是羅伯特的伙伴的那個時代。在那樣的時代，女性會在職業欄上寫「幫忙家事」也能為「社會」所接受。在那樣的時代上夜間部大學的，是有經濟考量的人。

然而隨著時間的推移，這樣的情況逐漸改善了。因為偏差值的理由而選擇考大學夜間部的考生增加了。早稻田大學第二文學部和社會科學部的學生，曾暗地裡被嘲笑是狡二（狡猾的第二文學）跟狡社（狡滑的社會科學）的時代，大部分的私立大學都廢除了夜間部。東京理科大的夜間部，是現在日本唯一的夜間理學部。

「好好喔。」美咲在藤尾高中時期，只要遇到期中考總是對著小井這麼說。她的數學和理科的成績很好。

「那是跟古文或世界史比起來而已。」小井總是謙虛地說，但對於其他多數人的私立文組的美咲而言，她是炫目的理組。

還和須田秀感情很好的那陣子，秀聽說了小井的志願之後說：「你應該更積極地把目標放在理科大夜間部。東京理科大的起源，就是夜間部學校啊。打從心底想念理科的人才會想去念的夜間部，就是它的起源。」「原來如此。」小井和美咲都有了新的理解。所以，原本是私立理組班的小井進東京理科大夜間部這件事，對於美咲而言，僅是一個事實。美咲把小井的學部告訴橫教的灰連帽上衣男，也僅僅是告訴他事實而已。

這群年輕學生們在橫濱車站附近的 Big Echo 碰面。

ＫＴＶ包廂除了唱歌之外，也可以當作租用包廂使用。裡面禁菸，餐點飲料價格便宜又種類豐富，更重要的是不嘈雜，同行者講的話能聽得很清楚。

水真由來自岐阜，灰連帽上衣是岩手，鞋帶男是新潟，而海軍藍外套是靜岡。除了美咲和小井之外，其他人都是從地方城鎮來到東京的「上京者」。

「你們是都會女生。」類似的話，橫教的男學生和水真由，對美咲與小井說了好幾次。「不是啦，橫濱的青葉區才不是什麼都會。」她們每次都會這樣回嘴，然後全體大笑。

「啊，對了。我一半算是港區的人啦。我高二才搬到岩手的。」

灰連帽上衣說完，被大家排行為「都會人士第一名」，他們再次大笑。

並不是什麼好笑的話題。然而，對於剛認識的年輕人而言很有趣。

在廁所時，小井對美咲說。

「咲，今天在場的，真的不像是剛認識的。總覺得大家很合得來。」

「嗯。」

「會讀教育大，畢業以後是不是要回老家當高中老師啊？」

小井拿著粉餅的粉撲，在鼻頭輕輕拍打。

「現在想起來了。橫教就是……那時來藤高當了一陣子的數學代課老師。那位老師就是橫教的。小井的班上沒有上他的課嗎？」

「忘了。完全忘了。咲你記得真清楚，那麼久以前的事。」

「就是臉圓圓的，額頭上有一點點青春痘，很開朗的老師。」

「咲，你對他有意思嗎？」

「……」

美咲閉上了嘴。像是有水花飛濺在身上一般的異樣感受。記得老師的這件事，為什麼會被小井覺得是有意思呢？

「啊，你說不出話了。被我猜中了吧？」

「……」

「我一直以為咲喜歡的是運動會一起參加兩人三腳的○○同學。數學代課老師啊，以立場來說算是祕密戀情嗎？我都沒發現。」

「……」

美咲那股異樣感覺更加強烈。

的確她對於一起參加兩人三腳那個高一年級的男學生有好感。就像粉絲對藝人一樣。雖然會看他上的電視節目，但不會參加粉絲俱樂部或去看演唱會，只是這種類型的好感。再說，這對她來說正是「那麼久以前的事」，在小井這麼說之前，早就徹底忘記那個男學生了。

「對了，在那之中，誰是咲的菜啊？」

「那之中？」

「唉唷，你裝傻。今天見面的那三人啊。」

「……」

又是一股異樣的感覺。

美咲不管是幼稚園、小學、中學還是高中，都是男女同班。男女同班指的不只是一起上課，而是擤鼻涕、放屁、量體重這些事情，日常生活中方方面面，男女都會有所接觸。校內的學生在意識到對方是異性之前，更是同學。即使對異性感情萌發，也是在日常生活當中逐漸累積的。

「什麼菜啊……」

從奇妙緣分發展到六人在ＫＴＶ會合的開心聚會，在充分享受這樣開心氣氛的情況下問「那當中誰是菜？」這樣的問題，讓她覺得很不合時宜。

「什麼？沒有咲的菜嗎？全部出局？」

「……什麼菜的……我沒想過……」

「你就是這樣龜速駕駛，須田同學才會被女經理強奪啦。覺得不錯的話就要趕快抓住。龜速駕駛啊，當事人自以為是安全駕駛，但對周遭的車很困擾。我啊，現在白天，在駕訓班上課呢。」

小井拍拍咲的背，先走出廁所。

（強奪……）

美咲走出廁所，在狹窄的走廊停下腳步。

（被強奪嗎……這種說法，應該是交往得更密切的男女才會用吧……）

美咲曾經非常喜歡秀。不過他們的交往，幾乎都是多人一起行動，非常爽朗而清純。因為快要入學考試，彼此尊重（至少美咲是這麼想的），只要上大學，他們交往關係會變得更親密，然而就在這個時候，對方就像消失一般，離開了。

（我的龜速駕駛對秀而言，也很困擾嗎……）

美咲回到包廂。

這群老實的橫教、水大和理科大的未成年學生們，正在喝汽水、烏龍茶和咖啡。灰連帽上衣不是當屆入學，所以在法律上是可以喝酒的，只是體質上不能喝，正在吃霜淇淋。

「歡迎回來，美咲。現在啊，我們離鄉背景組正在大聊上學通車的方式。」

美咲一打開門被水真由回頭叫住。

「中學小學走路，上高中則騎腳踏車，沒有搭過電車上學。」

「對。所以不知道通車尖峰到底是怎麼回事，連這都覺得是大城市的象徵。」

水真由和鞋帶男說完後，海軍藍外套問了小井：

「即使是現在，橫教和水大都位在瀨谷區，與通車尖峰也還是無緣。小井同學在飯田橋，每天早上不會很辛苦嗎？」

「嗯，很辛苦啊。很誇張喔，那附近早上擠得很厲害。而且明明是早上，啊，還是就是因為是早上，也有色狼出沒。然後啊……」

小井講著早上電車多擠、早上課堂使用的講義等，彷彿她上的是東京理科大的日間部。

「……」

灰連帽上衣露出很困惑的表情，因為他已經從美咲口中聽說小井是夜間部學生。

「……」

美咲也感到為難。然而，卻不知道從何插嘴。

灰連帽上衣伸手拿了桌上的紙巾，擦了擦嘴唇上的霜淇淋。

「就順著她的話吧？」

他若無其事地湊到美咲耳邊，小聲地說。美咲輕輕點了點頭。

六個人在十點左右，走出Big Echo。

海軍藍、鞋帶及水真由得回學生宿舍，所以搭相鐵線，灰連帽上衣搭東橫線，和大家在橫濱站分開了。

美咲和小井都走向橫濱市營地下鐵搭車月臺的方向。

「好開心喔。」

走在車站通道上的小井，看起來非常開心。

（太好了。）

美咲心想。

「通車尖峰的事，謝謝你順著我的話喔。」

小井主動提起這件事。

「是說，我念東京理科大，其實也是真的啊。又不是東京第二理科大之類的。東京理科大理學部，真的也是理科大。只差最後加個二部，全部講完也很長。我決定了，不用一定要講這麼長一串。」

「嗯……小井這樣決定的話就好。只是啊……」

美咲說出已經告訴灰連帽上衣是夜間部，以及只是單純講出事實的事。

然而，聽在小井耳裡並非如此。美咲是因某個意圖，向橫教大的男學生「打小報告」，說出她不是日間部而是夜間部的事。

「打小報告？什麼意思？」

美咲不能理解。

「就是這樣啊。」

小井面紅耳赤。

「如果不是打小報告，那剛剛，你幹嘛不當場跟我說？」

「哪是……這種事，沒有必要在小井在講話的時候，特別打斷你來講吧……」

「是因為你在嘲笑我吧？因為你想在背後笑我，才不跟我說的吧？」

她的聲音大到通道上熙來攘往的人們都停下腳步朝向她們看。

「咦……」

小井突如其來的震怒，一時讓美咲無法回應。

「咲，你一個人回家。」

小井轉過頭背向她，順著通道走回原本的方向。

（小井……）

原本打算叫住她的，但對於太過突然的情況變化，從美咲喉擠出來的只有沙啞的細聲。

大批大批的人在美咲身旁來來去去。美咲幾乎像是被彈開，只能動也不動地站在通道靠牆邊。

（小井好激動……）

很擔心。她打電話給灰連帽上衣，問他是否有看到小井，說不定他還在橫濱站。

「那個，不好意思，打電話給你。其實，我們最後吵架了。」

「跟小井同學？」

「你怎麼知道？」

「當然知道啊。你們兩個一起回去的不是嗎？」

接了電話的灰連帽上衣在東橫線月臺，他因為錯過一班車本來打算搭下一班。

美咲沒有提及跟小井對話的詳細經過，只告訴他：「我們算是吵架，小井很激動地往JR橫濱站的方向跑了。」

「應該不可能會在東橫線的月臺……」

「我知道了。神立同學趕快回家吧。現在神立同學你最好不要直接跟她說話或傳Mail。我打電話給她看看。」

「謝謝。拜託了……」

「不可以連神立同學都在外面晃來晃去，回家待著。小井同學也很可能會跟神立同學聯絡。神立同學你不好好待在該在的地方，反而更麻煩。」

「我知道了。我會的。」

美咲坐上市營地下鐵後搭了三站，收到灰連帽上衣的Mail。

「我跟小井同學聯絡上了。她叫我轉答說她現在已經冷靜下來了，說她覺得抱歉。」

（太好了……）

美咲看完之後鬆了一口氣。

到了薊野站，灰連帽上衣又來了一封Mail。

「她是覺得很丟臉啦。小井同學是因為覺得很丟臉，不知道在神立同學面前要怎麼辦才好，總之想先消失在神立同學面前。」

（好聰明的人。）

對灰連帽上衣產生尊敬的念頭同時，美咲到家了。

「美咲嗎？你回來啦。不好意思喔，幫我拿一下梅乾好嗎？」

父親的聲音從客廳傳來。

早上要早起的父親平常很早睡，但偶爾會在十一點半左右醒來，一個人喝酒。用熱水兌燒酎，只喝個一兩杯。熱水兌燒酎裡，加上一顆外婆親手醃的梅乾。

「嗯，等等喔，我再做個什麼給你吃。」

面對小井突然發怒而心煩意亂，後因灰連帽上衣的Mail平復心情的美咲，身為「最大的姊姊」，從懂事以來就養成了做這些瑣碎家事的習慣，於是開始忙碌起來。

＊　＊　＊

東大三年級的翼從地下鐵的樓梯走到地面時，外頭正下著劇烈的大雨。

「真的假的……」

抬頭看天空。

他沒帶傘。出門的時候是大晴天。

他往回走下樓梯，走到雨打不到的地方。

哇呼！呃啊！啊啊！地面上的人陣陣驚呼陸續穿過票閘，走下樓梯。

一個大到像酒桶的Nike尼龍包，朝翼靠近。泥濘濺在高筒籃球鞋上。

翼的視線，從籃球鞋到包包，再移到臉上。在翼說話前，對方先開口了：

「竹內同學。」

是山岸遙。

「好像百年沒見了。」

把一年沒見講成一百年，開著玩笑的遙在翼面前停下腳步。

自從Acqua Pazza離開、幾個人狂喝之後就沒見面了。狂喝的隔天，翼因為嚴重宿醉也沒傳Mail或Line，那之後就沒再和她聯絡。

他和那天一起喝酒的和久田、國枝一樣是理I所以有時會遇到，但交情並沒有變得親近。

「山岸，你跟他們還有見面嗎？」

「沒喔。完全沒有。說實話，那天喝酒的事我記憶模糊。畢竟大家都是第一天認識。」

只是隨機抽籤配對的舞蹈社團聯合練習結束後的聚會，翼想起那天遙如此說。

「你和那個人也沒再見面嗎？叫什麼來著，另外那個女生。日藝的……」

名字忘了，但臉記得很清楚。是個美人。

「嗯，我也是從那之後沒再見面，名字叫不出來……那……、那……」
「大家都說名字跟森泉很像……」
「啊，對。是泉同學。那珂泉。她跟那時候也一起喝的，金澤人，就是那個和竹內同學你一樣東大的，數學的比賽，啊不說是比賽，不管了就比賽。數學比賽冠軍的男生……」
「你說和久田？」
「啊，對。那珂泉同學和冠軍和久田在金澤是中學同學。就像我跟竹內同學一樣。」
「和久田是金澤人這種事，你還記得真清楚。」
「因為鏡丘高中是從泉鏡花[9]取的校名對吧？不會忘記啊。」
「喔。」
那是翼沒興趣的話題。
從區立中學時期，遙就會說：「我要去東洋大文學部然後墮落。」那對中學的翼而言，是很深刻的記憶。想去東洋大文學部的理由，是因為她是以前該校畢業的作家的粉絲。因為這樣而決定大學或學部，對翼而言是很奇怪的行為，而他也聽不懂進了之後要墮落是什麼意思，這句話格外地與她有點奇特的長相呼應。
「鏡丘高中在石川縣應該是頭腦好的人上的學校吧，能上得了東大的話。」
「地方城鎮的高中，我不太清楚。我記得那珂泉同學念的好像是少女漫畫裡面會出現的教會

9　泉鏡花，一八七三—一九三九年，日本作家，著有《高野聖》、《天守物語》等。

學校。與她的外表很搭。」

那珂泉留著一頭飄逸長髮。

（原來和久田跟她同一所中學啊。這麼說起來，那天晚上，好像有聽說。他們兩個，是在交往嗎……）

翼正想著那珂泉的事時。

「我搬家了。」

遙說。

「搬家？搬去哪？」

「群馬縣。」

「群馬縣？為什麼又搬？」

「我轉學部了。從文學部轉到飲食環境科學部。我打算考管理營養士的證照。」

「嗯，比念文學部好吧。」

對於工學部的翼而言，文學部是地位最低的學部。

「果然，『人類太脆弱，無法墮落到底』啦。果然，安吾[10]說的都是真的。在我看來，要墮落的話，人類的格局平均來說太小了，這是我還在文學部時被文學教會的事，所以我想畢業後走和食物有關的路。像我這樣根本無法因為文學覺得飽足，要食物才能飽足，我對這樣的自己很火大。因為對自己很火大，所以畢業以後要把大家的肚子都填滿。」

遙所說的話，翼聽不懂。然而，對於自己不懂的這件事，翼並不懂。東洋大學生所說的話，東大生的他不可能不懂，翼是這麼認為的。

「……」

他不發一語。因為他沒有意識到自己聽不懂，結果就是無法回答遙所說的話。

「校區在群馬縣板倉。」

「板倉？在哪裡啊？什麼線？」

「東武日光線。」

「日光？日光是觀光名勝的那個日光？」

「我不是住在東照宮旁邊啦。是板倉。習慣之後坐車出乎意料地近，只是交通費就有點高。

加上我也想一個人住。」

「所以你租了房子？那房租怎麼辦？」

「當然有付啊。學校協助找到的便宜房子，學務處幫我談的價錢。」

「……」

依然不懂。

翼身為大學三年級，二十一歲（已成人）的男性，沒有想過付房租這件事。

付房租這件事，他不久的將來也要做，但那是「總有一天」，就像是自己會有小孩一樣，是一個以後才會發生、沒有現實感的行為。

10 坂口安吾，一九〇六—一九五五年，日本作家，文中引言出自其一九四六年發表的〈墮落論〉。

即便如此，雖然沒有自己付過住處的房租，翼從懂事以來，對於遙所住的都營公寓的印象，就是它又舊又便宜，住的都是經濟不充裕的家庭。

這個印象到底從哪裡來的？是從祖母和雙親那裡聽來的嗎？還是幼稚園或小學的老師？還是附近的豪宅居民？

不知道聽誰說的，但翼有這樣的印象。加上對於「想要一個人生活」到要自己付房租，這樣的想法他是一次都未曾萌發過。

（真是奇怪的傢伙……）

對於遙，他這樣的想法比起以往都還要更加強烈。

「本來打算週末之前都待在家的，但我弟弟好吵。弟弟都是這麼吵的嗎？」

這麼說來，中學時期，翼常看到遙帶小她四歲的弟弟，像帶著徒弟一樣在廣尾商店街買東西。

「難得我想要從皮開始擀，煎餃子來吃的，結果他說不想吃那種東西，說什麼比較想吃肯德基，我們就吵架了。我說了要回板倉就離開家裡，結果突然下起雨，本來想先回家等雨停，但又會碰到我弟。」

遙將巨大的運動包壓在牆上，減輕負荷。

「那我要去板倉囉。竹內同學，保重喔。」

遙離開了。

「……」

被留下來了。不知為何，有這種感覺。

自身內心深處的這種感覺，翼是絕對不會主動靠近的。因為沒有好處。沒用。

（啊，總覺得，好無聊。）

這是從離開板網球社之後，偶爾會有這種想法。

跟遙一起喝酒的時候，除了剛剛提到的和久田和那珂泉以外，還有……

（還有國枝幸兒啊……）

比起和久田，翼和國枝除了一樣是理Ｉ，在本鄉校區上的專業課程還選了同樣的學科，因此常常打照面。國枝自從他母親上電視之後，在他們學科內算是有名的學生，她出了一本單親媽媽養育兒子，並讓他上了東大的自傳散文《都之西北，一人生養，好好吃飯》之後，在綜合資訊節目的育兒與教育問題相關的單元當名嘴評論員。或許是因為如此，兒子的自我意識過強，也很注意衣服與髮型，落落大方，社交能力很高。

想起和遙一起碰面的那次，舞蹈社團社員的國枝說了：「我們社團都在廣尾附近練習。」於是翼傳了Mail給他。

國枝不是回信，而是馬上打電話過來。

「我現在在六本木，雨太大了，我跟舞蹈社團的朋友們要一起去喝酒，要來嗎？」

六本木是隔壁站。他立刻回答說會去。

這間店位在大樓的八樓，鋪著毛長到幾乎要遮住球鞋鞋底的地毯，離日比谷線六本木站相當遠，但因為翼走地下通道，幾乎沒有淋濕。那是把住宅大樓的其中一戶改裝而成的店。

店內設有放了L型沙發的包廂，包廂之間設計成相隔一定的距離，間隔中還擺放了碩大的燈具，因而看不清楚其他包廂的客人的臉。

國枝幸兒在最深處的包廂座位等著翼。國枝介紹他舞蹈社團「大吉嶺」的兩個學弟給翼。

一個是瘦弱單薄的石井照之。

一個是個小而精緻、皮膚滑滑亮亮的三浦讓治。

兩人都是理I。因為是低學年，在駒場校區上通識課。

「這間店看起來很貴，國枝你常來這種地方嗎？」

「沒啊。我是第一次來。是讓治說他常來。」

國枝看向旁邊。

「不啊，我也是第二次來。是我認識的女生常來的店，她告訴我的。」

「讓治……」

想起爺仔，翼不由得從正面盯著三浦讓治看。

「竹內學長，怎麼了嗎？我的臉上有東西嗎？」

「我有一個中學同學跟你很像……」

去念慶應紐約高中的爺仔，大家像是叫外國人一樣叫他「喬治」。東大學弟讓治不只是名字，連皮膚光滑的臉、矮小細緻的身材都和爺仔很像。

「大眾臉啦。對了這隻，」和爺仔同名的三浦讓治，指了指自己旁邊的男生，「這隻背脊軟趴趴的傢伙，他是我同學。請叫他金針菇。」

石井照之因為像金針菇一樣軟趴趴的，在舞蹈社團綽號是「金針菇」。

「呴呴，不用客氣，就叫我金針菇，呴呴。」

金針菇的笑聲很奇特。既不像綜藝節目上會出現的男大姊藝人笑聲也不是軟軟的笑聲。是明明不好笑，但總之笑了再說的那種很乾的笑聲。

「我是從廣島上來的鄉下人，呴呴。」

他從廣島縣福山市的縣立春日高中畢業後到東京。住在提供給一、二年級學生的三鷹寮。樓是新蓋的，而且很大。

「上三年級移到本鄉之後就得搬出去了，很煩惱之後要怎麼辦，呴呴。」

（金針菇這個綽號，取得還真貼切。）

對年紀比他大的國枝如此就算了，連對同學年的「喬治」，他的態度都像是炒過的金針菇一樣，軟弱無力。

「喂、讓治，這間的Menu上完全沒寫價錢。沒問題嗎？」

「國枝學長真是的，明明就心裡有底了。因為我今天有臨時收入。」

「臨時收入？讓治……同學，你在打工？」

介紹的時候，雖然三浦讓治說不用加稱謂，但對男的只叫下面的名字不加稱謂，對翼來說不太好意思，內心有所抗拒。

「該說是打工還是生意呢，總之投資報酬率滿好的。」

「哦，這樣啊。」

到底是什麼，講清楚一點啦。要問出口對翼來說有點不高興。翼的內心有一股極其輕微，連自己都沒注意到的不耐。

同時，翼也感到有點可笑。悠哉地靠在皮革沙發上坐著的讓治，因為個子小，給人一種童星穿著大人西裝抽雪茄演戲的感覺。

「這傢伙，他靠介紹可愛女生賺紅包啦。」

國枝說出「投資報酬率滿好」的內情。

「賣淫中間人？不太好吧？」

「我才沒做那種事咧。國枝學長，別亂講，會被竹內學長誤會啦。」

他是做多人聯誼的幹事。

「幹事很辛苦。要找好聊天又好吃的場地，要調查參加者的喜好興趣，以確保參加成員相處融洽。」

讓治費心費神的努力得到了回報，他擔任幹事的聯誼大獲好評，即使包含幹事費用要收頗貴的參加費也沒人抱怨。

「總之，不是什麼非法收入，所以今天就請輕鬆地吃吃喝喝。竹內學長也請，Don't mind.」

Don't mind的發音十分標準。

「三浦同學……」

「就說叫讓治就好。竹內學長這樣叫我，聽起來就很像英國人的喬治，我會很開心。」

他爽朗無慮地笑了。

（這傢伙，臉跟爺仔雖然很像，但跟爺仔不一樣，還有可愛之處。）

翼心想，並改口叫他「讓治」。

「讓治你朋友很多啊。像我就算要籌劃聯誼，我手上根本沒認識這麼多人。」

「只要有心想變多，很快就能有的。一般都是看對自己有無益處而行動的，人類就是這樣。」

讓治就像賣座童星，大方地做出成熟的發言，並散發著一股帶著矛盾的悠哉。

「應該說是多樣性吧。對於想認識東大生這樣的需求，供應端自然就有多樣性。」

「講得好像人力派遣公司。讓治你高中是男女合校嗎？」

「不是。我念麻武。」

「啊，跟我哥一樣。」

「這樣啊？太巧了，你們兄弟倆都是我的學長。」

「但麻武的話，中學、高中都是男校，你竟然有辦法認識這麼多女生。」

「別這樣。我高中時期在麻武可是乖乖地當學生的喔。但東大不就是男女合校了嗎？現在都已經六月了。當了六十天東大生，認識的女生當然越來越多啊。」

「可是，我們學校女生很少啊。」

東大所有學部加起來的女生比例只有一成。

「要認識，不一定要是我們學校的女生啊。」

「是嗎？我高中和在駒場的時候都在打板網球，下課後就是直接跑體育館。」

「好厲害啊，竹內學長。真的。」

讓治在翼已經空了的香檳杯裡，倒滿了Veuve Clicquot。

「好令人尊敬。和我或金針菇這種弱者相比，你真是不一樣啊。」

「真的，响响。」

「哎呀哎呀。」

國枝插了進來。

「要說軟弱的話，那一定是我。從高中開始我就一心只想開好車、戴名錶、把正妹。」

國枝一說，兩個舞社的學弟都拍手大笑。就像是大堆頭的搞笑藝人，在替大牌前輩主持人抬轎一樣。

「畢竟我們就是輕浮的校際社團嘛。從這角度來說，竹內是燃燒青春磨練球技的硬漢派。」

「沒這回事啦。如果想開好車、戴名錶、把正妹叫作軟弱的話，全世界的男人都很軟弱啦。那是男人很自然而然的願望吧？只是剛好我很鈍而已。」

「真是謙虛，响响。」

金針菇講話，帶有日本西部腔。對於在廣尾出生長大的翼來說，聽起來像是大阪腔，使得金針菇又更加像是吹捧著主持人的大堆頭搞笑藝人。

「金針菇，你好像搞笑藝人。」

「對吧。社團去喝酒的時候，這傢伙也是馬上就跳起脫衣舞。脫衣舞是他的招牌招式。」

讓治面向金針菇，抓住他的下巴。

「喂，金針菇。趕快給竹內學長看你的表演啊。」

讓治的語氣就像是在命令他。金針菇馬上以雙手手指抓住運動服下襬，打算掀起來。

「不用了。饒了我吧。就算金針菇脫給我看，我也不會開心啊。」

「閃邊去，去。」國枝說著，邊揮手趕人。

「您說的是。」

金針菇把手放下。

東大生們在一間價錢高到不該是學生會去的店裡喝著香檳。雖然店裡的包廂之間看不到彼此，但其他包廂裡的人們，應該都像這樣各自形成了一種權力的階梯關係。

他們四人的話題，從校際社團「大吉嶺」，到線性代數的小考，再到駒場校區學生餐廳的菜單，到研究室的講師、副教授，變來變去。線性代數小考的話題結束後，住在較遠的三鷹寮的金針菇先走；肚量小的副教授的話題結束後，國枝也走了。

讓治在只剩兩個人時變得更加能言善道。翼在這點也一樣，或許是因為他喝起單一麥芽威士忌加冰塊也說不定。對於只叫他名字的異樣感也消失了。

「讓治你酒量很好。」

「我的魔鬼教練，就是剛剛大家在講的○○副教授，他還故意酸我說：『你成績能拿到優等的只有喝酒了』。我只告訴竹內學長，其實我從高中睡不著的時候，就偶爾會喝。」

「啊，我也會啊。『睡眠時間只有三小時的時候，喝了酒就可以像睡了六個小時一樣的深沉睡眠』，我班上一個傢伙教我的，高中生的我傻傻就信了，在考試前試著做。」

「竹內學長是教育大附屬對吧？男女合校真好。像我中學高中都只有男生。雖然說是麻武，但亂七八糟的。整間教室裡只有男生。」

翼沒注意到「雖然說是麻武，但亂七八糟」這個說法帶著自傲，因為翼是教育大附屬的。

並不是「麻武都是男生，亂七八糟的。」

而是「雖然說是麻武」，包含了「雖然說是」。

要用負面說法形容A的時候，用「雖然說是A，但亂七八糟」這種說法，在A前面特地加上「雖然說是」，是因為在其他情況下，A是會被認為很優秀或了不起而獲得高度評價。

讓治在自己念過的麻武學園加上「雖然說是」，再說出「亂七八糟」這個負面的形容，有著滿滿外溢的自傲。滿溢的自傲，通常會被認為是自滿。

「我跟我哥只差兩歲，避開不想上麻武的原因，某個程度是不想和他上一樣的學校。」

翼這樣的發言中，則滿溢著自己不是上不了麻武而是不想去的自傲。讓治和翼，兩人都沒意識到自己滿溢的自傲，所以即使自滿也顯得天真無邪。

「在我看來，不知道是不是因為一直都在男生堆當中，感覺我哥對女性關係毫無熱情。甚至覺得他可能還沒跟女人做過。」

「真的假的？」

「沒有問過他，但總覺得是這樣……我們通常不會跟家人討論那方面的事，所以不清楚。讓治有兄弟姊妹嗎？」

「我有個妹妹。她念慶應女子高中。」

「喔，很好啊。男生果然還是比較想要有妹妹啊。」

「她完全把我這個哥哥踩在腳底下啊。如果年紀再差得多一點，可能就不是這樣了，但我們才差兩歲。」

「那她現在高二啊。從慶應的附屬幼稚園開始念？」

「嗯。」

「很安穩，很好啊。」

這句話中帶刺。這跟剛才天真無邪的自滿不同。翼不吐不快，但講完之後也不是沒注意到當中帶刺。

翼鄙視慶應。

（大學才考上慶應的傢伙沒問題喔。辛辛苦苦從高中才開始念慶應的，我就大發慈悲放過他們。但是從幼稚園開始就念慶應的傢伙，拿到的「慶應畢業」稱謂根本是偽造的保證書啊。更不用說像爺仔那種從慶應紐約學院高進慶應大學的傢伙，就跟走後門入學沒兩樣。）

他一直是這麼想的。

讓治察覺到翼的話中帶刺。

「不是因為安穩。」

他馬上回話。

「她打算念醫學部。」

一樣是慶應，醫學部又是另一回事。

「慶應女子的話，跟男生不一樣，只有一隻手數得出來的名額。就算是家政、體育，要是不受老師喜愛，校內成績就會變差，所以她裝得非常乖在努力當JK。」

「不過她只要不堅持念醫學部，還是能保證上慶應。當選『慶應小姐』的話搞不好可以當上女主播啊。讓治你妹妹的話，應該真的當得了吧？」

讓治察覺到他話中帶刺的事，翼也察覺到了。於是他對（想像中的）妹妹容貌做出好評，也間接地稱讚了哥哥讓治，這是他的善後方式。

「『慶應小姐』啊。執行委員會周邊人員賺翻了呢。」

就這樣，他們順利地將話題轉向學園祭活動。讓刺留著的話，人際關係會變得緊張複雜。翼和讓治都想避免這種從地方城鎮到東京的上京者不理解人情世故會犯的錯。

「是這樣啊？」

「獎品是ＢＭＷ呢。」

「ＢＭＷ？只靠學園祭也能送ＢＭＷ？」

「對啊，看他們搜刮了多少企業贊助。」

「喔。」

並非因為是校園選美比賽，而是因為慶應所以企業才會贊助。之前翼邀請連城劍一當嘉賓的企畫，也是因為自己念東大而能實行。就是這麼一回事。翼是這麼想的。

「的確是一大筆錢在運作，但他們又不是只有一兩個人。還要分配吧。對於喜歡找方法爭奪一大筆錢的傢伙可能很激動興奮，但在我看來只是徒勞寡功。

「想想看，不覺得很麻煩嗎？去當什麼活動的執行委員。我啊，不管駒場祭或五月祭都提不起興趣。我們學科的實驗很麻煩，我是想極力避免自己的時間被課業以外的學校活動占據。」

「咦，可是竹內學長，你之前不是向微笑動畫頻道提了什麼企畫？我聽國枝學長說的。」

「只是三兩下的事情還可以啊。感覺就像很好賺的打工。學園祭也是，如果只是三兩下熱鬧一下就結束的話，我也會覺得有趣啊。女生也是這樣。」

「玩個三兩下就丟掉嗎？好厲害啊。一個換過一個，跟小栗旬一樣。」

「怎麼可能。不是那樣啦。我是覺得談戀愛很煩。每件小事都要一一聯絡是怎樣？不覺得煩透了嗎？

「我在想，將來我應該直接在Zwei或Zexy[11]上，有效率地找到對象然後結婚，就我的個性來說。」

「原來如此。他們是相親結婚嗎？」

「誰？」

「竹內學長的Mama Papa。」

「什麼？那是誰？繼母？」

「媽媽跟爸爸。」

「啊，Mama跟Papa。你兩個連著說，我還真不知道你在說什麼呢。」

翼沒聽懂，一般暱稱父母時，通常應該是說Papa Mama，而讓治卻講成Mama Papa。Mama

11 Zwei為以結婚為前提的交友網站；Zexy則是提供結婚資訊的雜誌，並有籌備婚宴相關事宜、相親活動等服務。

放在前面。

「我覺得我家實際情況就是這樣的。」

翼的外公家原本在目黑區八雲，雖然稱不上是無憂無慮的富翁，但靠著互助金融業不愁吃穿。外曾祖父把互助金融投資賺到的錢作資本，掌握情勢，巧妙生利（總之是不超過小額金融的範圍）。戰後繼承家業的外祖父，不冒險投資，加上進入離自家很近的都立大學，畢業後以從雙親繼承的安定優良股票賺取相當金額（這也仍只是小額金融的範圍）的配息作為額外收入，選擇社會信賴度高的東京都公務員作為職業，任職於都市整備局。由於工作地點在立川，他搬到當時還是新蓋好的員工宿舍，在八雲的不動產則租借給不動產開發業者。某次他招待能出入員工宿舍的東京都職員到房間來玩，該職員帶了一名他遠房的單身男性一起，那就是翼的父親；而準備茶及手工輕食的，就是初次見面的翼的媽媽

「我老爸是國家公務員，老媽原本有工作也辭了，剛好兩個人也都到了適婚年齡吧？」

「是文Ｉ的嗎？」

東大生很多親戚是東大畢業的。讓治突如其來問：「是文Ｉ的嗎？」暗示著他本身就是東大畢業生的兒子。

「嗯……是北大的。原本是岩見澤人。」

「岩見澤？有銀山的那個地方嗎？」

「那是山陰吧。不是石見，是岩見澤。[12]北海道。我爸爸那邊的親戚都是北海道人。」

翼的父親從北海道大學畢業後進了農林水產省任職，並搬到東京。在有近兩成都是東大畢

業者的省廳裡，他每天接觸到的都是像讓治這樣的東大生第二代或第三代，他深深意識到自己只能算是來自地方的優秀人才。

（老爸應該無論如何都想要把兩個兒子都送進東大吧。）

翼是這麼想的。

「既然讓治問了，我才在想……對女人而言像我老爸這樣條件的男人……公婆都在遙遠的北海道，又是次子、國家公務員，以結婚對象來說算是很靠得住的。我老媽當初應該是覺得：『不能錯失這個機會』吧。」

「你媽媽是東京人的話，應該不是北大的？」

「東京學藝大。現在有優木真央美當活招牌，但我老媽念的那個年代，學校裡都是不起眼、戴眼鏡、很俗的學生。」

翼的母親，進入離位於都下立川自家搭電車三站的學藝大，畢業後在公立小學擔任教師一年多，便辭職結婚。

「她分發到的小學，遇到糟糕的小鬼導致整個班級瓦解，又被糟糕的家長責備，新手上任，不久就類似神經衰弱，還引發暴食症。他們兩個覺得這樣不是辦法，就要她辭職了。

「啊，兩個人指的是我外公和外婆。因為還正值泡沫經濟的時期，我母親或許是認為可以馬上找到別的工作，但後來泡沫經濟破滅，而且一旦辭職之後，想到找到工作又要在每個早上出

---

12 石見原文拼音為Iwami，位於山陰道，以石見銀山遺跡聞名；岩見澤原文拼音為Iwamizawa。讓治在此將兩地混淆了。

門上班很提不起勁。嗯，大概就是女生常見的『逃到婚姻裡』吧？

「全職主婦的話，即使本身沒有收入，靠丈夫的收入就能辦信用卡，政府還會支付年金，根本是天堂啊。」

就是因為有天使媽媽的存在，翼只要打開冰箱就有喜歡的飲料喝，吃飯時間餐桌上就有餐點，喝完吃完餐具都有人收有人洗，要睡覺的時候床上鋪著洗乾淨的床單，枕頭包著洗乾淨的枕頭套，T恤的領子穿鬆了，衣櫃抽屜裡已經放了新買的。這些他都沒發現。媽媽也完全沒有給他發現的時間和機會。

「一直持續著三餐加午睡的生活，現在她的體重是很天堂啦。她自稱說：『這叫作豐滿。』」

「豐滿……」

讓治不知為何跟著複述了一遍。

「從像《老師沒教的事》那種節目，蒐集對身體好的食物或料理方式的心思也沒有。因為那樣，結果她就變成一個微胖、穿著俗氣、不起眼的大嬸。」

「那樣不是比較好嗎？我覺得男女平等有困難。『太太是全職主婦』，我覺得這也不錯。應該說，我大概會希望將來我太太當全職主婦。」

「喔，所以讓治的媽媽，是全職上班族嗎？」

「比全職還全職。超級全職。」

「她是東大女子嗎？」

「不太一樣。她是一橋的。之後去倫敦政經學院。」

讓治的母親在川崎市和橫濱市交界地區的日吉出生長大。家族所住的臺地區十分廣闊，地主外公把一部分蓋成租賃住宅。恰巧搭上東急集團開發該地區，獲得了豐潤資產。

讓治的母親從田園調布雙葉進到一橋大學商學部。就學中到倫敦政經學院留學，回國後任職於外商證券公司，但很快就辭職了。

「她不知道在哪裡看到的數據說，二十五歲前後較容易生出優秀的小孩，找到最適合生產的精子，於是就選擇了我的Papa桑。」

讓治說「Papa桑」的發音很特別。如同翼說「從幼稚園開始念慶應」的時候一樣帶著輕蔑，卻又刻意加上「桑」，變得過度客氣卻更顯無禮。

讓治的父親是名古屋市人，從東海高中到東大經濟學部畢業後，進入大銀行，而後轉職到關係企業的金融公司。

讓治的母親在他仍就職於銀行時期和他結婚，陸續製造出長子讓治、讓治的妹妹。接著利用產假考了好幾個證照。在妹妹離開襁褓時，為了讓她父母方便幫忙照顧孩子，搬出結婚當時住進、離丈夫上班地點方便的日本橋的大廈，住進離老家徒步七分鐘的日吉低層華廈，並二度就業，靠著丈夫的人脈，以及她在產假中考取的證照，進入外商藥廠日本Percy & Lind。

「就像她也對我妹說不要當高齡產婦，她是在縝密計畫之下生小孩的。也就是說，我家的Mama Papa是業務結婚。」

讓治這麼說。比起「Papa桑」過度殷勤而顯無禮的發音，這個說法完全不帶任何拐歪抹角的酸意，只有對於在縝密計畫之下出生的優秀小孩的自傲。甚至可以說是清新自然。

翼與讓治兩人對於自身優秀程度同感自豪。翼說：

「要這樣說的話，結婚都是如此吧。尤其對女人而言，結婚就是最大的業務。我反而覺得讓治的媽媽很自然。」

他微微揚起下巴。

「是喔，也可以這麼說喔。」

「是啊。自然。natural。森林系女孩。讓治，從今以後你就叫你媽媽森林系女孩。」

其他包廂的客人開始抽起雪茄。這間店裡禁止抽紙捲菸，但可以抽雪茄和菸斗。

「竹內學長那個國家公務員爸爸，身體還是現役嗎？」

「身體上？你是問他體弱多病還是健壯嗎？」

「不，是指身為男人的能力……」

「不知，沒想過，或者該說不想去想。」

很老實的回答。

不僅限家人，對於人類的情感，翼的個性一概不會去做細微思考。他是直率而健全的秀才。健全的人類是不需要自省的。

他看了看時間。已經接近十一點。

「我們走吧？」

「好啊。」

他們走出建築物。

「嘖。」

還在下雨。

在不悅咂嘴的翼身旁，讓治毫不猶豫地面著道路揮手。

「我住日吉。順道在中途放竹內學長在廣尾下車。」

離地下鐵最後一班車，還有十分充裕的時間。

「是喔。那拜託你了。」

翼在剛進大學時可能還會感到驚訝，不過三年級的現在已經習慣了。東大這間學校，家裡有錢到令人目呆口呫的人多的是。針對各大學學生父母的年收入做的統計當中，東大是壓倒性的第一。

雨打在擋風玻璃上，計程車開動起跑，但沒多久又降下速度。

「我要避開前面施工，會走小路。」

車子開入小巷子之後，停下來等紅綠燈。

「過了這一帶之後，就一路暢行無阻了。」

司機話還沒說完，後面傳來叩叩的敲車窗聲。

敲著車窗的是個女的。髮長及腰，身穿V領開到胸口的連身短裙。

「幹嘛？我不能載你喔。」

司機打開前方車窗。

「你載的不是剛打電話來的香川先生嗎？」

長髮女子如此問。

「請問是香川先生嗎？」

司機回過頭看向後座。

「不是。」

讓治回答。翼也搖搖手。

「對不起，搞錯了。對不起。」

女子在雨中，穿著細高跟鞋奔跑著。

「那是怎麼回事啊？大概是應召女吧。」

司機說道。

「嚇了一跳。」

翼的臉朝著讓治的方向。

讓治的臉並沒有朝向翼。

他閉著眼睛。看起來甚至可以說是有些不屑。

兩人沉默不語。

離開塞車地段後，讓治開口說。

「他是個討人厭的傢伙。」

「啊？」

「討人厭的傢伙。極度討人厭的傢伙。」

「你在說什麼？誰？」

「……桑」

他低聲輕喃，聽不清楚。再問了一次，仍然低聲輕喃地重述，但大概是在說Papa桑。

「他是個討人厭的男人。所以我妹也總是待在外公外婆家。」

讓治的外祖父母擁有三層樓和四層樓的租賃華廈公寓。自家是四層公寓的最頂樓，同樓的其他房間當中，留了一間給孫子外宿用。因為如此，慶應女子高中的妹妹，有事沒事就去住在非常疼愛自己的外祖父母家。在外商公司上班的母親，經常到外國出差。

「因為就像剛剛那樣，他會叫來家裡。」

似乎是他東海高中畢業、東大經濟學部出身的父親會把應召女叫到家裡。

「小學的時候，他會騙說公司的女職員要送他忘了拿的東西來，但上中學就知道是怎麼回事了。」

讓治以一種彆硬的口氣說他不想變成那種男人，也不想要得做那種事才持續得下去的婚姻。

就像是在鬧劇裡由童星演員扮演的老闆，穿著金色棉拼布的過大長袍，嘴裡含著雪茄，嘴上貼著小鬍子，又帶著一股不搭軋的，挺著肚子囂張看人般的傲慢態度。

＊＊＊

隔天早上，讓治在日吉站遇到了他麻武學園時代的學長。

因為計程車到了廣尾「被放下車」的翼，回到自家之後馬上就睡了，理所當然不知道隔天早上的事。

等他知道這件事，已經是兩年後。他們在公開審判後通過兩次電話，翼就是在這時從電話中知道的。

讓治對於《週刊文春》的報導很生氣。他說文章寫了隔天早晨發生的事。

三浦讓治是從知名的私立升學學校、中學高中一貫制的麻武學園進入東大。由於中學高中一貫制的麻武並沒有高中才進去的學生，只要是同一個時期的在校生，即便不同學年，接觸的頻率也比公立學校高。一起和三浦擔任校內委員會的A同學表示，關於這次的新聞，雖然讓他震驚但對三浦的印象沒有改變。

「我跟他在國際交流委員會一起待過一陣子，我高二的時候因為家裡的狀況休學，之後也沒有可以回想的事了。」一直到A同學上了大學，久違地與三浦在某個車站偶然相遇。

「是他先大聲叫我的名字，親切地找我說話。我一回過頭，他就說自己是東大的三浦，跑了過來。」但A同學急著上學，他們只簡短打了招呼，就走向準備搭車的電車月臺。接著三浦便說：「你為什麼往那邊走？原來A同學不是東大的啊。」真是個自尊頗高，不，是自視過高的男人？

《週刊文春》如此寫道。

「那個A是大我兩屆的學長，但他爸變窮繳不出學費只好中途休學，連夜逃到某個演歌裡面會唱到的寒冷地方城鎮。

「他還在麻武的時候，我們是國際交流委員會的成員，到濱松町的單軌電車搭車處目送要回國的留學生，我要上手扶梯的時候回頭講英文，滑倒擦傷手肘。明明沒有多嚴重，那傢伙竟然給我OK繃。

「給就算了，我那時看到他背包裡面有摺疊傘和摺得好好的的圓點手帕。圓點手帕吔！他的OK繃也是從那種女生會用的小小一個包包裡拿出來給我說：『給你用喔。』不覺得很噁嗎？那種傢伙幹嘛接受週刊雜誌的的採訪啊！」

翼對讓治的憤怒幾乎是聽過就算，但兩年後接到這通電話的晚上，和當初雨中行駛在外苑西通的計程車上，翼從讓治身上感受到的，「童星演員穿著過大的長袍，嘴裡含著雪茄，嘴上貼著小鬍子，又帶著一股不搭軋的傲慢態度」的印象，或許就是「原麻武學生A」所說的，從很久以前就「沒有改變」。

＊＊＊

美咲的家庭從以前就沒有改變。大學一年級的美咲，父親現年四十七歲。母親比父親小兩個學年，但因為是年頭出生的，所以是四十四歲。負責經營白雪洗衣店的外婆六十八歲。忙於町內會活動的外公七十歲。

通常聽到「父」、「母」、「爺爺」、「奶奶」這些字眼，再加上他們的年齡，會以為他們與披薩、燒肉或洋芋片這些油膩的食物無關，也和外遇、搶別人丈夫妻子或熱戀這些情色要素無關，很容易對他們抱著已是欲望枯竭的印象。一不小心就會有這樣的誤解。

美咲的父親和松岡修造、松村邦洋同年。母親則和中山美穗、工藤靜香同年。美咲的外公和三野文泰、傑夫．貝克、久米宏同年，而外婆比吉永小百合小一歲。

二〇一四年。

和美咲雙親同世代的福山雅治演出的廣告，讓幾萬人的女性跟著用丘比美乃滋做馬鈴薯沙拉；和美咲外公同年的傑夫．貝克，在東京巨蛋的演唱會，讓幾萬人的觀眾站著看整晚；而和美咲外婆同年的林文子，則任職橫濱市市長。

如果橫濱的林市長喜歡吃披薩，或是福山雅治熱戀，大家不會有任何奇怪的感覺。美咲爸爸那邊的老家由長男繼承，離他們家隔了三個車站遠。除了奶奶在去年底逝世（或許因為和入學考試同時期，美咲只考上第三志願），伯父一家也和美咲家一樣，大家都平安無事。

也就是說，女大學生美咲，她的爸爸、媽媽很健康，住在附近的白雪洗衣店的外公外婆也很健康，住在附近的堂兄弟姊妹一家也很健康。療養院、失智症、骨骼疏鬆症、遺產繼承、婆媳問題、棄養、憂鬱、褥瘡，這些長期性的問題與美咲周圍的人（目前）無關。

響徹家中的，只有「唉啊，爺爺，不要把假牙放在這種地方啦」或是「爸爸，討厭啦，洗完澡至少穿件內褲再過來啦」這類現世安穩的叫喊聲。如此熱鬧且忙碌的良善之家，一直沒有改變。而美咲就從這樣的家庭成長上了大學。

大學一年級。十九歲。

芳華之齡。

是人生當中的芳華之齡。

正要進入人生當中的盛夏之時。

美咲在暑假中去了紐西蘭。這是她第一次出國。藤尾高中的畢業旅行時，出國旅遊會去臺灣，國內旅行則是去奈良，美咲選了臺灣，但因為闌尾炎而缺席。

紐西蘭是為了去找真由。

雖然真由跟媽媽、弟弟和繼父住的家，比美咲家或藤尾高中附近都還鄉下，但因為在國外而讓人覺得很新鮮，玩得很開心。

然而，比起什麼都讓她開心的，或許是在國外收到的Mail。那是灰連帽上衣傳來的。在紐西蘭吃到的霜淇淋（日本有很多類似的）、在紐西蘭吃到的烤肉（日本也有很多類似的）、在紐西蘭的咖啡廳喝到的咖啡（日本也有很多類似的），她把那些東西的照片傳給灰連帽上衣之後，收到「看起來好好吃。我也想吃」、「好厲害」、「很想一早起床來這裡看書」這類回信時，喉嚨深處就會有股癢癢的感覺，有種想要小跳步的感覺。

她與小井在通往橫濱市營地下鐵的通道「算是吵架」之後，就沒再聯絡了。

那天晚上，灰連帽上衣傳來「小井同學說她覺得抱歉」的Mail之後，猶豫著該怎麼回信，就這樣錯過聯絡的機會，日子一天一天地過了。

灰連帽上衣將來想當中學的理科教師，是野草研究會的社員。同一天認識的鞋帶男和海軍藍外套也是。這個社團是橫教與水大的校際社團，由於受到他們三人邀約，美咲也和水真由一起加入社團。

大學生的本分是學業，所以社團活動只會在不勉強的範圍內，一聽說是如此性質的社團，美咲就決定參加。每個月一次在選定的地點，一面觀察野草及樹木一面散步，是相當認真的社團，不會有一起喝酒的活動。

社長是橫教的女學生，據她的說明，只有在初春之時，大家會利用可當作食材的野草做成料理辦試吃大會。但美咲是六月底入社的，試吃大會已經過了。試吃大會通常在富自然氣息而偏遠的地方，主要是借寺廟的廚房，由很會開車的社員當司機，大家分批前往。可想而知，連偶爾才舉辦一次的社團內部活動都是無酒精的活動。

美咲剛開始覺得一個月一次的活動太少，但人生正值芳華之齡的她，關心的事物非常多，後來覺得一個月一次的社團活動很剛好。

社團本身反映了社長的人品，風氣謹慎謙虛而安穩平靜，社員之間感情融洽。鞋帶男和水真由就這樣慢慢地開始交往。他們兩人害羞地告訴美咲這件事。

世間有一個說法是「極為普通的女生」。

普通指的是什麼部分呢？偏差值嗎？身高體重嗎？收入（未成年的話指的是家長）嗎？

那麼，大學一年級的夏天還是處女的話，算普通，還是不算呢？

美咲的家庭環境，說起來是庶民之家。祖父母、父母、手足、親戚之間的人際關係，沒有太大的問題；可以說是「極為普通的女生」典型的例子之一。

普通家庭環境的十九歲女大學生，與不是未婚夫也不是被許配的男性互有好感的話，毫不猶豫上床算「普通」嗎？

先不管這個答案為何，美咲對於大她兩歲的灰連帽上衣，確實是抱著好感的。只是這樣的情感，是身為「最大的姊姊」，總是得承擔小媽媽角色的長女，長久以來妄想著有位可依靠的哥哥的幻想，模糊而平淡。

去找藤尾高中時的同學真由，紐西蘭旅行一週的那個暑假結束，二〇一四年的秋天，美咲都還沒有與異性濃烈親吻或上床這類的接觸經驗。

野草研究會一起當天來回到日光戰場之原健行，美咲差點從木製步道滑倒，灰連帽上衣喊著「啊，危險」並感緊抱住她的上半身。如果要說這算是肉體接觸，的確也算。只有這樣。他們的接觸就只有這樣。

美咲後來終將得知，灰連帽上衣有其他心儀的對象。

「質樸」可以換句話說成是「寒酸」；「認真」也可以說「無趣」。

對於人及世間萬物，可以同時用正面和負面的兩種方式來形容。

對於美咲就可能這麼說：

「稱不上是大小姐，但在感情融洽的家庭當中成長，是有教養的女孩」⇔「欠缺自主性，總是過於被動」。

「沒有學壞，文靜穩重」⇔「異性不會想積極追求她」。

像這樣的十九歲女學生多的是。

美咲就是這樣一個「極為普通的女生」。

第二章

1

芳華之齡的聖誕夜，美咲被夾在兩組情侶當中度過。

那是一間全面禁菸的有機蔬食餐廳。橫濱Lumine再稍往北走，在一棟不起眼建築物的地下室。

從傍晚起，天氣多雲且逐漸轉陰，冷得彷彿即將下雪的聖誕節，野草研究會的成員們卻被帶到餐廳最深處不太溫暖的位子，參加的女生都圍著圍巾，就算脫了外套也還是穿著厚厚的上衣。然而，搭配店裡靜靜播放的聖誕詩歌，形成了莊嚴神聖的平安夜氣息。在場的六個人當中有四個未成年，所以是場一如野草研究會往常的健全無酒精聖誕派對。參加人員當中，除了部長及美咲之外，都是交往中的男女。

其中一組情侶，是水真由與鞋帶男。

而另外一組，是灰連帽上衣與小井。

小井念理科大，並不是野草研究會的社員，而是作為灰連帽上衣的「女友」臨時加入。是的，灰連帽上衣和小井，在美咲不知情的這半年當中，成為一對情侶。

他們在「交往」的這件事，美咲直到上星期才知道。

＊　＊　＊

「小井同學說，跟神立同學很久沒見很想念你。我可以把她加到Line群組嗎？」

灰連帽上衣問她。美咲也因為和小井斷了聯絡便答應了。

「咲，對不起。上次的事很對不起你。真的對不起。沒能直接跟你講，也很對不起。」

小井的態度沒變，讓她覺得很懷念，美咲的嘴角不禁上揚。

「下星期聖誕節餐會，我想帶菜摘一起去。對我來說，我也希望神立同學和菜摘能回到像高中時期一樣的好友關係。我一直這麼希望。」

灰連帽上衣的回覆裡，從「小井同學」變成「菜摘」。

Line這個通訊系統是一個「已讀」後就強迫人要馬上回覆的壓迫機制。不小心「已讀」的美咲，慌張地只回了貼圖。那是一個肉桂捲的人物角色微笑著，後面寫著「哇！」的貼圖。

究竟那是一個，對於灰連帽上衣攜伴帶小井參加餐會這件事表示同意的貼圖，還是猜到他們在「交往」的貼圖，又或是打算再和小井像高中時一樣頻繁交流的貼圖呢？到底是對於什麼事情的「哇！」，美咲自己也不清楚。她只是隨便丟了個貼圖，畢竟在Line上只要「已讀」，就必須盡快回覆。從壓迫與義務感中解放自己後，美咲便跌坐到長凳上。

跌坐在相鐵線三境站月臺上的長凳。她正在回家路上。

（原來啊……）

她重看了一次Line的畫面。灰連帽上衣傳的訊息裡，有一張葉子在笑的貼圖。

（原來是這樣……）

她從「帶菜摘一起去」這個說法得知兩人在交往這件事。

雖然那並不是帶著突然強烈心痛的驚訝，而像是羽毛枕頭突然從櫃子上掉到頭上那種微妙驚訝。

美咲並沒有和灰連帽上衣「交往」，既沒有提出「請跟我交往」，對方也未明白表示過什麼。他們僅僅是在一個月一次的社團活動中進行著和諧平穩的交流。

所以當灰連帽上衣和自己以外的女性交往，對美咲而言，某種程度早就「習以為常」了。

再重述一次，美咲從幼稚園到高中都是男女合校。公立的男女合校。來自各種家庭的小孩的男女合校。

從幼稚園到高中的日常當中，男生毫無例外地會將女生分類成「可愛女生和其他女生」。不是分成「可愛女生和醜女生」。只要不算「可愛女生」的女生，全部屬於「其他女生」。

年紀越小，分類起來越不留情。不僅是同班的女同學，保母、來接小孩的母親、教師、學校事務人員、圖書館館員、學校旁邊的文具店店員等，所有女性都被一分為二。

念男女合校的女生，從幼稚園開始親眼目睹這樣的情況而上了高中。

女校（女子幼稚園、女子中學、女子高中）也會發生同性對同性的二分法。在毫不留情這點是相同的。

然而，女校二分法的標準，比男生的分類客觀得多，像是鼻子挺不挺、眼睛大不大、考試分數、擁有的文具、衣服貴或便宜，是以「能夠用量尺準確測量的東西」作為依據。

相較之下，男生在衡量「可愛女生」的時候，未必一定是依據臉的五官樣貌或體格。他們的測量標準彷彿像是師徒制一般，師父並不會提供指南來教學，學徒必須透過觀察或感受師父的做法學會。

不過就算在男女合校裡被判定為「其他女生」，只要學校本身不是特別糟糕的環境，不會因此就受欺負，也不會受到男生的冷眼相待。上了高中之後，在一定偏差值以上的高中（就像藤尾高中那種），會因為舉辦由男女一起企畫參加的校內活動，反而是「其他女生」和男生感情變好的情況比較多。因為彼此都能不刻意意識著對方，自然地互動往來。

「反正我跟明日香不一樣」，美咲一直以來都是悠哉地這麼想，對於自己屬於「其他女生」這件事，一直以來也是悠哉地接受。再說，她在公立的男女合校裡和男同學的互動往來都沒什麼問題，甚至還有感情要好的交往對象。

算是「習以為常」的原因，是美咲從幼稚園以來在「學校」這個場域所培養出來的感受能力。

只是讓她驚訝的，是灰連帽上衣「交往」的對象竟然是小井這件事。去Big Echo那天，後來和小井斷了聯絡，所以理所當然以為小井不僅和美咲，和水真由或橫教的男學生也都沒有聯絡。

初冬傍晚。

灑在月臺上的陽光，已經染著暗灰色。

「好，回家吧。」

雖然沒有其他人，但美咲像是在與旁人說話，小小聲地說，並從長凳站起身。此時，拿在手上已關成靜音模式的智慧型手機震動了起來。

（唉啊。）

心突然一沉是因為嚇了一跳。平常不會有人主動打電話給她。她慌忙地轉成通話模式。是灰連帽上衣打來的。

「神立同學，你現在在哪？」

「咦，喔，那個，我在三境站的月臺……」

「你還沒上車對吧？我馬上過去。我現在，在公車站……」

他們約在車站大樓的速食店碰面。

「對不起喔，這麼突然。」

灰連帽上衣連同美咲的份，點了熱可可。

「很突然……全部的事都是。」

灰連帽上衣和美咲並肩坐在固定住的椅子上。

美咲打開餐巾紙，三角或四角形地摺來摺去。

（聽他講話的時候不可以太神情凝重。）

這是美咲身為「其他女生」很清楚的道理。

相處起來很輕鬆的女生、不管什麼事情都能嘻嘻哈哈地聽別人講的女生，「其他女生」要想辦法不帶給對方「沉重」、「煩人」的感覺，清楚分際，顧慮他人感受，這是美咲在學校生活中學會的。

「我到高二為止住在東京。」

「嗯，上次聽說了。一半是港區、一半是岩手，第一次見面那天，你在Big Echo有說給我們聽。」

「是啊──」

灰連帽上衣的爺爺在舊和賀郡（現花卷市）的山坡地帶的東和町當小學校長，大伯父也是附近別間小學的校長。外公是鄰近町的町會議員，而大舅舅是町長。

「這對我老爸來說，是非常厭惡的情況。」

幼稚園也好，小學也好，老師關切的不是灰連帽上衣的父親的事，而是雙親的，由於顧忌雙親和家裡的事，無法暢所欲言，整個人很萎靡。

因此灰連帽上衣的父親沒有選擇教職，而是到東京的貿易公司就業，和同鄉的女性因辦公室戀情而結婚，不久之後辭職。他接受前主管邀約，去他經營的個人進口公司，雖然是小公司，但在那裡當上專務董事，業績也蒸蒸日上。兒子灰連帽上衣的成績也很優異。父親十分得意，讓兒子去考麻武學園。雖然考上了，但那之後公司經營狀況不佳而破產。最後靠著讓渡土地及大樓結清了負債，卻也一貧如洗。他在工地現場工作了好一陣子，存了幾十萬，用那筆錢，先讓母親和灰連帽上衣回岩手。

「當年我老爸放話說不想當學校老師，厭惡待在花卷而跑到東京，如今沒臉見爺爺吧。」

母親和弟弟（灰連帽上衣的小舅舅）感情很好，灰連帽上衣也主動親近這個陽光開朗的小舅舅。透過他的介紹，父親在遠野新蓋的飯店得到一份工作。

母親也在遠野的成吉思汗烤羊肉店兼職，而灰連帽上衣在工程機械製造廠遠野工廠打零工。

「遠野這個地方，意外地有很多成吉思汗烤羊肉店。很好吃。只要去老媽的店裡就可以吃剩下的食材，很感謝他們。我在工廠做，算是出貨的工作？捆包清潔那些，比起在麻武上學的時候開心多了。

「在麻武的時候，總覺得自己在逞強，很厭惡。我老爸應該也在逞強吧。老媽也是。」

付不出學費，上高二沒多久就從麻武休學。灰連帽上衣邊在工廠工作邊念完函授制高中之後，在啤酒花農兼職邊準備大學考試。他重考一年之後，考上橫濱教育大（就年紀而言是晚了兩年）。

「遠野非常適合我。我覺得可以在這裡當中學老師。查了獎學金的種類之後發現，根據橫教的獎學金制度，只要當上出生地的公立中學、小學的老師，就只需要償還四成的金額，而且是當上老師之後才開始還貸款。所以我只報考了橫教一間學校。

「只是我已經很久沒有拚命念書，加上一邊打工，到上軌道為止花了滿久的時間。」

因為這樣的關係晚了兩年入學。

「既不是生了重病，雙親也沒有被人殺害。落榜就是落榜，重考生就是重考生。

「因自己的意願而事業發展不順利的父親、幫助父親的母親，還有協助母親的小舅舅，大家感情很好地在如詩如畫的遠野開心地生活著，所以我才會重考兩次，從旁人看起來的話是這樣吧——」

假設有個學生A在小學的時候請了法文家教，上升學補習班，進了私立升學學校，入學考試選擇了少人選的法文，直接進了上智大學法文科。

另外有個學生B在小學的時候就幫忙稻田耕作，沒有請家教也沒上補習班，從環境糟糕的公立中學進了公立商業高中。他在商業高中時期第一次聽說柏金包這個名稱的由來是珍．柏金，於是仰慕起珍．柏金和她的女兒夏洛特．甘斯柏格，奮發向上在法國料理餐廳打工當服務生，重考兩次考進上智大學法文科。

如果學生A和學生B去參加聯誼，大家在不知道兩人背景的前提下，只會覺得A的「頭腦比較好」。

只是這樣——

「——就是這麼一回事吧。」

灰連帽上衣如此說道。

「和神立同學和菜摘你們第一次見面，大家一起去Big Echo的隔天早上，我在日吉站啊，偶然在東橫線的剪票口，遇到麻武時期小我兩屆的學弟。

「那傢伙念東大，當我要往橫濱方向的月臺走時，他哼了一聲嗤笑說：『什麼嘛，不是要去駒場啊。』」

「世界上就是有那種人啊……」

美咲停下摺餐巾紙的動作。她沒有想到將來會在大學三年級的時候，遇到「那種人」。

「在遇到那傢伙的前一天晚上，發生了一些事，讓我思考了很多關於考試、入學考、偏差值等等的事……所以遇到那傢伙的時候，印象超深刻。」

「嗯……」

對美咲而言，考試、入學考、偏差值等事都已經結束了，老實說她並不太在乎。

橫教和上智都是好學校。明日香和秀念的「附屬」也是好學校。進入好學校的方式，是明日香這樣的人需要在意的；像自己這樣，光吃泡菜拉麵吃得邊喊燙邊擦汗就很開心的人，與這件事無關，或者該說通常會被認為無法與自己有關。

「在Big Echo的時候，我覺得菜摘明明是理科大夜間部卻假裝是日間部的時候，真的很痛苦。非常痛苦。

「很難堪不是嗎？可是，我很了解面對這麼難堪的事，還是忍不住說謊的心情。我能了解那種痛苦。

「所以那天晚上接到神立同學的電話後，一聽說菜摘突然跑走我就知道原因了。她覺得實在是很丟臉。

「明明是理科大夜間部還假裝成日間部，一般會覺得是討人厭的傢伙，但我覺得自己更討厭，菜摘實在太可憐了。」

掛掉美咲打來的電話之後，灰連帽上衣打電話給小井。因為她人在橫濱車站站內，他們決定碰面。

「在人來人往的車站裡一碰面，菜摘哭得上氣不接下氣，說了好幾次：『對不起，我說了謊。』、『我很爛。我是個超爛的女人。』」

灰連帽上衣一口氣將冷掉的可可喝光。

「嗯，就這樣……」

「嗯，我知道了……因為發生了這些事，你們就後來經常見面了吧……」

美咲說完，

（想要擺出嘻笑開朗的笑容。）

她稍微想了一下。

（要怎麼樣才做得到呢……）

就像被Line催促著要趕快回覆。要趕快笑才行。

（數學代課老師好像說過，吸氣吐氣……）

吸氣吐氣，美咲說：

「嗯，我知道了。對你們兩個來說，這不是很好的結果嗎？」

美咲朝灰連帽上衣擺出竭盡所能思考過後的「輕鬆開朗的笑容」，隨後慢慢喝完剩下的可可。

＊　＊　＊

他們六個人在聖誕夜圍繞著餐桌，桌上擺著無農藥蔬菜的沙拉、沙拉、沙拉、黃豆漢堡排、糙米。

老闆是基督復臨安息日會的信徒。

特製的聖誕蛋糕是混合紅蘿蔔和燕麥再用杏仁油拌過烤製而成。還有用蒲公英和橡實炒過後煮的咖啡，無咖啡因。

這是野草研究會社長很熟的餐廳。她和灰連帽上衣都是能喝酒的年齡，但灰連帽上衣愛吃甜食不能喝酒，而社長因為是基督復臨安息日會的信徒，所以禁酒、禁菸、吃蔬食。

「我聽奶奶說過，戰爭期間他們會把向日葵的種子炒過來煮咖啡，是不是就是這樣的味道？」

「啊，我也聽過我佐渡的奶奶說過。」

水真由與鞋帶男這組情侶，臉靠得很近在聊天。他們穿著不同顏色但同樣款式的毛衣。

「小井在理科大有加入社團嗎？」

美咲終於找小井講話。

「沒有。畢竟是夜間部。」

就算鞋帶男和水真由也在，小井已經不再隱瞞自己是夜間部這件事。

「上次見面的時候，對不起，講得好像我上的是日間部一樣。」

她很坦率地道歉。不過，鞋帶男和水真由都聽過就算。比起那個，他們對於桌上這些對身體或許很好，但不太好吃的蛋糕和咖啡的味道比較有興趣。

美咲對於能夠再和小井說話，鬆了一口氣。

「那麼，雖然還有點早，我們要先走了。」

水真由與鞋帶男情侶組站了起來。

「啊，我也是。」

美咲也接著說。

「等一下我們家要一起做些什麼過節。我被交代快九點前要到家，我要趕快回去。」

她向小井和灰色連帽上衣揮揮手。

「今天晚上很高興能吃到這麼珍貴的料理。謝謝你。」

她向社長道謝之後走出餐廳。

「你們兩個是相鐵線對吧？」

走出地面上後，美咲向情侶二人組這麼說。她理所當然以為他們兩人也要往車站走。

「啊，今天先……」

平常總是大剌剌的水真由一臉尷尬。

（我說了什麼奇怪的話嗎？）

旁觀者都應該知道，情侶不可能在聖誕夜還不到九點的時間各自回家。

然而美咲幾天前才聽說灰連帽上衣與小井的事，又在一場嚴肅過了頭的餐會當中，坐在半年沒聯絡的小井旁邊而有些不自在，沒有餘力去關心注意這對情侶。

「我們沒有要去車站……」

美咲注意到鞋帶男和水真由的手臂勾得緊緊的。

「啊，對喔對喔。也是。今天是聖誕夜嘛。但你們沒有要往那邊的紅綠燈走嗎？」

臉紅了。

（我剛剛的口氣，有很輕鬆自在嗎？）

有點在意。

接下來兩人要共度聖誕夜的情侶陪美咲一起走到紅綠燈那裡。

「沒想到那兩個人在交往。咲同學沒有嚇一跳嗎？」

鞋帶男問道。

「我嗎？我已經聽說了。」

她保留了是幾天前聽到的這件事。

「原來你知道啊。是那天就開始交往的嗎？我真的是嚇一大跳。」

「……」

「什麼啊，原來小咲連這都知道啊。口風好緊。令人尊敬。」

水真由誤以為美咲的沉默是因為驚訝。

「細節我沒有多問。」

「很棒。戀愛話題知道太仔細就會想講嘛。小咲，你很聰明。」

因為剛剛趁美咲去上廁所的時候，鞋帶男帶著嘲弄灰連帽上衣與小井情侶的口氣，詳細問了他們從什麼時候開始的。

原來是大家一起去Big Echo那一天。灰連帽上衣跟小井在第一次見面當天，就發生肉體關係。

那天，兩人在橫濱站再度相遇。灰連帽上衣用面紙幫哭喊著「我是個超爛的女人」的小井擦了臉頰、鼻子。「要未成年喝酒嗎？」開著玩笑，兩人搭東横線去了日吉。日吉是灰連帽上衣住的又舊又便宜的「東京學生之屋」所在的車站。在綱島街道附近的居酒屋，小井點了燒酎氣泡酒，灰連帽上衣喝無酒精啤酒。兩個人聊了非常多。喝了兩杯燒酎氣泡酒之後，小井開始恍神，輕飄飄的。兩人「感覺那是命運般的相遇」直接去了情趣旅館，日出時離開，各自回到住處。

（在那之後要去學校經過日吉站，遇到在麻武認識的那個東大生……或許因為是和隱瞞了自己是理科大夜間部的小井發生那些事的隔天早上，所以想起那個人的事特別讓人厭惡啊……）

美咲完全不提灰連帽上衣跟小井的事，對另一組情侶說：

「啊，綠燈了。我要去車站走這邊。提早祝兩位新年快樂。」

她稍稍鞠了個躬，跑著過馬路。

明明不需要跑，美咲還是一路小跑步去搭地鐵。車廂內到處都是手上拿著裝有禮物的大禮物袋的乘客。

（早知道就買瓶什麼會噴氣泡的酒給爸爸的。）

橫濱站旁，擺了好幾個賣這種酒的攤位。

雖然在餐會現場她說了「等一下我們家要一起做些什麼過節」，其實根本沒有這樣的計畫。弟弟妹妹各自去同學家參加聖誕派對；因為學校午餐中心開始放寒假的父母親，和伯父一家人去參加壽喜燒晚宴。

（社長那之後不知道怎麼辦？）

社長會不會也問他們「要去車站嗎？」，然後讓灰連帽上衣和小井這對情侶尷尬？

（為什麼社長在聖誕夜會一個人，是因為宗教上的理由。）

社長從來沒有問過她要不要去基督復臨安息日會。只有稍微聽她講過和其他新教徒的差別，但美咲不太明白。

不知道是不是因為只吃蔬食的原因，社長的臉、手腳和身體都像鐵絲一樣細，不到及肩長度的頭髮也用髮圈綁成一束，甚至有時候是用橡皮筋綁。穿著是現在已看不到年輕人穿的、全學連或全共鬥那種寬版牛仔褲，配上在合作社買的深藍色襯衫。她不穿步鞋或球鞋，總是穿高三公分左右、看起來像塑膠一樣的皮革包鞋。

（我看起來也跟社長一樣的感覺嗎？）

她不覺得兩個人的體型和樣貌相像。實際上的五官細節也完全不像。不過如果現在跟著社長兩人一起搭電車，說不定其他乘客會覺得她們很像：在聖誕夜吃著有機蔬食，不菸不酒而且九點前就在回家路上。

（嗯，說不定是喔。）

就像和小楓與真由、水真由，以及還常聯絡時候的小井一起談天說地似的，美咲在心中默默地與她們聊著天。

（這張照片，光看的話感覺滿好吃的。）

手機裡的照片是剛剛的蔬食料理。

（但吃了之後就覺得「嗯，該怎麼說呢」。對吧！）

薊野站到了。

本來朝著平常會走的出口走去的美咲，突然改變方向。

（稍微去繞繞再回家，如何？）

今天的餐會最後決定「不要交換禮物」。那是基督復臨安息日會的社長提議的，她說：「聖誕夜能和無可替代的友人們聚餐，就是最幸運的贈禮了。」

（而且還是聖誕夜。）

美咲從和平常不同的出口走出車站。

薊野是新興車站，並不像舊市鎮的車站前有亂糟糟的商店相鄰。薊野車站附近到處都是像速食店一樣的店家。有間店的店門口擺了小小的聖誕樹。

那是一家外觀像Tully's，和星巴克一樣有著整面落地玻璃，一個人也進得去的店。吧檯區有客人在喝啤酒，大概也有賣一些酒精飲料。店名是「安潔兒」(Angel)。

（一般是念安琪兒吧。安潔兒聽起來有種復古的感覺。以前有款點心就叫安潔兒派（Angel Pie），對以前的人來說，安潔兒才是普通的講法吧。感覺挺好的，「安潔兒」，和聖誕夜挺搭的。）

美咲走進去看看。

她坐在僅剩的一張空桌。菜單上有熱紅酒的照片。裝在杯身正中間圓圓的鬱金香型玻璃馬克杯裡，戴著紅帽子的小小聖誕老人靠著杯身。

「請給我這個。」

離成年只差幾個月，加上今天又是聖誕夜。好好的聖誕夜，偏偏晚餐吃了苦苦的蔬菜和乾巴巴的蛋糕。

（那間店的料理和蛋糕，大概對身體很好……但社長真的覺得它好吃嗎？）

哐的一聲，店員的手臂經過美咲面前，將熱紅酒放在桌上。

（聖誕快樂。）

美咲向想像中一起的朋友互道祝福，在想像中乾杯，喝了一口。

其實從她還是高中生的時候，就偶爾會喝酒。

家裡附近的神社舉行祭典的時候，扛神輿的眾人會聚集在負責照顧招呼大家的祖父母家中，這種時候她會用豬口酒杯喝個幾杯。上大學之後，幫要喝熱水兌燒酎的父親拿出梅乾、拿出下酒菜的米糠漬菜的時候，父親會問：「美咲也喝一點吧。」然後在小熱茶杯裡調成較淡的熱水兌燒酎給她。「美咲喝了酒臉也不會紅，是能喝的料。」雖然父親這麼說，但事實上她從未喝到會臉紅的程度。

所以點了這杯嚴格說起來違法的熱紅酒，是美咲的聖誕夜冒險。比起和「男友」這樣的人共度一晚，只是個微不足道的冒險。剛剛那間店也有熱紅酒。「熱紅酒並不是單純將紅酒加熱喝喔。在法國和德國，主要是用香草類、肉桂、蜂蜜等調味，在寒冬夜晚喝的；不過最近在日本，多半是用柳橙汁或蔓越莓汁兌過，降低酒精濃度，較適合女生喝。」社長這麼說，不過，她並沒有點那杯適合女生喝的熱紅酒。

「反正我就是這樣嘛。」

美咲對著裝滿熱紅酒的玻璃杯說道。一如往常的「反正」。那並不是鬧彆扭，也不是放棄。

知足，或許是最接近的。像是一句能讓她平撫心情的咒語。

和剛剛的有機蔬食餐廳不同，她坐在吹得到空調熱風的位子，喝著熱紅酒，甚至覺得熱。

（早知道也約社長一起。）

只要強硬地勸她「是聖誕夜嘛，有什麼關係」，溫柔的社長感覺會說「拿你沒辦法」而和美咲一起喝。

（情侶有情侶想去的地方，我也應該邀社長去橫濱某家成熟高檔的店……）

美咲當作此時正在那樣的店裡，又點了一杯熱紅酒。因為在走路就能回家的地方，她很放心。

「啊，好喝。」

原本只是自言自語，不小心說出聲。來收走第一個空杯的店員聽到後笑著說：「那太好了。看你喝得很痛快呢。」

「是，是嗎？」

被不認識的店員搭話，美咲有點慌張。父親每次在喝燒酎的時候都會用很中年阿伯的口氣說：「喔，好喝啦。」她不知道自己也像那樣。

「這個位子，直接吹到空調的熱風，喉嚨很乾，很熱。」

「熱風？」

店員看了看空調和美咲坐的椅子的角度。

「要不要移到那邊？」

他指了吧檯區的位子。單人的客人彼此相隔很遠地坐著。座位區的椅子隔著桌子面對面。

兩人座的位子坐滿情侶。

「對不起，好的。」

美咲覺得坐錯位子了。這個夜晚讓她這麼想。

她換了位子。

熱紅酒緩緩地溫暖著美咲。

（社長大學畢業後，會當小學或中學的老師吧。她是教育大的嘛。還是去高中呢？她會是個好老師吧。會是個有教無類不偏袒的老師。那才是最好的老師。社長一定是那種受學生愛戴的老師。）

社長有著高挺的鼻子。雖然沒化妝，但有著像是塗了粉紅唇膏一般的唇色、看起來柔軟細緻像混血兒般的棕色頭髮，不管對橫教的學生還是水大的學生都平等對待，總是細心體貼，讓大家處於和樂融融的氣氛。

喝著熱紅酒，讓她想起了社長的優點。

（她很瘦，應該很適合穿褲裝套。頭髮適合再剪短一些。然後當上女校高中的老師，被學生稱讚很像寶塚的演員……）

不知不覺中，美咲微笑了。

「今天是聖誕夜，你在等人嗎？」

剛剛的店員問她。美咲後來才知道，四十多歲的他是店長。

「不是，我等等要回家。」

「也是喔。聖誕夜，好人家的大小姐要回家才是。」

「我們家才不是什麼好人家。只是庶民而已。我父親在學校午餐中心工作，母親也只是兼職。」

她會這樣對店員說出私人的事，一方面是因為酒精起了作用讓她變得外向熱情，但更重要的是，她心中浮現了一股對不在現場的父母、祖父母及弟弟妹妹的感謝與愛。

「好人家指的應該是在聖誕夜，女兒會想早點回家的家庭吧。您對別人談到自己的父母的時候，都是用父親、母親尊稱，不是嗎？這就是好人家喔。您是好人家的大小姐喔。」

「咦，什麼？大小姐？」

她感到害羞，用手帕擦了擦額頭。身體因為紅酒和暖氣的緣故很熱，她脫掉毛絨絨的馬海毛針織衫。美咲喝著熱紅酒。酒精的魔力，暖呼呼地流過喉嚨。

（真好喝。）

心情變得愉快許多。

小學時，她曾問過父親：「剛才吃過飯，為什麼要喝酒？」

「喝了酒就會像點了燈一樣的心情啦。」「燈？」「就像那樣。」父親指了指電視。電視沒開，但電視前有妹妹散亂地放著的迪士尼的ＤＶＤ。封面的圖畫裡，背後一片蒼藍夜空的城堡流洩著燈光。「會像那樣點著燈喔。啪地燈亮了起來，好棒好棒。」「好棒好棒？」「從此就好棒好棒，可喜可賀，從此以後和王子過著幸福快樂的日子。」「哈哈哈。」美咲張著喉嚨大笑。她還記得張著喉嚨，吸進了很多空氣。她大笑不已。「可喜可賀，從此以後跟王子過著幸福快樂的日子。」

因為如此說著的父親，看上去也非常幸福。
（那時候的爸爸好好笑。平常都只講工作相關的誰誰誰怎麼了，或者橫濱海灣之星的話題，竟然說什麼王子……）
聽說有些人的父親平常很穩重，一喝酒就會施暴。念藤尾高中的時候，有同學為此所苦，她覺得很不捨，查了區公所的家庭諮詢電話，建議對方打電話。美咲的父親平常是個爽朗好相處的人，不過話不多。一喝了酒，臉變得像惠比壽福神，而和平常不同的是說話變得妙語如珠。
「好像『爆笑問題』的田中。」、「感覺是松村邦洋稍微瘦了一點。」美咲的父親經常被親戚和來家裡玩的小井、小楓及真由這麼說。一聽到這些話，美咲的心情就很複雜。因為她常被說「你長得像爸爸」、「長女就是會像父親」。
（意思是說，小楓的姑姑喜歡的那個叫野川由美子的女演員，長得像『爆笑問題』的田中？什麼啦，太奇怪了，好好笑。）
就算一個人，喝了熱紅酒之後，心情也變得很歡樂。柔嫩的臉頰膨了起來。她白皙細緻的皮膚，從來沒有為痘痘煩惱過。
「那我差不多了。」
付完錢，美咲穿上針織衫和外套，身體朝向門。
「什麼啊，美女，要走啦？好可惜。」
坐在吧檯區的客人突然大聲地向美咲搭話。這名客人看起來是某家公司的新進員工。
「不可以喔。我們店裡禁止搭訕，我們不是那種店。」

「我才沒在搭訕，我只是陳述感想。像美女你就應該穿薄一點，胸部要秀出來。」

「徹底禁止性騷擾，嚴格禁止。」

美咲聽著老闆斥責男性客人，頭也沒回地離開。

她拖著因紅酒變得暖呼呼的身體走路回家。這個聖誕夜就這樣過了。

她並沒有覺得那個客人很下流。或許她應該要這樣想。或許她應該要覺得那是性騷擾。如果是社長應該就會這麼想、就會有這樣的感覺吧。

然而對於聖誕夜晚上一個人喝著熱紅酒的美咲而言，男性客人所說的話並沒有讓她覺得被性騷擾。

她真實感受是，因被稱讚而感到開心。就像她真心覺得，基督復臨安息日會的餐廳裡的沙拉只有苦味，而燕麥和紅蘿蔔拌成的蛋糕乾巴巴地不好吃。

就這樣，新的一年到來了。

＊＊＊

翼在大學三年級的聖誕夜是兩個人度過的。

在一間橫濱Lumine再稍往北走一棟不起眼建築物的地下室裡，全面禁菸的有機蔬食餐廳。

店裡有看起來像是年長夫婦的客人和三人組女性客人，以及餐廳深處大桌的六人團體客人。

團體客人應該是學生，但深處的座位設計成從整個座位區往內縮，從翼的位子看不清楚。

翼坐在靠出入口，暖氣過強的小桌區，和那珂泉面對面坐著。

他吃了送上桌的沙拉，但好苦。翼的手和泉的手伸向沙拉的動作十分緩慢。

兩人都沉默不語。

「第一一五首……」

或許是受不了沉默的壓力，低著頭的泉出聲說話。桌上擺的小蠟燭，燭火微弱地晃動。

「第一一五首？」

隔著沙拉碗在她對面的翼，手肘撐在桌上抬起頭。

「這首讚美詩是〈小伯利恆〉。」

泉也抬起頭。

「原來啊。我沒有宗教信仰。那珂同學是天主教徒對吧？」

「我不是天主教徒。」

「你不是什麼女學院的嗎？」

「不是什麼女學院，有一個完整的名字叫聖瑪德蘭女學院。我應該講過很多次了。」

「對不起。因為是石川縣的學校，不太熟。那不是天主教學校嗎？」

「我不是在講學校的事，是要說我並不是天主教或新教徒。」

「是啊？」

「因為我只考上聖瑪才去念的，不是因為是教會學校去的。」

「也是，榮光學園的那些傢伙也不是因為虔誠的天主教信仰才進去的。」

「……這首讚美詩的半音很難唱。大家一起唱還可以，但一個人唱的時候，半音總是會跑掉。」

「……喔。」

只是為了填補沉默的對話。

「這是聖誕禮物。」

翼將包好的禮物遞給泉。

那是A.Lecomte的馬卡龍。情況不允許他直接問她想要什麼，所以他在搜尋引擎搜尋「聖誕禮物、女友、快要分手」，有人在社群網站上寫說：「禮券類的商品會惹怒女人」，他心想原來如此。他又重新搜尋「聖誕節、禮物」之後出現有人寫道：「最保險的是不會留下來，吃了就沒的東西。」他心想原來如此，又重新搜尋「甜點、人氣」之後，看到廣尾某間店的介紹，就去買來了。

「禮物？為什麼要送我？」

「什麼為什麼，因為是聖誕夜。」

「因為是聖誕夜，對吧？因為是聖誕夜，你覺得不得不見面，所以我們才會見面，對吧？」

「……」

被說中了，翼又看向沙拉碗。

「『那珂同學』的叫法也是。明明我生理期你內射的時候，是大聲地叫我泉。」

「不要在這種地方講這些啦，太低級了吧。」

「低級？沒必要就改叫那珂同學，更是擺明的低級吧。」

「不要這樣。沒必要故意挑起不開心的心情吧？」

「我就是不開心嘛。」

「彼此彼此吧。要說不開心的話，也是我先不開心。」

翼上星期覺得不開心。他想當作是碰巧，讓自己不在意。但是他做不到。

因為在廣尾認識了舞蹈社團聯合練習後的那群人，翼與那珂泉從夏天開始「交往」。

＊＊＊

泉與理I的和久田悟，是金澤市立中學的同學。

「那珂以前的綽號是環球小姐。」

在廣尾的小酒館，和久田說道。

「說中學生是環球小姐，真好笑。中學小鬼只要看到美女，就只想得到環球小姐。」

她的確是出眾的美女。彷彿一手能掌握的巴掌大臉上，像是修圖過一樣端正精緻的五官。一七五公分的身高，搭配纖細的骨架。身上沒有多餘的脂肪，除了胸部豐滿。翼幾乎是看得入迷。

「和久田同學才叫出眾。從中學一年級就被說絕對會上金澤鏡丘，實際上也是如此。」

泉說道。對當地人之間的對話，翼突然感受到疏離，便快速喝起酒來，隔天嚴重宿醉。

嚴重宿醉的隔天，泉傳了一封極短的感謝訊息。就如同他和遙說的，僅止如此。

到了夏天，突如其來地收到一封有Word檔附件的E-mail。Word的字體不是Gothic體，而是特地改成教科書體。

Acuqa Pazza。

水裡的魚。

在海中。

不過，陸地上比較好。

如果要再見面。

不對嗎？

不對啊？

不對？不對啊？

是哪個呢？

就這些內容卻用了教科書體，還特地附加檔案寄過來。

翼已經有過幾次不慌不忙面對這類「奇特女孩的行為」的經驗，於是他迅速回信。

「再見面呀，很好啊。什麼時間比較好呢？」

他們再次見面，第一次去咖啡廳。第二次是去看SEKAI NO OWARI演唱會，回程簡單吃點東西。第三次翼請客去高級餐廳，提出要交往，並依照約會守則發展到上床，直到最近見面為止。

第一次看到泉的陰毛時，他很有成就感。那種喜悅如同參加東大入學考試後在榜單上看到自己編號的時候一樣。

對於上床本身，他誠實地感受到「插入後裡面滑滑的」、「她腋下的氣味有點像我哥。」但帶著泉走在路上，擦身而過的男人對他投以嫉妒的眼光，令他感到疼痛並充滿快感。

所謂感受到的嫉妒眼光，疼痛並充滿快感，或許是來自翼內心深處「我擁有這樣的美女」的自我意識，然而他若深入探究內心的感受，就可能無法順利考上東大，因此他只是認為這樣的眼光是來自擦身而過的其他男人。

然而，一般而言「交往」行為本身，就如同古代宮廷人士詠嘆秋天與厭倦之情一樣，總是伴隨著秋風吹拂。

聚集在安田講堂前樟樹四周學生明顯變少的時期，翼在正門前的Rouault喝著咖啡，並打開專題研討的講義，和久田向他搭話。

「連城劍一結婚的消息上Yahoo新聞了。」

對象是以「最受東大男生喜愛排行第一名」為賣點的寫真女星。

「我看到了。」

「怎麼會和那種人結婚啊？」

「那種人，你是指哪一個？」

他敷衍地回應。

「兩個都是。寫真女星年紀大了能幹嘛咧？憑那傢伙的口才也當不了藝人。連城也是，不是高爾夫或賽馬。什麼板網球的，賺得了錢嗎？聽說小他十七歲。那男的，年紀這麼大了啊。」

「什麼板網球」，這個片段讓翼有些許不快。他當時也是基於「如果」是板網球的話，就不會輸給從中學就參加運動社團的學生的這個想法才開始打的，但這件事嘩啦嘩啦地從記憶中滑落。他是東大生，很懂生存技巧。

「會不會是再婚？」

翼依然看著講義，繼續敷衍地回應。和久田用手指滑著手機螢幕。

「真的呀。是被搶走的。嗯，原來他拋棄了原本的老婆啊。」

和久田連自己能不能坐過來都沒問，就將咖啡杯移到翼面前的位子。

（我明明在做我的事，你也做你自己的事就好……）

翼僅微微挑眉，瞥了和久田一眼。

和久田沉默不語。

「竹內，我啊……」

「幹嘛？」

稍感不耐的翼抬起頭。

「……」

和久田盯著翼的臉看。

「什麼啦，一臉認真。你該不會是要跟我告白吧？我對那方面可沒興趣，中學高中都是男女合校。」

「我也是啊。那個啊……」
「到底幹嘛啦？」
「我有想過，自己是不是性欲太強。」
「啊？你幹麻突然自白。」
「我們學校啊，很多人在考上大學之前忍著不做，該說禁欲，還是為了求好運，會不會反而累積太多性欲？」
「因人而異吧。」
「我曾經一個晚上做過十三次。」
「那對方很辛苦吧。」
「那種交往方式持續不久，一個月左右就膩了。我可以了解連城的心情，如果有個寫真女星主動靠近，那當然會接受……」
到此為止，翼都只是當作黃腔閒聊，一半只當耳邊風。但下一句話，讓翼闔上講義。
「泉也是……」
和久田馬上閉上嘴巴。
「全……全都是這類的。我在說什麼？」
雖然想含混帶過，但很明顯地他說的泉是指那珂泉。
「泉是指那珂同學？你們以前交往過？」
他無法隱瞞自己發現的事，直接了當地問和久田。

「你發現了？嗯啊。她向我告白的時候，當然會覺得：『讚啦，是環球小姐』，食欲旺盛大口大口吃了之後，結果像是口香糖。和那傢伙，沒話好說。明明從聖瑪上日藝。」

「聖瑪？」

翼此時仍然對這個學校校名沒印象。

「竹內你一直都在東京，不了解地方城鎮的情況。在地方城鎮，我們一直都覺得進私立高中的學生，都是上不了公立學校，偏差值低的學生。

「高中的時候聽老師們講過，地方的私立高中在昭和末期開始有所變化。

「進入平成年間，地方的私立學校以『巴達維亞課程』[1]或『特殊升學課程』等名稱設立升學班，以抹去放牛學校的形象。靠的不是學生而是經營者持續勤勉刻苦，因此進入平成年後有了成果，在偏差值排行上出現像暴發戶當上男爵的私立學校，在地方到處冒出頭。

「宗教團體也注意到這點，有的開始創建學校，而原本就有的教會學校，也將推薦升上同宗教體系偏差值高的大學作為誘餌網羅學生。

「如此一來，我表哥去上的那種像牧歌般悠遊愜意的公立升學學校，排名必定被擠退，過去被認為是成績好高中的名聲，也逐漸變成往日榮耀。

「結果來說，進入平成之後，原本各縣都有數間舊制中學上榜的地方高中偏差值排行上，僅僅只剩一間是該縣special的公立升學學校，其他滿滿都由新興勢力男爵私立高中占據。過去曾為榜首高中勁敵的第二、第三名公立高中畢業生的老師都感嘆，現在這些學校往往只能進到第九名或更低的排名。」

與和久田表哥年代不同，那珂泉是在平成年間上高中的。

金澤的聖瑪德蘭女學院在和久田表哥念高中的時代，是上不了公立學校的學生念的。但就如同和久田所言（從金澤鏡丘高中老師聽說的），就連橫濱市也是如此，而聖瑪睥睨這些郊區的藤尾高中等「近年升學考試策略失敗的公立高中範例」，在平成順利變身成為還算不錯的升學學校。泉從聖瑪ＡＯ入學[2]進入的日本大學藝術學部放送學科，也是在全國水準相當高的熱門學部學科。

「所以說啊，聖瑪上日藝的，目標應該是當女主播吧？以她的外貌能當上也不奇怪吧？但是啊，總覺得，跟那傢伙在一起有時讓人很洩氣。尤其講話交談的時候。該怎麼說，有種『就算不是我也無所謂吧？』的感覺。

「就算不是我，只要東大的話，對這傢伙來說誰都一樣吧。有種被當成ＬＶ包包，還是Ferragamo鞋的感覺。」

他跟那珂泉，交往短短兩個月就分手。

「不知道是不是因為外貌很優大口大口吃掉的關係，馬上就沒味道了。大嚼特嚼的口香糖，也會馬上就想吐掉對吧？」

1　J. Kennedy於一八九八年在紐約州巴達維亞市實行的教學法，用於超過六十人的大班教學，課程中會配置助教進行個別輔導。該課程旨在透過個別輔導來補充集體教學中的缺陷和單一性。

2　Admission Office Examination，簡稱「ＡＯ入學」（ＡＯ入試），除大考成績以外綜合評估學生的學經歷的大學申請方式。

和久田還記得自己「吐掉」的那一天。

「七月二日，是我的生日。很尷尬的一次生日。」

翼也記得。

（是七月四日。）

接到泉的訊息那天，是買隱形眼鏡幫自己慶祝考上大學的奶奶生日。「我跟美國同一天生日」是祖母的口頭禪。

她在七月二日跟和久田分手，七月四日傳了訊息給翼。

Acuqa Pazza。

水裡的魚。

在海中。

不過，陸地上比較好。

如果要再見面。

不對嗎？

不對啊？

不對？不對啊？

是哪個呢？

（好髒。）

翼突然有此感覺。

那並非思考，而是直覺的想法。

＊＊＊

選了橫濱蔬食店的是泉。

翼自從與和久田在咖啡廳對話後，就沒再和她聯絡。因為是聖誕夜，基於義務感而見面。

泉跟翼圍坐的桌子上不斷送上沙拉，以為好不容易出現終於不是沙拉，結果來了大豆漢堡排和糙米。

聖誕節特製蛋糕，是混合紅蘿蔔和燕麥再用杏仁油拌過烘焙而成。還有用蒲公英和橡實炒過後煮的咖啡。無咖啡因。

「這蛋糕跟咖啡還可以，好吃。」

「不用說客套話了。」

「不是客套話，我和這間店的人又沒交情。大豆漢堡排跟糙米也還不錯。」

那是翼的母親常做的料理和調味。也就是所謂媽媽的味道。

「是喔。是不是頭腦好的人才懂的味道？我很笨，所以不太敢吃。沙拉也全部都好苦。」

翼對於她的話中帶刺感到不耐，但忍耐著。

「因為你把難吃掛在嘴上，才變難吃的吧？」

「好。那這頓晚餐就當作我送給小翼的聖誕禮物。我沒準備禮物。」

「不用，我會付。」翼這麼說。

泉又再說：「不用。」

「不用。」翼也又再說。

「就說不用。」於是泉又說。

「不用啦。我送的禮物，比這頓便宜很多。」

「嗯，一切都是用數字來看，真合乎邏輯。」她以不帶感情的嘲諷口吻說著。

「你能贊同我合乎邏輯的想法，真是太好了。」

「贊同啊。然後呢？」

「什麼然後？」

「這頓當作我送的禮物，明白了嗎？頭腦好的東大生。」

翼的腦海深處響亮地迴蕩著和久田所說的話「只要東大就好」。

「那我就心懷感謝地接受。謝謝。」

「謝謝。」

他不知道泉為什麼說謝謝。

「太好了。」翼雖然這麼回答，但並不知道為什麼覺得好。

他唯一厭惡的就是女人歇斯底里地哭鬧。他討厭麻煩。

「我啊，明天一早要搭新幹線到米原。從米原回金澤一趟。」

泉微微甜笑。

（太好了。這女人不會對我哭。）

泉付結完帳，兩人走出餐廳。

「我啊，是長女。底下有妹妹，三個。我家在金澤兼六園旁邊經營旅館。我之前講過，但小翼你一定忘了吧。

「從小就被說誰誰誰可以當我的入贅女婿，我很討厭那樣。

「我自己的人生，被根本不熟的人決定，說東說西的，非常討厭。」

泉指了指前方的紅綠燈。

「現在綠燈，我會在下一個綠燈之前走到那裡過馬路。我啊，連和小翼你一起走到那裡都覺得討厭。小翼你在這裡站著，我先走。」

泉道別後，小跑步走向紅綠燈。

（太好了。）

翼心想，幸好沒演變成水深火熱的爭執場面。這麼沉重的辭彙對於東大工學部的優秀頭腦而言，到底有多沉重就不得而知了。

翼為了拉開跟泉的時間差距站在路邊，三個像大學生的人跟他擦身而過。

（那幾個人，剛剛應該也在那家店吧。）

那三人走向泉指的紅綠燈，只有其中一人過馬路走往車站，另外兩個人往別的方向走。

翼把手伸進外套口袋，盡可能放慢速度，緩緩走往橫濱車站。

他在東橫線月臺拿出手機。

「你聖誕夜要幹嘛？」

他傳了Line給板網球社的女經理朝倉。雖然他已經離開板網球社，但還是以Line維持聯絡。

「我跟○○同學、○○同學，還有○○○同學在澀谷喝得正開心。竹內同學也來跟我們會合嘛！」

他馬上收到回覆。

「好啊。我去跟你們會合。在哪？」

他馬上回覆。

他們在澀谷圓山町附近的居酒屋。

「我真的醉了啦。不想回家啦。想找個地方睡啦。」

朝倉半開玩笑地誘惑他，翼卻回覆說：

「對不起。今天有點累。」

他像個中年上班族丈夫似的回覆後，回到廣尾的自家。

朝倉在翼會合之前，已經一個人喝掉一瓶氣泡酒，還喝了啤酒跟燒酎。她所說的「不想回家，想找個地方睡」或許是來自五臟六腑的真切呼喊。不知道。連朝倉本人都不知道。

對於甚少感到不如他人的翼而言，怎麼樣都只覺得她是在誘惑他。

就這樣，一年結束了。

2

那是跟泉在蔬食餐廳分開後的數日。

翼躺在沙發上看著總結整年新聞的電視節目，正在進行除夕前大掃除，清著冰箱的母親說：

「今年在青山那邊啊──」

在青山那邊，指的是外公外婆家。

「──他們每次都訂的那間餐廳的年菜，今年說要改訂份量少一點的。因為他們說小光跟小翼都不肯吃年菜。過年去青山的時候，幫他們多吃一點喔。他們特地訂了很貴的年菜。」

「年菜不難吃，但外婆都會做很多東西給我們，吃了那些之後，就會忘記要吃另外那些。」

「也是……而且小光又馬上回家……」

目標是通過司法考試的哥哥，去青山也只是打個招呼就回家。

要參加司法考試之前，必須先通過簡稱預備考試的司法預備考試，或是修完法科研究所。法科研究所，如果是法學部畢業的學生須修兩年，其他學部畢業生則須修三年。

有很多目標是通過司法考試的學生兩路並行，而這些學生大多是念大學的期間一邊上伊藤塾等針對預備考試的專門學校。哥哥也是如此。

他在大三的時候參加過預備考試。東大法學部參加預備考試的考生，即使在論文式考試被刷掉，到短答式為止大約有七成及格。哥哥在短答式就被刷掉。

四年級的時候，他雖然過了短答式，但論文式被刷掉。「都是因為那什麼教師課程占掉你的時間。」父親帶著混雜著嘲笑與失望的表情看向哥哥。「教師課程每一堂課都很有趣。」雖然小小聲地，但他前所未見地反駁爸爸。

進到法科研究所後，他也維持兩校兼顧，繼續上伊藤塾，並在研一的時候又參加了預備考試，卻還是在論文式被刷掉，在家的時候總是一臉垂頭喪氣。哥哥是弟弟的榜樣，從懂事開始就不曾體會過「考不上」的經驗。不管是什麼樣的考試，對他而言被刷掉都是劇痛吧……旁觀的母親和弟弟如此想。

「至少過年期間稍微放鬆一下，小翼你也說說他吧。」

「再看看吧……」

他絲毫不抱任何關心隨意回覆母親的這天晚上，翼因為夜半口渴醒來。想喝口水而走向飯廳時，發現哥哥動也不動站在白天母親擦到發亮的冰箱前。在沒開燈的廚房飯廳，哥哥喉嚨以上的部分被藍色的光照亮。他把iPad平板拿得很靠近臉。

「嚇死我了。你在拍恐怖片啊？」

翼只是隨口說說，但哥哥的表情就像能劇面具一樣沒有任何變化。

「好噁……」

他以不帶抑揚頓挫的低沉聲調細語。

「怎麼了？」

「這傢伙，好噁……噁心死了……」

「這傢伙？誰啊？是在說誰？」

「這傢伙。」

哥哥把平板靠向翼的臉，他接過來看。

黑斗蓬的隨意電影

就是個部落格，連很大眾的電子雜誌或新聞報導都算不上。

他把朵貝．楊笙[3]所畫的阿金合成穿上黑斗蓬的圖片當作頭像，自我介紹上寫著「活得隨意的student」。

《美德的徘徊》。

感覺像是廉價通俗劇的標題，三島由紀夫為什麼會這樣命名。我感冒躺在床上，剛好SKY PerfecTV!開始播就看了。導演是中平康。

對了，中平康算是我畢業學科的同科學長（聽說中平後來退學了就是），算起來三島由紀夫是我大學學長。

我應該看過原著。完全不記得。說實話，小說根本可有可無。我記得也在某處看到立花隆（啊，這個人也算是我學長）說過：「我不讀小說。因為浪費時間。」學長的話還是要聽（說到哪去了）。

再回到《美德的徘徊》，因為沒看原著，可以單純從電影的角度來看。片頭算是值得稱讚，

3 朵貝．楊笙（Tove Jansson），一九一四—二〇〇一年，芬蘭作家，代表作為《嚕嚕米》（*Moomin*）。

但這部電影總結來說是中平

翼只讀到「是中平」就停了。眼睛好痛。看起來只是一長篇關於攝影角度、音樂切入手法之類看了老片之後的感想，翼完全沒興趣。

「這怎麼了？」

「……好噁。」

「就是很常見的感想。這傢伙真閒。」

老實說，翼無法理解這個部落格有什麼地方讓哥哥不開心。

「那誰，什麼來著？」

他再看一次平板。

「這邊，立花隆。就像這個立花隆講的。《美德的徘徊》不值得一看，那不知道哪裡來的誰寫的感想，更不值得看吧。」

「我才不管《美德的徘徊》或感想。那傢伙很噁，就像腫得紅紅黃黃的青春痘一樣。」

哥哥如此說。

青春痘膚質的翼反射性地感到不悅。

「你的比喻更噁。」

哥哥什麼都沒再說，看也不看翼一眼，步伐搖晃地走回自己房間。

大年夜的早餐時間，哥哥沒有出現在廚房客廳，母親敲了他的房門。他沒有回應。床上的被單被子等都摺得很好，床上放著A4紙，上面用六法全書壓著。

上面寫著潦草的文字，大意是他搭一早的飛機去北海道祖父母家，順便散心。

因為事出突然多少有點驚訝，但父母和翼都不以為奇。在他四年級論文式考試失敗之後，以及上研究所考試後都去了祖父母家。或許是空氣很好的關係，他從北海道回來之後氣色也會變好。哥哥這陣子筋疲力盡，家人也都覺得很有必要去北海道祖父母家散心。接到祖父打來告知哥哥已經抵達的電話，祖母也很開心，但萬萬沒想到他會就此待在北海道。

二〇一五年初春。

驚濤駭浪席捲了竹內家。

在那之前，雙親總是對同事或鄰居說：「大兒子從東大法學部上法科研究所，目標是考過司法考試。小兒子也念東大，但他念的是工學部，現在四年級，聽他說打算繼續念研究所。」世俗眼中的竹內家，「爸爸是國家公務員，媽媽是曾任小學老師的專職主婦，兩個兒子都考上東大」，原本是沒有任何失分的家庭。

驚濤駭浪席捲了這個家。對當事人而言是如此。

麻煩事、紛紛擾擾、問題。這類的事情沒有絕對的定義。都是當事人心中比較而來的。席捲竹內家的浪濤，指的是對竹內家家長與妻子而言是如此。

「我決定要住下來。」

哥哥打了通電話告知。

除夕當天去祖父母家的哥哥，決定直接留下來住在北海道，到新設立的聖瑪德蘭學院北海道分校當教師，從祖父母家通勤。「金澤本校是女校，但在這裡是男女合校，是間很溫馨的學校。」話筒傳來哥哥開朗的話音。學校法人聖瑪德蘭針對經濟與學力上沒問題，卻因霸凌或家庭環境的關係而拒學的學生，在北海道及島根設立了小型自由學校。

他並不是為了當上舞者，背著背包隻身跑到拉斯維加斯，也不是為了畫畫一個人跑去蒙馬特山丘。

他是在對重燃學習欲的學生伸出援手的新型態學校當教師，並從祖父母家通勤。能否認為「這是條踏實的出路」，就因當事人而異。

從麻武進到東大法學部的長子，跑去當北海道小城鎮裡的學校老師，對雙親，尤其是父親來說，這就是驚濤駭浪。他的感受是：「兒子偏離正軌」、「繳貴得要命的學費讓他去上SAPIX、麻武，去上伊藤塾跟法科研究所，到底是為了什麼？」這驚濤駭浪的麻煩嚴重到如果家中有日本刀，就算不到要砍長子的頭，至少也要用刀背打他一頓。

司法考試是國家考試中最困難的一種，很多人花了數年才考上。既然哥哥已經考過預備考試的短答式，想當然也會繼續挑戰直到考過。父親除此之外不作他想。

對於這股驚濤駭浪，弟弟又是怎麼想的？

（啊？是怎麼了啊？）

就這樣。

（搬到岩見澤那種鄉下地方是能幹嘛？笨死了。）

就這樣。

哥哥離開後，寬敞的家中迎來忙錄的黃金週。

他為了完成幾個實習的結果報告，每天到附近的大型圖書館，或是在房間裡待到很晚。

黃金週過後的星期六。

在招待他去吃Acqua Pazza的「可笑阿姨」介紹之下，他開始當別的中學生家教。翼從位於目黑雅敘園後方的家裡離開，已經接近夜晚時刻。

他接到讓治傳來的Line。

「我跟和久田學長和國枝學長在一起，在談要創立個有甜頭的校際社團。」

看來他們兩人從駒場校區附近活動頻繁的舞蹈社團「大吉嶺」撤退了。

「竹內同學要不要加入？地點在日吉。」

因為翼在本鄉校區，讓治在駒場校區的關係，從那次在六本木見面之後，幾乎沒什麼機會碰頭。最多是讓治有事到本鄉的時候，兩人擦身而過的程度。

過去在昭和末年，東大文II的江副浩正[4]將價值相當一億五千萬圓的Recruit Cosmos公司未公開發行股票，等同於贈送給文I的中曾根康弘[5]，但文I的中曾根康弘卻說：「他算是我的友人當中不算熟的一人。」這段答辯表示，對中曾根康弘而言，所謂「友人」並不是以信賴與誠信相交的對象，而是比「點頭之交」更加虛無渺茫的心態來往的對象，這個印象默默滲入部分人

4 江副浩正，一九三六－二〇一三年，日本企業家，瑞可利集團創辦人。

5 中曾根康弘，一九一八－二〇一九年，日本政治家，曾任第七一、七二、七三屆內閣總理大臣。

民的內心深處。
不知道在這位東大畢業的前總理眼裡，翼與讓治算是什麼程度的「友人」？
對翼而言，有種自己和讓治還算滿常碰面的感覺。
讓治的訊息和 Line 傳得很勤，也常聽一樣是本鄉校區的國枝提到讓治的名字。在綜合資訊節目中當名嘴評論員的國枝母親，與在日本 Percy & Lind 位居上位的讓治母親互為臉書好友。
（「給我來日吉」的意思……）
正走在往目黑站的坡路上的翼回覆：
「我現在人在目黑。回家會太麻煩。」
接著，馬上收到連續幾則回覆。
「如果包吃住呢？」
「因今日寒舍人數略減。」
讓治的意思是餐費他付，如果時間太晚就住他家，但他還是提不起勁。
「從目黑站搭東急目黑線一班車直達。二十分鐘左右。」
（是喔？從目黑去日吉這麼輕鬆啊？）
頗感意外。翼前往日吉。
他到那家最便宜的紅酒一瓶六千八百圓的店時，和久田和國枝已經走了，等著翼的是讓治和金針菇。
「有勞您移駕至此。」

讓治依然以喜劇裡扮演老闆的童星演員一樣的口氣說話，邊打開了一瓶一萬六千圓的白氣泡酒。

「就算開在日吉裏[6]，這種地方學生也不會來，很適合祕密交談。」

今天只有兩組客人，都是白髮、禿頭、頭髮稀少。

「那當然，對學生而言太貴了。」

「不是啦，是因為它不上不下。從小念慶應的傢伙，才不願意在日吉吃飯。他們會去更知名的餐廳。外部生[7]也是，如果家在東京會去家裡附近的吧。」

慶應大學主要校區，分別是東京都市區的三田、神奈川縣日吉與湘南藤澤。

「在SFC[8]大搖大擺一臉慶應樣的，都是那些被當成活廣告的體保生或藝人。那些傢伙有時請客或被請客，就會跑到橫濱或新宿去。」

也就是說，會在日吉一帶吃飯的，要不是附屬高中運動社團的男生，就是外部生當中的上京者。

「不過那些傢伙都是去便宜居酒屋那類份量多的店，這種店最不可能有學生上門。」

這幾年開的幾間類似翼他們所在的這間店，多是把客群設定在五十歲以上在地居民，安靜

---

6 「慶應日吉校區後方」的簡稱。
7 指大學才就讀慶應的學生。
8 「湘南藤澤校區」（Shonan Fujisawa Campus）的拼音縮寫。

且餐點份量少、價格稍高。

「晚上很晚的時間開始吃吃喝喝的話，份量少一點也好吧？十點還去吉野家的話，是在一路直衝邁向成為胖子的路上。」

這間店是讓治的母親和父親生意接待用的，但表面上看起來是作為私人用途。

「所以說，竹內同學也不用顧慮太多。錢是液體。」

「這你之前也講過。」

錢是液體。錢會流動。這是讓治的理論。

「小錢要一點一滴靠工作賺來，而大錢是要流用的。從P處把錢流用到Q處。Q處的錢再流用到X處，接著又回到P處。

「能流用億圓單位的位置有數個，能流用千萬單位的位置有數十個，能流用百萬單位的位置有幾百個。百萬圓以下不能流用，只能一點一滴靠工作賺來。

「那些不會在日吉裏吃飯的傢伙，他們的爸媽都是位處高額流用位置。所以流用他們爸媽的錢，就是在幫助那些揮汗料理、付著高額店租的人。偷錢是不好的行為，但如果不多多流用他們的錢，會讓金字塔下層的人受苦。我是這樣想的啦。」

讓治咕嚕咕嚕地替翼倒了白氣泡酒。

「很好啊。很有味道的經濟理論。」

他去目黑雅敘園後方的家裡上家教課的時候，有被問要不要吃點輕食但拒絕了，現在是空腹狀態。光是一杯冒著細緻氣泡的酒，就讓翼開始放空。

讓治對於錢的意見只是他個人的想像。但酒一下肚後，聽起來很舒服。

「其實我們兩個都退出大吉嶺了。」

意思是讓治和金針菇都退出校際舞社。

「和久田跟國枝也說現在轉到本鄉之後，去駒場太麻煩沒再去了。不過你們兩個都還在駒場吧？」

「金針菇住三鷹寮，還要打工太辛苦了。他是沒辦法，但我呢，因為某些原因，被『禁出』了。」

禁出。禁止出入的意思。

「只能說因為某些原因。對我自己來說啦。」

「該不會是裸舞了吧？」翼開玩笑地說。

「是的。」讓治點點頭。

「真假？」

「裸舞的不是我。是女生。是自願的喔。這件事觸犯眾怒。其實我也是被逼的。」

他們所屬的舞蹈社團，是東大跟慶應的校際社團。在藉聯誼會之名的喝酒聚會上認識的慶應女大學生，死纏爛打地對讓治送秋波，並邀他：「來我家繼續喝嘛。」他們便一起到她的Lions Mansion公寓裡的套房。

「她是外部生，AO入學進到SFC，想往電視圈發展。」

他並沒有鼓吹游說，也沒有強迫她。讓治特別強調這一點。

「我只是講了校園選美的企畫而已。」

「有個跟東大小姐或慶應小姐不同主題的校園選美比賽，也還不錯。」讓治跟ＳＦＣ・ＡＯ入學的女學生說了這件事。

「我告訴她，如果說慶應小姐是當上女主播的捷徑，那有個像搞笑諾貝爾獎一樣的搞笑慶應小姐之類有趣的校園選美，得獎者則有機會當上綜藝偶像、綜藝藝人也不錯。」

讓治強調，自己並不是跟她說已經有比賽，騙她報名。

「那只是喝了酒之後，開玩笑地講到有那樣的選美比賽的話也很不錯而已。」

「嗯嗯，」ＳＦＣ的女學生也認同，「那我，要當上榮耀的第一屆得主。」她說完之後，脫了衣服。並不是全裸。胸罩和內褲還穿得好好的。「怎麼樣？這是第二關的泳裝比賽喔」她說道。「很好，泳裝比賽過關。」讓治也這麼說。他用手機拍照。他建議她跳個舞來看看，並拍了影片。

「我們只是喝醉很嗨而已。根本沒做什麼猥褻的事。只是拍來鬧著玩，拍完之後就倒頭大睡。醒來的時候已經早上了。」

讓治帶著宿醉走出女學生住的Lions Mansion。

「只是這樣就被『禁出』，不覺得太嚴苛了嗎？我什麼壞事都沒做。」

的確若只是如此，除了衛道人士之外，大概都會覺得只是喝醉玩過頭而已。

然而，事實上並非只是如此。讓治把ＳＦＣ女學生的照片，上傳到從社團推特可以進去的加密網站。

「臉跟視線都入鏡，照片看起來是穿比基尼。」

他把密碼拿來賣，看到的人付五百圓可以看到截圖，一千圓可以看影片。

「照片跟影片，也都不是偷拍啊。影片看起來是可以拿來當華歌爾廣告的氣氛，只有女生一個人開心跳舞擺動，才幾秒的東西而已。花了錢的傢伙看了還會笑出來。我也是覺得，哈哈被騙了好好笑，這種程度而已。所以說120％是開玩笑的。」

但SFC女學生本人很生氣：「他用我的身體賺零用錢。」大部分的女社員也很生氣。讓治被要求「禁出」，氣呼呼地退出大吉嶺。

「我到底做了什麼壞事？並不是我強迫她的。SFC女主動說『怎麼樣？』然後脫給我看的。拍的時候也很嗨啊。她本人還說：『我要選上搞笑慶應小姐，以後當綜藝藝人』。

「看了照片就知道，是女生自己這麼做的。對吧，金針菇。」

「是啊，响响。她穿的根本就是決勝內衣褲。」

SFC女學生穿著蕾絲胸罩，乳頭以玫瑰刺繡檔住，內褲也是成套的玫瑰細帶丁字褲。

「有人會穿那種內衣褲去上課嗎？會穿去跟社團朋友辦在居酒屋的喝酒聚會？她會穿那種內衣褲，不就是因為心中早就盤算要在喝酒的時候，帶個東大男生回家。說起來，被她找上的我才是被害人吧。」

讓治這麼說。

「這樣就『禁出』，真是讓人惶恐。所以我就乾脆退出大吉嶺。」

「原來如此。這樣的話那個SFC女太惡劣。惡劣但還是如她所願。」

「是吧？所以我才想自己辦社團。

「東大都是一些只想念書的學生，所以才辦不成有傳統的棒球隊或水球隊。

「如果是想跳探戈或爵士舞，只想跳舞的人也可以參加慶應的舞社就好。我們學校的男生也是，就在東大跳個街舞或有氧舞蹈就好了不是嗎？

「因為有想認識異性的動機，才會參加校際社團吧？而且我們學校女生這麼少。對吧，金針菇。」

「是啊，女生都很大剌剌的，啊啊。比起男生更直截了當，啊啊。

「整個東大女生才一成。理科的話連一成都不到。那些稀少的東大女生，就會傾向接近比自己的學部偏差值更高的學部男生不是嗎？傾向，是有這個傾向。

「理III醫學部健康總合科學科的女生明明算多，但遇到比醫學部偏差值低的學部的男生，除了和久田學長那種人之外，根本甩都不甩。不過當然，當當朋友還可以，」金針菇繼續說，「那我們就創一個徹底符合需求與供給的校際社團，我們討論的就是這個，啊啊。」

或許是因為怎麼看都不算好的外貌，金針菇營造不出會受女性喜歡的氛圍。從廣島縣教師家庭到東京來，等著他的原本應該是東大生的彩色人生，結果也不如預期，所以他比讓治和翼都還冷淡許多。

「我想創個『星座研究會』，」讓治用手機抓出星座表，「牡羊座是三月二十一日到四月十九日。這段期間就辦牡羊座女生為主的喝酒聚會。慶祝牡羊座。然後四月二十日到五月二十日就以金牛座女生為主辦喝酒聚會。總之就是像這樣，找藉口辦喝酒聚會。

「參加校際社團本來就是因為想認識異性，想跟異性拉近距離一起吃飯喝酒，簡單來說就是真心話。我們來創個真心話的社團，也不錯吧。

「不過，真心話是需要包裝的，尤其對女生來說。

「所以就用星座。女生都喜歡星座話題。在聚會上就用一些跟數字有關的小故事讓她們驚訝地喊『好不可思議』之類的話，想辦法炒熱氣氛。」

「是啊。女生都會掩飾自己的真心話，真是讓人很傷腦筋，呴呴。」

呴呴。呴呴呴呴。金針菇笑著說。

（原來他真的是在笑啊。）

翼看著金針菇喉結的震動。那不是迎合的笑，是因為覺得有趣才笑。

瘦弱而姿勢不良的金針菇笑起來，就像歷史古裝劇裡會出現的朝廷官員。

「竹內學長要不要也加入？我們的星座研究會。」

「如果只是喝酒聚會這種程度的活動，我可以加入。」

離開板網球社的翼，不以為意地加入社團。

他們離開店裡。

翼並不知道花了多少錢。老闆沒有拿帳單過來，讓治也沒拿出信用卡或現金。

私立小學和國、高中當然也花錢，但補習班更要花大錢。要上私立學校又上補習班的前提，是家長要有錢。東大理所當然地除了學力之外，從聚集有錢人家的孩子的角度來說，也毫無疑問是日本第一。

（好好聽的鳥叫聲。）

不知道鳥名的翼，被白腹琉璃的鳥囀喚醒。

（現在幾點？）

雖然是可以連續佩戴一個星期的Menicon硬式隱形眼鏡，睡著後多少還是會跑掉。

他轉頭看向鬧鐘。

（咦？）

鬧鐘不在平常的位置。

（對喔，我借住讓治家……）

他摸來摸去找著應該放在枕頭旁邊的手機。沒電了。整個房間因為遮光窗簾而顯昏暗。

日吉雖然離澀谷很近，因為是穿鑿臺地而開發的，森林、樹木和陡坡相當多。

「今天這裡沒人，不用客氣。」他被讓治帶來這個在一片漆黑當中的住處。因為是深夜，加上被樹木包圍，看起來更是漆黑。

他翻了身。

他睡的被子旁邊有張沙發，沙發上有被子。

（該不會金針菇也一起吧……）

讓治準備了寢具，翼睡在鋪著毛毯的地板上，金針菇睡沙發。

金針菇好像不在沙發上。被子捲成一團。

光線從走廊照了進來。

「對不起，把你吵醒。我口很渴，就聽讓治的話，自己去拿水喝。」
金針菇小小聲窸窸窣窣地道歉。
「沒關係。現在幾點？」
「六點多一點。」
「還這麼早啊。」
翼再度躲回被子裡。
金針菇也躺回沙發。
「這公寓很棒吧。不能說是公寓。這種的怎麼說？中庭式公寓？我去年暑假去輕井澤打工，感覺很像Outlet附近的輕井澤王子大飯店。」
「嗯，我們來的時候是半夜，我沒看清楚。這公寓這這麼大啊。」
翼閉著眼睛，維持著背對金針菇的姿勢，想起自己跟那珂泉去過那間飯店的事。
「不是公寓很大，是氣氛很像低樓層飯店。戶數應該不算多。三浦的房間面向樹林，位置是最好的。」
「金針菇你之前也借住過啊？」
「有啊，三、四次……明年我得離開三鷹寮，該怎麼辦？」
「不能住我們學校其他宿舍嗎？」
「我當然也想住……不過想住的人很多，又有留學生保留名額，競爭很激烈，會以家庭經濟狀況緊迫的學生優先。」

翼從他的背感受到金針菇嘆了長長的一口氣。

「不過借住這種公寓之後，我覺得我家的經濟也完全算得上緊迫了吧？我老爸在公立中學工作。」

「可是校長的薪水很好吧？」

昨天晚上，翼聽說了金針菇家裡的事。

他父親從私立福山學院大學畢業，現在是廣島縣福山市的市立中學校長。母親也在同市當中學教師，而根據金針菇所言：「明明是廣大（國立廣島大學）畢業的。因為時代的關係，畢竟是女人。」金針菇母因為生小孩而離職，在自家一室開珠算補習班，照顧公婆並養育大兒子和二兒子。循著跟婆婆一樣的模式。

就如同她的公公（金針菇祖父）是中學教師，婆婆（金針菇祖母）也是中學教師，婆婆婚後因為生小孩辭掉工作，在自家一室開書法教室，照顧公婆並養育小孩（金針菇姑姑和金針菇父親）。

金針菇是次子。和翼一樣，經過長子的預演後更抓得到訣竅，相對於哥哥畢業於新開的私立高中，小一年級的金針菇成績從國二的時候開始比哥哥好，進入頂尖升學學校縣立春日高中。

雖然從家裡也能通學，但從他家到市區的春日高中要花一個多小時。住在春日高中旁邊的姑姑說「我家女兒也離家了，不用客氣」而讓他借住。他從姑姑家上學和上補習班，考上東大。

「我家因為哥哥也還在念大學，雖然家裡有給生活費，但除了家教之外，寒暑假不打工的話，沒辦法好好過大學生活，」金針菇昨晚這麼說，「我很煩惱，離開三鷹寮之後房租會暴增，除了放長假的時間之外，平常可能也要再加一個打工。」

「就算是校長，也只是公立中學的校長。收入跟這個家裡的Mama Papa可是差了一位數，搞不好還兩位數。」

金針菇再次嘆了長長的一口氣。

「竹內同學有家教類以外的打工嗎？」

「企畫活動、協助在科技公司上班的學長，都是單件的打工，沒有其他的。」

「那不可能去做餐飲類的對吧？」

「對啊。錢少又辛苦不是嗎？」

「是啊。不過是只有現在才能體驗的，而且可以遇到跟我們大學的學生很不一樣的其他同世代人，很多有趣的事。」

姑姑的兩個女兒都已經因為結婚或工作離家，所以借宿的金針菇常常幫忙家事。因為這個經驗，很自然地夏天和冬天的長假就去餐廳打工。

「我之前在輕井澤的休閒義式餐廳打工，有個從廣島安田女子大學來的女生，好可愛。偶像等級。她知道我春高畢業，很崇拜我。」

春日高中這個招牌對於該地出身的人而言，或許比東大這個抽象的概念更加具體，因而更是至高無上的榮耀。

「好想跟那麼可愛的女生一起到輕井澤王子飯店住一晚。在餐廳打工的短期排班很難遇到她，又不像在『大吉嶺』會一起喝酒，不知不覺她就回廣島了。」

（以這傢伙的長相，一個人的確是把不到女生吧。）

依然背對著金針菇的翼心裡這麼想。

「竹內同學去過廣島嗎？」

「沒有。箱根再過去的地方，只有畢業旅行去過。啊，除了北海道。我老爸是北海道人。」

「原來是這樣啊？札幌嗎？」

「不是，很鄉下的地方，叫作岩見澤。只有小時候去過，地理位置說不太清楚。」

「我家也在鄉下。連要去福山市區都覺得麻煩。因為那麼鄉下，家裡附近沒有補習班。

「我哥到國二左右都還算會念書，他除了小學上過我媽開的珠算補習班之外，在籃球隊練習得很認真。

「如果不是因為他那麼認真，搞不好上得了福山誠之館，結果上了我家附近的高中繼續打籃球。但又不是什麼有名的籃球學校，也沒辦法靠體育推薦上大學。」

真笨。

金針菇的囁語，飄蕩在拉上遮光窗簾的房間。

真笨。

金針菇反覆說著。

「我哥非常討厭我老爸。好像他是蛇蠍心腸似的，就像三浦也常說他爸是垃圾。」

金針菇和讓治感情變好，是因為在整理實驗用具的時候，金針菇不經意講了哥哥對爸爸負面情感的事。

「我老爸現在是校長，但以前是教理科的。而且是不受學生喜歡的老師——」

金針菇父以前的綽號是「金邊」。因為金色金屬框眼鏡而被取的綽號。那種鏡框的眼鏡，也有其他教師、學生的家長甚至學生戴。然而卻只有金針菇的父親被取「金邊」這個綽號。

「聽到同學叫自己爸爸的時候 kin-bu-chi 的發音，混合厭惡與輕視。明明很黏膩，卻帶著訕笑的發音，」金針菇說自己的哥哥總是很唾棄地這麼說，「實際上也是如此啦。」

金針菇的哥哥對於兩人的父親，總是很斷然地說：「他不管對學生或教師同事，都用跟屁眼一樣的小心眼在評斷，沒氣度的混蛋。」

「我也不覺得我老爸有多好啦。會不會兒子對父親都是這種看法？」

翼幾乎沒在聽金針菇講話。雖然六點多暫時醒來，但眼睛閉著又開始意識模糊。

「我哥因為很喜歡坂本龍馬跑去土佐，去念從私立轉公立的高知工科大學。因為喜歡龍馬就跑去高知縣，是想幹嘛？不覺得他很笨嗎？」

只有這段他剛好聽到，翼瞬間想起山岸遙的事。

根據自己對某個很久以前就死了的作家或浪人依稀抱持的崇拜感，來決定要念什麼大學的行為，讓翼緊緊關上耳朵。

（好噁……）

他想著，便掉入睡眠的深谷當中。翼已經睡著了，但金針菇不知道有沒有發現，繼續講話。

「自己的父親這裡不好那裡不對，也不知道三浦到底在意什麼。

「把應召女叫到家裡或飯店，不就是花錢買來的專業小姐。不像森鷗外[9]大前輩那樣，沉迷於金髮小姐還同居，他爸那樣完全沒問題啊。

「老爸那種人就不用理他就好了。到底在堅持什麼。真的討厭就不會堅持這麼多了吧。會堅持就是因為喜歡吧。

「要說反面教材的話，比起我爸，我哥更是。

「我發現要跟我哥相反的做法才聰明，社團參加弓道社。不會被狂逼跑馬拉松之類的，但又算是運動社團，在校內成績這關的好感度會增加。

「雖然學級上下關係很嚴格，但我很擅長這種事。真的用心照禮儀規範太辛苦，只要表面上做到就好了。禮儀規範就是這麼回事。就跟套公式計算一樣。」

金針菇嘆了長長一口氣，不久就睡著，發出平穩的呼吸聲。

翼突然有尿意。

喉嚨也很渴。

金針菇在沙發上打呼。

他離開被子。在因為遮光窗簾而昏暗的房間裡，以緩慢的步伐走向門口。

（廁所是……哪一邊啊？）

他打開門。

明亮的走廊。

「啊，是他的朋友嗎？」

她張開濕潤的嘴說。

翼直直地站著。

「礦泉水跟南非國寶茶在冰箱……」

她的指甲上貼著亮亮的顆粒。十根都是。

翼依然直直地站著，緊盯著她。

好濕潤。她的嘴唇。不紅。是相當淡的粉紅色，但帶著像是濕潤的光澤。好長。她的指甲好長。和《半夜鬼上床》的佛萊迪差不多。很白。她的粉底液很白。很長。頭髮很長。到骨盆左右。若隱若現。乳房若隱若現。從她V領的領口，看到若隱若現的乳溝。

要說是妖豔型的還是清純型的，她的妝和打扮是清純型的，但因為她「完美清純型」的打扮，更顯女人味。

「對、對不起。」

他沒走出房間，而把門關上。

（讓治的老爸，在我們睡著之後，叫了應召女啊。）

他看到不該看的東西。他心想。

翼忍住尿意，在門內側確認走廊的狀況。

9　森鷗外，一八六二—一九二二年，日本作家，與夏目漱石並稱為日本近代文學巨擘。

他悄悄地再次打開門。走廊沒有人。

（我記得是這邊。）

他小跑步，在走廊盡頭看到廁所。大概是為了方便客人，門微開，一看就知道是廁所。

小解完後，他又小跑步回鋪了被子的房間。慌張的動作吵醒了金針菇。

「十點半了，該起來了。他家的人要回來了。」

金針菇坐起上半身，看了看手錶。

「他家的人要回來……？」

「今天我家沒人。」讓治這麼說的。父親去大阪出差，母親在紐約，妹妹住祖父母家。

「那，那是誰啊？我剛在走廊遇到很像應召女的人，該不會是念慶應女子的JK？」

「走廊？喔，已經回來了啊。讓治有說她會搭一早的班機，不是成田而是從羽田回來。」

金針菇從容地穿起衣服。

「你說什麼？我沒聽說過。」

「他講過啊。昨天晚上，三浦講過，你忘了嗎？三浦的媽媽會搭早上的飛機回國。」

「是嗎？所以那是他媽媽？他媽的話，應該四十幾歲吧？」

依讓治所說，她是在「計畫生產優秀孩子」之後二度就業，年紀雖然應該比翼的母親小，但是是同年代的人。

「喔，你看到了？很傻眼對吧？像我是剛從廣島來沒多久的時候遇到她的，簡直嚇傻了。優雅有品味，不是濃妝豔抹，但又讓人火熱難耐。」

「是啊。她那樣是有大學生跟高中生小孩的媽媽會有的打扮嗎？就算是有在工作的女人……」

翼的母親從學藝大畢業之後，在公立小學工作了一年。早早結婚之後，就在國家公務員宿舍裡，跟同一個丈夫生活，為了不與其他同為國家公務員家庭的鄰居爭執或格格不入，徹底融入眾人當中，專心當妻子與母親。

關於讓治的母親，翼聽說她在外資企業任高職，全職工作以外還時常到國外出差，相當活躍，他所想像的，是像自己念教育大附屬高中時的女性教師，用髮圈把毫無光澤的散亂頭髮綁成一束，穿著男女通用的灰色襯衫和長褲，完全沒有化妝。就像是初夏此時的翼還沒遇過的橫教野草研究會社長那樣。

「三浦的媽媽是個謎。我遇過幾次，不管是清晨還是深夜，總是化著完美的妝。她到底是什麼時候才會卸妝啊？我都要覺得她的化妝品，會不會是像我的Menicon一樣可以連續佩戴兩個星期。她的鞋子也是。穿那種不知道幾公分高的高跟鞋，腳不會抽筋嗎？總而言之，是個洋溢著現役女性味道的媽媽。」

「是『洋溢』這麼輕鬆的等級嗎？她那樣是媽媽？真的假的？太驚人了。」

如果像是用顯微鏡觀察礦物一樣的方法來仔細看的話，或許找得到符合年紀的皺紋和斑。然而，戴著Menicon Soft 72隱形眼鏡的翼在走廊看到的，就如同金針菇所說，是個現役女性。她的洋裝長度露出膝蓋。在自家走廊，也不是穿常見的扁拖鞋，而是把酒紅色的中跟鞋當作室內鞋。

＊＊＊

（好好聽的鳥叫聲。）

升上大學二年級的美咲抬頭看樹梢。

從日吉站走一小段，有個高臺公園，樹木花草繁盛。

「是白腹琉璃吧？」

從她頭後方傳來聲音。是野草研究會的橫教男社員。

「你認得啊。」

她回過頭。

「牠的叫聲很有特色。」

「好厲害，你懂好多。」

她感到佩服。

「長知識了。」

她本人並看不到自己的表情。

然而，男學生看得到她回過頭之後的表情。

（好坦率又可愛的笑容。）

他這麼想。

夏日將近的公園，樹葉漸趨綠，而陽光穿過枝葉，宛轉流瀉在美咲的笑容與白皙細緻的皮膚上。

「現在已經這麼熱了，今年會是酷夏吧。」

橫教的男社員不斷制止自己不要看向美咲胸口。但眼光就是會往那裡跑。

以當上英語教師為目標的他，想起昨天在當代美國文學課本中出現的單字。cleavage／klíːvidʒ，（從衣服領口看見）乳溝。他從高中就喜歡賞鳥，進橫教的時候加入野草研究會，但因為要兼顧打工和課業很辛苦，連一個月一次的社團活動都常請假。這學年教育課程結束之後，又開始可以出席。

對於水谷女子大二年級的美咲這個社團學妹，他當然之前就知道，但原本沒什麼印象，直到最近開始注意她。

不只是他。其他男社員似乎也都很注意她。倒不是說其他男生會常提起她的事，但在社辦打招呼的時候，雖然相當輕微，但他們的態度和之前不一樣了，比起之前更積極地跟她打招呼。

美咲則只是理所當然地回應打招呼而已。

只是她回應的方式，與之前相比些許不同。原本和社長一模一樣，很認真，很有禮貌。

現在不同了。

不是變得不認真，也不是變得不禮貌。要說改變了什麼，其實也沒怎麼變。

不過，只是稍微些許。

稍微些許地，缺了一點力道。

比如「辛苦了」這句話，她說起來比起之前，只是稍微些許地缺了一點力道。

究竟是缺了什麼？缺了些什麼。悄悄地缺了。

「聽鳥叫聲就知道是什麼鳥，真的好厲害。你聽力很好吧。如果去唱KTV，唱歌一定很好聽。」

她用甜美的笑容稱讚。

喜歡賞鳥的男學生很開心。

然而，站在他前面的美咲卻缺了些什麼。就算想再靠近一點，卻沒有散發出任何能抓住當作線索的情緒。

雖然稱讚了他，卻看不出來對他有什麼特殊情感。

（她真的就只是稱讚我關於鳥的知識而已。）

她的稱讚方式，讓他些許失望，使不上力。

把她這種缺了些什麼的感覺，換句話來說——

（總覺得這個女生，比以前更有女人味了。）

這是她給喜歡賞鳥的男生的感覺。

就像在盆裡一動也不動的紅色金魚，當你心想這種的一定很好撈，隨意靠近之後反而紙破了都沒撈起來。美咲就像那隻金魚，有種缺了什麼的感覺。

帶給美咲這種變化的，是她心中一絲絲的放棄。

聖誕夜抱著冒險的心情進入「安潔兒」的夜晚，素不相識的客人，稱讚了自己的胸部。

（那我就這麼做好了。）

衣領稍寬的衣服、稍顯胸部線條的衣服。

她開始會穿這種衣服。

倒不是說她原本完全不在意打扮。

有不少女性將對衣服、髮型、鞋子、包包這類事物的關心，視作不純潔。像這樣連自我意識都難以招架的女性，古往今來不分東西都存在。

然而，美咲只是一個十分普通的女生，對打扮也普通地感興趣。她只是對於哪種衣服適合自己、怎麼搭配才好看，沒什麼概念而已。出去買東西的時候，也是聽同行的朋友、家人或店員說「這件不錯」、「像這種的比較好」來選擇衣服。

幾乎就是這種情況的延伸之下，她開始因為「安潔兒」的客人稱讚而選擇衣服。因而比起以前，異性跟自己接觸的時候，總覺得有哪些部分變得些許溫柔了一些。並非顯而易見的態度改變。說不上來的，只是非常非常些微的溫度差異。

（如果這樣比較好的話，我就都這麼做吧。）

心中這麼想的美咲，放棄了些什麼。

早早結婚的小楓；傳訊息來說和紐西蘭人談戀愛的真由；就算和自己同一天突然被約去KTV包廂，也和鞋帶男發展到「交往」這一步的水真由；和灰連帽上衣也發展到「交往」這一步的小井。

（反正我不過是沙拉。）

因為是一開始送上桌的沙拉而不是主菜，如果穿這種衣服比較好的話，我就這樣穿。美咲帶著一絲絲的放棄，心中如此想。

社團活動也好，公車或電車也是，或者在路上、便利商店對話過的異性，每個人都迅速巧妙地從美咲身邊滑過。

（啊，有鳥鳴，有好多大樹，濃綠的樹葉沙沙地搖動，好——舒——服——）

美咲抬頭看，深呼吸之後再低頭看向腳邊，拍下剪刀股的照片。她自己查了那黃色花朵的名字。

3

「東大星座研究會」以校際社團的名義開始召募社員。

讓治提案男生找東京大學的，女生則是御茶水女子大和水谷女子大。

「御茶水很近還可以理解，為什麼找水大？」

「那是因為水大也很近啊。」

四年級的翼跟和久田對此不太同意。

「東女跟津田地理位置上比較遠就罷了，但不能選御茶水和本女嗎？不都在文京區？」

「本女不喜歡御茶大。御茶大不喜歡東大女生。她們不會說出口，但內心是這麼想的。也不是說只要有御茶大的女生，本女的就不會出現。充其量只是有這種傾向。這是為了讓女生更願意參加。」

讓治說這是他擔任無數聯誼幹事的經驗談。

「御茶水、水谷女子。單純只是名字都有『水』的兩間大學，像這樣沒有特殊含意才好。對自己才有excuse。」

excuse的發音十分標準。

「像這樣沒有含意的鬆散氣氛，對這兩間大學以外的女生來說，也比較容易因為是例外而參加。我覺得我們得走跟婚友社主辦的活動相反的路線才行——」

有很多類似婚友社的團體，很頻繁地舉辦活動給想找結婚對象的男女。

以行情來說，出席男性身分限定為醫師的活動，出席女性的入場費會設定為男性的一點五到兩倍。

「——這種的也不能說是貪得無厭吧。如果要說這樣是貪得無厭，那些說好聽是優待女性客人的Lady's Day的餐廳也都是。

「在動物、昆蟲的世界裡，是由♀來篩選♂。而在人類的世界，是♀跟♂互相篩選。經過篩選勝利存活的♂，就可以篩選♀。♀也能接受這點，才會願意付高額入場費去參加活動。

「現在馬路、鐵路都已經完備，網路也這麼普及。大家都很忙不是嗎？所謂勝利組的人就更忙了。如此一來，追求不浪費時間的認識機會，一點都不算是貪得無厭。」

不過。接在讓治之後繼續說的是金針菇。

「——不過，大學生時期，女生們都還對自己的內心不夠坦承，呴呴。所以不能說『這是認識東大男生的好機會』，太直截了當，不能講得這麼明白唷，呴呴。」

「沒錯。所以才說，我們只是『星座研究會』。選御茶大和水大的原因，只是表現出我們廣為接受大範圍的偏差值。要弄成規定很鬆散的感覺，讓其他大學的女生也可以參加。」

「原來如此。」

「喔。」

「不錯。」

翼、和久田及國枝點頭同意。

我們是東京大學星座研究會。我們的社團，是從牡羊座到雙魚座，一邊喝著紅茶幫當季星座出生的人慶生，一邊暢聊星座。話不多說，要不要先來喝杯紅茶？

要泡紅茶，不可或缺的是好喝的水。因此女生就請御茶水女子大跟水谷女子大，兩大水系女子大學！

他們在社群網路上發布了這則邀請之後，入社的人開始慢慢地增加。是達到最小型社團要求的人數。

女生的大學比例，一開始幾乎都是水大居多，但暑假過後御茶大的也開始增加，原因是大學選美。

讓治聯誼認識的女學生報名參加「御茶水大學小姐」的比賽，在推特上被罵得很慘。她參加比賽但沒能獲勝贏得「大學小姐」的頭銜，因此被說是「輸了」。

「勝負到處可見，要當作勝負不存在，才是奇怪。不管在哪，只要有複數的人存在，就會有順序。否認別人想排在前面想法的人才奇怪。」

坐在「聖馬克咖啡廳」，翼藉這番話讓她心情好些，女學生因而加入「星座研究會」。而後，她又多帶了兩個御茶水的女學生來。接著又多一個、再一個，御茶水的學生變多了，而她們說：「不想被社團活動占掉太多個人時間，想控制在空閒時間玩樂的範圍就好。」這也就是翼、和久田、國枝、金針菇和讓治原本的期望，沒有必要太拚命增加人數。

＊＊＊

二年級的美咲不在水大文京區校區，而是從瀨谷校區離開。

（最近一直在吵架。）

她在公車上這麼想。

伯父因為結石住院，他兒子（美咲堂哥）騎車去探病的路上發生車禍而複雜性骨折。外公在町內會的交誼會上喝太多，把裝了町內會費七萬圓的錢包弄丟。

要說不是什麼大事的話，的確不是，只是一件接著一件在同個時期發生。

家人之間常常為了探病分工、洗衣店顧店分工之類無聊的原因開始爭吵，最後演變成大吵。

在這種情況之下，美咲的妹妹被警察輔導了。

說是定期考試前的讀書會，妹妹每天跟幾個人一起住進同學家。因為那個家裡是單親家庭，母親晚上要工作，家中只剩一群中學生。因為公寓牆壁很薄，隔壁鄰居向警察通報：「他們很吵鬧，還聽到低沉的男人的聲音，會不會是私下賣淫？」於是她們被帶走輔導。

仔細聽就知道，只是三個中學女生聚在一起天真地喧鬧而已，而男人的聲音，是那個家裡的母親店裡的常客，一個住附近的僧侶。

母親在店裡聽說，他在離職前是兼任公立中學的數學教師和僧侶，因而拜託他教小孩數學和其他科，也幫忙看她們念書。偶爾在他去店裡的時候，會請他直接到家裡教課。

（太好笑了……）

美咲這麼想，得知真實情況的警察實際上也笑了。但十幾歲女生的聲音在晚上聽起來相當可疑，的確也打擾到鄰居，她們因而受到嚴正的警告。

被警察帶去問話，警察為此聯絡學校這樣的事情，當然對於當事人妹妹，以及身為當地學校午餐中心配送員的父親，還有他的太太也就是母親，都是頗嚴重的事情，因此又成為吵架的導火線。

（明明已經是食欲之秋了。）

美咲存在手機裡的JUJU的曲子，雖然是用耳機在聽，但也只是滑過耳邊。

她隨意搜尋了「食物、開心」。有人上傳了牛排的照片，並寫道：「牛肉有讓情緒高昂的功效。」

於是她走去位在三境站前，公車下車處旁的HIROTA超市。

美咲偶爾會買晚餐的食材回家。身為長女的角色，經常會準備幫忙餐點。不過只會在離自家最近的車站前買東西，這間店是她第一次去。

她從以前就因為貼在店頭繽紛的價錢標示很便宜，很想進去看看。「太太，這個啊……」、「太太，這條白蘿蔔……」每一個女性客人，老闆都叫她們太太。

「太太，這塊肉如何？是很好的部位喔。很難得喔。」

她很清楚知道自己看起來不像「太太」卻還是被叫「太太」，讓她的心情像是被搔癢一樣，開心又害羞。

她買了肉回家。

因為家裡有五個人，所以不是買牛排，而是煮成壽喜燒之後搭配生雞蛋。

「喔，好香啊。」

早上早起工作的父親，比較早開始吃也早早吃完，吃到一半弟弟妹妹才來到客廳：「哇，今天吃大餐。」、「看起來好好吃。」

大家都相當開心。餐桌上好久沒像這樣充滿笑聲，美咲也很高興。然而……

「你頭髮太長了吧？看了好煩。」吃完之後，母親講了弟弟頭髮的事。

「我的頭髮跟大家差不多。」

「大家是有幾個人？」

平常的話，這種時候母親通常都是說句「說是這樣說啦，真是的」，就會把話題帶過，但最近累積太多焦躁不滿，她一反常態地以尖銳的聲音喊叫。

「什麼幾個人，誰數過啦。」

「兩個人？三個人？這樣的話不能說是大家啊。」

「囉唆，老太婆。」

「這個老太婆，吃的穿的全部都幫你弄好好的。幫你擦小雞雞，洗你拉了屎的衣服的，也都是我這個老太婆。」

「就說你真的囉唆。」

弟弟拿起桌上的鹽巴罐，雖然不至於朝著母親丟，但大力砸在地上。掀蓋式蓋子彈開，鹽巴散落在地。

「這誰要掃？就是我這個老太婆。你啊，才不可能掃地吧。是老太婆我在做的。大家都把麻煩的事丟給老太婆我啦。」

美咲輕輕地拍拍怒吼中母親的手。

「媽，我來做。幸好也沒摔破啊。」

美咲起身去拿掃帚。

「我吃飽囉。」

身為老么的妹妹很懂得看情況，把筷子像丟的一樣放在桌上，一溜煙跑回二樓自己的房間。

原本到剛剛為止，弟弟妹妹都吃得很開心說：「好的肉果然味道就不一樣。太讚了，太讚了。」

美味的晚餐，被散了一地的鹽巴毀了。

「真是的，不要歇斯底里發作好嗎？女人真的，都這麼歇斯底里。」
「歇斯底里的是你，還丟鹽巴罐。」美咲很想反駁這麼說的弟弟，但不希望又吵起來，把話吞了下去。她把掃把和畚箕拿來後，弟弟也逃回二樓。
美咲默默拿著掃把掃著鹽巴，母親在旁邊抽咽著擤著鼻子，面紙摀著眼睛。
「如果當時跟遠藤先生結婚，就不用這麼慘了。」
聽母親說，隔著高麗菜田和地瓜田的隔壁遠藤牙科診所「那家人一直都是開牙科診所」。在法事和過年過節親朋好友聚集的時候，某個長輩毫無罣礙開朗地說過：「我們家原是農民呢。」像這樣在美咲親戚與附近人家都還是專職農民的時代開始，遠藤家就是「醫院」了。在羅伯特・甘迺迪夫人說：「我不是羅伯特的伙伴。」、水谷女子大還是短期大學的時代，也都一直是「牙科診所」。
要接下遠藤牙科診所的繼承人兒子，跟美咲母親從幼稚園到中學為止都是同學。到了高中，繼承人去上了「附屬」，日大附屬鳩之丘高中。和須田秀同樣的高中。
「他個子很矮，向前看齊的時後，他不是伸直手臂的，是站最前面手插腰的小胖子，體育也完全不在行的男生，但吉他彈得很好。」
「嗯。〈Scarborough Fair〉彈得很好對吧？」
「咦，我講過啊？」
「講過。」
雖然以前就聽過，美咲催促母親。

「然後咧？遠藤醫院的繼承人醫生怎麼了？」

母親從美咲進入藤尾高中之後，開始在他們兩人獨處的時候，把自己年輕時候的事告訴女兒。

很多媽媽和女兒既是母女也是類似同性友人的關係。

真由從小學時期就是如此，小楓和小井從中學時期開始也是，美咲不以為意地聽著，對此稍微有點憧憬。因此聽母親說自己年輕時的事，她並不覺得無聊。最近因為連續發生讓人焦躁煩悶的事，母親顯得相當疲勞，只要能讓她輕鬆一點都好。

「我在成人式的時候遇到遠藤。他說『我結婚之後會外遇喔』、『曾祖父、爺爺跟我老爸都是這樣』，聽了會覺得，到底在說什麼對吧？」

母親大抽特抽了許多面紙，擦了眼淚擤完鼻涕之後，丟進套了Hirota超市塑膠袋的垃圾桶裡。

「他說外遇是戀情，但妻子是愛。『愛人、情婦或戀人要有幾個都可以，因為那是戀情。戀情很短暫，只是一時的情感，相對的正妻只有一個。因為那是愛。』遠藤常常這樣講。

「男人很常說『愛是港口』這類的話，但都是像『我真心愛的只有你』這類的藉口。但遠藤有點不一樣。他說：『我認為以家庭背景或學歷來選擇正妻，不是個聰明的作法。男人出社會有了職業，工作養家，身上會負傷。正妻就應該要選擇能幫自己的傷口上繃帶的女性。這樣的女性，才是男性的港口。』」

接著牙科診所繼任人對美咲母親說：「請當我的港口。」

「『請當我的港口』啊。這句臺詞讓人很開心啊。這件事我第一次聽你說。」

「我一秒拒絕。」

「為什麼？」

「那是當然的吧。被他說我可以有很多個情婦沒關係吧，但我想跟你結婚？美咲，你可以跟那種人結婚嗎？」

「遠藤牙醫生說的話，應該不是那個意思吧？」

「那，是什麼意思？你該不會是要說，是像雖然會外遇但真心愛的只有你，這類的吧？如果你是這樣解釋的話，美咲，你還太天真了。」

「不是那個意思。」

「那是什麼？」

「要問我說是什麼我也講不出來呢。可是你們是在成人式上見面的吧？我也有去，但男生跟女生不一樣，他們還像高中生。他們那個樣子，表達的應該是更簡單的意思吧？

「比較像是，我現在很多事都還很迷惘，請你用更寬闊的心看我，像港口一樣等著我。」

「哼，太天真了。都清楚講出情婦跟正妻了。那就只是要接受我外遇的意思而已。用甜言蜜語包裝的。所以我就拒絕他啦。」

「但是媽媽，你剛不是說，如果跟遠藤先生結婚的話，就不用過這麼悲慘的生活什麼的嗎？」

「是啊是啊，我有說。」

母親開玩笑似的大聲說，說完之後眼淚又潸然落下。

「成人式的時候我不知道啊。」

「什麼？」

美咲把面紙盒遞給母親。

「我是短大生的時候，是個充滿夢想的女孩所以不知道。人生首先需要的是錢。

「戀情啦愛啊港口啊，那些只要有錢都能解決。如果能雇人去醫院探病幫忙，可以幫快考試的小孩請家教、讓他們去上很貴的補習班，空閒時間很多的我也可以去過『我自己風格的生活方式』。如果有錢，就不會被說囉唆老太婆了。」

「是嗎？」

「啊哈哈。就算有錢，男生還是會說媽媽是囉唆老太婆。」

「是啊。只要跟有哥哥或弟弟的人聊到家裡的事，大家都這樣講。啊，不能說『大家』。剛剛才因為這個吵架。」

「是這樣啊？我家以前四個都女生。」

母親嘆了一口氣。

「就算很有錢，也不想要會外遇的丈夫吧。」

「這麼說也沒錯……這陣子很多支出……好焦躁……希望爸爸要健健康康。」

「對啊。」

美咲心想，幸好父親不在餐桌旁。他因為要回房間看他租的怪人圖鑑ＤＶＤ，早早吃完晚餐。過年過節跟親戚去唱ＫＴＶ的時候，他唱的也都只是特攝英雄片的歌。

「爸爸應該有點在意剛剛吵架的事吧？」

「頂多覺得又再吵了而已，他的個性這麼悠哉。」
母親的臉上重見笑容。
「不會去店裡找女人，偶爾在家裡喝喝熱水兌大麥燒酎，自己準備下酒菜，看看舊的假面騎士、看看怪人圖鑑。我跟了一個好人結婚。」
「對啊，媽媽，幸好你沒跟遠藤牙醫結婚。」
洗完碗盤，美咲從自己房間的窗戶看向遠藤牙科診所。
（有客人嗎？）
很多個房間亮著燈。
她再次慶幸母親是跟父親結婚。
（那個醫生，應該真的有外遇吧。）
因為住很近，她很常遇到遠藤牙科診所的太太。不管什麼時候遇到，都不覺得她看起來開心。
（爸爸看完DVD之後會個喝燒酎吧，那我跟他一起喝。）
鍋子裡面的壽喜燒料理還有剩一點。
（在Hirota買到便宜的茗荷，幫他加一些當下酒菜吧。）
美咲最喜歡跟爸爸一起喝酒。爸爸平常雖然也很溫柔，該說是不會說話，還是話不多。喝了酒之後，一樣溫柔，但變得愛說話。他會講自己小學的時候熱愛的假面騎士、機器人超金剛，以及壞蛋怪人的事。〈地獄大使〉這集，就像母親的「遠藤牙科診所」一樣，對美咲說過很多次。

＊＊＊

喫茶Bonna裡，五個東大生坐在同一桌，一語不發地看著手機。

「這是到今天為止的匯入金額。」

五個人看著樂天銀行的頁面。他們用星座研究會的名義開了戶頭。

「扣掉零頭除以五的話是，嗯，每個人六萬。我們平分，這是密碼。」

讓治打開記事本，給其他四個人看。邊看著畫面，翼、和久田、國枝和金針菇四個男學生，各自把六萬圓轉到自己常用的戶頭。

「就這樣，我等等還要打工。」

有餐飲和家教打工的金針菇，匆忙地離開。

「這張好厲害。打這麼開的話，應該可以賣很多錢吧。」

和久田眼睛看著手機螢幕，向翼詢問。畫面上是他在星座研究會上變得關係親密的女學生照片。

「那是付費以後才能看的照片，跟刺激程度無關。臉夠不夠正才是問題。」

眼睛打馬賽克的臉部照片、沒有打馬賽克的臉部照片、性感的全身截圖、性感影片，他們把女學生的照片和影片，上傳到分階段收費的網站。

「這種照片，你怎麼拍的啊？」

「全部都是他。」

被國枝一問，翼指向讓治。

「沒什麼怎麼拍的，就拍了。就只是她自願做了那些事情。」

跟ＳＦＣ女學生的情況一樣。在星座研究會喝酒聚會上，說了：「如果有星座小姐也不錯。」、「如果有搞笑御茶大小姐也不錯。」、「我之前完成過請微笑動畫頻道找連城劍一當來賓的企畫。」這類的話之後，對積極向男生送秋波的女生說「我們兩個去別的地方」，並在小房間裡拍照。並不是強迫的。怎麼說也只是全權交給女生的自主意識決定。不過，也包含了喝酒之後的自主意識。

「不可能是自拍吧。她左手捏著這邊，右手把這邊弄開，兩隻手都已經用上了。」

「嗯啊。不過我沒有強迫她喔。完全沒有強迫喔。只是問她『怎麼樣？』，然後把她自願做的事拍下來而已。」

「只有拍嗎？做了吧？」

「沒這回事。我才不會做觸犯法律的事。星座研究會又不是打炮社團。不要把我們相提並論好嗎？我是很有理性的。怎麼說也是很重視女人的自主意識，拍這種東西的時候還做的話，萬一被發現，到時候被找碴會沒完沒了。」

我不會對商品出手。讓治說完，把下巴放在冰咖啡杯緣，用吸管吸了一口。

「這傢伙很受女生喜歡，因為小隻沒壓迫感吧。」

「那是因為國枝同學很會帶氣氛啦。」

看準了被聚會的氣氛影響的女生，開始猜謎、換座位，讓她坐在讓治和翼中間，等讓治邀她「兩個人一起」，離開現場。

「地點也是女生選的。她們如果說要去星巴克，就去星巴克喝咖啡。

「如果邀我去自己房間，在那當下不就已經『同意』了嗎？就算如此，我也不會做什麼。只會狂稱讚那個女生的外表。

「畢竟如果想玩，去聯誼一定會有喜歡東大的女生主動靠過來。對那樣的女生，我會坦率地接受。才不做拍攝這種麻煩事，我會好好享受對方對我的『好意』。」

「你的好意、你的行為，好好笑！」[10]

和久田揚聲大笑。

「大家對還在大吉嶺的和久田特別有印象。長得高、又在數學大賽優勝，是個名人。上星期星座研究會也是，全部御茶女生的視線都集中在和久田。每個人的表情都是一副『終於找到配得上我的男生了』。」

翼說完，和久田露出暗自竊喜的表情。

他回想起上星期星座研究會的喝酒聚會，辦在池袋的連鎖居酒屋。「和久田同學，明明是東大的卻很害羞，感覺人很好！」翼從男廁走出來時，聽見女廁傳來的聲音。

原來和久田收起下巴、用手掌窸窸窣窣地搔後腦勺的這個動作，看在她們眼裡是「害羞」、「人很好」，在泉眼裡也是。

「對。別有居心的是女生，當她們看東大男生的時候。」

國枝這麼說。對於國枝說的「別有居心」，翼點頭同意。

「覺得『配得上我』的是偏差值高的大學女生。覺得『一定要弄到手』的是偏差值低的大學女生。差別只有這個。

「兩種都是別有居心地來接近東大男生。結婚本身，就是一種別有居心的結合不是嗎？既然如此，一開始就靠Zwei或Zexy來邏輯性地幫這些別有居心配對就好啦。」

翼從進東大的時候開始，不，從知道有源源不絕來自其他高中想當教育大附屬板網球社的女經理自願者開始，就這麼想。

「說的也是，不過這張照片的女生，房間還真是奢華，這在哪裡？賓館？」

和久田把手上的手機給讓治看。

「不，是那個人的房間。就在這附近。」

「這房間很豪華吔。在山手線內這種地方？應該不是一個人住，是跟兄弟姊妹一起租的吧。」

「她一個人住。聽說是舊換新。一開始是爸媽幫哥哥買在川崎的公寓，賣掉之後新買的。」

「所以這是一個水大學生自己的房間？」

不過說起來，東大有更多這種學生。大學偏差值高低，與雙親年收高低幾乎成正比。

「她哥哥進川崎的牙科大學時買了川崎的公寓，哥哥畢業之後回鄉，就賣掉買新。」

「川崎的牙科大……喔，那間啊。」

輕蔑的氣息從和久田的鼻孔強勁地呼出。

10 此處的「好意」、「行為」為雙關，日語拼音同為「ko-u-i」。

「就算是那種笨蛋大學，回鄉下之後也會變成『從東京的牙科大畢業』。我是從地方城鎮來的所以知道，畢竟府中、綾瀨、鶴見也都算東京嘛。」

「啊，那個人跟和久田同學一樣是金澤人。」

「啊，星座研究會裡有金澤出生的女生嗎？慘了，我要小心。不然會被鎖定當成目標。」

「是啊。被逼著在金澤當牙醫。」

「大家也要小心。有的是鄉下有錢人想找文III的男生跟自己女兒結婚當女婿，要女婿進當地笨蛋私立醫大或牙科大念書，繼承傳了好幾代的醫院或牙科診所，吹噓自己的女婿是東大畢業，講得好像是東大醫學部畢業一樣。」

「那個人參加的時候，我會事先告訴和久田同學。之前的論文讓和久田同學變得更有名，如果總算跟和久田同學上床，一定會像鱉一樣緊咬不放。」

「也是，不能太大意亂插一通。」

「會被死死咬住。」

「唉唷，怕死了。」

和久田雙手放在鼠蹊部，故意縮了縮身體。

包含和久田，喫茶Bonna裡的這桌東大生，從手、手腕、手臂、肩膀、脖子皮膚的毛孔、頭皮毛孔、全身毛孔都噴射著滿滿的自信。對於自己比其他人優秀的自信，直接了當而悠哉。

這幾個悠哉而朝氣蓬勃的青年，離開Bonna後去了池袋Parco。

翼和國枝，各買了兩雙同款不同色的秋天最新款Nike Air。讓治為了想讓身高看起來高一點，買了牛津鞋。和久田在購物中心物色了一陣子，什麼都沒買就回去了。

只有金針菇沒去買東西，翼他們不知道他的行蹤。

金針菇在家教學生家中，出題給乃木坂迷的男中學生。

「西野七瀨、白石麻衣和秋元真夏去買三個人在演出舞臺上共用的飾品。

「他們買了蝴蝶結和塑膠圓珠共3000圓，每個人出了1000圓。此時突然巧遇你這個歌迷，你說要贊助500圓，把錢給了店員。

「店員隨手把200圓放進自己口袋，然後說演出加油並幫她們打折，緊握了三人的手，給每個人退了100圓硬幣。

「小七、麻衣和真夏，因為每個人出的錢從1000圓變成900圓，覺得賺到了，開心地回家。

「900×3=2700圓。店員從你手上摸走200圓。2700+200=2900圓。剩下的100圓去哪了？」

「老師，今天怎麼出這麼簡單的題目？」

第一志願是都立西校的中學生一臉狐疑。

「當作休息。」

「休息？老師你才剛來吧？」

中學生馬上寫了算式給金針菇看，花不到一分鐘的時間。

（3000—500）＋300＋200＝3000

「正確答案。」

「這是幹嘛？就算你出這種題目，我也不會覺得自己真的見到麻衣。老師這樣很討厭。」

「有的女大學生解不出這題吔。」

「騙人。」

「真的有啦，如果是偏差值低的大學。」

這個題目，金針菇在星座研究會喝酒聚會續攤的時候出過。

續攤的時候，他們會鎖定目標邀約。（第一攤的時候已經喝很多的女學生）＋（沒喝太多但散發出濃濃的想跟東大男生發展得更親密的女學生）。

通常續攤都只會剩水大女生。氣氛會變得赤裸裸大刺刺。金針菇的角色是在這時候上酒和出題。第一攤都是點啤酒、黑醋栗蘇打調酒和無酒精飲料，但第二攤就會整瓶整瓶點便宜的燒酎。他會先裝好一杯，用大啤酒杯兌燒酎和果汁。酒精濃度頗高，但大麥燒酎沒什麼特殊味道，兌了甜甜的蘋果汁或柳橙汁之後，女生都會說很順口。他把這叫作猜謎雞尾酒。

「猜謎時間！」

大喊這句是金針菇的工作。

出完題，解得出來就不用喝猜謎雞尾酒，解不了題就得喝一口。不像惡劣的打炮社團男生，會要女生一口氣乾掉。只是要她們喝一口而已。後來被送進監獄的和田先生[11]，似乎是要女生喝酒精濃度九十六度的酒，喝到她們昏迷，但他不會做這麼過分的事。比起過分，應該說笨。那是觸犯法律的。金針菇是這麼想的。

小七、麻衣和真實去買東西。

她們買了三千圓的商品。

店員說：「唉呀，你們還真可愛。」

店員看起來有點害臊，小七、麻衣和真實，呵呵笑著，並稍稍拉高了裙子，露出大腿。

哇，臉可愛之外，身材也很好。店員很開心，三千圓幫她們打折為兩千七百圓。

你們好可愛，我可以把剛剛拍的照片，上傳到網站上嗎？臉會遮起來。

被店員一問，三人同意了。

合法就是這個意思。

（為了滿足性欲，硬逼女生喝下酒精濃度高到幾乎等於藥物的酒，讓女生喝到昏迷。十個人輪流上一個跟死人沒兩樣的女生，在和路邊差不多的住商混合大樓角落發洩性慾。這種行為在被說是犯罪、很過分之前，根本就是笨死了。）

（頂多就是早稻田的程度。慶應的也是，把「慶應小姐」當作獵物，只好耗費自己的時間，在活動中幫忙做超麻煩的事，再吃別人吃剩的。反正他們不過就是靠爸媽的錢，從小念慶應的笨蛋！就只有東大，光講出大學名字，女生就會脫下內褲。）

與其說是這麼想，不如說金針菇就是這麼感覺的。

---

11 指「Super Free事件」主謀和田真一郎。和田以「Super Free派對」大學聯誼的名義在一九九八—二〇〇三年間對受害人實施性侵害，受害人數超過數百人。

他從小學到高中，因為一直很會念書而沒有被霸凌或嚴重恥笑，但體育完全不行，而且瘦弱單薄、和金針菇一樣頭特別大的外型，恐怕也不受異性喜愛。即便如此，只要他開口邀女生去喝酒時說自己是東大，除非時間上不方便之外，從沒被拒絕過。

關於「東大襖門俱樂部」[12]，金針菇是這麼想的。

（那個俱樂部為什麼能夠長久存在？因為如果是其他大學就沒意義了。）

因為是由東大生來幫自己換貼紙門上的紙，對此委託人能感到喜悅和信任。

偶爾會有高偏差值大學畢業的女人，跟低偏差值大學畢業，甚至高中、中學畢業的男人結婚或交往，遇到這種的金針菇絕對能認出來：在女人的臉上，有著一股驕傲自滿的味道。

那是一股「如此優秀的我，選了這種男性喔，呴呴」的味道。

（三浦、竹內學長和國枝學長無法看穿。和久田學長更是不可能。）

但我能看穿，金針菇心想。

國高中時期，中高生時期，他好幾次因為同學發起的「金邊」綽號沮喪至極。金邊。這些跟他從小學就吃著一樣的學校午餐、在同一個運動場上奔跑、中學同樣對New Horizon裡的美國家庭驚慌失措、對著同樣的偶像自慰的同學，叫著自己的爸爸「金邊」，自己卻連他們爸媽的臉甚至名字都不知道。

他們叫著「金邊」、「金邊」的發音中，夾帶的厭惡情緒相當明顯。那傢伙真讓人不爽，那傢伙討人厭，那傢伙的父親讓人不爽，有那種父親的那傢伙也討人厭。就是這種發音。

（我一直以來都能看穿這些事。）

對於很會念書的金針菇，雖然沒有人很明確地說過，但他一直認為自己「能看穿這些事」，認為「我會上東大，跟你們都不一樣」。

（進東大，找到覺得自己很厲害、願意跟自己交往的女生，打工存錢，買她喜歡的東西送她，求婚、結婚，回福山，永遠永遠待在被覺得很厲害的地方。）

雖然看起來一副傻傻陪笑的樣子，金針菇進入東大之後，也蘊釀出自己的自信。

12 成立於一九五四年的東大校內社團，接受民間委託由東大學生幫忙更換日式隔板門或紙製滑門的團體。

第三章

1

十月十六日，星期五。

她離開棉被，天氣比起涼爽的溫度又稍微更低。與夏天不同，秋天的空氣清朗冷冽。

還穿著睡衣的大學二年級學生美咲，看手機確認今天的課程，把講義、筆記用品等，以及化妝包放入包包裡。

她的化妝包很小，裡面只放著眉毛眼線兩用的迷你眉線筆、唇膏或口紅、小包的吸油面紙。那是她去紐西蘭找真由的時候，在她家旁邊的超市買給自己當紀念品的。上面有鳥和樹木的插畫，很像野草研究會社員會用的東西。要價八元紐幣。

她從來沒有在出門之後拿出化妝包。如果當天的心情是想化點妝，會在家化好，出門後就忘記要補妝。頂多用吸油面紙吸吸鼻子。

雖然對打扮有興趣，但容易與人親近的美咲上大學之後，包含水真由在內也交了很多好朋友，一群女生吵吵鬧鬧聊天大笑的時候還要重補粉底或重塗睫毛膏，實在太麻煩。就像隨身攜帶衛生棉一樣，化妝包只是當作服裝儀容的一部分才放進包包。

「吵死了，不要管我啦。」

「如果可以不要管你，我也不想管。你衣服脫完亂丟，結果汗漬越來越嚴重，變得很難洗，困擾的也是我。」

弟弟跟母親在對面房間裡大聲地互相叫罵。

（又是一大早就吵架……）

家庭生活真辛苦。

「姊，乳瑪琳沒了，拿出來給我。」

這次換妹妹了。樓下傳來她的大聲呼喊。明明《阿淺》的主題曲都開始播了，她是打算現在才要開始吃早餐嗎？

「你在幹嘛？上學要遲到了。」

美咲把昨天下雨穿完掛在牆壁掛勾上的雨衣，披在睡衣外面，走向飯廳。

「姊你才是，還穿著睡衣吔。」

「我是大學生，時間還很夠所以沒關係。你是中學生，趕快吃一吃。」

她催促完妹妹，自己也吃了早餐。把媽媽和弟弟吃完的餐具也一起收拾清洗。

她用紙拖把拖過飯廳地板和走廊，再用廁所拋棄式抹布打掃馬桶和地板。

從植村花菜[1]的歌大紅更早之前，美咲就聽過兩邊祖父母說廁所之神的故事。「好好打掃廁所的女生，神會讓她變美女。」、「就算衣服破掉，只要補丁並好好收邊就是美女。就算穿著補丁的衣服，但只要穿上好看內衣褲的女生，就是美女。」在簽約加盟白雪洗衣店之前，兩個祖母就這樣跟還是小學低年級生的美咲這樣說。

「我相信每天打掃著廁所，」她隨意哼唱著，一邊擦拭著廁所地板，「並沒有變美女，奇怪呀？」

（美女就算沒打掃廁所也還是美女，不是美女就算打掃了也不會變美女的。廁所女神的傳說，只是大人為了讓女兒聽話照著幫忙打掃廁所，編造出來的。一定是這樣。）

雖然她也會有這種想法，但只要念誦著「反正就是這樣」的咒語，打掃廁所也會讓人開心。好好地把已經習慣的事情完成後，心情就像今天早上的空氣一樣清朗。

快速沖澡完，她打開床邊的衣櫃。

（奶奶們教我的事，今天特別徹底遵守吧。）

一早大吵的媽媽和弟弟、懶散的妹妹。她想提振自己因此些許陰鬱的心情。

她從衣櫃挑選了緞面材質的胸罩和成套的內褲。那是「iPod Touch粉紅」的粉紅色。胸罩和內褲細部都繡有裝飾的蕾絲。這套內衣褲，很適合美咲細緻白皙的肌膚。

（天上的奶奶、洗衣店的奶奶，我有一點點覺得變美女的感覺喔。因為心情會變好。如同漂

1　日本創作歌手，以二〇一〇年紀念已故祖母的歌曲〈廁所女神〉（トイレの神様）聞名。

亮的便條紙、漂亮的書籤，只要擁有心情就會變好。自我滿足？這其實很重要。）

「隨便說說的啦。」她又自己害羞了起來。

一看時鐘，快到得出門的時間。

（糟了，太努力打掃廁所。）

她沒多想粉紅色的好看胸罩和內褲外面要穿什麼就走出家門，然而走了幾十步之後發現，天氣比她預料的還冷。她這天搭配的是柔厚材質，開口很深的V領長版上衣，下半身及踝的丹寧褲，裸足穿著芭蕾平底鞋。

（怎麼辦？）

中午氣溫會上升。雖說應該如此，但現在很冷。她回到家裡，因為沒時間換衣服，匆忙地穿上襪子，套上厚厚的運動衫，鞋子也換成球鞋靴。

「等一下大家要去紅磚倉庫，咲要一起嗎？」

水真由約她通識選修的公共衛生下課之後一起出去。

「大家是？」

「小井同學跟……」

小井與灰連帽上衣、水真由與鞋帶男，再加上野草研究會社長。

「社長也會去？」

「聽說她教師考試，神奈川跟栃木都通過了。」

從鞋帶男那裡聽說的。鞋帶男、灰連帽上衣和社長都念橫教。

「那要跟她說聲恭喜才是。」

「對啊。而且紅磚倉庫現在有慕尼黑啤酒節，到這週末為止——」

「大家」要一起去的是源自慕尼黑的啤酒節，約十年前開始在橫濱紅磚倉庫舉辦。

「剛剛接到聯絡說，今年的啤酒節會有史上最多的啤酒，有一百種以上吔。」

「是唷。聽著聽著就好想喝。」

「是吧？我想說咲很能喝，應該會想去。」

「去是可以，但我今天本來沒打算去別的地方，衣服……」

她外面套著大尺寸的運動衫。美咲因為胸部是G罩杯，外面套上厚的上衣之後，看起來就會比實際還胖。

「啤酒節在戶外，穿這麼厚比較好。我今天也穿了羊毛衫。」

水真由平常多半是男孩風打扮，但今天她穿細褶長裙配蓬蓬上衣，非常女性的打扮。是女生跟男友見面會選的衣服。大概是他們事先約好要去啤酒節的吧。跟小井和灰連帽上衣的double date。

（那我就去吧。）

如果是跟兩組情侶一起的話，就比較輕鬆。

（反正只是喝啤酒，亂穿就算了。）

她是這麼想的。對小井及水真由而言是「和男友約會」，對自己而言就是去啤酒節喝啤酒。

「不知道有沒有德國香腸。」

「一定會有吧。啤酒就要配香腸啊。」

「聽起來好好吃，德國啤酒跟香腸。」

（穿這樣的話，就算滴到香腸的芥末或蕃茄醬也不在意。）

美咲早上只洗了臉過了大半天，帶著素顏跟水真由一起去橫濱紅磚倉庫。

播著〈乾杯之歌〉的橫濱紅磚倉庫裡，人聲鼎沸，熱鬧非凡。

很多人因為沒地方坐而站著喝酒，但小井比較早來占位子，所以他們七個人都有位子。

沒錯，有七個人。

看起來一本正經的社長，和開始交往兩個星期的男友一起來到啤酒節。

美咲對於只有自己一個人不是情侶這件事，完全不覺得有什麼不自在。但其他六個人卻露出些許顧慮自己的表情，反而讓她覺得有點寂寞。

比起這件事，特地來參加啤酒節，其他六個人幾乎都沒喝啤酒更讓她覺得可惜。灰連帽上衣不會喝酒，為了配合他，小井也用像點滴一樣慢的速度在喝；社長和男友都是基督復臨安息日會教友所以不喝；水真由和鞋帶男喝是有喝，但兩個人都說自己「酒量不太好」，任由靴型酒杯裡的啤酒放溫。

「咲不用管我們盡量喝喔！」

「對啊。第二杯我幫你拿吧？你要哪種啤酒？」

小井和灰連帽上衣說道。

在一群不喝的人當中獨自喝酒，與其說是不好意思，其實是無聊。

「不用啦。我去繞一下看看有哪些啤酒可以嗎？幫我看包包喔。」

美咲依序繞圈，看著圍繞著舞臺的啤酒吧檯。

（最喜歡節慶活動了。）

美咲從小就喜歡祭典、文化祭、體育祭，也很喜歡親戚齊聚一堂。會喝酒之後，她又更加喜歡待在大家一起熱鬧歡笑的地方。

這陣子家裡一直在吵架，看到穿著民族服裝看起來豐腴幸福的德國姊姊，鼓著粉紅色的臉頰倒著啤酒的樣子，讓她心情舒暢。

（我也要跟這個姊姊點酒。）

美咲向吧檯走去時，背後被撞了一下。她回頭一看，是個應該和自己同年紀的長髮女性，眼睛睜得圓圓的。

「對不起！啤酒有灑出來嗎？」

她右手端著放了香腸的紙盤、左手是空啤酒杯，左邊腋下夾著活頁紙。

「不會，沒事。」

「太好了！」

接著，活頁紙飄落到地面上。

「唉呀，真是的。」

「沒事，我幫你撿。」

美咲笑著撿活頁紙。

「咦？」

活頁紙上印著水谷女子大的校徽。

「你是水大的嗎？」

美咲問她。

「嗯。難道？」

「對。我也是水大的。」

「原來如此！安德利亞在哪裡？」

活頁紙上用原子筆寫了很多筆記。

「安德利亞？」

「嗯。我被託買安德利亞的 Leikeim Helle Weisse，充滿幹勁想找到，找著找著看到香腸感覺很好吃就買了。結果搞得自己滿手東西，笨死了。」

她說自己叫優香，美咲也說了自己名字。優香比美咲大兩個年級。

「我們一起找吧，我正好也想點一杯。」

美咲和優香找到安德利亞，拿著裝了啤酒的杯子，走回座位。

「我在這邊，優香同學的位子呢？」

「我也是這邊。」

優香一群人的座位，在美咲他們的旁邊。

「討厭，這麼剛好！」

正值什麼事都覺得好笑年紀的兩個女生，為此開懷大笑。

兩群人把椅子和桌子拉近。除了年輕人獨有的親和力之外，也因為野草研究會的情侶們顧慮到美咲沒有對象。

「我們是校際社團。」

他們是星座研究會，總共是在水大文京區校區的女生五人，以及在附近的東大男生五人。星座研究會的成員喝了很多。

（一大群人吵吵鬧鬧的，好開心喔。）

她喝了啤酒，心情愉悅了起來。

＊＊＊

聽到優香的高音，和久田向翼耳語。

「那傢伙，曾經有一段時間在大吉嶺，只有她上慶應公開課程的那段時間。久違又見面的時候，她的攻勢突然間變得很激烈。」

在和久田眼裡是如此。但從優香的角度，是因為大吉嶺時期已經認識而不需拘泥……這樣的情況不無可能，但對和久田、翼、國枝及星座研究會的男生們來說，壓根不會想到有這種可能。

這天，金針菇和讓治不在。

如果讓治和灰連帽上衣碰面的話……

灰連帽上衣在搬到岩手縣遠野之前，跟讓治在麻武校內委員會認識。上了橫教的他和讓治，某天在日吉站巧遇。「咦？你不是東大的啊？」如果灰連帽上衣想起讓治在日吉站對自己展示的態度，或許不會讓星座研究會靠近野草研究會……

即便讓治不在，野草研究會成員對星座研究會也只是禮貌上打了招呼，並沒有太靠近。社長、水真由和小井聽到星座研究會男生全部都念東大，努力表現得沒有反應。她們顧慮到自己男友。因為男友們全部都是橫教大的學生。

「東大的啊！好厲害！」

這麼回應的，只有美咲一個人。

東京大學是很優秀的大學。極度的事實，極度自然平實的心情。

「野草研究會的大家看起來都很認真吔。」

大學四年級的翼向坐他旁邊的美咲說道。

「你高中的時候是園藝社嗎？」

「不是，我是攝影社。嗯，竹內同學對吧，竹內同學呢？」

「板網球……不過說了你也不知道。」

「我知道，我去看過比賽。」

「咦，真的嗎？這麼小眾的球類運動。」

「嗯。小井，我們去過夢之島體育館看比賽對吧？」

＊＊＊

美咲向小井搭話，但她只是輕輕點頭說「對啊」。她顧慮到灰連帽上衣就在旁邊，盡量不要跟其他男生太親密地講話，這點美咲也理解了。

（啤酒節只是次要目的。）

今天是他們很早以前就約定好double date的日子。加上社長他們之後，變成triple date。約會是主要目的，在啤酒節喝酒不是主要目的。她總算懂了。

（一定是社長說了「也約一下神立同學吧」……）

她在這裡是多出來的。

（唷！三組同學們，如果這樣的話。）

如果這樣的話，我就自己好好享受啤酒節。美咲如此激勵自己。

「我去看比賽的時候，連城劍一去當特別嘉賓。」

「咦？是那天啊？那天我也在。請連城劍一當特別嘉賓這件事，是我去跟微笑動畫頻道談的。」

「哇，是嗎？好厲害。」

「我從高中就一直打板網球，上大學本來還有打，但傷到腳踝……」

「你一直都是運動社團的啊，好了不起。」

美咲小時候學過，一直繼續參加運動社團，是很優秀的事。校長在小學朝會的時候這麼說。如他所說，不管中學高中，很多人參加運動社團又中途退出。所以一直繼續的人很了不起。美咲單純地感到敬佩。

看到舞臺上的德國約德爾公主，美咲也說：

「好厲害喔！」

讓聲帶像橡皮一樣伸縮，發出高音演奏旋律。她單純地覺得佩服。

翼說自己之前是念教育大附屬高中，她也很大聲地說：

「哇！好厲害！」

以前聽秀說自己是日大附屬鳩丘高中的時候，美咲也是大叫：「好厲害！」對她來說，念「附屬」的人，就像明日香。和「反正」的自己不同，是遙遠的存在。

美咲把杯子裡剩的Leikeim Helle Weisse喝乾，上唇稍稍沾了像鬍子一樣的泡沫。美咲並沒有發現，只是跟著約德爾歌曲的節奏，搖擺著上半身。

＊　＊　＊

翼的眼神停留在美咲的嘴巴。

（野草研究會的女生，一樣是水大的，但看起來比星座會的女生認真。該說認真，還是不起眼呢？）

（果然校區不能蓋在邊疆地帶。去不掉的土味。明明有化妝，頭髮也是弄成出門玩的樣子，但他們是怎樣，這麼掃興。尤其是那個社長。跟民生委員一樣。說是女大學生，到底是重考幾次啊？）

（不過只有我隔壁這個女生，開朗，配合度又高。沒化妝，還有一點點胖胖的，不過皮膚光溜溜的。一說是東大，她馬上大喊「好厲害！」把其他野草研究會的女生丟一邊。）

「別有居心」。這個詞，翼到最後還是說出口了。

「別有居心」，根據岩波書店發行的《廣辭苑》定義為：「一、心底（所想之事）。真心。二、心中早已期待之事。早有企圖。尤其是不良企圖。三、格言等背後之意。寓意。四、心為漢字的部首之一。」根據大修館書店發行的《明鏡國語辭典》為：「心中偷藏的意圖或企圖。『因並假裝親切』。」

「喔，這女的，應該能弄上床。」像這樣心中竊想的情緒，是「別有居心」常見的例子。然而，我們終於了解，對於這名東大生而言，認為對方「別有居心」，已經是半年後，翼最後終於將這個詞說出口時的事了。

無論如何，在半年前的二〇一五年秋天，在紅磚倉庫舉行的啤酒節上，翼對美咲說：「是神立同學對嗎？」

「嗯，對啊。」

「神立同學看起來很能喝。」

翼說完，美咲靦腆微笑，稍稍收起下巴。

「這杯好像是Erdinger Weiss。你要喝嗎？星座研究會的女生，自己不喝還買來，很浪費吧？我喝好了。神立同學，你喝這杯比較冰的吧。乾杯。」

他把流線形的啤酒杯滑到美咲面前，跟自己的酒杯邊緣匡噹地撞擊。

「好好笑。」

大口暢飲了三口之後，大呼一口氣的美咲笑著說。

「好笑？不是好喝？」

「你喝了酒不會覺得很好笑嗎？」

「也是。那我也來好笑一下。」

翼也大喝三口。喝完大呼氣之後，也覺得好笑。

「真的吔。」

「對吧？喝了酒，看什麼都覺得好笑。」

「我的臉也好笑嗎？」

他把舌頭伸長面向她。美咲哈哈大笑。

豐潤的嘴唇，上唇上方，啤酒的泡沫形成的鬍子比剛剛更多。

「神立同學是地方城鎮出身的對吧？不是東京或橫濱吧？」

對人不世故、單純，讓他覺得她應該是鄉下長大的。

「其實是橫濱……」

「真假？不會吧。」

「不過說橫濱其實是薊野，對市區的人而言，實際上大概算是地方城鎮……」

「你長鬍子了喔。」

「唉？」

美咲用手拍了拍嘴巴周圍。沒用手帕或餐巾紙是因為她當然沒擦口紅也沒塗唇蜜。

（如果是山岸遙的話，就會用衣服袖子大擦特擦。）

他很受不了遙的這方面，但美咲並未具備技巧性的女性化舉止，有種新鮮感。

「擦掉了嗎？」

美咲把臉面向翼。

美咲的鼻子不高。有著像是被惡作劇般地捏住鼻尖，稍稍向上翹的小鼻子。

雖然上午微冷，但下午開始溫度漸漸上升，而大量人潮聚集的活動會場熱氣蒸騰。美咲的鼻樑正中間，冒了薄薄一層汗。

和看起來悠悠哉哉的鼻子相反，大大的眼睛，眼尾微微翹起，好像曼赤肯貓。

他會記得這種貓的品種，是因為以前那珂泉給他看過她金澤老家養的貓的照片。

（哈哈哈，真不錯。）

對於美咲的臉，翼是這麼想的。

「給你。」

他把隨身包面紙遞給美咲。

「這是？」

「你鼻子中間流汗了。」

「討厭。」

美咲擦了擦變紅的鼻子和額頭。揉得圓圓的面紙上，完全沒沾染成膚色。因為她沒擦粉底。

「喔唷討厭。真是的。」

美咲擦完臉，像是為了掩飾害羞，大口大口喝了Erdinger Weiss。她把手掌貼在脖子上，為了確認脖子上是否也流汗。

「這裡人好多，變熱了。」

美咲脫掉厚重的運動衫。

（哇，好大。）

美咲身上剩下領口開得很深的長版上衣，翼的視線射向她G罩杯的豐滿雙峰。

美咲脫掉運動衫，頭髮紊亂，但她並不在意。她的一舉一動都毫無防備。

（隨便得好可愛啊。）

大門半開、玄關窗戶和陽臺窗戶都沒上鎖、蕾絲窗簾隨著風吹在從沒關緊過的窗戶飄進飄出。如果是防盜措施如此鬆懈的房子，因為被認為有人在，闖空門的反而不會以此為目標。假如要舉例的話，這段時間的美咲，就像是那樣的房子。

野草研究會男社員在日吉之丘公園，告訴美咲鳥叫聲是白腹琉璃時也是，雖然為她心動，卻終究沒有採取邀她去吃飯、看電影之類的具體行動。

「神立同學，要不要一起逃？」

然而，東大生翼開口邀她了。

就像昭和時期英文不好的日本人，立刻就學會（打招呼程度的）東南亞語言，基本上是一樣的概念；如同西歐人來到日本，馬上就能學會日文。端看自己多畏懼對方。畏懼程度越低，學會的速度越快。基本上與此相同，情感成熟的男性反而畏懼美咲那樣唾手可得的毫無防備，但翼並不畏懼。

「一起逃？」

「一起逃離這裡。」

「逃離這裡？」

「對。逃到月夜中的露臺上。」

翼是故意裝腔作勢要惹她笑的。

「嗯，好像廣告……」

不安。迷惘。不懂。美咲的臉上，坦率地浮現這些表情。

「廣告？什麼像廣告？」

「月夜中的露臺……」

美咲是「極為普通的女生」。對她來說，「月夜中的露臺」是在忙碌的生活中不會聽到的超現實臺詞，也不會在亞馬遜或樂天的商品說明中看到。如果說廣告是闖入日常的虛構幻夢，美咲的「好像廣告」這句形容，真是相當貼切神妙。

「就是因為你反應這麼遲鈍，才會被認為不是東京或橫濱出身的人。」

「……」

忐忑的表情籠罩美咲的臉。那並不是對於異性的進攻有所警戒的表情，而是對教養深淺差異的憂慮。

她認為像翼這樣優秀大學的學生，對於「月夜中的露臺」這句話，應該知道一些不優秀的自己所不得而知的其他含意。

美咲此時感受到的擔心憂慮，以及對自己的教養畏縮膽怯，在半年後的某個地方，被翼稱之為「別有居心」。

無論如何，在半年前的現在，翼對她說了：

「我是在問你，我們兩個要不要一起先閃。」

「先閃……那個……」

「去別的地方。」

「但是，那，你女友呢？」

「女友？你在說誰？」

「說誰……我不知道是誰……可是大家不都是跟情侶一起來啤酒節？」

「什麼啊。當然也是有情侶，不過至少我們星座研究會沒有半對是情侶。只是碰巧男女生一樣人數。原來野草研究會的都是情侶啊？神立同學的男友是哪個？」

「啊，我……我只是多出來的。只是順便被邀來的……」

「原來是這樣。橫教的男生真沒眼光。」

＊　＊　＊

月夜。

這麼想的。「別人真沒眼光」，我一直很希望有人對自己這麼說吧……）

而已，別人才找不到。小小的一點點的優點，所以眼光不夠好的人才找不到，我應該是讓自己

（或許，自己也有某些地方，某些部分是優點，說不定有好的一面，不過，也就只有一點點

如果不這麼自我說服，就只得絕望地認為自己就是個又醜又沒有任何優點的女生。

連原因都沒思考過。反正就是這樣，她一直是這麼想的。

接受花束的是別的女生，而自己只有在花束擦身而過時，會有花瓣飄落沾在頭上背上。

大家都極為普通、理所當然地接到的戀愛花束，卻只和自己擦身而過。

不管念藤尾高中時，還是從藤尾高中畢業的那個春假，或是進到水谷女子大之後，身邊的

己這麼說吧……）

（其他人沒眼光……我很希望有人對自己這麼說吧。我應該長久以來，一直很希望有人對自

就像是在數學課上被點名，站在困難的算式前不知所措的她，耳邊傳來魔法一般的提示。

被翼這麼一說，美咲才突然驚覺。

「……真沒眼光。」

露臺。

兩個人先閃。

橫教的男生真沒眼光。

從翼口中發出來的聲音，在她腦中不斷迴蕩。

「姑娘，要不要跟我一起跳下一支舞？」

在她聽來就像是如此。

「嗯，我們先閃。」

美咲大力地點了點頭。

＊　＊　＊

他們到了碼頭棧橋，水上巴士正要開船。

「我們搭這艘船吧。」

「上面寫的是水上巴士喔。」

「反正浮在海上的就是船啦。」

「嗯，是船。」

翼和美咲放聲大笑。不是水上巴士，是船。不好笑的事，卻莫名地好笑。

「這艘船要去哪？」

「不知道。上船吧。」

翼因為啤酒情緒高昂，美咲也是。

翼沒確認目的地就買了兩張票，一張給美咲。

「如果不知道要去哪，就搭吧。」

美咲比翼還早搭上船。

「很好喔，配合度很高。」

「很好？我配合度很高？」

兩人又笑了起來，自然而然地牽了手，站在甲板上。

兩人自然而然地互相以名字而非姓氏稱呼對方。阿翼、美咲。

兩人在沒什麼好笑的事上也會笑個不停，有時笑到說不清楚話，叫成了阿魚、美叫，讓他們更加覺得好笑。後來才慢慢互相稱呼為小翼、小咲。

此時正值太陽快下山前，橙色日景與深藍色的夜，在海面上交疊。

「目的地不會是瑟堡之類的吧？」

甚至不是對著美咲說的一句無聊玩笑，近乎自言自語。因為他是學環境能源的工學部學生，核能產業根據地弗拉芒維爾所在地的港灣城市名，對翼而言稀鬆平常，耳熟能詳。然而，美咲發出了出乎意料的讚嘆：

「好厲害，果然是東大的。」

對美咲來說，堆載鐵礦的港灣城市瑟堡，就和「月夜中的露臺」一樣，是超越日常的廣告中才看得到的異國風情的法國城市名。

從紅磚倉庫出發的水上巴士，不可能會開到瑟堡。翼故意說的那句「目的地不會是瑟堡之類的吧」在她聽來是帶著文學情懷的玩笑話。

（森鷗外、夏目漱石、三島由紀夫，他一定全部都看過了吧。）

她那句「好厲害，果然是東大的」的讚嘆，是出自這樣的想法。

對於美咲直接單純的讚嘆，翼也單純地感到害羞。很開心。

「什麼啊，哪裡厲害？」

「瑟堡啊。」

「為什麼？」

「因為是瑟堡。」

美咲笑了。

翼突然驚覺。

（她笑起來太可愛了。）

比起在啤酒節會場感覺到的輕微的好感，有股更直接的好感湧上。深藍色夜風在甲板上吹彿。

「這裡好冷。」

美咲打開包包，想把剛剛脫掉的運動衫穿上。

「啊，我忘在會場了。」

「沒有喔，小咲你剛剛離開座位的時候有拿著。」

兩個人在跟其他人說要再去買一杯啤酒時離開了會場。

「一定是你本來掛在包包上，滑掉了。」

美咲放聲大笑。

翼也是。

掉了運動衫這種事，雖然事小但在平常也會覺得麻煩，現在卻覺得好笑。

「會冷嗎？……很冷吧？」

「不……真的很冷。」

只要進到船艙就好了。但他們卻沒進去。

翼緊緊抱住美咲。

「我代替運動衫。」

兩人接吻。

美咲醉了。

不是因為Leikeim Helle Weisse也不是Erdinger Weiss，而是因為見面當天就接吻這樣冒險一般的行為。一直以來，美咲都認為反正自己和明日香不一樣。既沒有嫉妒也不是不滿，而是為了讓自己滿足於現況的咒語。她一直認為大膽刺激、像廣告一樣充滿戲劇性的事情，不會發生在自己生活當中，從來都不存在。然而，自己現在卻在見面當天和人接吻，就像是扮演積極的女性角色一樣，讓她心跳加速而醉。

（為什麼？為什麼我可以做得到這種事？）

啊，對了。

以前。

非常久以前。

我在某個地方看過。

女大學生和拿著網球拍的男大學生相遇相戀的電影。

是在哪裡看到的？

不是真的看過。但在哪裡看過。

想不起來。但我還記得。

（騎著白馬的王子。）

被翼抱在懷裡的美咲，記憶的片段飄舞著。

（這個人就是我騎著白馬的王子。）

她在翼的懷裡閉上雙眼。

翼緊緊地抱住閉著雙眼的美咲。

（輕飄飄的，好溫暖。）

翼吞下了兩人交融的唾液。

戀情萌芽。

或許這是一場，像水上巴士劃過水面所產生的泡沫一般的戀情，就算如此也仍然是戀情。
而戀情原本就如電光石火，稍縱即逝。

＊＊＊

水上巴士到達的不是瑟堡，而是橫濱 Bay Quarter。
「我好像有點暈船……」
美咲說了謊。
其實她是想上廁所。但是要向萌生戀情的白馬王子表達尿意，太丟臉了。
「真的嗎？還好嗎？」
他盯著她的臉看。
「沒事……我去漱個口。」
她進到車站廁所。
坐上U字型馬桶墊排尿的時候，明明沒有人，她卻不由得害羞了起來。
至今她看過好幾次了，鞋帶男呵護著問水真由「還好嗎？」；灰連帽上衣慰問著小井「還好嗎？」。
（和他們兩人相比我真是不乾淨。明明也不是說出想要尿尿會不好意思的女人……卻還裝扮成那樣的女人……）

她因為內疚而感到丟臉。

想尿尿不好意思說。那算是她的精神潔癖吧。如果她說要去漱口是謊言的話，把「廁所」說成「洗手間」也算是謊言。就算世人已經可以接受無人注意的謊言，她還是無法接受自己所撒的瑣碎謊言，這就是她的潔癖。

如果處女一詞指的不僅是陰道尚未受陰莖插入的女性，還是有內心情感潔癖的女性，那美咲的確是處女。

她在廁所洗手臺洗淨吹過海風的臉，再用棉製手帕把臉擦乾。用濕潤的手，把被海風吹亂的頭髮撥順。她再次洗了手之後，拿出紐西蘭的紀念品化妝包。

（幸好有帶著。）

她花了一分鐘簡單化了妝。

所以很濃。

會以為一分鐘能化好的簡單妝容，是淡淡自然妝的，只有沒化過妝的人（壓倒性地以男性居多）。

要畫出淡淡的自然妝容，仰賴的是經驗和技術。沒有化妝過或經驗少的人，要用少少的工具又急著化好的妝，就只會變濃。

她的眼線太濃。只因為放得進去小化妝包這個理由而帶的唇膏也太紅。但因為是車站洗手間，她看不太清楚。不能讓白馬王子等太久。美咲急忙走出廁所。

在快踏出廁所前，她回過頭一秒鐘。

「再見。」

她向鏡子裡的處女這麼說。

＊＊＊

他們從橫濱Lumine再稍往北走，經過一棟不起眼的大樓。

奇妙的是，大樓的地下室是那間美咲和翼互不認識的時候，在聖誕夜去過的全區禁菸蔬食餐廳。

他們經過大樓再往西走。一直往西走。翼發現這裡有賓館。不是觀光旅館，也不是商務旅館。

（不會啦，對吧。）

翼並不覺得美咲會答應要進去。

不管是朝倉或南，都沒答應進賓館。他還被罵過「不要看不起我」而挨了巴掌。

一開始先是射飛鏢、打保齡球、開車兜風、文化祭、運動比賽觀戰等四人左右一起進行的活動，之後是兩個人看電影、看演唱會，接著是兩個人去平實休閒（價錢平實休閒）的居酒屋，再來是兩個人吃不平實休閒（價錢不平實休閒）的法國菜或義大利菜晚餐，而且是需要事先預約的餐廳，然後是旅館，而且是需要事先預約的旅館，不能是商務旅館而得是觀光旅館，在那種旅館才會終於發展到那一步。

這些步驟當中，有的女生可以省略一兩個，但也有女生是連經過這些步驟都還拒絕的。以那珂泉來說，還得在晚餐上送她用名牌包裝紙加上蝴蝶結包裝的小禮物，送過四次才行。

到了這一步之後，有些女生也願意去這種賓館，但翼沒遇過從一開始就答應去這種賓館的人。

「要進去嗎？」

所以說，這不過是像剛剛在水上巴士講的「目的地不會是瑟堡」一樣的玩笑。

但美咲點了點頭。

（不會吧？）

沒想到她會點頭答應。

「那個……」

關上門之後，美咲呆立在門前。

翼回頭看她。

略為昏暗的燈光中，翼看見了。突如其來的不安，像積雨雲一樣遍布美咲的臉上。

半年後，翼向別人說起美咲「裝出來的形象」時，為何會遺忘這時她像幼鳥一般懼怕，如此不安的表情？

「……」

翼輕輕握住呆站不動的美咲的手。會輕握她的手，應該不是出自他的「別有居心」。應該是出自想溫柔安慰懼怕幼鳥的想法。

「那個……」

如同蚊子叫，非常非常微小的，像是求救般的聲音，從她匆忙塗抹上紅紅唇膏，圓潤飽滿的雙唇間流洩而出。

翼依然輕握著美咲的手。兩人就這樣，緊貼著門前站了好一陣子。

他們愣在以這種場所來說，算是有品味也可以說是不起眼的裝潢前。

「要坐嗎？」

翼看向窗戶旁的椅子，美咲點了點頭。

「要喝東西嗎？」

對這個問題，她還是點頭。

「喝酒好嗎？」

這個問題也是。

翼打開冰箱。裡面擺了一排350ml的易開罐。酒類和無酒精飲料都有。

「喝個濃一點的吧？」

這個問題她也點頭。

「有好幾種，你看。」

沒有面向美咲，翼用手臂指了指冰箱。

「我先用浴室喔。」

翼一說，美咲懼怕的表情更加深。她低下頭。

「嗯……你要不要傳個訊息……就是，那個……那個……你家裡的人，會擔心吧？」

「啊……嗯……」

美咲的臉上，再次出現柔和的表情。

「……對喔……嗯……」

他跟有家可歸的女生一起共度一晚的經驗豐富。那是她的直覺。但不會讓人覺得不舒服。

翼沒有明講。美咲也沒有明確地意識到此事。純粹就感覺而言，美咲感到安心，她覺得接下來要發生行為的主導權已經交給了她。

即便他們是男女雇用機會平等法[2]制定十年後才出生的。

「你跟家裡的人聯絡……之後……看冰箱裡面有什麼想喝的就喝吧。」

「……嗯……」

翼留下美咲在房裡進到浴室之後，她依他的「建議」照做。要跟水大社團同學去啤酒節的事，她已經在學校食堂傳過訊息給母親，所以只傳了訊息說要借住小井家，這是從處女變非處女時必講的藉口。就像化自然妝需要花時間一樣，要寫一篇自然簡短的訊息，也花了一些時間。

她的手指滑到iPhone上「發送」鍵時有點恍神，隨後又馬上聽見噗通噗通快速的心跳。

喀哳。浴室傳來開門的聲響。美咲打開冰箱，沒時間好好選，隨手取出名為「烏龍茶燒酎」的易開罐，拉開拉環喝了兩口。

「真有品味，你喝的酒。」

翼腰際圍著浴巾，溫柔地笑了笑，並從美咲手中把易開罐抽走，站在她身旁，咕嚕咕嚕喝了兩口之後放桌上。

此時，發出了匡噹的聲響。美咲喉頭上下滾動。

「小咲要用浴室嗎？我喝這個等你。」

他以伸手找易開罐的動作，催促美咲進浴室。

美咲和他一進一出，進了浴室。

（不會吧。）

翼在他們開始那個行為之後，心裡這麼想。在過程中，美咲看起來很難受。結束之後，大動作移動身體的時候，他看見床單上有像美咲塗的唇膏顏色。

美咲看見了，翼也看見了。

「……」

美咲看見後，瞬間全身僵硬。

翼輕輕抱住她。

「笨蛋，竟然跟著來這種地方。」

笨蛋。

他反覆說著。

2　日本的「男女雇用機會平等法」於一九八六年起實施，目的為提高女性在職場的地位，保障職場男女機會、待遇相等。

「因為……」

美咲把臉埋進翼的胸口。

「我是笨蛋啊……我又不是東大的。」

我是笨蛋啊，又不是東大的。美咲在這種情況之下說出的這句話，為何半年後在翼心中回想起來時會有所改變？

半年前的現在，他聽到這樣的說的美咲，感到心痛，用力地緊緊抱住她。

從蔬食餐廳再往西走的這間賓館，這個房間裡，至少這個夜晚，微熱的戀情曾經存在過。

因此，美咲緊抓住此時此刻的感受。

＊＊＊

人的心情不是數字，無以名狀。相戀的兩人之間也會有齟齬衝突。然而千層派的美味，也在於派皮、鮮奶油與水果之間的齟齬衝突。

美咲和翼的心情所烤出來的千層派，為何會在半年後轉變為嚴重的齟齬衝突？

半年前的這個夜晚，事後終於放鬆心情的美咲，穿上緞面材質的粉紅色內褲，套上成套的胸罩之後，由翼幫忙扣上。

「我奶奶說過，好好打掃廁所的女生會變美女，穿好看內衣褲的女生會變美女。今天我弟跟母親一早就開始吵架，我覺得很煩，想轉換心情才選了這套。」聽完她這麼說，翼讓她轉回面向自己，對她說：「你皮膚很白，穿起來很適合。」這應該也是坦率的感受。

為何在半年後，卻又變轉成「從她去參加啤酒節，一開始就盤算好選了一套決勝內衣褲」？

野草研究會的女學生們，因為顧慮各自的橫教大男友們，對於「東大」毫無反應時，只有沒男友的美咲說出「東大的啊！好厲害！」這句話，是對於東京大學是所優秀大學的事實。

對於翼完成邀請連城劍一當嘉賓的企畫這件事，她也說「好厲害」，對於他長時間持續參加運動社團，同樣說了「好厲害」，和明日香一樣是「附屬」高中這件事，她尤其大聲地說出「好厲害」。

翼不也為了美咲不裝模作樣、毫無顧忌的崇拜尊敬感到開心嗎？

為何在半年後，轉變成認為那是她「別有居心」才那麼說的？

翼會對遺傳了父親喝酒不臉紅體質的美咲說「神立同學看起來很能喝」，不也是因為覺得：和不想被看到喝酒臉紅的樣子，只願意小口小口啜飲的其他女生比起來，她的配合度很高、很不錯嗎？

翼不也在看到跟她父親相似，平常重要關頭不擅言詞，但喝了酒變活潑的美咲，覺得「隨便得好可愛」而受吸引，又看到她脫掉厚運動衫的G罩杯乳房而受吸引，有著像這樣年輕男性會有的，極為自然的反應嗎？

為何在半年後，會變成「這女的喝很多」、「這女的奶很大」，這樣帶著負面意味的用詞來形容美咲？為何連她在橫濱站廁所，因為匆忙化妝而過濃的眼線及口紅，也被形容成是「別有居心」的決勝妝容？

就算戀情的宿命是總會「冷卻」，為什麼翼會出現這樣毫無事實根據的想法？尤其美咲在見面當天跟他進賓館這件事，對於半年後的翼來說，轉變為蔑視她最大的因素。然而，正因為未曾有過這樣的經驗，美咲才會到這個時候還是處女。翼不也看到床單上的證明了嗎？

美咲原本認為跟異性交往要從團體行動開始，也介紹給家人認識，慢慢培養感情。然而在小井所說的「馬上就造成既成事實的女人」出現，小井自己也變了之後，她才落寞地（就像野草研究會告訴自己白腹琉璃叫聲特徵的男生，沒有開口約自己的時候一樣落寞地放棄）得知她們才是對的。在紅磚倉庫的啤酒節也是，只有美咲不是成雙成對。

短短二十年生活在熱鬧忙碌的良善之家中極為普通的女生，因為在啤酒節上被三對情侶包圍，極普通地變得多愁善感時，對自己說「其他人真沒眼光」的異性看起來像白馬王子一樣，讓她卯足勇氣進了賓館，翼不也從她呆站門前、發抖懼怕的表情明白一切了嗎？

2

October。雖然是剛開始學英文馬上就會學到的單字，卻像第一次聽到一樣清楚地迴蕩在耳邊。

就像是一直排隊等待，終於叫到自己名字一樣的十月早晨，大學二年級的美咲從相鐵線三境站搭上公車。

抓著吊環站著的美咲面前，老婆婆和老爺爺並肩坐著。她在早上的公車上常常看到他們。

婆婆圍著圍巾。那是仿冒的愛瑪仕。她之前聽過爺爺這麼說。

「我孫子說這是假貨。」「這樣啊，那還真是不好意思。」「不是啦，那也很好啊。不管是真是假，都好啦。是假貨的話價錢也便宜，便宜卻又暖又好用。」兩人對話著。

朝陽的光線，撒落在婆婆的仿愛瑪仕圍巾上。

漸深的秋日陽光照射進來。

（圍巾好漂亮。）

這條圍巾原本顏色就這麼漂亮嗎？美咲目不轉睛看著那條圍巾。

（這婆婆好迷人。她應該比洗衣店外婆年紀大，但總是化著漂亮的妝，總是穿裙子。）

她穿的不是短襪而是褲襪，但不是髒髒舊舊的膚色，而是鮮豔的原色，搭配包包。

（之前就覺得她很會打扮，但這個婆婆原本就這麼美嗎？）

目不轉睛盯著婆婆看的美咲，正處於「原本就知道的人事物，看起來比以前更加美好」的狀態。

（不知道能不能像這個婆婆一樣變老。）

她抓著吊環，開始想像。跟翼結婚，永遠這麼要好，變成老爺爺老婆婆，一起搭公車，不管什麼仿愛瑪仕仿香奈兒，這些都不重要，只要兩個人能微笑相視。

（才不管年薪什麼的……）

母親嘴巴上雖然說如果跟遠藤牙科診所繼承人結婚，年薪和現在差多了，但美咲完全不認為如果她跟繼承人結婚會比現在幸福。她每次只要看到繼承人的太太就這麼覺得。

而且母親對於年薪，並沒有嘴巴上說的那麼在意。她認為母親做了正確的選擇。

（當然，我也不想住多摩川河岸，睡紙箱……上公園的廁所，用公園的自來水洗澡，就算不到這種程度，要是過著動不動就被斷電的生活，我也說不出「愛能戰勝一切」……只不過……）

只不過，就算買不起真品的愛瑪仕圍巾、香奈兒包，她也不以為意。美咲是這麼想的。

（就算生活有點辛苦，大家在普通的家庭裡永遠感情融洽地生活，這就是幸福啊……）

美咲在「大學前」的站牌下車，從水谷女子大正門直走進去。

二號館的牆壁好乾淨。

（原本就這麼乾淨嗎？還是因為昨晚下大雨？）

牆壁像被沖洗過後一樣浸濕，跟屋頂形成直角的牆壁水潤無比。

美咲停下腳步，環顧四周。

好漂亮。

（我們學校，原本就這麼漂亮嗎？應該是因為我從來沒有這麼仔細看過學校的建築物……）

她喜不自勝。

「早安。」

她遇到同一個學部要好的同學，打了招呼。那是總手很巧地把一頭長髮從右到左編成一條辮子的同學。入學典禮的時候也是這個髮型。

「早安，神立同學。我們下一堂課一起吧。」

編髮的要好同學，笑咪咪地對著她說。

「一起走吧。」

雖然她的巧手編髮和平常差不多，但通常沒表情的她，今天卻笑咪咪的。

（是不是發生了什麼好事？她心情很好哩。笑咪咪的。好可愛。）

美咲這麼想。

其實恰恰相反。

編髮同學是被美咲影響的。

因為美咲笑容滿面地說了「早安」，她被影響也連帶笑咪咪的。鏡射效應。

如同先前所述，美咲正處於「原本就知道的人事物，看起來比以前更加美好」的狀態。

ＣＧ繪圖基礎的課，在扇形教室進行。

（好漂亮。）

美咲目不轉睛環視教室。

（這間教室，原本就這麼漂亮嗎？）

她放眼所見，一切都變得色彩鮮豔，惹人憐愛。

男友。

我有男友。

這是我男友。

傳Line給男友。

二十歲。有選舉權，能喝酒，而且有男友。

美咲沉浸在戀愛的喜悅中。

戀愛中的少女最美。古今內外皆如此稱頌。是的，最近的美咲確實很美。最近她跟翼去了三次「約會過夜」。

其中一次是野草研究會聚會後，那次美咲帶著自己摘的波斯菊做成的小花束。

翼胡鬧地把波斯菊撒在床上，讓美咲全裸躺在上面拍了照片。翼發狂地喊叫著「藝術之秋！」、「藝術攝影！」、「我是天才藝術家！」，讓美咲忍不住笑了。

然而這些照片，在半年後卻轉變為誤傳她「裝出來的形象」的關鍵物件……

＊　＊　＊

銀杏葉子全掉光後，東大本鄉校區已是枯冬景象。

四年級的翼收到簡訊。

「小翼，你現在在哪裡？」

會叫他「小翼」的只有母親和外祖父母。

「家裡。」

歲暮將近，大學已經開始放寒假。他簡短地回覆外婆。外婆只會用簡訊。

能跟（二十多歲的）孫子互傳簡訊，對外婆而言，因為自己「擅用最尖端的通訊技術」而很滿足。

自從哥哥搬到北海道之後，她就幾乎只跟翼聯絡。

（在父母眼裡）逃跑到北海道的長孫哥哥還在駒場校區（上通識課程）的時期為止，都和外祖父母感情很好。至少翼看來是如此。

哥哥換到本鄉校區、翼進到駒場校區的時期，哥哥開始對外祖父母避不見面。問他為什麼？他回答：「看到他們因為我處於較高地位而滿足，讓我感到自己的卑微，無法原諒自己的愚蠢。」莫名其妙。

「外婆他們，很高興兩個孫子一起上東大啊。」翼這麼說完，哥哥說：「沒人在講東大的事。」並用鄙視的眼神看翼。

並且繼續說：「ＸＸＸ經驗ＸＸＸ較低ＸＸ優越感ＸＸＸ，而且ＸＸＸＸＸ。」但翼並沒聽清楚。

哥哥說的是：「明明應該以年齡增長為喜，傾聽自己所不知的經驗，只是因為自己年齡較低而知道新的工具，卻因此有了優越感，這麼蠢的事我無法原諒。你不會嗎？面對年長者嘴上『是是是、好好好』的應對，說穿了就是地位高對地位低的態度不是嗎？我不懂自己怎麼會這樣，不知道怎麼處理自己膚淺的愚蠢，無法原諒。」在翼的精神意識中，對於這段日文，並沒辦法產生觸手接住血親的哥哥所想表達的主張。所以對於哥哥，他只覺得：「有病嗎？」

外婆傳了簡訊託他事情。

「小翼，來幫婆婆開車，可不可以？」

「好啊。你在哪？」

「我上瑜珈的地方附近的餐廳……」

「上瑜珈的地方」指的是收費頗高的健身房。祖母是會員，她都是這樣說的。會員當中有相當多的藝人、政治人物太太。翼被外婆請客到健身房一帶的餐廳吃過幾次飯。

「不小心喝太多。我們一起去吃午餐，一聽說這家餐廳是今年最後一天營業，忍不住就喝了。」

她跟健身房認識的人去吃午餐的時候，不小心喝了太多杯葡萄酒還是什麼的。到健身房的距離不需要開車，但開始熱中瑜珈之後，她不跟健身房借，而是用自己帶的瑜珈墊，服裝也越來越講究，東西越帶越多。所以外婆把車當超大包包在用。

「我知道在哪，我直接去。我現在立刻出門，快到再傳訊息給你。」

外婆停車的大樓，有好幾間時尚品牌進駐。如果到停車場的時候，約外婆去購物，搞不好她會買個幾樣給自己。

（這樣的話，要穿好看一點，才不會被店員小看。）

穿著靠星座研究會副業偶爾入口袋的閒錢買的名牌衣服和鞋子，翼搭上地鐵。

翼到了健身房的停車場。

（幸好我穿這樣。）

他心想。就像從紅磚倉庫去賓館的那天晚上，穿著粉紅色胸罩和內褲的美咲一樣。

「初次見面，我叫和泉。」

有位從外婆車子走出來，和他同世代的女性向他致意。

出乎翼的意料，因為和那珂泉同名讓他些許不耐，而她過肩一點點的黑直髮柔順地飄動。

「摩耶，回車上。小翼，先上車。」

外婆從車窗探出頭。

（原來和泉不是名字，是她的姓氏。）[3]

等到翼從駕駛座車門上車之後，有著一頭柔順黑直髮、很適合摩耶這個名字的女性坐上後座。

後座上還有另一個人，那是個比外婆年輕，跟翼母親差不多年紀的貴婦。她把占空間的皮草外套捲起來放在膝蓋上。

「他是剛剛我講過的，我孫子翼。」

外婆回過頭，向後座的人介紹翼。想必是在等他的時候，已經先向兩人說了關於他的事。

「是，念東大的那位對吧。我……」

聽帶著皮草的夫人所說的內容得知，外婆在提到孫子時，最先告知的就是「東大生」這件事。

接在皮草夫人之後，有著柔順黑髮的摩耶說道：

「我是和泉摩耶。」

3 和泉摩耶的拼音為 Izumi Maya；那珂泉的拼音 Naka Izumi。

她低頭致意。

翼依序送皮草夫人、摩耶回家。

「摩耶還是大學生。東京女子大。嗯，是幾年級？比小翼還小對吧？」

「我是國際社會學科二年級。明年春天三年級。經常承蒙吉岡女士好意照顧。」

吉岡是外婆姓氏。摩耶靈活擅用著「承蒙」等謙讓語，簡短地自我介紹。

「受照顧的是我呀。上了年紀身體硬得不得了，不像ＸＸ太太……」

外婆回頭看後座的毛草夫人。

「你比我年輕，上起課很輕鬆。只是到了我這把年紀，就做不到老師那些姿勢了。」

「不行，不行。我太貪吃，這麼胖實在不行。說到這，吉岡女士才真的是很注重呢。這麼苗條，就是飲食習慣很好的證據。」

外婆和皮草夫人，發出速食店群聚的高中女生團體一樣的煩人笑聲。

「小翼沒做過瑜珈吧？沒做過的人都以為很簡單，不過強力瑜珈得運用深層和淺層肌肉，很辛苦的。你已經不打板網球了，可以做瑜珈。班上偶爾也會有男性。與其待在家裡閒著沒事，不如上上瑜珈。」

「唉唷，翼，真是抱歉。特地來到停車場，被當成阿西君，還被迫聽我們說教……」

皮草夫人說完。

「請問……」

摩耶以謹慎但清澈的聲音問：

「請問，阿西君指的是什麼？」

「我也聽不懂。外婆，阿西君是什麼，德語嗎？」

被男女兩個大學生一問，外婆和皮草夫人笑得更大聲。

「唉唷，小翼聽不懂阿西君啊。」

「吉岡女士，那是死語了，死語。已經變成死語了啦。」

「阿西君」從「腳」的日文發音而來，指的是專被叫來開車的男人，皮草夫人說明之後，摩耶相當感佩。

翼在開車只能看前方，但進入耳中摩耶的口氣，充滿遵從年長者的態度，是大家閨秀的氣質。

「小翼，摩耶是海歸子女喔。所以才會聽不懂『阿西君』吧。」

「外婆，住日本的我也聽不懂啊。你說對吧，摩耶小姐。」

對初次見面的人就以名字來稱呼，是因為下意識想避免Izumi這個發音。

「跟年長者相處，總是可以學到很多不知道的事，非常開心……」

車上是個受限的空間。

男女在受限的空間裡，會變得更加親密。

再加上受限的空間裡，如果混雜了年輕人和不年輕的人，年輕男女會加速變親密。

這輛車上，就符合這種情況。外婆、皮草夫人是兩個不年輕的人。翼、摩耶是兩個年輕人。

不年輕的兩人已遠離戀愛場景，然而兩個年輕人正處於戀愛第一線。

這兩個集合處在受限的空間中，不年輕的一方，就會成為年輕一方的強力催化劑。對翼和摩耶兩人，產生讓他們感覺彼此急速變得親近的功效。

而且，在這輛車上是不期而然的狀態。

兩個年輕男女，事前完全沒有像「今天吉岡女士要介紹孫子給我」、「今天外婆要介紹她健身房認識的女學生給我」這類「預先獲得的資訊」。他們是不期而遇的接觸。

這個情況之下，年輕男性（翼）和年輕女性（摩耶）能夠很自然地獲得彼此的資訊。

「摩耶小姐是海歸子女啊？之前住哪裡？」

翼仍然看著前方，向摩耶詢問。

「蘇連多。」

回答的不是摩耶，是外婆。

「是蘇連多。所以摩耶英文很流利，是雙語人士喔。」

「外婆，如果英文很流利的話，應該是住多倫多吧。蘇連多的話，流利的應該是義大利文吧？」

「啊，是啦，不是蘇連多，是多連多。」

「倫啦。多連多在哪啊？」

「你好囉唆，我搞混了啦。總之是加拿大。」

對於祖孫你一言我一句，摩耶說：

「唉唷，好像comedy show。」

她發出銀鈴般的笑聲。comedy show的發音十分道地。讓治也是如此，但跟他不同的是，她並不是為了炫耀，而是脫口而出。

「我沒有待這麼久，算不上海歸子女。只是因為高中之間合作，我當交換學生去了一年而已，所以也算不上很流利。」

「流利」的定義因人而異。摩耶所說的「流利」是能在國家首腦會議同步口譯、可以流暢地閱讀《失樂園》原文書的程度；翼的外婆指的是可以看《麥田捕手》原文書、能向紐約第五大道店員詢問商品的程度。

在翼的外婆還是把讀過的沙林傑小說當作裝飾的年齡，摩耶家就已經是牙科診所。診所在摩耶父親那一代關門。摩耶父親不是執業醫師，而選擇走上在牙科大學執教鞭的路。到了他的嫡子也就是長男（大摩耶十歲的哥哥）這代，再次回歸成為執業醫師。他開的不是一般牙科，而是在銀座開了審美牙科。

「英文流利的是我嫂嫂。」

「唉唷，那不是當然的嗎？」

皮草夫人脖子上有幾條深深的橫皺紋，仰頭大笑。

「嫂嫂是美國人。」

摩耶略顯客氣地說。

「比起交換學生，跟嫂嫂一起住對我英文能力更有幫助……」

「翼先生，摩耶小姐的嫂嫂，原本是爵士歌手，之前在他們家的派對上聽過她唱歌，真的很棒呢。」

「喔，是這樣啊。叫什麼名字？有出ＣＤ嗎？」

「沒有沒有，就只是學生時期打工唱過合音的程度而已。就和在學園祭上唱過歌差不多。」

聊著聊著，車子已開到皮草夫人家附近。

「翼先生，謝謝你。我家就是前面大門，因為是單行道，到這裡就可以。」

皮草夫人先下車。

「接下來是摩耶小姐家。」

她們是同一個健身房的會員，彼此住得很近，馬上就到達門柱上有密碼式電子門鎖的集合住宅前。和三浦讓治家的低樓層公寓不同，是十層樓左右帶著幾分舊式氛圍的公寓。密碼式電子門鎖看起來也是改裝之後裝上去的。

「非常感謝兩位送我回家。那、就……」

摩耶下車後，小心翼翼，帶著猶豫繼續說。

「吉岡女士，因為是歲暮時節，不曉得您和翼先生二位之後還有沒有其他行程……？」

「沒有喔。大概就是讓他送我回家，烤個法式薄餅請他當作獎勵吧。小翼，你跟誰有約嗎？」

「是沒有啦……不過外婆你，有烤過什麼法式薄餅給我吃過嗎？不要因為在摩耶小姐面前就裝模作樣的啦。」

「你胡說什麼，你們兄弟上幼稚園的時候，我有煎給你們吃過啊。」

「那麼久以前的事了，而且不就只是鬆餅嗎？」

又是一陣大笑。就像是電視連續劇布景前，被導播指示「好，這段是年長者跟年輕人和樂地歡笑暢談」的演員會發出的笑聲。

「如果二位有時間，不知道願不願意來喝杯紅茶？今天早上我嫂嫂做的肉餡鹹派，應該剛烤好……雖然不是法式薄餅就是。」

說完又一陣大笑。

「那我們就恭敬不如從命打擾，好嗎，小翼？」

「嗯。」

祖孫倆決定一起到摩耶家。

她的家在公寓六樓。

牙科大學也開始放寒假，摩耶的父母都在家。摩耶的母親是知名的拼布手工藝藝術家，偶爾會辦大型展覽，底下第一門生就是美國媳婦。

摩耶的父母因為有事中途外出，但大家一起度過了和樂的午茶時光。

他們家並不是讓治家那樣前衛的建築，而是經過妥善改裝，很家庭式並帶著舊式的乾淨清爽。

（家世好而非暴發戶的人家，就是像這樣。）

翼對摩耶的好感不斷上升，讓他如此心想。

摩耶嫂嫂的外表，和他聽說她是美國人的時候，腦海裡籠統描繪的有所不同。

她的身高比外婆矮，有著小麥色的肌膚、深褐色眼睛、黑髮。

這位活潑的女性，將外婆帶到別的房間，向她介紹自己婚後搬到日本開始學做的拼布床單作品。

「嫂嫂的爸爸媽媽是西班牙裔。她外婆是西班牙裔墨西哥人，外公是猶太人。」
她以少數族群的身分上了大學，認識同為少數族群到美國留學的摩耶哥哥並結婚。
「根本沒有會跟日本人結婚的WASP[4]……」
摩耶說道，自己會選東京女子大國際社會學科，是因為在多倫多感受到自己身為有色人種，複雜而難以形容的感覺。
然而她在回國後，更深切地感受到這點，但她保留沒向翼說。
摩耶念東京女子大學一年級的時候，曾跟英國籍巴斯出生長大的白人男性交往過。那時他在東京工業大學留學。
摩耶是「以結婚為前提的交往」。不過，某天她卻突然被他告知說他隔天要回國。就像用剪刀喀嚓一聲，一刀兩斷。
不跟翼說這件事，是摩耶下意識的判斷，亦或是刻意的，她也不清楚。就這樣不了了之的情況下，半年後摩耶停止跟翼交流往來。
半年前的這天，摩耶只告訴翼自己高中交換留學時期的回憶。
「我完全沒有被找麻煩……但不管他們對自己多親切，白人這個人種，幾個世紀以來，看有色人種低自己一階的心態，已經刻在骨子裡……沒有什麼道理，就只是一種感受……」
「是這樣啊……」
身為一直都是「會念書的人」，翼從懂事以來到這一天為止，幾乎沒有過覺得自己不如人的經驗，內心亮晶晶、光溜溜的，因此對於摩耶的這段真心話，他深受感動。

家世好、有聰明才智、容貌佳，而感受過被歧視的悲傷更讓她成為一個深奧的人……在翼眼中是如此。

而後，他和外婆離開摩耶家。

「小翼，你現在有女友嗎？」

坐在副駕的外婆問道。

「沒有特定對象。」

他立刻回答。

跟摩耶碰面，讓翼光溜溜的內心，掉進了一顆可愛的球。

「社團有幾個會一起喝一起鬧著玩的女生朋友……」

不擺姿態、坦率、G罩杯、翼怎麼搞笑都會笑翻的那個女生，咻地滑落了。從翼的內心。

「要避孕。一定要用套子啊。」

外婆大聲說。

雖然聽不懂「阿西君」，但套子聽懂了。對於這麼古早的稱呼，翼坐在駕駛座上並沒有笑。

「你還年輕，跟女生玩很正常。但一定要避孕。一定要用套子。為自己也為女生好，一定要確實避孕。」

「我知道啦。」

4 White Anglo-Saxon Protestant的縮寫，意為「白人盎格魯—撒克遜新教徒」。

「那就好。」

「外婆，你是為了介紹和泉小姐給我認識，才拜託我去開車的嗎？」

「沒這回事。」

外婆果斷地否認了。

「她還是學生，跟皮草的ＸＸ太太和我能上課的時間不合，我們很少碰面。今天只是剛好三個人一起在蒸氣室裡流著汗，就順便約了吃午餐而已。」

「是喔。」

翼心想，摩耶不是會鎖定東大生當目標的女生。他沒有想過其他可能。

在女性蒸氣室裡，要好的會員會大聲喧嘩聊天。然而，也有會員不講話，只是在一旁靜靜地聽。

一定也有會員默默知情，心想：「聽說吉岡女士的孫子是東大生。」或許摩耶就是如此也說不定。又或許不是。假設她知道並心想：「是東大的啊，好厲害。」那也是再自然不過的事。若非如此，就表示東大不是所優秀的大學。

然而翼只認為，摩耶事前知道翼是東大生的可能性是零。也就是說，前述的這點，是摩耶沒有掉出翼心中篩網的條件。

「真是個好女孩，父母感覺也都很不錯。小翼，要交往的話，就要跟那樣的女孩喔。」因為她是會讓外婆這麼認為的女生。

「你也太心急了，外婆。」

「這種事沒有什麼太心急可言吧。對方一定也很中意小翼。絕對如此。」

如果要說「別有居心」，像這樣篩選女生，不也是「別有居心」嗎？真想如此問問半年後的翼。

「我沒有要做什麼喔。現在已經不是老人家多管閒事的時代了對吧？你自己努力吧，我會幫你加油。」

開進車庫之後，外婆問他要不要進家裡，翼搖搖頭。

「今天就謝謝你啦。這個，你下次請摩耶去看電影的時候拿去用。」

外婆從錢包裡拿出一萬圓給了翼。翼搭上地下鐵又回到廣尾。

他在地下鐵裡看了手機，發現美咲傳來的Line。

「下星期就是新年了。小翼要去哪裡新年參拜嗎？」

快到聖誕夜的時候，她傳的是：「下星期就是聖誕夜了。小翼聖誕夜要做什麼？」

「我爺爺狀況不太好，二十三號要去北海道幾天。」他這麼回覆。他說了謊。祖父祖母都很健康有活力。兩人為了來傳達哥哥的現況一起從北海道來東京。只是，要跟美咲說明哥哥（在翼和翼的雙親看來）的脫序的話太麻煩，是個沒有惡意的謊言。

雖然沒有惡意，但在他心裡某個角落認為，聖誕夜還是不要跟美咲見面比較好。

（最好不要一起去新年參拜。）

跟摩耶見面後的現在，他更明確地如此想。

（要怎麼回比較好……）

想著想著，日本谷線的車門開了。

他下車。

跟他一樣下車的乘客，經過站在牆邊的翼面前，從月臺往地面走上樓梯。

（是說，手腕還真痛。）

腰也好痛。雖然已經寒假，但得用副教授傳來的數據做程式。他一直在敲打電腦按鍵。

翼想著為什麼自己要做這種事，花了很久時間終於搞定，大睡一番，醒來時就接到外婆剛剛傳來的「能不能來幫我開車」的訊息。

從在停車場摩耶向自己打完招呼到剛剛，他都忘了手痛的事。

看了美咲的Line，他又想起自己手腕痛的事。

「我得算出碳稅的成效試算，不會去新年參拜。」

他回了Line。

＊＊＊

Line的訊息通知聲，讓美咲那張被翼說「像曼赤肯貓」的臉上，出現薔薇粉紅色的微笑。

她看了Line。

對於什麼是碳稅的成效試算，美咲沒有太在意。因為翼是理科學生。

不過，他的意思就是課業很忙，單單只寫著事實的回覆，讓她的笑容倏地消失。

那是露骨的事實傳達。不是該向其他大學其他學部的人說的事。而且是「不去」。不是「不能去」而是「不會去」。

（他打太快，把「不能」打成「不會」了。）

美咲心想。她決定這麼想。

男友。我有男友。這是我男友。男友傳來的Line。

美咲沉浸在戀愛的喜悅中。

所以。

所以，正因如此很敏感。

當下馬上就察覺到了。

或許，自己這股戀愛的喜悅，就像煙火一樣稍縱即逝。

二十歲。有選舉權，能喝酒，而且有男友。我有男友喔。男友傳來的Line。

（神啊，拜託……神啊，拜託……）

拜託再一下下，讓這股喜悅，停留在我身邊。

（再一下下就好……拜託……）

美咲祈禱，並決定這麼想。就當作他打太快，把「不能」打成「不會」。

「決定這麼想」是相當多人會採取的行動。那是替自己的心貼上ＯＫ繃。

當心受到擦傷的時候，為了不讓任何人發現，而且比起任何人，更是為了不讓自己發現，迅速貼上ＯＫ繃。擦傷就看不見了。

貼ＯＫ繃頗需要技巧，太焦躁著或急就會歪七扭八，或因為皮膚油脂導致背膠不黏。重覆替傷口貼上ＯＫ繃之後，就能越貼越快、越貼越順。

二〇一五年就快結束的這一天，美咲的ＯＫ繃還貼得不好。

然而相對的，戀愛中的喜悅就像公寓的廣告氣球一樣大，就算歪七扭八，就算皮膚油脂導致不黏，ＯＫ繃還是有效。

「決定這麼想」的次數不斷累積之下，ＯＫ繃會越貼越順手，相反地效果越來越低。

半年後，美咲在某個地方會「假裝不小心睡著」，那也是貼上ＯＫ繃。然而這世上，也有人一生中從來沒有過需要替自己的心貼上ＯＫ繃的時候。只要內心亮晶晶、光溜溜、閃亮亮，對於面前發生的事件，就只懂得依表面看到的樣子去理解。

＊　＊　＊

他回到廣尾原住宅的入口時，接到讓治傳來的Line。

「什麼時候方便講電話？」

翼沒有回Line，打了電話給他。

「現在可以，你呢？」

「啊，不好意思，讓你打來。我可以。」

「什麼事？」

「那個女生，就是那個，影片賣得很好那個女生。」

「啊，SFC那個。」

「對。Arabian Com很喜歡她，我剛剛接到聯絡。」

「Arabian Com是我想的那個Arabian Com？」

那是知名大型成人影片頻道。

「不過啊，那個人，她好像不是SFC，是函授的。」

「是指函授制女大學生？」

「嗯嗯，不過就算函授，慶應還是慶應，Arabian Com也很有興趣。」

「她如果想上就去上，跟我們無關吧？」

「不會跟我們無關啊。Arabian Com問我們要不要幫忙拍攝。

「不需要性愛場面，只要拍比之前更刺激的內容，他們會以『東大生精選美女自慰』跟我們買。」

「多少錢？」

「這部分就有點難講……」

聽到讓治說的金額，翼也意思意思回應。考慮到麻煩程度和風險，算不上是有利益的交易。

「跟敲岩石一樣。」

需要去做地質調查，得到處看到處敲碎礦物（岩石）的學科，學生通常都會抱怨連連，翼用它來譬喻。

「Arabian更想要的是糞尿類的，如果拍了他們說會付加倍的錢。」
「這是汙物處理。」
泥炭汙物處理也是學生討厭的實技項目，他用此來譬喻。
「我們該怎麼做？」
「最好不要做大到跟Arabian合作吧？小規模內部私下做，得到一些好處就好，我是這麼覺得啦。」
「了解哩。那我們就拒絕跟大公司合作，內部私下做。那就這樣。」
「啊，等等……」
「是？」
「讓治你有女友嗎？」
「啊？怎麼了啊，怎麼問這個？」
「剛好想到……」
「我要避免在簽約前，就被契約條款綁住──」
婚姻是契約。可以顧及資產運用、財富累積、繁殖子孫、避免傳染病等健康層面的契約，就是婚姻。既然是契約，當然就有條款，跟配偶以外的人有精神上或肉體上的深交都是違約。不過，戀愛算是情趣的範圍──
「──所謂自由戀愛，不覺得以前的人說得很好嗎？戀愛是沒有保障的。不管被劈幾腿，都沒有道理抱怨或被抱怨。

「能抱怨的只有簽了約的配偶。啊，不是還有以結婚為前提的交往嗎？那也算是婚約對象，所以是暫時合約的關係。

「但明明也不是那種形式交往的戀愛，不也常會有擺個姿態說什麼不准外遇、不能跟別的女人吃飯的那種女人嗎？我絕對不要被那種的纏上。絕對要避開。」

「如果那樣行得通的話啦……」

「就要讓它行得通啊。不要上超過四次的話就行得通。」

「你是這樣決定的啊？」

「可以說是幸福四葉草定理吧。理想是兩次，最多四次。只要遵守這點，就能維持『那些事本來都會發生』的關係。但要注意如果上了五次，超過五次的話，女人會把對方當成男友看待，這是我家每年新年參拜會去的箕輪諏訪神社的教誨。」

雖然帶有一點自我陶醉在自己是「隨便而不誠懇的好男人」的想法當中，不過讓治說得很斬釘截鐵。

人在心中隱約有著一抹不安或掛慮時，對方說得斬釘截鐵就會覺得真的是這麼一回事。

（剛剛那樣回覆是正確的。）

翼胸口些許的罣礙消除了。

「那換我問問題了，你現在為女人的事所困嗎？」

讓治冷不防地以低沉又嚴肅的聲音，問出這個問題。

「啊，不……沒那回事，只是突然想到快過年了，讓治你不知道會不會跟女友一起去參拜之類的。殊不知你突然給了我一番意見論述，嚇了我一跳。」

翼是考上東大的人。那是全日本最難考上的大學。如果感受度不夠圓滑的話，就會在考試競爭中敗北；太過在意無益於考試技術的事，就會敗北。裝著聰明蛋黃的蛋，才能夠滑順地在戰爭中獲勝前進；如果像陽遂足一樣帶著交叉分岔的觸手，就會東卡西卡而敗北。翼是在考試競爭中，一路獲勝的人。

聽了讓治斬釘截鐵的說法之後，他拿著手機爽朗地笑了。

他並不是含混而笑。不是為了笑而笑。也不是一笑置之而笑。而是發自內心爽朗地笑。

接著，他悠然地回想起和泉摩耶修長的小腿。回想起她那纖細柔弱得彷彿只要稍加施力就會被勒死的脖子。回想起她說在交換留學前矯正的整齊牙齒，和櫻桃般的嘴唇。想起在外祖母不小心弄掉甜點叉的時候，她為了撿而彎下腰時稍微靠向翼，被針織材質的短裙包住的臀部。

翼傳了Line。不是給摩耶，而是給美咲。

「等等見個面吧。」

＊　＊　＊

iPhone的訊息通知聲響時，美咲的心也響了。

（果然是我想太多了。）

她的雙頰亮了起來。

雙眼也濕潤晶亮。
美咲接到Line的時候，人在「安潔兒」。新年將至，今天她從早上就在家擦窗戶和清紗窗。
母親去洗衣店，父親跟鄰居去按摩中心，妹妹不太會幫忙打掃家裡，弟弟則完全不幫忙。
「真是的，都讓我一個人做。」她有點生氣地離開家裡。
雖然看著努力擦拭的玻璃變乾淨心情不錯，但打掃了好幾個房間，弟弟只是在旁邊打著電動又叫又喊，讓她很火大。
於是她來到這間去年聖誕夜偶然進去過，算不上常客但偶爾會去的安潔兒。
「喔，突然露出很棒的表情。是男友傳的嗎？」
她被送咖啡來的店長揶揄，為了掩飾自己的害羞，明明咖啡裡沒加糖也沒加牛奶還是不停用茶匙攪拌。
「嗯ＯＫ。約哪裡？」
她回了翼訊息。一開始她打「耶！ＯＫ。約哪裡？」，換成「嗯ＯＫ」，又覺得開心的時候就要把心情好好傳達給對方而改回「耶！ＯＫ」，又再改成「嗯ＯＫ」。她想簡單乾脆一點，比較不會造成翼的負擔。
「你去年聖誕夜是一個人來的。今年聖誕夜跟男友一起過嗎？」
「沒有。他在北海道的爺爺身體狀況不好，他去探病了。」
自己相當相當稍微地涉入他「家裡的事」，而把這件事告訴（有一點點熟）的咖啡店店長。
那都是只有「有男友的女生」才能有的行為。

美咲很開心。翼是一個會擔心自己祖父身體健康的男性。

「為了替爺爺探病，聖誕夜特地去北海道？還真是個溫柔的男友。」

「但他不願意做太黏的事。」

「男人對那種事會害羞啦。」

店長只是講出一般性的論點，但美咲卻因為店長的這句話獲得力量。

「對啊，一定是這樣。」

美咲這麼說的時候，店長已經移動去服務別的客人。

「約日吉附近怎麼樣？澀谷之類的很擠。」

翼的 Line 回覆傳來。

（日吉？為什麼又是那裡？）

她心想。

「日吉的話，咲有通學定期車票比較方便。」

他又接著傳來，讓她很開心。美咲的通學定期車票並不是會經過日吉的路線，但代表他替自己著想。

「ＯＫ。謝謝。七點可以嗎？」

她回覆。她大掃除掃到一半就跑到家裡附近的店，就算不到要梳妝打扮的程度，至少想換個衣服再去。

「七點可以嗎？」

「可以再早一點嗎？我想早點見到你。」

「我想早點見到你」。這段文字排列組合，讓美咲的心雀躍無比。跳啊跳啊跳。

「六點半。最快就只能這樣了。現在手邊的事還要再一下……」

沒辦法，她只好說謊。想準備一下再出門，她說不出口。她擔心會被覺得是麻煩的女人。對於白馬王子的呼喚，穿著擦玻璃窗、清紗窗的衣服就去赴約，這是一個二十歲的女大學生做不到的。她現在好希望有魔術師出現幫她。

「那六點十五，東橫日吉往橫濱方向的月臺好嗎？」

「嗯！那樣可以。」

為了不讓對方覺得自己是慢吞吞的麻煩女人，為了不讓對方覺得厭煩反胃，她回覆時努力地輕描淡寫。

一邊回訊息，她一邊走出安潔兒。沒時間喝咖啡。

她急忙地回到家，急忙地快速沖了澡，用刮毛刀處理了腋下和ＶＩＯ的雜毛。裹著浴巾衝回自己房間，穿上墨藍色基底，上面到處裝飾人造珍珠的成套內衣褲。這是她原本為了今年聖誕夜如果能跟翼約會，買起來放的。

沒時間了。沒辦法好好想外衣怎麼搭配。她穿上打開衣櫥看到的Uniqlo彈性緊身褲及馬海毛毛衣，套上Gap的鋪毛防潑水外套，就飛奔出家門。

＊＊＊

翼跟美咲約在日吉碰面，是因為覺得澀谷、新宿、六本木那類的旅館會很擠很多人。離開山手線的地方，自己和美咲都方便的車站，就想到日吉。而改成在日吉車站月臺，是因為他上網搜尋之後，發現日吉都沒有那類的旅館。差一站的地方就有。車站附近有幾間。但約在那一站太不自然，讓他猶豫了。日吉是慶應大學所在的文教區，所以顯得自然。約在月臺，兩個人一起搭一站，下車直接去旅館就好。

他是這麼想的。翼突然很想上床。

他明明現在想做，馬上就想做，美咲卻說要六點半才可以。「東大的我說要見面，水大的在那裡擺什麼架子」這樣的心情，瞬間湧上心頭某處，但在看到美咲說「現在手邊的事」的Line文字，他冷靜了下來。「也是。就算是水大的，也有時間上方不方便的問題。」他重新思考，站在廣尾原住宅入口回覆說六點十五他知道了，並先回到家裡。

「你回來啦。聽說你今天到健身房去幫忙開車？怎麼樣？」

翼打開入口的門站在門框前，母親在他腳邊放了拖鞋。如果把這三秒鐘左右的景象影片貼出來，現在日本的成年人會有什麼感想呢？真是頗具深味。

「什麼怎麼樣？」

「她的狀況啊，婆婆的臉色之類的啊。」

「沒問題，很有活力。我還被推薦去上強力瑜珈。」

「那就好。爸爸有忘年會，會晚回家，晚餐就我們兩個。我煮冬粉島豆腐沙拉、雞肉鬆飯，還有加了百合根、真鱈、銀杏的茶碗蒸好嗎？」

「是現在要煮嗎？」

「已經做好沙拉了。」

「就那個就好。我等等馬上又要出門。」

「是喔。」

「大學社團的事情。就是之前我借住過的日吉的……」

「就是母親是一橋大畢業，在外商公司工作的那位……」

「對，住日吉豪宅的一家人。」

「一橋大是商業名門學校，就算是女人也不會當全職主婦，而會繼續工作，當女強人呢……」

母親比起以前聽過的兒子友人，似乎對他的母親留下更深刻的印象。大概是因為和自己同性又同世代，翼是這麼推測的。

母親因為是全職主婦的關係，多少有些不如人的自卑感，同時不知為何又對有工作的女人，像是積在窗框或冷氣出風口的灰塵一樣抱著淡淡的厭惡。「我二、三十歲的年代，就算有女性解放、男女平權什麼的主張，還完全是個男性社會；要在那樣的時代繼續工作，不管說得再多，就只有那種有強烈主見，有著不惜逼退他人個性的人才做得到。」這是母親的論點。

身為機靈次子的翼說：

「我們去外婆認識的人家，被請吃肉餡鹹派。」

所以他不經意地提出全職主婦的話題：

「是個美國女人，結婚之後來日本，跟婆婆學拼布。請我們吃她手做的肉餡鹹派。果然是美國人尺寸？份量好大，所以肚子還不是太餓。」

「是喔，那剩下的我放冰箱，你回來之後微波爐熱一下吃掉。茶碗蒸我會包好保鮮膜。你吃完之後把碗盤放水槽裡，幫我泡個水就好。」

母親絕對不會要毫無顧慮、自我中心的兒子洗碗。還貼心地為了讓他方便微波加熱，甚至先幫他包好保鮮膜。

兒子一手靠在桌上，小口小口夾著充滿母親款待之情的沙拉，一邊喝著冰箱裡（母親幫他買來的）啤酒。啤酒也是已成年的兒子一問「有啤酒嗎？」母親就幫忙從冰箱拿出來，還附上事先冰鎮的玻璃杯。

在戶長收入高的家中，對成年後也和全職主婦的母親共居的兒子來說，就像有女經理隨侍在旁。

就如同翼的母親，面對單從兒子口中聽說的讓治母親這樣一個職業婦女，自卑的同時又帶著些許厭惡；被兩種情感共存的母親養育長大的翼，面對朝倉和南這樣的女經理，接受她們的同時也帶著些許的輕視。

那麼對於翼來說，又是如何看美咲的呢？

思考這些是無用之事，會念書的青年不會去思考這些事。

在托尼歐．克略格[5]的時代上大學的青年，還是會花時間思考的；但在現代，如果還花時間思考，就會從考試競賽中落敗。翼擁有能夠快速無誤地計算、快速套用公式、快速運用、快速填寫，交出許多正確答案卷紙的優秀頭腦。

去思考他人和自己的關係，那種極為普通的行為，只有進了東大到本鄉校區之後，就用不到二次方程式解題公式的文III傢伙們才會做。這種愚蠢的行為無法拯救世上因為難治之病或飢餓、地雷所苦的人，所以優秀的翼沒做過那種行為，今後也不打算做。

（摩耶的腿部線條真讚。雖然腿很細，但屁股又有肉。真讚。）

所以頭腦優秀的翼，想趕快見到美咲，想插入美咲的陰道、射精。

趁攝取了350ml罐裝啤酒之後，4.5％濃度的酒精還留在體內時，他稍微瞄了一眼Arabian Com的免費試看影片。雖然是試看，但也長達兩分鐘。影片內容是K罩杯的人氣成人影片女優，一臉得意地用乳房夾住裹了巧克力的香蕉。他看到畫面出現「後續請註冊成為Arabian Com會員！」之後剛好過了十分鐘，是該出門的時間。

「啊，不行。」

翼去了廁所。因為啤酒的利尿作用，大量的尿強勁地排出。然而，他的慾望並沒有順暢地解放掉。

（感覺不錯。）

翼帶著恰到好處地留在身體裡蠢蠢欲動的欲望，前往日吉。

5 托尼歐・克略格為小說人物。為德國作家湯瑪斯・曼（Thomas Mann，一八七五—一九五五年）一九〇三年出版的同名中篇小說《托尼歐・克略格》（*Tonio Kröger*）主角。

＊＊＊

美咲在六點六分到達東橫線日吉站的月臺長椅。

「怎麼辦，要遲到了。」她在車裡焦急不已，甚至想過要把化妝包從包包拿出來。那是之前她在紅磚倉庫搭船的時候帶的紐西蘭紀念品化妝包。

然而美咲想起：「在電車上化妝是相當沒規矩的舉止。」這是她進水谷女子大時，在文京校區舉辦的入學典禮上，家政學部部長的教授的演講內容。

＊＊＊

「各位有把筷子當作筷子在使用嗎？」三浦紀子教授這麼說，「向大學生的各位提問這樣的問題，讓人很感嘆。然而抓著扭著筷子，不會把筷子當筷子使用的人相當的多。」當教授的聲音響遍禮堂時，原本一臉無趣的人、跟初次見面的旁人窸窸窣窣地交頭接耳的人，每個都倏地看向前方中央。包含在找禮堂怎麼去的美咲，以及碰巧在學校大門遇到，一起到禮堂的巧手編髮新生。

「據說跟昭和時期相比，平成的人精神年齡要扣十二歲。也就是說，大家聽好了。我現在是當作在叮嚀七歲兒童，向各位說這番話。」三浦教授向新生們說：「請把目標設定為要成為一個淑女。」、「我距離淑女尚遠。我會跟各位一起以此為目標努力。」三浦教授昂然挺立站在禮堂講臺上所進行的演講，相當讓人感動。

「學校附近有御茶水女子大學及日本女子大學，男女合校則有東京大學。讓我清楚地說出這個事實，這是各位也很清楚的事實：本校水大與附近的大學相比，偏差值低了許多。

「請確實看清楚這個事實，不需對此感到卑微。請不要有用餐時將手肘放在桌上、扭著筷子等不雅的舉止，也不要有在電車上化妝的沒規矩行為。請成為謹慎有禮，細心關懷的女性，在自己被賦予的位置勤勉向學，從今天，入學的這一天開始，以成為淑女為目標努力。

「我也會努力，祈盼與各位一同以此為目標，在此向新生致上祝辭。」

美咲被這段演講打動。她旁邊那位來自三重縣四日市南高中的編髮新生，流下了眼淚。

＊＊＊

美咲遵守教授的教誨，沒在電車上化妝。

不過，被翼意料之外地約出來，她急忙換衣服，急忙搭上電車來到日吉。明明有男友，聖誕夜卻沒能見面，她現在想化妝。

原本美咲就顯少化妝。頂多是塗防曬乳，擦帶一點顏色的護唇膏。但是她今天想化妝。有男友。要跟男友見面。因為很開心而想化妝。

（離約好的時間還有一點時間。）

美咲在月臺鏡子前，拿出紐西蘭紀念品化妝包。塗上睫毛膏。

去紅磚倉庫啤酒節的時候，在橫濱站急忙塗上的唇膏意外地太濃，美咲因而學乖了，從那之後不塗護唇膏以外的東西。她只塗了睫毛膏。小井、水真由、巧手編髮同學等人教她：「如果想快速化妝，塗睫毛膏就對了。放大眼睛，而且又是自然妝。」

再加上翼稱讚自己說：「你知道曼赤肯貓這種品種嗎？咲你的眼睛，就像那種貓。」她想好好妝扮被男友稱讚的眼睛。

（急忙出發，幸好在約好的時間前到。）

因為比翼先到，美咲稍微冷靜下來，在日吉站月臺鏡子前塗起睫毛膏。

翼在日吉站下車。

＊　＊　＊

他打算傳Line說自己到了，正要把手機從外套拿出來的時候，發現了美咲。

她在月臺的鏡子前，抬起下巴塗著睫毛膏。

不會去思考她對自己來說是什麼這種無用之事的優秀男學生翼，看到她的樣子時，並沒有把自己的情感化為語言文字。

然而，他感覺到了。

（哪些地方，不一樣。）

他這麼感覺。

翼感覺到，她跟摩耶不一樣。那是一瞬間的感覺。但下半身累積的蠢蠢欲動，還是壓倒性地贏過那樣的感覺。

終究在半年後，翼將此時在月臺所見對律師說了：「如果只是補個唇膏就算了，靠著鏡子用了個棒子之類的東西拚命在化眼妝，從她的樣子我感覺到她的『別有居心』。」

翼到達日吉的時候，本來打算向美咲道歉：「對不起！等很久嗎？」然而看到她塗著睫毛膏的時候，那樣的打算被開往橫濱的電車風壓吹走。他把手機放回外套口袋。

「走吧。」

手仍放在口袋裡的翼，對美咲說。

「對不起。急急忙忙離開家裡，沒時間化妝。」

翼走在月臺上，美咲在他一步之後追著。

他回過頭。

就算是不懂睫毛膏效果的男學生，也發現美咲的眼睛恰到好處，強調地更大更明顯，整體更顯憐愛。

她因為跟翼見面而滿臉笑容。

（真可愛。）

他這麼想。

那不是謊言。

被美咲的笑容影響，翼也笑了。

＊　＊　＊

美咲放心了。

（太好了。）

翼出現在月臺的時候，感覺上有點生氣。

明明是他突然說要見面。明明為了趕上約好的時間，才趕忙來到這裡。明明提早九分鐘到。為什麼？怎麼了？他在生什麼氣？明明因為可以見面很開心，看到翼面向自己的臉時，美咲瞬間有些懼怕。

她在心上貼上ＯＫ繃。「是心理作用」、「是我想太多」，那是可以讓自己這麼想的ＯＫ繃。

所以美咲努力地笑了。

於是，翼也笑了。

（什麼嘛，果然是心理作用。太好了。）

那不是她自然而然的想法。她決定要這麼想。那只是股脆弱的安心感。

「我們要去哪？我上網查了，一出車站有一棟大樓裡面有慶應和一般民眾的店家。」

她努力以輕鬆的口吻說。

「大概都不是什麼好地方。」

翼走過往地面樓層的樓梯及電梯，在月臺椅子上坐下。

「是、是嗎？」

美咲提問的時候，剛好下一班電車進站。

「不覺得這附近到處都是慶應的傢伙，很擠很不舒服嗎？我們去下一站看看吧。」

翼握著美咲的手，搭上電車。

被男友拉著上車。被男友拉著下車。

那是讓美咲很開心的動作。

就算在日吉下一站下車之後馬上被帶到賓館。就算連點個飲料、輕食都沒有，一進房間就馬上上床。

（我自己也覺得今天晚上會是如此，除毛又換了內衣褲……我自己也一樣，本來就打算要做色色的事……）

如此勸諫自己的美咲，對於能跟翼見面的事開心得不得了。

難過的是，翼穿上衣服的時候。

他從浴室走出來的時候，已經穿好衣服。原本以為會住下來的美咲，傻坐在床上。

「怎麼了？你不沖澡嗎？」

翼理所當然地認為美咲也開始準備離開。

「喜歡嗎？」她剛剛問了這個問題。在前戲的時候。翼回答：「嗯。」「真的嗎？」她又問了之後，他回答：「真的啦。在啤酒節的時候，就覺得你好可愛。真的啦。」

如果是像「喜歡嗎？」這種主詞和受詞都曖昧不明的問題，她就問得出口；像「我們沒有要住下來嗎？」這種明確的問題，她就問不出口；「對小翼來說，我是什麼？」這種問題，她絕對問不出口。

（我已經知道答案了……）

「對小翼來說，我是什麼？」一旦問了這個問題，就見不到這個人了。

美咲臉上的笑容消失了。

「我動作要快一點……」

美咲這麼說。

不需要動作快。完全趕得上最後一班電車。賓館有年底優惠，晚上七點之後休息和過夜都是一樣價錢。這句「動作要快一點」，一點意義都沒有。美咲只是講了這句話，準備離開。

3

二〇一六年。

一月五日快到正午的時間。

翼坐在房間電腦前，哥哥打了手機給他。

「這個號碼還在用啊？因為很長一段時間音訊不明，不知道這個號碼還有沒有在用，所以打來看看。」

「你從哪裡打來的？」

「Sigma什麼的健身房，青山奶奶去的那間健身房。」

竹內家把爺爺奶奶家叫作「北海道的」，外公外婆家叫作「青山的」。

「我工作的學校開始放寒假了，所以我來東京處理一些事情，那段時間住在『抹大拉互助旅舍』，前天開始住青山的家。」

「我們家的人知道嗎？」

他詢問父母是否知道哥哥來東京的事。

「當然是瞞著他們。」

父親對於哥哥（在竹內家是如此）的脫序行為仍然相當憤怒。

「老爸或老媽在家嗎？」

（咦？）

翼心想。在其他人面前就不用說了，哥哥就算在家人面前，都是以媽媽、爸爸來稱呼父母親。

「不在。他們說得去某個之前當過議員還是會長之類的大咖家，兩個人出去了。」

「你可以見個面嗎？這個健身房，離家裡不算遠吧。老爸他們有開車嗎？不過沒車也沒關係。」

「車是還在……你為什麼要去東京的健身房體驗啊？Sport Sigma在岩見澤沒有分店嗎？」

「沒有沒有。那裡完全沒有這麼時髦的設施。我只是覺得需要流一下汗才會來這裡，因為會員的同行者可以免費體驗。那麼翼你可以來嗎？還是不行？」

哥哥講起話來變得開朗。

「好啊。我準備一下馬上就去。」

翼小小期待著說不定和泉摩耶也在。

「準備？只是跟自己的哥哥見面，穿著你現在的衣服直接來就好啦。」

他想換成能跟摩耶碰面的裝扮。翼是這麼想的。就像年底接到翼傳來Line的美咲一樣。

「嗯，就稍微準備一下。」

如果看起來太精心打扮反而很糗，他隨意套上前幾天幫忙開車的時候，青山的外婆年底買給自己的Stussy微高領外套，下半身也搭配了同品牌的長褲。因為星座研究會的副業，他的零用錢綽綽有餘。

借用了父親的Prius，翼前往健身房。

「喔，恭喜啊。」

哥哥滿頭大汗地出現在健身房大廳。

「恭喜什麼？」

「還問什麼，新年打招呼不就是恭喜嗎？你還沒睡醒啊？」

他爽快地把手搭在翼肩上。

「這麼說來，已經新年了。」

「你忘了啊？你是滿腦子都只有研究所考試……也不是。研究所考試夏天就結束了。你考過了吧？」

「嗯，因為我們研究所的考試很簡單。」

「喔，一副很輕鬆的樣子。上研究所也努力念書啊。」

「你講得可真爽快。」

「很爽快啊。我跑了六十分鐘。不過在那個像輸送帶的東西上面跑，總覺得很像天竺鼠。」

一邊大笑，哥哥大大舉起手臂，把腋下靠向翼的臉。

「臭嗎？」

「啊？」

「我的腋下臭嗎？不用顧忌直說。我剛剛就不經意觸碰靠近你，想讓你聞。」

「只有汗的味道。」

「好吔。」

哥哥大力拍了翼的肩膀。

「我之前有狐臭吧？在東京的時候完全不知道，被學生嫌臭才知道。」

哥哥是來東京整型外科處理狐臭的。雖然整型外科醫生說術後復元期只要一天，但他累積了一些文書作業要處理，這是他術後十二天來第一次上健身房。

「我對岩見澤還不太熟，札幌就更不用說。所以請認識的理III的人到處幫我問過，去了他介紹的地方看醫生。是用高頻率照射針的最新療法。本來以為要用石膏或用繃帶從肩膀到腋下捆好幾圈，但完全沒有。」

「你問了理III的傢伙：『我要開狐臭手術，請告訴我哪家醫院比較好？』這樣？」

「嗯，問了啊。用詞沒有這麼客氣就是了。怎麼了？」

「沒事……」

「我是聖誕夜做的，但自己也不知道有沒有效，我一直想請你幫我聞聞看。果然人人都要有兄弟姊妹啊。可以不用客氣直說，對吧。」

「你瘦了。」

哥哥不再是稍胖的體型。身高應該沒變，但因為變瘦，顯得縱長而看起來變高了。

「我瘦了十二公斤左右。因為我是騎腳踏車去學校。腳踏車騎四十五分鐘吔。」

「老師的工作怎麼樣？」

「真的很適合。應該說我工作的地方很適合我。不是那種很學校的學校。鄉下的生活也很適合我。幸好我沒有真的走上法律的路。官司這種東西，就是一團亂的糾紛才會打官司。發生了會導致一團亂的糾紛的某件事，才會搞成一團亂的糾紛。你覺得廣尾出生長大，國高中念麻武然後上東大的人有辦法裁定嗎？可能有人可以吧，我是沒辦法。」

翼覺得說著這種話的哥哥很噁心。他對這種事沒興趣。

「喔。」

翼不著痕跡地留意大廳來來去去的女性會員。

「幹嘛？為什麼東張西望的？你在找外婆嗎？她應該快來了吧？那你保重啊。我滿身大汗，在這邊待太久身體會著涼感冒，我去洗個澡就回外婆家。你等等也來吧？外婆說今天要吃松阪牛的壽喜燒喔。」

「聽起來很好吃。」

聽起來很好吃，但他沒打算去。他向哥哥揮了揮手。

他在大廳晃來晃去，沒多久外婆就來了。她穿著檸檬黃的上衣，搭配天藍色的瑜珈褲，很醒目的打扮。

「新年恭喜啊，小翼。小光呢？」

「他去洗澡了。」

「小翼，今天晚餐啊……」

「我聽說了。你要做松阪牛的壽喜燒對吧。」

「你聽說啦。小翼也一起來吧？我也找了摩耶和摩耶的嫂嫂。」

「我要去。」

翼立刻答應。

「是嗎？太好了。Papa去參加都立大的八雲同學會不在家。」

Papa指的不是外婆的父親。而是外婆的丈夫，也就是翼的祖父。稱呼自己的配偶為Papa、Mama，只有日本才有這麼奇特的習慣。

不過他沒吃到松阪牛的壽喜燒。外婆接到電話，說摩耶的嫂嫂因為感冒不能去。為了補償他們，摩耶的哥哥（嫂嫂的丈夫）招待翼和外婆、哥哥以及摩耶，去他經營的銀座審美牙科診所附近的河豚料理餐聽。

河豚很好吃，而也因為這樣，翼跟摩耶很自然地開始了「家族成員間的交往」，並且非常自然地升級成了「以結婚為前提的交往」的發展過程。

＊＊＊

二〇一六年。

快到正午的時間。

遠處可見桃色。

那是隔著田地的遠藤牙科診所，庭院裡桃木開花的顏色。

（在另一邊……）

對升上水大三年級的美咲來說，桃花的顏色是在遙遠的另一邊。

（嬰兒時期的我，有看過那棵桃樹嗎？）

母親說她被院長求過婚。

（如果媽媽接受了的話，我就會是在那一邊看著桃樹嗎？）

從另外一邊所看到的這邊，會是怎麼樣呢？

（真是笨蛋……如果是這樣……會怎樣……這種事想了也沒用。）

床上的手機響起輕快的聲響。是Line的來電鈴聲。

（算了……）

她沒有走向手機。

小井和水真由邀她去打保齡球。小井和灰連帽上衣還在交往，但水真由與鞋帶在年底分手了。「我是自己一位，但咲可以帶男友來，完全ＯＫ喔。」剛剛水真由以開玩笑的口吻傳了

Line。

她還沒有回覆。應該是Line她問要不要去吧。

（男友……）

她跟翼在過年後見了兩次面。

＊＊＊

第一次是在居酒屋。

某天晚上七點左右，他傳來Line問：「等一下要不要去喝酒？」

美咲已經到家，指定的地點也離家不近，但從薊野站搭車，不用換車一條線就到得了。所以她去了。做好了準備——對她而言自己的角色應有的準備。那是相當令人寂寞的「理解領悟」。即便如此，能跟翼見面，能待在他身邊帶給她的開心程度還是勝過其他一切。

到了車站之後，她真的被帶到居酒屋去，反而嚇了一跳。

雖然是問要不要去喝酒的Line，但她以為不是真的要約她去喝酒。她以為會像上次一樣直接去那種地方。

居酒屋裡，有幾個他「附屬」高中時期社團的朋友。都是男大學生。美咲坐下之後，他們說法各有不同地對她表達了：「抱歉，突然把你找出來。」

翼說：「神立同學很能喝喔。為了臨時找她來，就讓她多喝一點當作賠不是吧。」他只幫美咲倒了一次酒。已經不冰的啤酒。

那之後大家聊著「附屬」高中時期社團練習、比賽的事，和數學、英文、古文科任老師的事，聊得很起勁。美咲什麼都不懂。

她唯一懂的是，除了自己認識的女經理二人組之外，還有第一代朝倉&南的女經理二人組存在。本來是她們兩個要來但後來不行，他們打給美咲認識的那組朝倉&南也沒聯絡上，所以自己才被找來。

她不懂同桌大家所說的話題，只要他們哈哈大笑，雖然不知道內容，還是揚起嘴角、露齒而笑。

大部分居酒屋的瓶裝啤酒都是中瓶，但在這間店是大瓶。

平常看習慣中瓶，大瓶看起來特別大。因為這有些好笑，大家一笑她就會看著大瓶。但大瓶看著看著也習慣後，就笑不出來了。

這時美咲一直拿在手上的手機開始震動。那是坐在斜前方的男友傳來的Line，對她說：「等等我們兩個獨處吧。」她很開心。真的很開心。

（這一定是他因為人情才出席的聚會，因為人情的關係他也講了很多話。這之後可以兩人獨處。說不定對他而言，那只是我發揮自己角色的時間，但只要能兩個人獨處我就很開心。）

即便是「理解領悟」下的角色自己也開心。為什麼？因為美咲愛戀著他，她正處於戀愛之中。

然而「附屬」高中的聚會，居酒屋之後決定要去KTV續攤。除了男友以外的男生們七嘴八舌說：「神立同學很可憐，我們一直講學校的事，對她不好意思。」他說：「也是。那麼女生一位，就地解散。」美咲一個人回家。回家路上很寂寞。

第二次是在義式小餐館。

這次不是臨時被找去，而是大概一個月前就約好的。地點在澀谷，離車站還要走一小段路。她先用Google地圖查了一下，那是賓館林立的區域中一角。所以美咲「領悟理解」了，準備好了而去。

餐廳本身是很有都會感、很時髦的義式小餐館。在美咲跟她同輩的朋友一起去過的餐廳中，不，就算包含跟親戚家人一起去過的餐廳，都是她至今去過最時髦的店。

在座的有男友、另一個正被拉進東大的星座研究會的男生、剛加入星座研究會的御茶大女生，以及被那個女生帶來，正在考慮要不要加入星座研究會的另一個御茶大女生。美咲加入他們一起用餐。

在餐桌上，他坐在美咲旁邊。他對她耳語說：「少一個水大的女生，所以找你來。連一個同校的人都沒有的話，會很緊張不安吧？」男友的氣息吹在耳垂上，她全身發熱。男友在身邊，男友只對自己說話，這讓她很開心。

以拉人進社團來說，這間餐廳實在太貴。御茶大的兩人，其中一個去年秋天在學園祭上入圍「御茶水小姐」，另一個高中的時候入圍「Seveteen小姐」。兩人都長得很高，留著長及骨盆的長髮捲成公主捲，都穿著寬襬迷你裙。看起來就像雙胞胎。

水大的女生跟美咲剛好一起上廁所。那個女生說：「唉，我吃完飯就馬上回家。你也是吧？

我們水大的，就只是御茶大女生們的生魚片配料。

「雖然我接了睫毛、化濃妝、穿了名牌衣服拿名牌包，保持嬌弱溫柔的態度，但又不是什麼XX小姐那種程度的美女。街頭風格的打扮還那麼漂亮的，才真的是美女對吧？但男生就只能接受保守的打扮。」她生氣地說。

不過美咲覺得在義大利餐廳，比上次的居酒還來得舒服得多。

跟「附屬」高中男生們去居酒屋的時候，她完全不知道他們講的那些高中時期的事，但看他們講得那麼起勁又覺得不能潑他們冷水，只好一直尷尬假笑。廁所是男女共用，馬桶四周被尿得又濕又髒，她覺得很討厭。

以這點來說，澀谷的義大利餐廳，廁所是男女分開的，清掃得很徹底，用餐區當然是時髦舒適的內裝，餐具精美，東西又好吃。

而且御茶大的兩個人是理科的，她們講的都是男生有興趣的事，所以她很輕鬆。

（這馬鈴薯真好吃，淋了白色起司。這義大利麵也好好吃，醬料好好吃。）

她能好好品嘗料理，再加上男友在身邊，而且男友很開心的樣子，看著這樣的男友覺得真好。

自己以外的女人逗男友笑，這是以女友的立場會很討厭的一件事。自己對男友而言到底是什麼？如果美咲對於這個問題的答案很遲鈍的話，在這個場合應該會像另一個水大女生一樣燃起熊熊的嫉妒之火。

美咲已經敏銳地感覺到她並不是他的女友。即便如此，他還是找了自己來聚餐，而御茶大的兩人也不是他的女友。從距離來說，他在很靠近的地方笑著。「對吧？」、「剛剛這個，很好笑吧？」像這樣，他頻繁地面向自己，時而拍拍自己的肩膀。這些都讓美咲很開心。比起出車站直接上賓館好得多。

美咲愛戀著他，她正處於戀愛之中。

＊＊＊

床上的手機再次響起輕快的聲響，是Line的來電鈴聲。

美咲從看得見遠藤牙科診所庭院的窗戶離開。

她拿起手機。果然是小井問她要不要去打保齡球，還問了男友要不要一起來。「那個人不是我男友。連炮友都不是……如果能至少回……」

她在回覆的地方輸入文字。

「回」的後面，她本來想打「回去」，但手指停住了。

（回去？）

回去炮友身分？從來沒有過是女友的時候嗎？原本是女友，自己曾經是這麼想的。他說了：「目的地不會是瑟堡之類的吧？」吹著海風，啤酒節的那個晚上，以及那之後短暫的一段時間。就算只是一剎那也好。

對於在男女合校長大的美咲而言，「朋友」的地位並不比「女友」低。「女友．男友的關係」和「朋友關係」種類不同，沒有高低之分。地位高低，是同種類的關係才能比較。在女友之下，是炮友。

（本來不是女友嗎……？那有過是炮友的時候吧……不過……現在……）

現在連炮友都不是。也不是朋友。也不是女友。

（現在……到底是什麼……）

雖然不太清楚，但很清楚知道的是，自己非常喜歡翼。

（……）

她默默看著輸入了文字的螢幕。不管是啤酒節、從紅磚倉庫碼頭棧橋出發的船，還是橫濱灣的夕陽，都已經回不去了。

她重新輸入文字。

「我好像感冒了。不去打保齡球了。你們三個玩得開心一點。」

她這麼回覆。

＊＊＊

二〇一六年。

染井稻荷神社前的成排的櫻花樹，花已經謝了。

五個男大學生與研究生走路到高岩寺，向地藏拜拜。

「我第一次看實品。這裡就是對老婆婆而言的原宿吧？」

「這是拔刺地藏吧？老婆婆的原宿指的是商店街吧？」

「光是這間寺院就很熱鬧了。」

和久田與國枝、翼，他們三個成為東大研究所一年級學生。

「然後呢，你住進去的公寓在哪？」

「是新大場大廈唷，呴呴。」

「好俗。昭和感好重。」

金針菇和讓治，兩個人升上東大三年級。

如此一來，主導星座研究會的五個人，全部都轉到東大本鄉校區。

他們是來看金針菇新家的。金針菇至今為止住在寬敞的三鷹寮，但三年級就得離開。除了三鷹寮之外，東大還有其他幾個宿舍，但抽中的機會非常低之外，審核也很嚴格。普通的公務員家庭就會被踢掉。金針菇沒有取得住宿許可，搬到民營的租賃物件。

因為地點在巢鴨，翼、和久田、國枝、讓治來看能不能當作進行星座研究會副業的場所。

「不要用『新大場大廈』這個名稱，改成『拔刺大廈』之類，或乾脆改成『地藏莊』之類的還比較受歡迎。」

和久田說完，其他三人和金針菇也都同意地笑了。

「這裡。」

金針菇打開門後先進去。雖然是1K的格局，其實是套房，五個男人進去之後實在很窄。大家七嘴八舌地表示狹小，沒辦法自在地活動。

「當然不可能像讓治少爺家的宅邸囉，呴呴。」
「這裡，兩萬五千左右？」
翼是依國家公務員住宅的感覺在問他。
「怎麼可能，是五萬三千。只靠教育相關的打工撐不住。我也開始做排很多班的餐飲業打工，時間很緊。今後喝酒聚會，我可能很難參加了……」
星座研究會原本就是以「不受時間拘束範圍內的社團活動」作為口號。喝紅茶的活動至今舉辦次數也不算多；喝酒聚會的次數就更少；喝酒聚會續攤又更少。
不知何時起，他們有了暗號。
拍影片能有資金收入的女學生是M要員。為了跟可能成為M要員的女學生、想要她成為M要員的女學生增加親密程度，讓她們被氣氛灌醉而同意做的餐會是M作戰。美咲和水大女學生被叫去澀谷圓山町的義大利餐廳的聚會就是如此。Money的M。而星座研究會的社員中，把上床當作娛樂，樂在其中的女學生是S部隊。叫S部隊去喝酒聚會、續攤，是續攤S。Sex的S。
「嗯，金針菇你也不用擔心，M作戰不可能辦在這裡，續攤S也要看彼此時間搭不搭得上，也做不了這麼多。金針菇就好好地打工吧？畢竟你就是窮苦學生。」
走到陽臺的翼，邊伸懶腰邊回到室內。
讓治用手臂測量了一下金針菇在二手店買的鐵架床。
讓治因為個子小不會讓女性有壓迫感，並勤於回覆訊息、Line，很懂得怎麼找M要員。找到的M要員，讓治會讓她們去接近國枝。因為國枝的母親會上電視當名嘴評論員而能把話題帶到「你應該去報名參加個選美比賽」的時候，就能營造成「這可能是個機會」，而原本就對自己外貌有自信的M要員，就不會拒絕拍照或錄影。

當然，她們對於照片的性感程度會有強烈警戒心。像美咲這樣對翼言聽計從、「隨便」的女學生並不多。然而，國枝很懂怎麼讓她們在當下因為氣氛而同意。

國枝上研究所前的春假，透過他母親出書的出版社——「產業日本社」出版了一本叫作《東大生教你不徒勞無功的性愛》的實用工具書。他不會一開始就拿出這本書當話題，而是在感覺有效的時間點才說出類似「你可以先從節目助理發展成綜藝偶像」的話。巧妙的是，他一概不會說出像是要介紹電視臺人員或相關人士等發言。充其量就是任憑M要員自己想像而已，他並沒有騙人。基本上和以前讓治因為拍攝SFC女學生而被大吉嶺禁止出入的時候，是一樣的手法。

雖說如此，M作戰沒這麼容易成功。續攤S則是想辦就能成行，但因為學業的實驗和報告，沒什麼空閒時間能辦。

如果舉辦，讓治及和久田一定會參加。讓治除了很懂得怎麼找到M要員，也很懂得怎麼接近女學生。另一方面，女學生則是會積極接近和久田。高眺、倒三角型的精實身材，因為網球而曬得黝黑的皮膚搭上潔白牙齒，加上他的五官並不是過度端正，而給人「爽朗的好人」這個印象。他一上研究所馬上提出核能相關的論文，也獲得高評價。透過社群平臺，這件事在高偏差值大學的女學生之間相當有名。以他的情況來說，因為女友候選人太多，為了可以無後顧之憂地上床而待在星座研究會。

「金針菇，你在這裡一個人生活的話，面紙要整箱買才行吧？」

和久田揶揄了金針菇一番。和久田常以「連續千夜自慰男」來嘲笑金針菇交不到女友一事。

「咦？連這傢伙也交到女友了，你沒聽說嗎？」

讓治大字形躺在金針菇的鐵架床上說。

「唉呀，是這樣啊？恭喜。」

和久田爽朗地祝福他。

「那個啊，已經分手了。她年紀比我大，不太順利，呴呴。」

金針菇把本來就不突出的瘦弱下巴更往喉嚨收。

「年紀比你大？喔？真意外！」

和久田說完，金針菇的「戀愛話題」就這樣結束。

＊＊＊

和久田、國枝、讓治和翼都不知道，金針菇所謂的「分手」，詳情如下。

金針菇上星期開始的餐廳打工地點，是燒肉店。那是常有藝人去吃，也常有企業招待客人去的高級燒肉店。

在這間店之前，他曾短時間在三鷹寮附近一間店外掛著紅色老舊燈籠的店裡打工。

上一代的女店主的外甥從她手上繼承了那間店之後，一位跟上一代女老闆相識的女性，成為現任女老闆掌管了那家店。離婚兩次，現年四十四歲的女老闆，跟上一代女店主現年五十一歲的外甥是很親密的關係，但她對金針菇非常親切。某一天，她很親切地跟他共度了一晚。

金針菇所說的「女友年紀比自己大，但已經分手」，就是這麼一回事。

「女子力」這個說法近來相當常用，而「男子力」這個詞也存在。比如在續攤S時，馬上會有女學生靠近和久田。如果有兩個人靠近他，就會有一個對和久田而言是「這個我不要」的，他會讓給金針菇。對於擁有高度男子力的♂而言，這是出自賞賜給缺乏男子力的♂這樣的背後意識。

和久田會帶著「今天選這個」中意的女生到小房間去，但淪為「這個我不要」的女生並不會就因此說：「那我就跟金針菇一起。」這是人文素養的層面。但和久田是高中時期在數學競賽拿到優勝，進入日本最難考上的東京大學，而且還主修理科的人，像他這樣高級（和金針菇打工的燒肉店差不多高級）的研究生，是不會去做像考察、思索人文素養這樣低階的事。

金針菇有過無數次安撫淪為「這個我不要」的女生的經驗，因而養成了卑屈的精神。

但卑屈的精神如果經過不屈不撓精神的磨練，去除了卑屈的結痂之後就會到達新的境界，這樣的例子也相當常見，這就是人文素養的部分。而金針菇畢竟也是進入日本最難考上的東京大學理I的優秀理科學生，低階的人文思考與他無關。

淪為「這個我不要」的女生，會稍微跟金針菇有一句沒有句地閒聊，看著他的裸舞哈哈大笑，如果女生沒有喝酒，最後就是離開續攤S的現場。如果有喝酒，內心則會充滿因為酒精而產生的兩種情緒混合。

「隨便啦」的心情，以及被自己鎖定的♂覺得是不要的女生，因而暗自沮喪。

於是女生因為金針菇的裸舞大笑之後，會順便讓他揉揉乳房，然而「隨便啦」的心情到這個程度時，分解乙醛的能力也到達界限，導致激烈嘔吐的狀況是壓倒性多數。

因此，就算和久田把「這個我不要」的女生賞賜給他，金針菇真的能嘗到剩菜甜頭的，至今為止只有一次。

那個女學生幾天後傳了訊息給金針菇說：「對不起。我喝太醉，什麼都不記得。我好像醉倒了對嗎？」當然她對於跟金針菇的媾合，有記憶而且覺得不舒服。然而她為了當作沒發生過，才傳了這樣的內容。

因此就算是短暫的時間，那個女學生也沒當過金針菇的女友。

翼曾訕笑過他是「素人童貞」。就算只有一次，的確他也嘗過一次剩菜甜頭，再加上紅燈籠老闆娘的事，所以這樣的訕笑不是事實。尤其是跟剩菜女學生的那一次，是金針菇身為♂的精神糧食。

他在廣島縣福山市出生、長大。他念縣裡第一的升學學校——縣立春日高中，從春日高中畢業之後考上東大，走在康莊大道上。

許多東大生都是如此，在這條康莊大道上不曾生出挫折的觸手。和久田是如此，翼是如此，金針菇也是，永遠正面積極。他懷抱著希望。他認為在星座研究會下一次喝酒聚會的續攤上會有福氣。

然而金針菇本人對自己背地的想法並無自覺，更不用說星座研究會的其他社員了。他們對他的人品毫不關心，因此並沒有人知道。

＊＊＊

金針菇伸手把因為讓治毫不顧忌在他床上躺成大字而弄皺的棉被、被單、枕頭拍順撫平。

「說窄也是滿窄的，不過車站前的居酒屋看起來很便宜，响响。」

「是啦。就算M的時候不能用這個房間，錯過最後一班電車之類的時候，還有這裡可以用。那各位，我們就出去寬敞的地方吧。」

讓治左腳踏入Red Wing的高筒靴。

那是星座研究會暗中順利發展的二〇一六年春天。

讓治的妹妹從慶應義塾女子高中升上慶應大學醫學部一年級。

翼中學時期的同學山岸遙，從東洋大學飲食環境科學部畢業，進入計量器大廠。

＊＊＊

二〇一六年。

四月十七日夜晚。翼在網路上搜尋並熟背片岡仁左衛門和市川染五郎的資料。

四月十八日中午。他在網路上搜尋並熟背「彥山權現、誓、助劍」的資料。

同天夜晚。翼去了歌舞伎座。他跟和泉摩耶、摩耶的美國嫂嫂三個人。因此，翼沒有參加星座研究會的續攤S。

隔天中午。在本鄉校區第二食堂，翼從國枝口中聽說前一天晚上的事。

「S部隊有兩個人。第一攤在大塚的『土間土間』，其中一個在說完乾杯之後，馬上單點瞄準Sunstar。」

國枝說和久田的臉是「Sunstar臉」。他說像是Sunstar之類的牙膏海報上會出現的臉：「女人會覺得清爽乾淨、看起來會運動、誠懇真摯的臉」。

「另一個找上我。外表來說那個女生還比較好，我還覺得很幸運。雖然是A罩杯——」

S部隊的兩人，幾杯酒下肚之後眼神開始迷茫，他們就直接移動到新大場大廈。

金針菇沒有參加第一攤。續攤也和沒參加一樣。

「他說要打工，所以白天的時候在學生餐廳跟他拿了房間鑰匙，我們跟女生四個人進去。」

他們說會多少付一些使用費，金針菇表示他明白了。

「真是的，金針菇這窮苦學生，就得這樣一點一點地賺錢。」

和久田跟S1在狹窄的浴室，國枝跟S2在鐵架床上，分別上了床。

「說到這，和久田啊，中途還把浴室門打開，一邊看著我們一邊做。那傢伙明明是Sunstar臉，竟然有那種喜好。」

國枝笑著說，翼聽完也笑了。同是念日本第一優秀大學的兩人，滿溢著親密情誼的笑聲，迴蕩在第二食堂。

「我們結束的時候，金針菇剛好回來，抱怨我用他床的事。他說明明只是借我們房間。又說如果要用床，要加成計價。」

「好小氣。」

「因為他老爸是鄉下的中學老師嘛。那傢伙渾身上下散發著像鄉下老學究般的吝嗇感。所以女人不會靠近他啊。」

會反問自己吝嗇的到底是誰的人，會在考試競爭中落敗；擁有睥睨他人的銅頭鐵額，才能培育出精於考試的能力。而「鄉下老學究」這個措辭，是國枝上星期以特別來賓的身分，參與自己母親常上的綜合資訊節目時，原本從來沒聽過，節目結束後馬上就忘了名字的小說家的用辭。

三個月後，金針菇在法庭上說明。回家後，看到完事後身體僅裹著浴巾和床單，癱睡在自己床上的S1和S2，他揉捏了她們的乳房，手指伸進她們的陰道。

四月十八日的夜晚，跟炎熱的白天大不相同，氣溫變得頗涼。

東南風吹在新大場大廈四一二號房的陽臺上。

這間公寓的地理位置正好適合作為「第一攤之後，人數較少的續攤」的場地。

公寓離池袋站有一點遠。不過這正好。找女學生去喝酒的時候，比起巢鴨、大塚，地點在池袋更好邀約。在池袋辦的第一攤上，瞬間掌握住感覺會願意去參加續攤的女學生。比起踩著醉到踉蹌的腳步走路，搭自動打開車門的計程車比較好。跟男學生一起喝酒時，穿著跟很高的高跟鞋出席的女生，人數壓倒性地多。

從池袋站前搭上計程車，不至於近到被司機擺臭臉，但一千日圓上下就能到新大場大廈。

＊＊＊

二〇一六年。

黃金週。

天氣算不上好。原本以為今天會放晴，天色卻馬上轉陰，怕下雨決定不外出才又放晴，又馬上轉陰。

熱鬧忙碌的良善之家——美咲家的黃金週，往往是當天來回的小旅行，但今年大家只有一起去位於品川區的「泡澡國王」超級錢湯。

「我要進去這裡。」

妹妹一個人進了按摩浴池，美咲跟母親去了岩盤浴。

「那孩子的成績，今年能不能再好一點呢？」

在岩盤浴室內，和美咲並排躺下之後，母親說了關於妹妹的事。

弟弟沒考上藤尾高中，念了離家裡頗遠的市立高中。妹妹的成績比弟弟更不好，新學期面談的時候，被導師跟母親說以現在的成績，建議報考保證上得了的私立女子高中。

「我看了那間學校的資料，私立的果然就是很貴……」

母親嘆了一口氣。

「很輕鬆就考上藤尾高中那種好公立學校，美咲不愧是認真能幹的長女。現在又重新覺得很感激。」

母親像是拍拍小孩子的頭一樣，故意誇張地撫摸美咲的頭。

「今天早餐的麵包，是在格林買的，裡面有加核桃。」

今天早上是全家五個人，一起吃了麵包、即溶咖啡和美咲做的萵苣及小黃瓜沙拉。麵包是昨天傍晚，母親在小楓家的格林先買好的。

「小楓幫我包裝的，那時從她那裡聽說，美咲，你的男友是東大的？」

「那個……」

美咲支支吾吾地，不知該怎麼回答媽媽。「我交男友了」、「今天晚上要跟男友約會」，那時的她，是打從心底如此想的。一天二十四小時都幸福得不得了的那時，美咲在格林打工。

＊＊＊

「我們家也剛開始賣吉拿棒。肉桂的味道滿明顯的，你試吃看看。」

從自家走到店頭的小楓，把裝了切成小塊吉拿棒的盤子，拿到美咲面前。

「咦，咲……你瘦了嗎？還是去做ＳＰＡ？總覺得你變得異常可愛，嚇我一跳。」

小楓捏了一塊吉拿棒，看著美咲說。

「也就是，交男友了吧？」

櫃檯後方，放著剛出爐麵包的架上，排著心型的吉拿棒。
「多給你一些，連男友的份。打工結束之後帶回去吧。」
小楓用夾子拿了兩個吉拿棒裝進袋子裡，背上背著小孩。
「美咲的男友是什麼樣的人？大學生，對吧？」
小楓問起。對於幾乎是高中畢業就懷孕的她，大學生這個身分很新鮮。
「嗯。」
美咲回答時，跟翼搭船時的震動、從船頭看見橫濱渲染的燈光，以及在海風中的吻，一切都歷歷在目。
離啤酒節才過了十天的時間。美咲的臉頰，染上了薔薇色。
「大學生啊。你們會在校園裡大樹下，兩個人互傾愛意吧。」
「什麼大樹下……」
「大學感覺就是那樣啊。那說到大學生，他是哪個大學的？水谷女子大……不可能嘛，是女子大學。」
「是男女合校的大學。」
美咲細聲回答。突然全身發熱。跟翼相關的事物……比如廣尾、比如板網球、比如紅磚倉庫、比如次子，讓她想起翼的事物，全部都讓美咲發熱。
「當然是男女合校的大學啊，又沒有男子大學。咦，有嗎？沒有對吧。總覺得像是另一個世界。

「我和咲小學、中學、高中都同校，明明曾經一天到晚在一起，但我現在的生活，跟念書、活頁筆記本、未來發展、就業那些都已經無關。在教室裡和大家一起念書的事，感覺是幾十年前的事……」

小楓一瞬間閉上了眼睛。

「嗯，耶，我們在說什麼？咲男友的大學，是哪一間？」

被小楓一問。

「東大。」

美咲回答。

「東大？好厲害。」

小楓很自然一般地大聲說，而她背著的小孩，很敏感地感受到和東大毫無關係的媽媽把注意力分散到自己以外的人，因而不滿開始號啕大哭。

「啊，真是的。小ＸＸ，怎麼啦？咲，對不起，我們再聊。」

小楓匆忙回到店後方。

＊＊＊

在岩盤浴中，美咲回答了母親的提問。

「那個……不是那樣……」

「嗯，我不會追根究柢問你啦。你都這個年紀了。有一些不想被看到的訊息，我反而還比較放心。更何況對方還是東大的……」

「就說不是了，真的啦。」

美咲聲音大了起來。

「就說了不是你想的那樣，真的啦。」

美咲的聲音大到其他的客人都看向她們。

「真的……」

美咲聲音變小。

「不是那樣……我只是跟她說了，我被邀去參加東大跟水大的校際社團而已。」

「什麼嘛，原來啊？」

「我沒有加入社團，但會去參加東大的人也在的聚會。我只是說了這件事，然後小楓的小孩哭了起來，我也還在打工中沒辦法好好講話，所以她大概有點誤會了。」

「什麼嘛，原來啊……」

「是啊。就只是那樣……啊，我好像有點太熱了。」

美咲走出岩盤浴室。

泡進冷水池。

「已經過去了。」

她說給自己聽。

「一旦察覺到對方（無論男女）已經對自己沒感覺了，就該像蓋章已處理般，徹底結束。這是避免許多麻煩的方法。」所有智者、每個戀愛小說都是這樣教導人們的。這個教訓是正確的。只是，如果這個教訓能輕易實踐，那所有戀愛詩歌、所有愛情故事都不會誕生了。

在泡澡國王內的用餐處，美咲替父親倒了一杯冰啤酒。

「爸，今天我們盡情喝吧。我會陪你喝的。」

母親跟家人或親戚吃飯的時候，就算搭電車也不會喝酒，因為她需要注意父親、祖父母的身體狀況，顧著他們走路的安全；身為長女，美咲平常也會為了幫忙母親而不喝酒，但今天她為自己倒了啤酒，也喝了起來。

「喔，很好很好。美人俠[6]幫我倒酒。」

最愛特攝英雄片的父親興高采烈。

美咲用大啤酒杯，咕嚕咕嚕喝著。冰涼的啤酒，流過因泡澡而火熱的食道。啤酒的酒精濃度低，但氣泡容易附著在胃壁，很快吸收酒精而流轉全身。

「啊！好開心啊！心情就跟中樂透一樣。對吧，爸。」

美咲的臉上綻放笑容。她喝了酒就會很開心，而且是很耐酒精的體質。

「姊姊，是不是有人傳Line給你？你手機響了喔。」

吸著十割蕎麥麵的妹妹，用手肘撞了撞美咲的手臂。

6　美人俠（ビジンダー）為特攝電視劇《機械人超金剛》（人造人間キカイダー）的登場角色。

「咦，是嗎。」

她從裝了全家人東西的袋子裡拿出手機。討厭Line的水真由，傳了手機訊訊給她。

「復原了。因為壞得粉碎，本來以為不可能復原。」

那封訊息是在說，鞋帶跟水真由去年底分手，但在這次黃金週和好，恢復情人身分。

內文感覺頗長，美咲走出「用餐處」，在走廊一個人看完。

我跟他第一次見面的那天，也是我跟咲你第一次講話的那天。所以咲你是我跟他的丘比特。

但我們很倉促地就開始交往，彼此有很多不合的地方，常常吵架。年末那次吵得最嚴重，跟他畢業之後的出路有關。

那時覺得已經不行了、要分手了，想把他的號碼之類的全部刪掉。但是我做不到。不過我完全沒跟他聯絡。然而，我想就算只是小小的一條聯絡的線，還是要把它留著……

因為還留著那條小小的線，之前我們兩個碰了面，好好談過。於是就發現有很多能解決的事……然後復活了。

「仔細想想，至今為止我們好像沒有好好談過？」講完之後兩個人因此大笑。

雖然學校的老師常講談論對話很重要，但我至今都覺得那只是場面話，沒有相信過，這次是我人生中第一次實際感受到，人跟人之間，談論對話果真還是很重要的。

看完之後，美咲抱膝坐下。坐在人造皮的凳子上。她把手機穩穩放在膝蓋上。

（太好了，太好了。）

她對著傳了訊息給自己的水真由說。

她打從心底祝福她，也看到自己的一絲希望。

離開泡澡國王時，天色還亮著。

「還有這種的。」「這是什麼？」「這間是什麼店？」妹妹、弟弟東指西指著建築物。

他們是第一次來到這一帶。父母和美咲也是，雖然有在這站轉乘過，但沒有在這裡下車過。像是從地方城鎮來東京畢業旅行的高中生一樣，一家五口在車站附近東張西望地走著。

「我們下次去這裡，這裡。」

父親拉了大家的手臂。

那間店前擺著啤酒桶，上面放了啤酒杯和裝了假香腸的盤子。

從店門口往裡面看，除了吧檯之外還有幾張圓桌，沒有椅子。看起來是讓客人站著隨意喝的店。「獨・比利時啤酒酒款眾多。下酒菜種類豐富。」裝假香腸的盤子壓著一張厚卡紙上如此寫著。

「也有非酒精飲料喔。還有布丁跟比利時巧克力冰淇淋。」

穿著長圍裙的女店員，打開門微笑著說。

「我想吃比利時巧克力冰淇淋。」

妹妹立刻進去店裡。弟弟、父親、母親也進去了。美咲晚了幾秒進去。她看著厚卡紙上的文字看得入迷。用麥克筆寫著的「獨・比利時」的字眼。

（獨・比利時……）

美咲心中，回想起閃閃發亮的春天校園的畫面。穿著板網球服的大學生，和女大學生面對面。女大學生拿著裝著筆記的資料夾和講義。兩人遠方是體育館。

那是她在中學的時候在雜誌上看到的照片。當時她看到照片，並不知道大學生穿著的是哪種運動的衣服，現在記憶重新整理為板網球。

（那部電影……叫什麼來著……）

雖然電影沒看，電影名也忘了，但她還清楚記得，考完期中考的那天，她因為緊張解除而伸了懶腰那個下午的天空。那是她剛上中學的那一年。

（不知道我那時候有沒有覺得「獨」是什麼意思啊……）

現在知道「獨」是德國的簡稱，但那時並不知道。

對她而言，他是騎著白馬的王子。

上面以小級數的印刷字如此寫著。

「爸爸，只能喝一杯喔，不然對肝不好。美咲，你也是，最好不要再喝了。女生喝醉跟男生喝醉不一樣，不成體統。」

母親制止了他們。

「知道啦。」

美咲點了咖啡。

雖然父女倆說要盡情喝，但已經在「泡澡國王」的用餐處喝了啤酒和日本酒，在這間「獨・比利時啤酒酒款眾多」的店裡，只有父親喝了一小瓶Chimay。父親心情很好，變得多話。喝了酒的父親很開朗，一家人開心地搭電車回家。

那是行駛在田園都市線上的電車，距離薊野站三站之前發車的時候。

翼傳來了訊息。

（咦？）

已經不會再傳來。不能自己聯絡他。已經結束了。不會傳來。美咲這兩個月來，一直這麼對自己說。

「還好嗎？一起去喝一杯，好好開心一下吧。」

那之後寫了日期和地點，但美咲馬上把手機收進口袋。

（我要趕快醒酒。）

美咲如此勸諫自己。

「爸，你有沒有不舒服？」

「你們不要在電車裡面翹腳，會造成別人困擾。又不是小學生，不要這樣。」

「媽，出門前晾在房間裡面的衣服，回家之後移到陽臺晾一下比較好對吧？」

翼傳來的訊息，讓美咲開心到快飛起來。因為太高興，她分散注意到日常生活瑣事中，並勸諫自己。

（說不定是看錯。說不定是小楓傳的。男生的話可能是灰連帽上衣，或是跟水真由合好的……）

明明螢幕上顯示著「小翼」，她卻想說不定是看錯，或是他把要傳給別人的訊息誤傳給自己，擔心是空歡喜一場。

回到薊野自家，在房間裡換好睡衣之後，她輕輕拿出手機。

沒有搞錯。訊息是翼傳來的，在近兩個月的空窗之後，彷彿什麼都沒發生一樣，一派輕鬆地邀自己去喝酒。

（會不會和水真由一樣，說不定只是我想太多。說不定因為我太喜歡翼，才會擔心來擔心去。）

美咲抱著希望。

「OK。好久不見！」

她思考、猶豫、思考、猶豫，重打了好幾次回覆的內容。「不要讓對方覺得沉重、煩燥」，她再三顧慮這件事，決定簡短回覆。

按下「送出」的按鍵時，月光照在美咲浮現一抹溫順無瑕笑容的臉龐上。

第四章

1

二〇一六年。

五月十日。

週二。

雖是陰天，以五月來說這天的天氣算熱，或該說是濕氣重，濕答答的一天。

下午五點多。

「M1。她看到導播名片很有幹勁。拍攝順利結束。這次疲憊不堪。雖然是普通的單件式泳衣，因為是上智大學的，應該可以漲價。」

東大研究所一年級的翼，接到同大學三年級讓治傳來的Line。

「辛苦了。」

他從實驗室裡回覆。

「所以，國枝學長跟我都累斃啦。今天喝酒聚會，就照預定行程，真的是喝酒聚會」針對星座或紅茶進行深入討論研究，並非星座研究會的目的。

目的是招募想親近東大男生的女學生。

這是女生也悉知的。不僅止於星座研究會，東大的校際社團全都是如此。不僅止於東大，從太古時代起（比如歌垣、盆舞）[1]，妙齡男女一起進行的喝酒聚會全都是以此為主要目的。正值血氣方剛之齡的男女所做的事，都是為了跟異性相識，那既不違法也不汙穢。

星座研究會僅有的特色，是除了一般的喝酒聚會以外，還有為了物色能立即上床的女生所舉辦的喝酒聚會。續攤S，翼、讓治、國枝及和久田是這麼稱呼它的。

之所以說是僅有的特色，是因為以此為目的舉辦喝酒聚會的社團，除了星座研究會，在全國各地的過去和現在也都存在。

不僅是在星座研究會，不管在哪個校際社團，水谷女子大的學生都會因為偏差值而抱著不如人的自卑感。

她們對於說著「我念東大」的男生，會認為「哇，好厲害」；而對於說著「我念東大」的女生，則會覺得「哇，好厲害，不像我……」；對於說著「我念御茶水女子大」的女生也這麼覺得；對於說著「我念慶應大學」的女生也是。

偏差值排名真實存在，不如人的自卑感自然而然產生。因為她們不是鴨嘴獸，而是人類。

有些學生因為自卑感而退出校際社團，有些則是一開始就避開。也有些學生抱著自卑感，卻覺得就單純當作去喝酒開心的就好，迥然不同。

水谷女子大的學生因偏差值而來的自卑感，比起東大或御茶水的學生更強烈。然而，也因此該如何處理、如何消化那股自卑感、挫折、內心糾葛所導致的鮮明陰影，才能夠產生「人文素養」，那是東大的女學生和御茶水女子大的學生所不會有的。自卑感正是多元的要素，但對於都是優秀的理I出身的星座研究會成員而言，陰影只不過是低規格的證明。

星座研究會的成員是種馬。他們自幼就戴著眼罩（遮蔽賽馬馬匹用），朝著目標（東大）直線前進，抵達終點，因此他們的內心光溜溜的。

「今天要喝到嗨咧。」

「強烈贊成！」

讓治和翼的一來一往是事實。

五月十日的喝酒聚會，不管第一攤還是續攤，他們都只是喝得又嗨又開心，也只有這個目的，沒有其他意思。自始至終都是。

正因如此，日後他們的家長才會打從心底這麼認為：「單純是學生無心玩鬧，各位為何要把事情鬧大呢？」當然，他們的孩子，翼、讓治、和久田、國枝、金針菇也都是如此認為。

被逮捕前一天，五月十日傍晚，翼與讓治之間的Line持續往來。

「我預計會晚三十分鐘左右到，各位先把氣氛炒熱嘿。」

1 歌垣是一種年輕男女會聚集起來，互相傳唱戀愛的歌曲的特定日子；盆舞為日本盂蘭盆節時，眾人聚集所跳的舞蹈。

他傳了訊息之後，開始哼起歌。

（太好了，沒鬧彆扭順利分手。）

他是這麼看待和美咲的關係的。

不管是跟教育大附屬的同學喝酒，或是在澀谷圓山町義大利餐廳與入圍大學小姐的女生一起吃飯，美咲都是一副通情達理，以「今後就以朋友的身分來往」的態度。

（雖然是水大的，那傢伙並不ＫＹ[2]。她很瞭解嘛。）

翼是這麼想的。他在Line上這樣跟讓治說：

「我已經找了新角色的女生去。水大的但不是星研。是瀨谷校區的。很會喝，配合度很高。」

希望會是一次開心的喝酒聚會，翼是這麼想的。

（Ｍ跟Ｓ都是交給原本大吉嶺的傢伙們去處理，至少普通的喝酒聚會，我要負責炒熱氣氛。）

他心想。

（希望大家可以喝得開心。）

他很天真地這麼希望。小學、中學成績頂尖，高中念教育大附屬，大學上東大，比一般人出類拔粹而優秀的自己，有著身為人應盡的責任，他心想。

走上優秀的雙親所希冀的優秀路線，朝著優秀的目標直線前進，抵達終點，進入優秀的研究所，身為十分優秀的學生，翼所認為的「身為人應盡的責任」，就是在喝酒聚會上炒熱氣氛。

日後在法庭上遭非議批評、色慾薰心的下流心態，絲毫不存在他心中。騙她上床、輪暴這類的事，他事先壓根沒有想過。完全沒有。絲毫沒有。

他只是想把喝酒的氣氛炒熱。僅是如此。

他這樣天真、像永恆的少年般的心情，日後也獲得星座研究會男學生家長們打從心底的共鳴。他們認為那只是「學生喝過頭開開玩笑」。面對這種程度的事情，法院所採取的應對方式，男學生們與家長們都純真地無法理解。因為徹底無法理解，比起憤怒，他們先是啞口無言。

＊＊＊

美咲故意從池袋站出發，慢慢地走。

雖是陰天，溫度還有二十度。比起熱，更是悶。

晚上八點五分。

她故意比翼指定的時間晚五分鐘抵達居酒屋。

早早到，或是比指定時間晚五分鐘左右，而不是正好的時間到，這對出席者而言，剛好不會造成負擔。

這間店需要在入口處把鞋子脫下，放進鞋櫃裡。

「東大的三浦先生對嗎？這邊請。」

店員的回答說明了讓治並不是以「三浦」的名字預約，而是以「東大的三浦」預約的。

2　KY為「空気を読めない」（Kuuki Yomenai）的縮寫，意指不會看場合、不懂察言觀色。

她跟著穿著草莓冰沙色制服的女店員走，暖簾掀起後，炸油、烤魚、煮魚、濕氣、灰塵等全部混雜在一起的味道衝進鼻孔。

美咲拿出手帕，像口罩一樣遮住鼻子。

爺爺和伯父都抽菸。外公到前年為止也抽菸。她算是習慣跟有抽菸的人同桌吃飯的場面。然而，這間店的通風太差，臭氣籠罩。

野草研究會的社員全部都不抽菸，他們的慶功宴要不是租借可以烹飪的地方來煮精進料理，就是基督復臨安息日會信徒的社長會找的禁菸餐廳，再不就是KTV的禁菸包廂；跟社團以外的朋友吃飯，也差不多是如此；跟小楓、小井這些老家的朋友一起的時候，會約在某人家裡，因為小楓帶著小孩，禁菸是絕對的必備條件。

（我一定是習慣了跟大家一起去的那些店了……）

她讓自己重新打起精神。

事後再回想，或許進到店裡時的這股臭氣，就是險惡的烏雲。

「您的朋友到了。」

穿著制服的店員帶她到的位置，雖然不是用紙拉門圍住的，但通道的那一面放了以人工竹子做的屏風，類似包廂的狀態。

「好吔，等你好久了！是神立同學對吧？」

骨架細緻、身型小隻的男學生，以小隻男獨有較高亢的聲音向美咲揮手打招呼。

「初次見面……」

他們報上自己的姓名。座位上有三個男生，但翼並不在。

「請問，竹內同學呢？」

「啊，竹內學長啊，他剛傳Line說會稍微遲到。但他會來的啦。」

得知他只是會遲到，美咲鬆了一口氣，踏進座位區。高眺而曬得黝黑，身材精實的男學生，幫美咲接走她的肩背包。

「你是萬綠叢中一點紅，你坐主位。」

「謝謝……」

三個人圍住坐上坐墊的美咲。一開始向美咲揮手的是三浦讓治。幫她拿包包的是和久田悟。另一個是國枝幸兒。

「大家都是星座研究會的對嗎……」

在初次見面的三人面前，不知道該說什麼，只好故意問他們其實她已經從翼那裡聽過的事。

「嗯。我們都是東大的。」

「都是東大的，所以該說是一丘之貉嗎？」

「怎麼我們是東大之貉嗎？」

「東大門東大綱東大目東大科東大種的貉。」

「不錯吔。不錯。東大門東大綱東大目東大科東大種。」

「那上面還有啊。要加界啦。東大界。」

「喔喔，對對，是東大界、東大界。」

美咲只不過是（沒什麼意義，只為了填空）向三人詢問星座研究會的事，他們卻東大、東大地大聲嚷嚷，咕嚕咕嚕地喝著啤酒。

「請問……我聽說御茶水、水大的人也會來……」

美咲以為，上次在澀谷的義大利餐廳見過的女學生也會來。

「就是御茶水小姐、Seventeen 小姐……」

「不會、不會，那些誇張的女生不會來。今天只是一般的喝酒聚會而已。」

讓治的手像扇子一樣左右揮動。

「原本是水大的女生會來喔。三月從水大畢業，四月開始工作的女生。」

「喔，是那對保母二人組。」

國枝插嘴。

「不不，那些人，不是惹怒國枝學長了嗎？」

「啊，對喔。她們果然對於兩人一起不是很開心。」

國枝向讓治使了眼色。

「所以說，今天來的是啤酒節的時候……」

啤酒節。美咲心頭一驚。

「啤酒節，該不會是那天……」

美咲確認了那天跟野草研究會坐隔壁桌的，是否就是他們。

「什麼啊，原來是這樣啊。那天美咲也在啊。」

「那裡好嘈雜，不知不覺大家就解散了，我完全不記得那天的事。」

美咲也不記得和久田和國枝。讓治那天缺席。

「那會晚到的，原本水大的人，該不會是優香同學……」

「啊，對對。是優香。等等，我傳個Line——」

讓治快速地操作了手上的手機。

「——啊，她說對。她記得神立同學。」

「是這樣嗎？太好了。」

得知等一下會到的是優香，美咲總覺得會帶來好運。因為跟那個幸福的啤酒節夜晚相關的人，等一下會到。

「優香從大吉嶺……啊，在之前的社團，跟星座研究會都是暫時加入，結果只參加了啤酒節，我跟她也是從那之後第一次見面。」

「我跟她沒交換到聯絡方式，所以也是啤酒節之後第一次見面。」

「原來啊，那今晚就是啤酒節之後第一次聚會了。」

聽和久田這麼說，美咲心裡覺得太好了。她絕不認為可以跟翼回到啤酒節那天晚上的關係。只是，她期待著至少可以把它當作一段開心的回憶，好好整理自己的心情。

（就像是煙火。）

對於她跟翼的事，她是這麼想的。

（是一場美麗的煙火。）

但已經結束了。她不會期望能再來一次。

（所以說……所以說，今天見了面之後……今天見了面之後，要好好傳達給他。）

美咲的願望相當渺小。她希望今天能把它傳達給翼知道。不是寫成訊息或Line，而是親口用自己的語言，見了面，看著他的臉，就一句話，要傳達讓他知道。一分鐘就結束了。

（希望會有好的時機。）

美咲在心中如此祈盼。

＊＊＊

坐在美咲面前的讓治，在桌子底下操作著手機。

「叫神立同學的那個人來了。是DB^3——」

他傳訊息的對象是翼。DB指的是又胖又醜。

「——這個人是來當笑點的對吧（笑）？」

他傳了訊息到群組裡。

＊＊＊

在山手線車上，翼收到讓治傳來的Line。

一小段文字加上貼圖。是豬的貼圖，而且不是逗趣的畫風，而是頗為寫實的。

讓治傳來的Line，讓翼的自尊明顯受傷。

讓治家比起翼家的公務員住宅又大又寬敞，然而並不在廣尾。讓治高中時期是回家社的，自己則是一路打板網球打到駒場校區時期。讓治連舞都跳不好，這是他聽待過大吉嶺的傢伙說的。何況讓治比自己還矮——翼自己並沒有清楚意識到，自己是這樣細想的。給他一種感覺上比自己低下，被大略擺在比自己低階區塊的讓治，竟然判定自己曾交媾過的女人是DB、是當笑點的。

翼的臉頰，因為恥辱而變成玫瑰色。

這時，國枝也加入對話。

「當笑點的人。超好笑。水大瀨谷校區的話容貌偏差值要降三級。」

翼連鼻尖都變成玫瑰色。他回覆說：

「聽她說是G罩杯。」

算是反擊。但他寫的不是「她G罩杯喔」而是「聽她說是G罩杯」，就表示他下意識地想隱瞞自己的陰莖曾插入美咲的陰道一事。

（算是）反擊後，翼抵達池袋，把手機收進口袋。

3　DB為「デブでブス」（Debude Busu）的縮寫。

＊＊＊

「優香跟神立同學，是在啤酒節相撞才認識的啊？」

和久田替美咲倒啤酒。

「是啊。就算是水大的，但人數這麼多，真是奇遇。」

美咲喝了啤酒。

三個男生們在桌子底下，繼續在Line群組裡對她品頭論足。

「就算是G罩杯，腰圍有F罩杯，結果還是A罩杯嘛（笑）！」

「沒那回事（否定）！腰圍應該也有G罩杯吧？」

「爆！笑！」

「總之還是玩個山手線遊戲確認一下吧。」

對桌子底下的事一無所知的美咲，一口、一口又一口喝著啤酒。因為男學生們不時看著手機，她決定不再主動拋話題。

「池袋東口店五週年紀念。Highball九八圓！」

為了殺時間，她拿起菜單。

（九八圓。好厲害。這麼便宜。也就是說，一定是調得非常非常薄吧。剛好，今天就點這個吧。然後……）

然後，要向翼傳達一句話，並從他口中聽完一句話，就回去吧。美咲是這麼想的。

翼在連續假期中傳來的Line上面，輕鬆地寫著「一起去喝一杯嘛。好好開心一下吧。」

（小翼來的時候，就爽朗地揮揮手。說聲嗨，揮揮手。一定不能讓他覺得自己是個沉重的女人。看準時機，說完、聽完就走，然後就……）

然後就，可喜可賀。結束。

美咲雖然是這麼想的，但當翼終於來的時候，原本打算打招呼的手，卻忍不住緊握起來，表情也變得僵硬。

（不能被他看到自己僵硬的表情。會被覺得是沉重的女人。）

美咲如此勸諫自己。

哀愁呀。美咲仍然愛戀著翼。

已經決定今天就是最後一次見面，對此她毫無猶豫。不用說要挽回翼的心。然而，她本人怎麼樣都無法控制愛戀著他的情感。

愛戀的對象出現時，輕鬆地說嗨揮手，對於愛戀的一方來說是不可能做到的。

「竹內學長抵達！」

輕鬆說話並向翼揮手的，並不是美咲而是讓治。

「哇！Highball九八圓！」

美咲以刻意放大的聲量（僵硬而大聲地），把菜單拿給讓治看。為了把菜單給讓治看，美咲拉了他向翼揮著的手，讓治因此露出「幹嘛啊」的表情，翼也因為明明說了「喔，久等了」來回應，但菜單擋在讓治與自己中間而露出「幹嘛啊」的表情。

即便只是些許，的確冷場了。美咲很靈敏地察覺到這件事。

（失敗了！）

她皺起眉頭。

（怎麼辦？得想辦法補救。）

大浪般的焦急席捲美咲全身。

（得想辦法做些什麼來挽回。）

她只是心裡焦急，身體卻一動也不動，嘴巴也動不了。

此時，穿著草莓冰沙色制服的店員大聲地前來：

「加點的生啤，讓您久等了！麻煩囉！」

（我開動了！）

美咲以為說出口了。她以為自己用與店員抗衡的大聲量，接過啤酒放到桌上，以緩解剛才冷場的氛圍。然而，愛戀的對象一抵達立刻就失敗了，從她顫抖的喉嚨裡，發出的只有沙啞的氣聲。

所幸其他四人並沒聽見。在他們眼裡，美咲只是靜靜地從店員手裡接過啤酒放到桌上。理科學生們並未看到美咲內心的掙扎，日後他們在法庭上的陳述是：「被害者自己主動將啤酒分給參加者，至少到中途她應該是樂在其中的。」

而在他們如此陳述的兩個月前，五月十日晚上，美咲把啤酒杯放到桌上後，終於能看向翼了。她既開心又覺得羞恥，對自己的失誤只能低下頭，這已是她所能做的全部了。

＊＊＊

對於美咲低下頭的舉動，手靠著桌子、筷子伸向開胃菜的翼又是怎麼想的？

（就算我家出身於北海道鄉下和中央線鄉下，也沒什麼家世可言，但是怎麼說咧？普通餐桌禮儀？那類的事情，果然還是會受生長的家庭影響。）

他的感受是如此。

（跟父親是牙科大教授、哥哥是審美牙科醫生、嫂嫂是美國人，念東京女子大，還在加拿大交換留學過的摩耶，還是不一樣。）

如此這般。

如此感受的翼，在日後第二次開庭時說：「可以說接近我的女性，並不是喜歡我這個人，而是看家長的工作和我的學歷，別有居心而接近我。」他甚至是愉快地如此供述。

自尊高如杜拜哈里發塔的翼晚到，首先做的事情，是不讓大家覺得這個被星座研究會的男生認定是「笑點」的女人，是自己的「前女友」。

除了核能相關論文受到好評，親戚中有擔任內閣成員政治人物的和久田，和已有一般類別著作付梓，母親也是名人的國枝之外，連長得小隻又不擅運動的讓治都判定她為「笑點」，如果被知道自己曾對這個女的懷有像啤酒節當晚萌生的情感，可就有失體面了。

「然後咧？生啤之後的酒，點了整瓶的嗎？」

翼向國枝說道。他一概不把臉朝向美咲。

「沒有，還沒點。因為想說女生還是要點沙瓦之類的。」
「不喔，要整瓶的燒酎吧。今天這個人是酒桶啦。」
翼說的既不是「美咲」也不是「神立同學」。
「真的嗎？那麼會喝啊？」
國枝看向美咲。
「沒有……我是喜歡喝酒，但不是酒桶也沒有多會喝……」
「現在才裝什麼大小姐啊。水大的不就跟酒店小姐一樣把酒當水喝？」
對於翼的措辭，美咲深受打擊。
在像做夢一般的那段時光裡、在賓館的時候當然也是、跟「附屬」高中同學在居酒屋的時候、跟兩個漂亮的御茶水女子大學生在義大利餐廳同桌的時候，不管什麼時候，就算沒有肉體接觸，翼的措辭都是更溫和的。
「……」
美咲啞口無言。
（為什麼他會是這種說話方式……？）
不必要而毫無意義的粗暴。
「很會喝的話，那要再多喝一點。你喜歡什麼酒？喝燒酎就好了嗎？」
和久田用指尖敲了敲美咲肩膀。
「什麼都可以啦。這個人，只要有酒都好，什麼都喝。」

翼回答他。

（「這個人」……對小翼來說，我終於已經不是咲或小咲，連神立同學都不是了……）

美咲這麼想，然而，主動傳訊息給她說「一起去喝一杯，好好開心一下吧」、邀約她的，是翼。

＊＊＊

邀約美咲的翼，在第一次和第二次開庭都毫不動搖地說：「我覺得自己的角色，就是要在喝酒聚會上炒熱氣氛。」

翼認為自己「身為人應盡的責任，就是在喝酒聚會上炒熱氣氛」。為了完成這個角色的責任，而把美咲當作鈴鼓或沙鈴帶來聚會。

店員送上某人點的整瓶大麥燒酎。

（一定要讓這傢伙喝。她一喝就會整個人放超開。）

翼在玻璃杯裡放入冰塊，倒滿燒酎，放到美咲面前。

「來，喝吧。」

他攪了攪冰塊。用手指頭。翼深知被他奪走處女之身的美咲，對自己徹底迷戀，而在他的計算之下，這樣不客氣的行為，在她眼裡是能搔動她愛戀之情的一種性暗示。然後他放大聲量：

「難得我們好久沒見了。好久沒見，你要嗨一點啊。」

翼重覆說了「好久沒見」，是為了對讓治、和久田、國枝這些把美咲判定為「笑點」的同性，強調說自己跟這個笑點也是「好久沒見」，並不是戀人關係。

「美咲不喝就太無聊了。」

＊　＊　＊

翼叫她「美咲」，讓美咲鬆了一口氣。

（他終於叫我名字。終於恢復原本的說話方式。）

她拿起沉重的大啤酒杯，把剩下的生啤一飲而盡。啤酒已經變常溫。

「沒錯沒錯。美咲就是要這樣才對。」

美咲。由翼發出的聲音講出自己名字。她終於露出笑容。

（我的角色……）

她察覺了。

（今天我被找來，是為了炒熱氣氛。）

笑吧。胸部秀出來吧。這樣比較好，之前也有好幾個人這樣講過。

「哇，神立同學，笑起來好古錐。」

「和久田，那是什麼啊？『古錐』？」

國枝問。

「可愛的意思。」

「那什麼，石川縣的方言？」

讓治問。

（之前也有過這種感覺。是什麼時候來著……對了。是數學代課老師。圓臉、額頭附近長了些痘痘……在啤酒節看到小翼的時候，覺得想起誰但又想不起來。原來是那個老師……）

順著男生們的勸酒，美咲喝了燒酎兌水。為了扮演好自己的角色。

＊＊＊

晚到的ＯＬ優香來了。

翼跟優香在啤酒節見過面，但只有那一次，所以他並不記得。

「這個也是當笑點的吧。」

他馬上就在桌子底下打開手機，傳了Line。

「強烈贊成。這個人，B或A腰圍K。明明家政學部的，是怎麼樣的飲食習慣吃成這種體型？」

「是繳故鄉稅，每天拿金澤名產米夯糠漬河豚卵巢當配菜，吃好幾碗飯？」

剛剛用石川腔稱讚美咲笑容的和久田傳了訊息後。

「爆笑！」

「爆笑！」

別人的外貌缺點，被他們拿到哈里發塔頂樓，在Line上嘲笑分享。

翼對於同性們的反應鬆了一口氣。

「瀨谷還有G罩杯。比起新角色還算有優點？」

翼在Line上以水大校區所在地名「瀨谷」稱美咲。這是他想否認跟她曾有親密過往的意識作祟。

傳出訊息後，他把自己的手機給國枝看了一眼。

「呴呴。」

國枝把翼的手機傳給和久田，和久田傳給讓治，讓治再還給翼。

螢幕上是翼以前拍的美咲。在過去親密之時所拍，全裸橫躺在波斯菊上的美咲很惹人憐愛；然而翼的螢幕上選的不是那張，而是她單純背著牆壁，只拍上半身的圖片。那也就是日後在法庭上被告們說「我們看的是被害者全裸笑著的照片，我們以為是可以被接受的」的那張照片。

「竹內，這資料怎麼到手的？」

國枝以「資料」代稱美咲的照片並詢問。

「不就跟金針菇一樣，那傢伙馬上就做這種事？」

金針菇每次只要在喝酒聚會，就會脫光想搞笑，這種事星座研究會社員很清楚。但美咲和優香都不認識金針菇，並不知道此事。

「女生們，抱歉抱歉。不小心說了我們自己人的事。」

翼把手機螢幕換成Amazon的電子書畫面。

「其實啊，坐在這裡的國枝有出書。」

他把印著國枝幸兒著，產業日本社《東大生教你不徒勞無功的性愛》的封面，拿給美咲和優香看。

「好厲害。恭喜。」

「恭喜你。」

美咲和優香很單純地祝賀他。

「那來進行星座研究會慣例的山手線遊戲。可以吧？」

翼大聲地說。

（小翼很喜歡這個遊戲。記得跟「附屬」的那些人一起在居酒屋喝酒的時候，也以高中老師的綽號和全名玩……）

在那間廁所很髒的居酒屋玩的山手線遊戲，聽說是創了板網球社並拉翼參加的男生說：「神立同學，你就說藤尾高中的老師就好喔。」雖然幫她加了這個讓分機制，但現場沒人認識的藤尾高中教師的綽號和全名，講了也只是冷場。

「不要太難的喔。出些有趣的題目。」

優香提議的是百元商店裡有的化妝品。

「駁回。這樣只有優香跟神立同學能玩。」

只不過是個遊戲，國枝一臉認真提出不滿的異議。

「那就百元商店沒有的化妝品。從我開始唷。Acca Kappa的古龍水。」

和久田清爽地惹眾人笑。

「蘭蔻的睫毛膏。」

優香講完，國枝、讓治、翼和美咲一個接一個講出一百圓買不到的化妝品，場面終於熱了起來。

「那麼，下一個題目是……」

國枝在優香面前，擺了裝著燒酎兌水的杯子。

「從1開始依序講出原子序。」

「哎！什麼嘛。我喝。」

ＯＬ優香喝了一口燒酎兌水。

「換神立同學。」

國枝把杯子移到美咲面前。

「……氫？」

在水大通識課選了化學的美咲回答得出來。東大生突然用看著令人厭惡的小孩的眼神，看了美咲。氦。鋰。鈹。硼。輪了一圈之後，國枝把杯子放到優香面前。ＯＬ優香又說：

「討厭，換簡單一點的題目啦。」

她喝了一口酒。

「碳。」

美咲答道，杯子傳給隔壁和久田。氮。氧。氟。氖。輪到優香，她吐了吐舌頭，喝了小小口。

「鈉。」
美咲把杯子傳給和久田。
和久田把杯子移回給美咲。
「水俣病[4]的原因是什麼？」
「咦？」
他冷不防改了題目，美咲突然傻住。
「你不知道嗎？水俣病吔。對日本人而言是常識吧！」
「……」
「投降？」
「……」
「投降啦，喝吧。」
和久田把杯子湊到美咲嘴邊。翼以手托住杯底，傾斜杯身。美咲喝了。
「美咲不適合這種小家子氣的喝法啦。國枝，用那邊的大杯子調一杯兌冰塊的給她。」
翼說道。
「太好啦！」
國枝故意加入誇張的抑揚回答，把加了冰塊裝滿燒酎的杯子擺到美咲面前。

4 水俣病為公害病的一種。由一九五六年於熊本縣水俣市因汞導致的公害事件而得名。

「好，這杯就命名為美咲特調。笑瞇瞇可愛地喝嘛，像之前一樣。」

被翼這麼一說，美咲喝了。

「唉唷美咲，還好嗎？那很濃吔。」

「沒事、沒事。她超會喝。從剛剛就很想輸，心癢難耐。因為輸了才能喝嘛。」

「唉，是這樣啊！好厲害。」

「好，美咲，接下來，足尾[5]呢？」

和久田出了題目。

「……」

足尾？突然被這麼一問，她聽不懂。

「題目是什麼？」

「在水俣之後說到足尾，就應該要聽懂。好，投降？喝吧。」

因為翼把杯子湊到美咲嘴邊，美咲就喝了。燒酎咕嚕地流過喉嚨。不好喝。濃烈的酒精進入到連小菜都沒怎麼吃到的身體裡，頭腦迅速地麻木。

「好，那下一題……」

和久田出了三次方程式的題目。並不是山手線遊戲題目，只是為了讓美咲答不出來。

在藤尾高中暑假前的課堂上，如果被代課老師點名，美咲只要冷靜或許還解得出來。然而美咲已經離數學解題很遠，還空腹喝了濃烈的燒酎，比起說會不會，已經不是能解題的身體狀態。

「我不知道……」

「又投降？只不過是三次方程式，真是個笨蛋呢。」

「真的！」

美咲仍大聲附和。得要吵熱氣氛才行。那是翼對自己的期待。

「那就處罰你再喝囉。」

翼又把杯子湊到美咲嘴邊。

「處！罰！」

「處！罰！」

「處！罰！」

國枝、和久田、讓治在一旁敲邊鼓。

「你喝了酒很可愛，喝嘛。」

翼把嘴巴湊到美咲耳邊細語。

「我受罰喝一杯！」

美咲大聲說完，喝了燒酎。咕嚕、咕嚕地，酒精流向全身。

（我要再嗨一點，逗大家笑才行。）

美咲激勵自己，思考了一番。很認真地思考了一番。模仿、說笑話、自嘲，在這個場面到

5　足尾在此指「足尾銅山礦毒事件」，因開採銅礦而引發的公害事件。此事件被認為是日本關注公害事件的原點。

底哪一種大家才會捧場？

她無可救藥地愛戀著他。一心一意只想待在翼所在的包廂裡。對他而言自己已經不是「女人」。已經不會再有被當作女人的往來。因為她很清楚，所以才會如此期望。

（我要幫上翼的忙。希望他開心。）

她這麼想。如果喝燒酎就能做到，她就照做。

「不要喝了，美咲。就算你再怎麼會喝，也不能這麼亂來啊。」

優香制止她。

從美咲耳裡，她的聲音開始聽起來有點像是從稍遠的地方，隔著拉門的隔壁包廂傳來。

「優香，你不用這麼擔心啦！這是喝酒聚會啊。優香也喝嘛！」

男生的聲音聽起來也像是從遠處傳來的。

（這不是小翼的聲音。是誰來著？算了，管他是誰。）

美咲憋氣喝了燒酎。

「唷！橫綱。」

某個誰說。

「感恩！」

美咲努力地大聲說。耳朵嗡嗡作響。大家哄堂大笑，聽起卻像是從遠處傳來。

在廁所很髒的居酒屋，跟「附屬」高中同學喝酒時，她吃了下酒菜後喊「味美」，模仿以胖為賣點的石塚英彥。自己並不覺得模仿得多好，但大家都笑了。「咲這種服務他人的精神，我很喜歡。」翼也稱讚了她。

（喝了這麼多，以負責喝酒的角色來說算及格了吧。負責當女生的角色，有優香幫忙了……）

幸好優香來了。幫了大忙。美咲這麼想。她因為跟和久田、國枝一起參加過舞蹈校際社團，應該也有話聊。

「喂，再多喝點。你的可取之處就是能喝啊。」

翼讓她握住酒杯。美咲橫隔膜出力地喝了。並不美味。

（應該要模仿石塚說「味美」比較好嗎……並不美味啊……）

她沒辦法做到模仿石塚的程度，竭盡全力也只能嘿嘿嘿地笑給大家看。

（澀谷的義大利餐廳真好吃。）

美咲當作是跟翼講話，說在心裡。

（那天的續攤也很開心呢。還喝了歐樂納蜜C呢……）

離開澀谷圓山町那家時髦的義大利餐廳之後，念御茶水大的兩個美人馬上搭上計程車離開。翼、翼之外的另一個東大男生、水大文京校區的女生和美咲，在路邊的自動販賣機買了歐樂納蜜C來喝。

（說到賣歐樂納蜜C的自動販賣機很少見，而買來喝……）

從歐樂納蜜C聊到以前的電視節目，聊到翼之外的另一個東大男生很熟特攝片，講到他家在參宮橋，四個人因而搭計程車去了他家。上計程車之前。水大的女生在美咲耳邊說：「御茶的女生們回去之後，男生們轉變成朋友模式。這樣其實也很開心，還不錯。搭計程車去續攤，大家打通鋪一起睡，等第一班電車回家。我們一起好嗎？」

（是那棟有松樹的房子……）

在主屋與別館之間松樹聳立，男學生住在別館，他從主屋搬來了啤酒、一升瓶的日本酒等。

（那個男生，他模仿了小保方晴子[6]……很好笑對吧？小翼，你還記得嗎？）

水大女生在參宮橋喝了很多，很活潑地嘻嘻鬧鬧。四個人都笑得很開心。喝著喝著，她和美咲躺到床上，翼和房間的居民把他說是網購買的鋪床棉被鋪在地板上睡了。雖然只睡了三個小時左右，但大家都睡得很熟。水大女生、翼和美咲搭上第一班車，到中途為止一起回家。

（明明是第一班電車，卻有一個化濃妝的大姊，喝著易開罐一口杯的大關日本酒，很好笑對吧……）

接吻或是被撫摸胸部或是上床，這類的事情已經不會發生。翼跟自己已經不是那樣的關係了。

（兩個月前的事，對小翼而言是更久以前的事了吧……他是不是已經忘得一乾二淨了……）

美咲的眼皮變得沉重。頭昏昏沉沉。

（勉強自己喝太多了……我不想再喝了……假裝睡著好了……萬一吐的話，會被小翼覺得麻煩……）

不想成為負擔。不想當沉重的女人。

美咲靠著牆。閉上眼睛。

（當朋友也很好，不過見面就到今天為止。我希望小翼只帶著開心的回憶回家。我也想只帶著開心的回憶回家。到此結束。）

美咲只有這個心願。

啤酒節的那晚好開心。和騎著白馬的王子共度一晚的灰姑娘，其實是個小胖。從幼稚園開始對男生而言就是「其他女生」，但被魔法師施了魔法的那晚，小翼是否覺得我可愛？

她想問翼。希望他回答：「嗯。」客套話也好。那晚我好幸福。嗯，我也是。她希望翼這麼說。那天晚上，小翼看起來也真的很開心啊。看起來不像是假裝開心或說謊。嗯，我也是。只要聽完小翼這麼說，她就能把那晚當作美好回憶，說謝謝，再見。然後，今後我會自己過自己的生活。

這是美咲的祈盼。

翼是讓美咲不再是處女的對象。她並沒有自己把處女之身獻給他，或是他奪走了自己處女之身、被睡了之類的感覺。美咲是一九九五年出生的。跟說出「我不是羅伯特的伙伴」的艾賽爾・S・甘迺迪（一九二八年出生）不同。對於讓自己不再是處女的對象，美咲的祈盼十分渺小。

（一兩分鐘，兩人獨處……兩人獨處，在路上某處或走廊角落就可以。然後稍微誇大一點也沒關係，對我說聲嗯，謝謝，再見……）

僅此而已。

或許是多愁善感。或許是少女情懷。然而出生在多是菜農的新興住宅區，進入該學區的升學高中，半年前還是處女的女孩，為了把自己不再是處女的那天當作過往，她所懷抱的祈盼，

6　小保方晴子，日本細胞生物學家，因二〇一四年發表的STAP細胞論文聲名大噪，後被人踢爆研究內容造假。

該算是過度多愁善感，過度的少女情懷嗎？就算是，日後投擲在她身上的兇惡譴責，並不是針對她的感傷或少女情懷，而是針對她沒有採取和一九二八年出生的艾賽爾．S．甘迺迪一樣的得體舉止（跟著男生一起進房間）。

在幾十分鐘之後她進男生房間之前，美咲在居酒屋裡，為了不再被逼喝酒而裝睡，閉上眼睛。眼睛閉上後，感覺像是有塊黑色的毛毯輕輕蓋住自己的頭。不是裝睡，美咲很快地睡著了。

「這攤真無趣。」「這間店吃的全部不行。」「說得沒錯。而且很臭。是設計不良吧？空氣完全不流通。上網寫個負評。」

這段對話，從另一頭漂過來。

「美咲。」

那是優香的聲音。

「美咲，醒一醒，要走囉。」

優香搖了搖她的肩膀。

「……嗚、嗯……」

「他們說一個人兩千五百圓。」

「只是一般性的喝酒聚會，而且兩個都是ＤＢ，就男女平均計價。」星座研究會的男學生們內部如此決定，這件事優香和美咲都不知情。

「可是優香比較晚來……」

剛睡醒的美咲，馬上把心裡所想的說出口。

「你要講這種時代錯置的女性主義？」
國枝聽見她說的。
「如果這樣，你幫她付不就得了。從酒量來計算，你喝最多了吧。」
國枝毫不留情地說。
他日後在法庭上說：「我身邊很多女生會堅稱那是男女歧視，而我對那樣的意見通常是聽聽就算，但那次我說明自己對此抱持著頗高的反感，或許這造成被害者的誤解，但我絲毫沒有對她施加性暴力的打算。」他供稱自己感受到的異狀，以及那時也因為醉意，對美咲一句無心之言或許有些惱怒。
「……也對。那，優香兩千圓，我出三千圓。」
「哎，可以嗎？」
「反正我喝了很多。」
「那就恭敬不如從命。」
優香拿了兩千圓給美咲，一概沒有提起上班族和學生的經濟差距。
「兩人份。」
美咲拿了一萬圓鈔票給國枝。
「抱歉，沒有零錢找你，等等喔。付完錢再還你。」
美咲的錢包裡，只剩下優香給的兩千圓，和幾個十圓以下的零錢。
走出居酒屋所在的建築物後，香菸、油炸物的味道消失，雖然沒有風，但胃多少舒服了一些。她看向翼。男生們聚集，一手像撲克牌一樣拿著鈔票一邊算錢。希望可以跟翼兩人單獨相處一兩分鐘的祈盼，看來不可能實現。

（回家吧。）

美咲這麼想。

（算了。不用問小翼。不用他回答也沒關係。啤酒節那晚很開心，這是真的，這種事就算不嘮嘮叨叨地問他，自己這麼想就夠了。能見到面就好了。）

美咲的身體朝向車站。

「竹內同學，我走了。」

她沒稱他小翼，並向翼揮手道別。

（好，到此為止。）

美咲呼地吐了口氣，邁步走向池袋車站。

此時，肩背包上的皮帶釦被大力拉住。

「你要去哪啦。不要回家。我們要去續攤。」

拉住她皮帶釦的是翼。

「沒電車會很麻煩……」

他們是八點開始聚會的。再去續攤，會錯過最後一班車。

「住下來不就得了。下一個地方，我們去星研的人家裡，可以借住。像上次一樣大家睡一起不就好了。我會睡咲旁邊。」

「我要回……」

在自動販賣機買歐樂納蜜C喝了之後去的某人家。有松樹的家。鋪著棉被。跟翼一起搭的小田急線第一班車。美咲回想起義大利餐廳那次的續攤。

翼攔了計程車。車門打開。

「好啦，上車。」

翼先上車，拉了美咲包包的皮帶釦。美咲上車。優香也上了車。

「我們先去金針菇家。」

翼打開美咲旁邊的車窗喊叫。時間是十一點。

＊＊＊

「要續攤。帶女二去。」

這則Line傳到金針菇手機裡，是五月十日晚上九點半左右。

那時的金針菇，正在「昌德宮」把里肌肉、牛五花送到客人桌上。

脫下制服換上便服的金針菇，讀訊息並回信的時候，是在結束打工的池袋車站內。

「了解。」

從池袋車站附近建築物裡的昌德宮到巢鴨，搭山手線兩站的距離，只要十五分鐘就能到新大場大廈。

金針菇日後在法庭上供稱：「看了一開始說要帶女性來的Line之後，說沒有性相關的期待是騙人的，」他繼續說道，「然而下一則傳來的Line寫著那是普通的續攤，發現不是那種聚會而有點失望。」在辯護過程中，金針菇接受律師提問：「你說發現不是那種聚會的意思是？」他回答：「下一則傳來的Line寫著『當笑點的人』，我的理解是朋友之間的續攤，不會有跟異性的性接觸，只是開心玩鬧喝酒的聚會的意思。」基於此回答，他的律師強調：「就只是鬧著玩的。」

「晚安，我是金針菇。」

美咲面前四一二號房的門打開。

半疊大的玄關，從玄關就能看見廚房的流理臺，房間相當窄小。

被推著搭上的計程車，下車後抵達的「家」，跟美咲想像的不同。那不是個有庭院，跟其他家人一起住的地方，而是公寓的其中一個房間。然而，入口的「新大場大廈」標誌，跟美咲家裡附近的Pretty美容院用著一樣的昭和時代感的字體，讓她感受到些許鄉愁。

他們分成兩組搭計程車。「美咲、優香、翼」，「讓治、和久田、國枝」。如果這時是以「美咲、翼」，「其他四人」的方式分組，美咲微小的祈盼或許就能在車上的短暫時間實現。就算是客套也好，如果能從翼口中聽見他回答「嗯，我也很開心」，在下了計程車後，美咲說不定就不會走進新大場大廈，而會從巢鴨車站搭電車回家。

「進去吧。」

翼從後面推她。美咲進了四一二號房。

「好啦，那就先重新乾杯。」

聚集在此的七人，打開讓治和金針菇在附近便利商店買的罐裝Highball、燒酎氣泡酒。

「我不能再喝了。」

優香從塑膠袋裡拿出寶特瓶裝烏龍茶，倒進紙杯裡。

「啊，我也改喝烏龍茶。」

美咲舉手，從優香手上接過寶特瓶和紙杯。

兼做餐飲類和教育類打工，從地方城鎮到東京的男大學生的套房，雜亂地擺著各種東西。

「因為有女士們要光臨，這已經是我整理過的樣子了，晌晌。」

雖然跟昭和的男大學生不一樣，猥褻的雜誌、照片都已數位化，沒有那類的物品，他還是要把大量的面紙、廚房的廚餘塞進垃圾袋裡，用床包蓋住床上皺成一團的棉被和床單，將散落在木紋地墊上的吹風機掛在床框上，再用紙拖把擦過整面地板。

「除臭劑也噴了，晌晌。」

金針菇說完，咕嚕咕嚕地大口喝著長罐裝的啤酒。

「啊——打工後的啤酒好好喝。」

他用手背擦了擦嘴角。

「金針菇，你用平常的開場表演來活洛氣氛。」

國枝用眼神示意。

「咦？今天不是普通的喝酒聚會而已嗎？」

「是普通的喝酒聚會。如你所見。」

讓治看了看美咲和優香，再看向金針菇。

「就是如你所見的狀況，更需要炒熱氣氛。」

關於讓治所說的內容，優香日後約談時回答道：「我當時稍微心想，不懂什麼叫『如你所見的狀況』，但和久田同學一直臭罵第一攤的餐廳下酒菜難吃，我以為是在說餐點的事。」

「所以說金針菇，你趕快開場啦。」

「這樣啊，那各位，來玩問答遊戲吧，」金針菇在國枝催促下，把長罐啤酒放到嘴邊，大口大口喝完後，大聲說，「問答遊戲！」

「很好喔，金針菇。」

讓治、國枝、和久田、翼都大力拍手。優香和美咲被影響也小小地拍了手。

「沒喝酒而是喝烏龍茶的話，就一定要回答出來。那從優香開始。」

讓治伸長手臂，食指指向優香。

「咦，什麼？我嗎？」

「畢氏定理是誰發現的？」

「哎？畢氏……」

「完全正確。好厲害。不愧是水大的。那阿基米德原理是誰發現的？」

「阿基米德……」

「這次也完全正確。水大的女生頭腦真好。可以跟御茶水的女生抗衡。」

讓治讚美道。他在瞧不起她。優香明顯露出厭惡的表情。

「那請你說出畢氏定理的內容。這題問美咲。」

進到四一二號房後，讓治從神立同學改口以過分親暱的方式叫她美咲，並直指向她。

「……是指斜邊長平方等於兩直角邊長平方……？」

「完全正確。奶大的女生都是笨蛋，原來這句話是騙人的。比起優香，美咲的更大吧？」

讓治讚美道。這是他發自內心的讚美。沒想到（他所看不起的水大的）美咲能答得出來。

對於他這番發自內心的讚美，優香露出更加厭惡的表情。

日後出現關於美咲的一則匿名批判，寫著「反正一定是因為另一個女的比較受歡迎，她鬧彆扭才會提告的吧」。當晚，所謂「另一個女的」優香，小聲碎語道：「因為會去背定理的是文科腦。」

「那我幫優香算你一輩子的命運吧。畢竟我是占卜專家。」

國枝主動提議。

「國枝同學出的書是占卜書嗎？」

「對啊，畢竟是星座研究會的，而且占星術也是統計學的一種喔。」

「原來啊，厲害厲害。幫我算。」

優香很單純地為此感到開心，讓東大生們打從心底覺得好笑。

當他們認定是低於自己的存在，展現出比想像中還要低微的一面時，身為東大生的自豪感就會像性器遭到按摩般，因快感而全身顫抖。

「我要開始囉。優香的一輩子有1/6的時間會以少女的身分度過。1/12的時間跟幾個人交往，之後1/7的時間沒有男友，終於結了婚，5年後小孩出生，很悲傷的是那小孩會比優香早4年，只活優香壽命1/4的時間死掉。如果是這樣的一輩子，優香你會活到幾歲？」

「討厭，我的小孩會比我早死嗎？」

「不能說討厭。來吧，快點回答。幾歲？答不出來就要喝喔。」

國枝把易開罐裝的「濃一點的Highball」放到優香面前。

「那我喝蜜桃費茲，我投降。」

優香打開濃度低又甜的酒，只喝了一口。

「現役學生美咲來代替水大畢業生回答。幾歲呢？」

國枝把濃一點的Highball易開罐放到美咲面前。

「我真的不能再喝，在剛剛的店已經喝很多了。」

剛剛叫自己比優香多付一點的，不是別人正是國枝。他說了沒有零錢找，等等再給，就沒下文了。

美咲的心情低落。

並不是因為付的金額多寡，或是沒拿回該找的錢。她覺得優香明明晚到還出一樣的錢很可憐，自己雖然是被逼著喝的，但真的也喝很多。找錢也是，走出第一攤的店，她是想馬上走往車站去，覺得就算沒找錢也無所謂。

是國枝的說話方式讓她心情低落。

第一攤的時候也是，他用很討人厭的說話方式，要美咲付優香的份。現在也是，他已經徹底忘記五千圓的事，或者該說是無視這件事。

（根本沒被算進去。）

參加同一場喝酒聚會、同在一起的人當中，自己沒被算進去。美咲為此對國枝感到厭惡。

「不能喝就趕快回答啊。幾歲呀？」

幾歲呀？是幾歲呢？國枝帶著奇特音調說著，看在美咲眼裡就像是音樂喜劇似的。活潑的音調，強調了他看著美咲的視線裡所狹帶的看不起的部分。就像舞臺燈光打在她身上。

（怎麼會……怎麼會這麼討人厭……）

她感到一陣惡寒。

「好，時間到。答案是八十四歲喔！這是丟番圖墓誌銘上的數學題，連早稻田體育推薦入學的笨蛋都知道。優香的奶比八十四公分大？小？肚子看起來差不多大呢！」

「……」

「美咲的奶比八十四公分大吧！不是嗎？」

「……」

「咦，連這麼簡單的問題都答不出來嗎？不懂呀、不懂呀、水谷女子大什麼都不懂呀！」

國枝以奇特的音樂劇曲調吟唱。東大生們全體笑了。

「不懂就喝吧！」

國枝把濃一點的Highball抵在美咲嘴邊。

「國枝同學，剛剛找的錢請還我。」

美咲揮開國枝的手。易開罐在地板上轉動，酒溢了出來。
「幹嘛啊，突然說要還錢，把人當成小偷。因為偏差值低才惱羞成怒？」
場面變得很糟糕。
「嘖。」
翼不耐咂嘴。
「金針菇，抱歉。這邊擦一下。」
「好的好的。我來擦，畢竟我習慣高級燒肉店的打工了，呴呴。」
金針菇軟弱的口氣，化解了現場部分糟糕的氣氛。
「大家肚子不餓嗎？要不要吃個泡麵，呴呴。」
金針菇窸窸窣窣翻著便利商店的塑膠袋。
「喔，拜託你。剛剛那間店，每一道都好難吃。」
和久田把衛生筷發給大家。糟糕的氣氛又更加散去。
「然後咧？」
翼把指尖放在美咲肩上安撫她。
「你剛說什麼？找錢？欠你多少？」
「……五千圓……國枝同學在剛剛的店裡說沒錢找……說會在這裡給我……」
「原來是這樣啊。那就是國枝不對了。國枝，有五千圓鈔票嗎？」
國枝看了看錢包，抽出五千圓鈔，伸手遞給翼。

「不是給我啊，要放這裡啊。」

翼用食指勾著美咲U領T恤領口，往下拉了幾公分。從T恤外就能看到左右乳房形成深深的縫隙。

「喔，抱歉抱歉，我忘了。我剛剛說第二攤會還你的嘛。」

隨著語尾「的嘛」，國枝把鈔票直向對摺，像是給脫衣舞孃小費一樣，插在美咲乳溝裡。

「我還啦。小姐，請確認，麻煩你囉！」

國枝一說完。

「請確認！」

「請確認！」

讓治與和久田帶著奇特曲調，邊拍手邊唱和。

「……」

美咲低著頭，手伸進T恤裡，把被放在乳溝的鈔票拿出來，沒收進錢包，直接收進肩背包。

「唉呀，真厲害。美咲的胸部好大。優香根本不能比，我真是有眼無珠。」

讓治坐在美咲左邊。

「我就說啦，你也看過那張裸照了吧？」

翼坐在美咲右邊。

讓治和翼一左一右，夾在他們中間的美咲頭腦一片空白。

（「我就說啦，你也看過」是什麼意思？他給大家看了？）

翼剛剛這麼說的。他所說的「你也看過那張裸照」指的別無其他，只會是那張照片。她在飯店裡撒滿波斯菊的床上，翼所拍的裸照。

（他把那張照片給這些人看了？）

讓對方拍全裸的照片，那是因為打從心底信任對方才會有的行為。比起裸照被席間的男學生看過，自己的信任遭背叛更讓美咲震驚得啞口無言。

「這傢伙胸部真的很大，可以摸喔。」

右邊傳來翼的聲音。

「收到。」

左邊的讓治脫掉美咲的T恤。

事後接受偵訊時，和久田供稱道：「被害者或許有揮手踢腳，或許因為竹內壓著她，從我的位置並不覺得她看起來有多抗拒。因為她並沒有喊著要他們住手之類的，而在那之前竹內給我們看了她的裸照，又聽說她是會把那種照片上傳到Facebook的人，我覺得她本人以胸部自傲，所以沒有阻止他們。」

從金澤鏡丘高中時期就已經能流暢地計算自旋角動量的和久田，他的頭腦非常優秀，因為自己的信任遭背叛而感到震驚這種事，到二十三歲的這一天為止從來（而且恐怕今後也）未曾經歷過。一如他的供述，這時的美咲看在他眼裡，是真心地這樣覺得。

「呀呼！」

四個東大男生，看到被脫掉T恤的美咲的胸罩大聲歡呼。美咲穿的是普通的胸罩。準備要出門參加今天的聚會時，她很清楚知道跟翼「已經不可能再發生那種事」。這件平凡的無鋼圈胸罩，是她在Nissen網購買的。只不過是紅色的。因為今天早上電視上晨間綜合資訊節目播的占卜單元，字幕寫著：「金牛座女性，幸運色是紅色。紅色會讓你更有活力。」事後偵訊時國枝說道：「被害者穿著一般女大學生不會穿的，很像特種行業穿的內衣，我覺得她性經驗很豐富，很習慣跟會成為性行為對象一起的喝酒聚會。」

曾在產業日本社出過書的國枝，是名優秀的研究生。他在單親母親養育、教育之下成長茁壯。由於獨力撫養出如此優秀的兒子，國枝母親以評論員、與談者的身分，活躍於電視、影片網站、出版界。然而，即使是在這樣的環境中成長，即使是擁有此等優秀頭腦的國枝，似乎還是如同平凡男性一樣，認為女性穿著色彩鮮豔的內衣褲就代表性經驗豐富。

國枝硬把紅色胸罩從美咲身上拿掉，往廚房流理臺一丟，還發生咻咻的奇特叫聲。被讓治及翼包夾的美咲，用肩背包遮住上半身並低著頭。

「不要這樣。星座研究會平常都做這種事嗎？」

優香站起身。

「硬脫別人的衣服，這是犯罪。」

優香問低著頭的美咲。

「我要回去了，你要回去了嗎？」

對於優香的詢問，以及對於美咲的反應，事後出現了微妙的傳達錯誤。

「我問了被害者要不要回去，她沒有任何反應，加上因為當時心想從公寓跑著到車站，可能勉強趕得上最後一班而有點著急，我匆忙地離開房間。」優香在警察問話時如此說道，然而這一天優香動不動就被和美咲比較乳房大小並不斷被貶低，東大男生出的問題，美咲也某個程度回答得出來。優香就算不至於到嫉恨、嫉妒如此強烈的感受，「無聊」、「想回去」的心情，即便沒有深刻留在表面意識，也存在於意識某處。

「那我走了。」

留下沉默的美咲，優香速速離開新大場大廈。

對優香而言，美咲看起來是「沒有任何反應」。

完全相反。

美咲此時，表現出非常激烈的反應。翼對自己做出的行為讓她相當震驚，全身僵硬而失語。

T恤被讓治脫掉。胸罩被卑劣嘻笑的國枝脫掉。

然而指揮他們並說出「這傢伙胸部真的很大，可以摸喔」這句話的，是翼。

對於因為震驚而無法發出任何話語，只能勉強用包包遮住胸前的美咲，優香那句「星座研究會平常都做這種事嗎？」聽起來像是針對自己的詢問。

（不對，我不是星座研究會的。）

（啤酒節的時候，我不是也這樣跟優香說過了嗎？）

（我參加的是跟橫教的校際社團野草研究會。）

（平常都？我才不知道平常都是怎樣。我不是星座研究會的。）

思緒錯縱混雜，呼吸變得劇烈，她無法對優香做出任何言語上的反應。

劈哩啪啦地，一條條裂痕出現在最後一道防線上。

她很清楚，曾經偶然的相識，而後變得親密的人，到今天已經一切結束了。原本希望在今天的聚會中，可以好好地打個招呼，作為最後的道別。但她明白那也做不到了。國枝是多麼地討人厭，希望翼至少能比他更好一些，成為一個正常、能基本顧慮他人心情的人。而這就是最後的底線。

「這傢伙說要留下來。」

在美咲右邊的翼說道。

（這個人是誰？）

美咲感受到肩背包在晃動。

（誰？在我右邊，想把我的包包拿走的這個人。這個人是誰？）

太震驚而啞口無言的美咲，包包被右邊的翼抽掉拿走。

「不是給你們看照片了？這傢伙就是那樣，這女人很隨便。做什麼都可以。」

翼和國枝一樣，把包包丟開。包包掉落在床上。讓治從後面緊緊搓揉失去覆蓋物而暴露在外的乳房。

「你也給我摸啊。」

被讓治這麼一說，金針菇掐了乳頭。美咲因疼痛而皺起整張臉。

「嘿、咻！嘿咻嘿咻！」

國枝唱著奇妙的曲調。

「嘿、咻！嘿咻嘿咻！」

跟著一起哼唱的和久田，和讓治一起壓制著美咲。把緊身牛仔褲拉下來的是翼。

沒有拉鍊的褲子，一下就被翻面拉下。因為是有彈性的布料，相當地貼身。連同內褲也一起被拉下來扒光。

緊身牛仔褲和內褲翻面，被丟在人字形木紋拼裝厚地墊上。美咲捲起身，擋住胸口和胯部。

「好土。」

如此嘲笑的是翼。看她只穿著襪子的樣子很土而嘲笑。

「是不是沾到大便啊？」

讓治把內褲從緊身牛仔褲上抽出來，把褲底拿給在場的男生們看並如此嘲諷。

「那女的這麼圓，感覺放屁也很臭。讓治，那件內褲不臭嗎？」

清爽的外型很適合出現在Sunstar牙膏廣告的和久田也如此嘲笑。

這不是集體強暴。

在那之前，其他大學出現過集體強暴一個男學生或兩個女學生的事件。

然而在新大場大廈，這一晚的「普通續攤」並不同。他們絲毫沒有想強暴人的打算。他們不是以強暴為目的才把美咲脫光的。

「所以我以為那是可以被允許的，」和久田在日後偵訊時如此說道，「被害者在第一攤上大喝特喝，她的裸照也都給別人看過，我以為開玩笑脫她衣服幹麻的，也是可以被允許的。」

金針菇事後在法庭上，也說了幾乎一樣的內容：「被害者很明顯感到厭惡。但是我打工完疲憊地回到家，跟被害者這天晚上才第一次見面，說沒興趣有點奇怪，但我不太在乎。」被檢察官問為什麼沒有制止他們脫她衣服時，他說：「我接到說要在我房間續攤的Line時，人在山手線上，還附了被害者笑著全裸的照片，我的理解是，因為她是會做那種事的女性，也可以接受今天被脫衣服。」

「你還想穿臭內褲嗎？」

讓治把大姆指和食指圈成一圈，一副很髒的樣子捏著內褲一角，在捲曲著身體的美咲面前晃了晃。

美咲仍然處於失語的狀態。

在讓治眼裡，看起來是「沒有任何反應」。感覺像是電池沒電的玩具。

讓治把內褲隨手丟進垃圾桶。

「踢！」

他用腳後跟踢了捲著身體的美咲，推倒她。被推倒的美咲嘴唇抖動，再次捲起身體。

「踢、踢、踢。」

他又再次用腳後跟踢她。美咲全身用力，捲曲著身體，一動也不動。

「懲罰甩巴掌。」

讓治使盡全力伸直手掌拍打美咲背部。白皙的皮膚上，出現紅色手掌形狀。

「喂，起來啦，裝什麼大小姐。」

說出這句話的是翼。

潰堤了。

失望、屈辱與悲傷，自美咲喉嚨深處席捲而來。她說不出話來。嗚嗚嗚地，哭聲垂滴著。

「少假了！」

「讚喔！」

在數學競賽奪冠，且發表過核能相關出色論文的優秀研究生和久田，和由知名母親培育的優秀兒子國枝，無法想像他人的悲痛。尤其國枝還透過產業日本社幫他出版過《東大生教你不徒勞無功的性愛》。把時間用來想像他人的悲痛，這是多麼徒勞無功的事。

「少假了」、「讚喔」，那是對悲痛的他人吐出的藐視，是從兩人優秀的鼻孔發出的冷哼氣息。

悲痛模糊地從口中垂滴，滲透沾染整個房間。

馬達無力的玩具，讓不徒勞的優秀學生們感到乏味無聊。

「oh, baby, wipe your tears away.」

遺傳自任職外商企業，位居上位，經常往返英國、日本的母親，讓治以精湛純熟的發音說著，並打開金針菇掛在床框上的吹風機。一陣熱風對著蜷縮的美咲，直吹她的臀部及陰部。美咲大力搖頭，對此感到厭惡。

「有電了。」

讓治呵呵地嘲笑著，打開散落在桌上的衛生筷，插進美咲肛門。

「來把她翻過來。」

他踢倒蜷縮的美咲，讓她仰躺。蹲坐在她腹部上，啃咬乳頭。因為疼痛，美咲喉嚨深處發出嗚咽聲。讓治再次呵呵地訕笑。

此時金針菇以大又厚重的演算法課本當作托盤，端來五碗泡麵。

「金針菇，nice timing. Thanks.」

讓治看著擺在桌上的泡麵，物色挑選了一番。

「喔，這是魚翅口味。」

他選了「頂級奢華濃稠魚翅風味泡麵」。

「這沾了頭腦不好的女大學生的大便，髒髒的，丟掉。」

他把插在美咲肛門的衛生筷丟在地板墊上。

「喂，髒髒的對吧？」

讓治譏笑她。和久田、國枝和金針菇跟著訕笑。接著翼也是。

「開動啦！」

讓治打開新的衛生筷，跨坐在仰躺的美咲身上，開始吃起泡麵。

「好燙！金針菇，這是怎樣？超燙！」

「因為濃稠的關係，熱氣悶住了吧？」

金針菇看了看自己手上的泡麵碗。

「燙喔！」

讓治夾起一口沾滿滾燙濃稠湯汁的麵。

「唉唷！手滑了。」

並故意掉落在美咲下腹部。她的身體抖動了一下。看到她的反應，東大男學生們，全體哄堂大笑。

「這是魚翅喔。高級泡麵大概不太適合偏差值四十五的。」

他傾斜地拿著泡麵碗，湯汁啪吖啪吖地滴落在美咲咽喉上、下巴上。湯汁流往耳朵，差點要流進耳朵裡，美咲因極度不快而搖了搖頭。

「母狗，不，肉很多所以要叫母豬。」

翼留下因為讓治的發言而開心不已的同學們，走出四一二號房。他注意到和泉摩耶打來的未接來電。

事後在法庭上，翼如此說道：「我都為了打電話離開了房間一陣子，完全沒有打算要強暴、輪暴或讓她受傷的意思。」

這並不是他為了減輕法律上的罰責而做出的辯解，而是打從心底透露的真實心聲。但受傷指的僅有外傷的部分。

事後面對檢察官所問：「關於被害人被淋了很燙的泡麵，這件事你有什麼看法？」翼這麼說：「喔，就覺得聚會上發生了很少見的事。那天我認為自己的角色，是要炒熱喝酒聚飲會的氣氛，我想已經達成了，就稍微離開房間了一下。」

接續這段供述，翼的辯護律師說：「被害人雖然被脫成全裸，但被告在那樣的情況下還看了手機確認事情。也就是說他心中毫無強暴的目的。」強調自己的客戶「只是開個玩笑」。

律師也是東大畢業。一切如同東大畢業的律師所進行的辯護。

翼是如此，而讓治、和久田、國枝及金針菇也是，五個東大生，誰都沒有打算要姦淫美咲。這是事實。

五月十日深夜。

翼在新大場大廈的公共通道跟和泉摩耶講電話。

「輕井澤夏天雖然很多人，但萬平飯店的話就算人多也還算安靜，好像還不錯。」

美咲正被嘲笑著的四一二號房外，翼如此向摩耶提案。

翼想望能在夏天跟摩耶上床。為了不露骨地表現出性欲，他提議了暑假的計畫。

除了翼的外婆之外，他的外公、雙親，以及摩耶的雙親和哥哥夫婦，兩家人開始交流，翼向摩耶提出「以結婚為前提交往」的請求被接受，從四月開始交往。是個受到周遭祝福的交往關係。這樣的交往關係整體來說，都必須要緩慢而健全地（就如同過去美咲跟須田秀的團體交往一般）進行。

翼跟摩耶展開健全的對話。

「那我來問問大家，兩家人要一起住的話，有沒有其他更好的地方。」

摩耶說完，掛了電話。

然後他回到四一二號房。

美咲抽咽哭泣著。

圍著她的男學生們對此反感。

「負責炒熱氣氛」的翼慌了。要重新炒熱氣氛。翼大力地拍打美咲臀部。尾骨附近出現紅色掌印。

「哭什麼啦。」

他爽朗地說道。

這句話，正如裝了電池一樣，讓美咲身體動了起來。

蜷縮著的美咲全裸地站起身，肘擊想壓制她的讓治側腹部，直接穿上在不到半疊大的出入口處翻了面的緊身牛仔褲，披著被亂丟的T恤。

美咲連T恤都沒套上，只是像圍巾一樣圍在脖子上，擺脫了讓治，衝出四一二號房。

四樓有四〇一到四一三號房，電梯離四〇一比較近。電梯上顯示著「1」。

美咲身體朝向四一三號房。四一三號房的門邊倒蓋著小小塑膠桶。大概是打掃過的關係，四一三號房前濕答答的。她經過這間房間，打開緊急逃生門。

T恤依然掛在脖子上，走下樓梯。沒有腳步聲，因為她沒穿鞋子。如果是白天在四樓的室外樓梯穿梭，應該很可怕。拔刺地藏附近的景象到了晚上與白天截然不同，寂靜無聲，一片黑暗，只有緊急照明燈的光線減輕了位在高處的感覺。在四一三號房前吸了水的襪子，也有止滑作用。

美咲的手放在把手上，時而緊抓住，走下新大場大廈的室外樓梯。她在三樓轉角處把T恤套上。

「是否有點糟糕？」美咲離開房間沒多久後，和久田環視了所有人。
「那傢伙會不會尖叫哭喊，到處說被強暴？」
「對啊，這樣下去那個笨女人說不定會設下仙人跳。」
國枝不耐咂嘴。
「她是竹內帶來的，快去找人，把她抓回來啦。」
他命令兩人。
「說什麼我帶來的，那說法很讓人介意。」
翼以不悅的表情看著國枝。
「別說了，趕快去啦。總之把她帶回來，先安撫她才是第一要務。不過房間也要有人在……讓治喝太多，你待在房間。」
和久田穿上鞋子。
「除了房間之外，公寓大廈出入口也要有人在比較好。國枝你把風。金針菇你熟這一帶的小路，一起去外面找。」
和久田沒有對翼做出指示。翼感受到他藉由漏給指示，來表達對自己「沒事帶個麻煩的女人來」的憤怒，他跟在金針菇後面穿上鞋子。
「啊，那個人沒穿鞋就衝出去，應該走不遠。」
金針菇注意到美咲的鞋子遺留在狹窄的入口脫鞋處。在門前的和久田為了看鞋子而回頭，金針菇和他交錯一進一出，金針菇先離開房間，而後面跟著和久田、翼和國枝。

身為此公寓居民的金針菇，依照平常的習慣往電梯方向小跑步，按了按鈕。

「唉呀，她已經逃到一樓了。」

他們看著電梯顯示依序從「1」上升，認為美咲已經搭電梯下一樓。

電梯抵達一樓後，國枝留在公寓大廈出入口、和久田負責往車站的大路、巢鴨居民金針菇和翼則是往其他稍微複雜的小路，分頭尋找美咲。

然而，當他們三人開始在路上奔走時，美咲還在室外樓梯，穿著濕掉的襪子走下樓。他們因為這樣的時間落差而跟丟了。

（哪一邊？要走哪一邊？）

美咲走下室外樓梯，發現完全不知道自己身在何處。

她是被從池袋居酒屋搭計程車被帶來這棟公寓的。她不知道最靠近這棟公寓的車站是哪一站。她唯一知道的，只有公寓的名字。

她正要走向大廈出入口。

（啊！）

國枝在那裡。她從出入口反方向，穿過大廈和隔壁棟建築物之間的窄巷離開。

有間便利商店。

（去那裡。）

她原本要去便利商店，又作罷。

她往接連好幾棟獨棟住家的漆黑小路跑。

她並不是為了隱身在黑暗之中。美咲的精神狀態並沒有冷靜到能夠做出這樣的判斷。而是因為從便利商店的玻璃窗看見擺在架上成排的泡麵，讓她深惡痛絕。

「啊，那邊。那個應該是吧？」

她聽到身後傳來的聲音。

（那聲音是……）

是端著泡麵那個男的。美咲沒有回頭，往前繼續跑。來到一間矮牆上擺著盆栽的房子。簡易的停車場上停著車。沒有柵欄。她走進停車場深處，蹲在車子後面躲起來。

「她真的在這裡？」

那是翼的聲音。她突然感到一陣惡寒。

「應該在啊？」

「不是貓或什麼的嗎？」

「應該不是……前面右轉有間便利商店，會不會是逃到那裡了？」

「對，一定是。」

兩人走過擺著盆栽的家。

前面右轉有便利商店。美咲聽到了。所以她從車子後面走出來，往兩人的反方向跑了幾公尺，並在中途左轉，繼續往前跑。

她走到了占地很廣的建築物前，因為天色太暗分不出是學校還是高爾夫練習場。有臺計程車在那裡，但肩背包被翼搶走之後就留在房間裡。她沒有手機也沒有錢包。

（那個是！）

有臺綠色的公用電話。她記得緊急通報的話不用硬幣也能撥才對。美咲奔向公共電話。

（要怎麼用……要怎麼用……）

她至今一次都沒有用過公用電話。她慌了。慌張到連電話機上說明標示的文字，看起來都像在晃動。

「姊姊，這個漢字怎麼念？」小時候，妹妹總是會來問她。「太太，今天小松菜很優惠喔。」那是Hirota店員的聲音。「吸氣、吐氣。」那是數學代課老師的聲音。短路、沒秩序的記憶聚光燈，啪啪啪地一個個浮現在腦海。

（吸氣吐氣試試。那個老師，是個很棒的老師。小翼原本明明很像那個老師。明明很像的……那個老師會不會其實也是很討人厭的人？）

她精疲力竭，感覺快要倒在地上。

（吸口氣。吐出來……）

美咲深呼吸。手指的抖動稍微緩和。

（緊急情況……）

視線焦點對上撥打方式的說明文字。她按了一一〇。

「你好，這裡是一一〇，警視廳。」

她聽見一個沉著冷靜的女人聲音。

「那個、那個……」

「發生了什麼事嗎？」

「那個、那個，請幫幫我。我逃出來的。但我不知道地點，我不知道這是哪裡……」

「沒關係。我們可以從這通報案電話知道你現在打的公用電話所在地。請冷靜。」

「新大場大廈。我從新大場大廈這個地方逃出來的……」

接通美咲報案電話的，是霞之關警視廳本部指揮中心。除了報案對應之外，他們判斷需要無線指令，也向離報案地點最近的警察局、巡邏車及現場警員隨身設備聯絡通知。

不知方向盲目亂跑的美咲拿起話筒的公用電話，離警視廳巢鴨署很近。巡邏車馬上前來，護送她到該警察局。

二〇一六年五月十一日，深夜一點二十八分。

警視廳巢鴨署的警員趕往新大場大廈四一二號房。

原本顧著出入口的國枝很在意情況，離開出入口，走到離大廈最近（美咲看到擺滿泡麵的架子後發生排斥反應）的便利商店，看到警察，為了躲藏而進到店裡。

在四一二號房裡，讓治醉倒在金針菇床上。胸罩、內褲、女用肩背包被四處亂丟在拼接地墊上。

三浦讓治因強制猥褻的嫌疑遭到逮捕。

2

二〇一六年。

五月十一日。

深夜一點二十八分。

「讓治被逮捕了。」

追逐美咲的三個東大生，各自在暗夜中「已讀」丟下防守出入口工作的東大生傳來的Line。

傳Line的國枝腦筋動得很快，處事應變更快，人已經在計程車上。

「已讀」之後，和久田隨即招了計程車，回到自家。

「已讀」之後，翼也隨即招了計程車，回到自家。

「已讀」之後，金針菇也很想隨即搬家但不可能，繞了一大圈，過了些時間回到四一二號房。

同日，深夜一點五十分。

翼從車裡，在Line的新群組對話裡跟「好友」聯絡。排除讓治以後，和久田、國枝、金針菇，這三人是翼的新「好友」。

「就讓讓治一個人承擔這件事吧。」

翼如此提議。「好友」都相當贊成。

「我們的確是在金針菇家續攤，但只有讓治一個人在嘻鬧。我們都累癱了。幾乎都在睡覺。不太記得發生什麼事。只隱約記得讓治在玩笑嘻鬧。」

他提議把事情經過當作這麼一回事。「好友」相當贊成。

「然後女生突然哭了起來。金針菇嚇了一跳，把讓治和女生分開。問她怎麼了？女生就跑著離開房間。因為她光著腳，包包也留在房間，大家覺得要追上她才行，就一起去找她了。」

這是國枝的提議，「好友」都贊成。

「和久田把照片和影片M類型會出事的那些全部拿下來刪掉。國枝負責S類型。S類型的照片也是。我刪除社群平臺相關的。其他星研相關可能留在網路上的記錄，就算單純健全的內容，全數刪除。馬上進行。在計程車上也開始做。熬夜也要處理。」

翼發出訊息。

「金針菇負責讓治的現況、他和警察接觸的情形。這方面的狀況掌握都由金針菇一個人接下。窗口要單一。得到那類資訊馬上轉來這裡。」

發出訊息。

「ＯＫ。」

「好友」表示明白。

翼在黑暗車裡拿出平板。輸入密碼。63489s1-42sy sB-GFzodiac%anatherway。首先先從推特相關內容開始刪除作業。

因為頭腦明快的「好友」間深厚友情的分工合作，他們把星座研究會祕密賺錢方式和歡樂的痕跡，一夜之間從網路上消滅。

＊　＊　＊

五月十一日，深夜一點五十八分。

在巢鴨警局，肩上批著浴巾的美咲，從女警手上接過紙袋。

「確認一下內容物。」

美咲一打開紙袋提把就看到胸罩和內褲，她馬上壓住袋口。

「很抱歉，但請確認一下。包包裡的貴重物品都在嗎？」

美咲不得已只好確認。一看到國枝找給她的五千圓鈔票，「請確認！」的唱和聲又浮現腦中。

她咬緊牙根，臉上肌肉緊繃。

母親抵達警局時，臉頰和嘴巴也相當緊繃。

美咲流下眼淚，時間是中午。

五月十一日，正午稍早。

不知道詳情的弟弟妹妹去上學，父親上班。母親也去了白雪洗衣店。面對說今天會休假的母親，美咲拜託她說：「你去吧，我想一個人待著。」

淺眠中她聽見門鈴響。

是小楓的姑姑。跟母親氣味相投的姑姑，偶爾會像這樣帶著店裡的甜麵包來找母親聊天。

她完全不知道昨晚的事。

「她在洗衣店？那應該是快回來了，我明天再來找她。那這些麵包——」

小楓的姑姑把格林的袋子遞給美咲。

「美咲你中午吃掉吧。全部吃完也沒關係喔，我會再拿來。」

小楓的姑姑相當開朗。

突然間，美咲眼裡流下兩行眼淚。

母豬。笨女人。沾了大便好髒。很臭。昨晚被這麼大聲嘲笑。明明知道翼已經毫不在乎還纏著他，如此難堪的我，這個人之前卻說我像名叫野川由美子的美麗女演員。

「怎、怎麼了？」

小楓的姑姑驚訝地盯著美咲許久。

「謝謝您的好……」

謝謝您的好意，我會向母親轉達。本來想如此好好應對，但美咲的喉嚨因為淚水而堵住，發不出聲音。

「你身體不舒服，正在睡覺休息對吧？阿姨把你吵醒了喔，抱歉抱歉。」

她粗糙嶙峋的手，包覆住美咲的雙手。

「好好休息喔。」

「麵包……謝……」

連句道謝的話都沒辦法好好說，美咲接下麵包，關上門。

＊＊＊

五月十一日，下午三點。

東大生因強制猥褻嫌疑遭逮捕。

網路新聞出現了這樣的標題。「三浦讓治等四個東大生及東大研究生，在公寓房間內，疑似對女學生（二十一歲）進行襲胸等猥褻行為。」那是條簡短新聞。

「這什麼嘛。那女的自己跟去的吧。」

金針菇在報導下留言。匿名。

民營電視臺傍晚新聞也提到此事，但馬上就接著下一條新聞，僅是幾條簡短讀稿播報的新聞之一。

「自己來到男生房間，還因為被摸胸部生氣。這女人有事嗎？」

國枝也匿名在節目的推特上留言。

「開不起玩笑的女人好噁！」

和久田也是。

「被甩洩恨？」

翼也是。

相同的內容，「好友」們盡可能地裝成多個匿名的人，盡可能快速地在眾多地方留言。

五月十一日，晚上六點。

「這是封口費？」

在上班地點，杉並區西武線沿線的日之出信用金庫附近的星巴克，優香看見和久田從桌上推向自己的信封裡似乎裝著數張萬元鈔。

「不是啦。是因為你有遭人無謂的惡意言語攻擊的危險，我才拿來的。」

「我？我為什麼會被說什麼惡意言語？」

「因為，你會被罵見死不救，說你丟下她一個人回去啊。」

「什麼見死不救。我那個時候有問那個人說要不要走。」

「對嘛。那個人是出於自己意志留下來的對吧？不是什麼你見死不救丟下她。明明如此，你沒必要被說成是見死不救的女人吧？」

和久田握住優香的手，讓她拿住信封。和久田在駒場校區的時期，優香也加入他所在的大吉嶺。二月十四日，他從她手上收到巧克力。他並沒有被告白說喜歡。只說因為是情人節。或許就只是如此。然而，也可能是想避免告白被甩受傷。何者為真，優香本人以外的人不得而知，但和久田只覺得：「這傢伙對我有意思。」

轉到本鄉校區之後，和久田離開大吉嶺，優香也在Facebook上主動聯絡他說：「和久田同學，你不跳舞了嗎？我還想再跟和久田同學一起跳爵士。」星座研究會的聚會，她只參加過啤酒節那一次，或許真的只是想一起跳舞。知道何者為真的不是和久田，而是優香。然而，和久田不管是轉到本鄉之後，還是讓治被逮捕之後，他都只覺得「這傢伙對我有意思」。和久田會握住優香的手，就是出自這份毫不動搖的情感。

「這個信封，是為了向完全沒有必要變成對旁邊的女生見死不救的立場，卻可能被逼得處於那個立場的人致歉。」

和久田握住優香的手，讓她拿住信封。

「那個……」

翼接著開口。

「我們不是來叫優香同學說謊的，是來確認你這個人只會說實話吧？」

翼巧妙地避開「來拜託你」這樣的說法。

「真相？」

「續攤的時候，優香同學跟那個人，兩個女生一起來參加對吧。不是嗎？你們一起搭上計程車的對吧？」

「嗯……」

「續攤也是喝酒聚會對吧？單純喝了酒，玩了遊戲而已不是嗎？只有讓治他，的確過頭了。對吧，只有讓治鬧過頭？」

「……是啊。」

「然後優香同學會先走是因為要趕不上末班車，才匆忙離開對吧？不是因為什麼見死不救，是末班車的問題對吧？怎麼樣？有說謊嗎？全部都是實話對吧？」

「是這樣說沒錯……」

「所以如果被警察問話，你只說實話就好。你這個人只會說實話對吧？」

「我有問她要不要回去……」

優香重複說。

「是啊，你有問她啊。」

翼聲音加大。

「有喔有喔。優香同學的確問了那個女生要不要回去。」

坐在翼旁邊的和久田大大地直直點頭。

「但就算優香同學這樣問，那個女生還是沒有回去。是她同意留下的對吧？就只有讓治，他玩笑開得過火了。那是鬧過頭了，但並不是優香同學丟下她見死不救。」

翼持續攻勢。

「對吧？全部都是實話，完全沒有說謊不是嗎？我們是來確認這件事的啦。」

「……嗯。」

優香點點頭。

「如果只是被警察問個話就算了，萬一要出庭作證，你就變成跟猥褻事件有關的女性了。」

「所以說，我並沒有……」

「對，跟優香同學沒有任何關係啊。明明是如此，但你會被謠言說成是跟猥褻事件有關的女性喔。像信用金庫這麼保守的環境，根本不知道謠言會傳成什麼樣。優香同學你光是因為年輕這點，就已經會被公司的阿姨們嫉妒了。阿姨們最喜歡八卦了對吧？」

「怎麼這樣……」

「就是這麼一回事。不只是處境更困難，如果有什麼好的姻緣，不也可能會受影響嗎？」

「……」

「那個人是自己留下來的。男生這邊只有一個人喝醉酒鬧過頭。其他的事情，你因為自己先回去，並不清楚。你就這樣說就好了，這是實話。」

不把讓治當「好友」的「好友」們，為了不被逮捕採取了有效的措施，最後還是被逮捕。

＊　＊　＊

五月十九日。

其他四名東大生也涉嫌強制猥褻遭逮捕。

知名網站的新聞首頁出現這個標題。報導內文寫道：「包含已於十一日遭警視廳逮捕的一人，共五名東大生在其中一人住家公寓，與別所大學女學生（二十一歲）飲酒後，疑似有強脫衣服與襲胸、襲臀等行為而遭逮捕。」

朝日、產經、每日的電視新聞都報導此事，NHK的新聞也報導了。

「五月十一日凌晨，五名東京大學學生涉嫌在東京都豐島區公寓中，對二十一歲女大學生襲胸遭逮捕。東京大學學生們與女大學生在豐島區內餐廳用餐後，到其中一人所居住的公寓喝酒並涉及猥褻行為。其中四人否認犯案。」

在社群平臺或討論區提及此新聞的，和只有讓治被逮捕的五月十一日不同，有相當大量的人數。

尤其是針對藝人藥蘋果的發言，迴響非常大。

上電視次數遠高於國枝母親的這個藝人，在推特上發文：「恬不知恥地跟著去，這是雙方同意的吧！@ringo-yaku」

針對藥蘋果發文的留言，比朝日新聞的報導所收到的E-mail還多。

「沒錯。男方當然會覺得是雙方同意的，她都進到房間了。最近真的好多毫不在意地進男生家的女生。是時代改變了嗎……」

「每次只要有這種事情發生，女性都會被當作弱勢報導。不過女方也有問題吧？因為她恬不知恥地跟著進男生房間。」

「男女在密閉空間喝酒，也可以預想到會變成那樣的氣氛吧。是笨蛋嗎？」

「或許我的意識型態是舊時代產物，但女學生過了深夜十二點還在男性家裡，這是怎麼一回事……」

「這個女大學生，都去了男生房間喝酒，多少可以想像得到會被摸。明明這樣卻還提告。這種女人，很不ＯＫ。」

「這個女的，一起去了居酒屋對吧？大家都喝了酒對吧？之後又很簡單就跟著去了……總覺得被逮捕的男學生滿慘的……」

「男方的行為或許不對，但也不能說女性這方完全沒問題吧？如果是我女兒，我會呼她巴掌。」

「我想對男生說，要小心會做出這種有問題的舉動的女生。」

「喝酒之後去男性家中。而且還是深夜。女性應該也有期待或者說同意的心情才對，還提告！這個女性的家長，不覺得丟臉嗎？」

「強暴是不對，但從情感來講，我不爽這種會自己去男生公寓的女人。」

「這該不會是那女的的陰謀吧？真可怕！」

「三十年前之類的話，恬不知恥地去男生房間，大家也會說那女的有錯。現在到處都是會錯意，把法律當武器，不肯面對自己的膚淺的女人。應該要重新檢視這種對女人寬鬆的法律。」

「比起自己先去了男生房間又裝得一副被害人樣的女大學生家長，好不容易把小孩送進東大，卻因為這種事姓名被公開的五個男生的家長，應該更生氣才對。」

「只是在喝酒聚會開開玩笑的程度，就要被公開姓名？東大男生們也太可憐了。」

「女的搖著尾巴跟去，那就是ＯＫ的意思了吧。為什麼要逮捕？」

「喝了酒又跟著去，才說沒想過會發生那種事，這不能當作女性提告的理由。這女性才應該反省。」

「半夜十二點去男生房間，被摸奶就提告的蠢女人。」
「現在是女生自己來家裡，還要問能不能摸奶，得到對方蓋章同意才能摸的時代。」
「半夜在喝了酒的狀態去男生家，還真敢提告。通常都會發生點什麼事吧。男生當然認為會去就是有那個意思吧。」

等等的內容，全部列出來有上百倍之多。當中也可能有當事人五個東大生、朋友、近親，或像優香一樣被拜託的人去匿名留言。

然而，不論如何多半都還是在批評打一一〇報警的女生，也就是美咲。尤其以在知名搜尋網站所經營，叫作「電議會」的討論區上的某篇發文為甚。

發文者ＩＤ是uda_gawa_akane_tajiyy2345。發文日期是二〇一六年五月二十日。

關於東大生因強制猥褻被逮捕的事件。

我是女性，但我不覺得錯在東大生。

看了藥蘋果的推特我嚇一跳，看了網路新聞的報導。這個事件不是很奇怪嗎？報警的女人，去了東大生的房間不是嗎？八成就是鎖定東大生吧。還裝成一副被害者的樣子。這女的不是被害者，只是自稱被害者。是個隨便又會錯意的女人。

她鎖定東大生參加聯誼還進房間，又報警說自己被襲胸，東大生也太可憐。

我想了一下，她該不會因為另外一個女的比較受歡迎而嫉妒吧。這個隨便的女人來到初次見面的男生房間，還向警察提告，造成東大生們的困擾。這種女人就應該要裸體綁在電線桿公開凌辱。如果被眾多路過的男性尿在身上，這個會錯意的女人也會懂得反省了吧。

東大生也滿可憐的，但明明念東大，頭腦也太差。大家都是處男嗎？看女人的眼光真差。這種女的，一開始就應該把她的臉押進馬桶，嘴裡塞大便就對了。應該把她的心靈搞得跟破抹布一樣。這樣她就出不了聲，沒辦法提告了。東大生們太寬容了。

uda_gawa_akane_tajiyy2345縮短後為akane 2345，在電議會也有為數眾多的發文，從ＩＤ就能一次看到其他的發文。

「訌」要怎麼念?「」的部分我用複製貼上的。「訌」這個字的念法是什麼?

他問了這個問題。不用說有沒有查過漢和辭典的經驗，是連摸都沒有摸過的數位原生年輕世代。

還有關於女演員石原里美的這篇文章：

話不好好說清楚，會錯意的行動，一旦被罵就裝可愛逃避責任，不覺得石原里美這女的讓人很火大嗎？

看得出來他喜歡電視劇又早熟狂妄的一面，就只是個把對虛構的電視劇裡角色言行的厭惡，投射在真實事件的報導上的中二生。

網路危險的地方在於，所有文字一律都是數位排版。

對於討論主題的事物、事件等，不管是專家意見，還是社會人士多種視角深思熟慮後的意見，或年輕甚至年幼孩童幼稚而歇斯底里的意見，全部都是數位排版，猶如公知見解似的呈現在非特定多數人會看到的螢幕上。

美咲平常就會使用Line，也會使用Facebook。兩邊都和翼有所串聯。翼的本名被報導出來時，很懂電腦的人就能駭到美咲的個資。就算不是非常懂，只要稍微懂一點就能裝成美咲的「好友」，傳訊息、留言給美咲，甚至能打電話給她。

批評美咲最具代表性的akane 2345那篇文章，全文或部分被複製貼上，傳到美咲本人眼裡。

「八成自己鎖定東大生，還裝成一副被害者的樣子。」

「會錯意的女人。隨便的賤貨。」

「比起前途光明的東大生，念笨蛋大學的你被逮捕對日本比較好。」

也有人打電話來。美咲的「好友」裡，有人在自己的「電話簿」裡存了美咲的室內電話號碼，室內電話號碼也外洩了。她自家的室內電話，有匿名電話打來：

「是你女兒太隨便。你怎麼教的？」

父親被這麼說。

「去死啦！」

被當成美咲的妹妹被這麼講。

「區區水大的，以為東大生會對自己認真？你到底是在提告什麼啦，白痴。」

母親也被當成美咲而被這麼說。

「原來被害者是水谷女子的啊。大概鎖定東大生進了跨校社團吧。」

「被害者是藤尾高中的。為什麼藤尾高中會念水大？」

美咲的大學校名、出身高中校名也都在討論區「5ch」曝光。

「自稱是被害者那個會錯意的女人，她的家在這裡。」

自家照片也曝光了。地址和門牌都被公開，從Google地圖的街景服務，連附近的照片都會被全世界的人看到。

正如中二生akane 2345幼稚、欠缺思慮的願望，美咲就像是被「綁在電線桿上公開凌辱」，被大家「尿在身上」，「臉壓進馬桶」，「心靈搞得跟破抹布一樣」。

室內電話的線路是弟弟拔掉的。弟弟和妹妹完全不知道發生在姊姊身上的事，母親只告訴他們：「她跟大學朋友吵架，被說了很嚴重的壞話，她現在很受打擊。」

美咲好幾天完全沒踏出家門一步。只有從窗戶看遠藤牙科診所庭院裡的樹，以及窩在外婆從宜得利買的床上。

除此之外，她只有偶爾會突然以驚人速度，連咀嚼都沒有好好咀嚼，吃掉便利商店的飯糰或洋芋片。

五月二十二日。

「姊，你要好好吃飯啦。」

因為期中考早回家的妹妹擔心她。

妹妹在便利商店買了「特辣麻婆豆腐蓋飯」和「親子蓋飯」。

「我想親子蓋飯比較好消化。」

妹妹雖這麼說，但美咲打開先從袋子裡拿出的特辣麻婆豆腐蓋飯，手抓著冰冷的飯放進嘴裡。

「你不要這樣，不要這樣啦！」

妹妹哭著阻止她，但美咲不停手。她就著水龍頭喝水，把飯和水一起吞下去。水沖下食道。刺激性物質未經咀嚼就突然進入胃裡，她開始胃痛。

（那個說應該把臉押進馬桶的人……會是個什麼樣的人……）

美咲突然心想。

（應該是個很了不起的人吧……）

那個很了不起的大人物，對於我念的笨蛋大學很生氣。她突然心想。

一律以數位排版的文字呈現的意見，像是了不起的大人物的「高見」一樣刺進美咲內心。

（如果我在這個了不起的大人物面前死掉的話，他會覺得很好然後原諒我嗎？）

她突然想像了一下。

（但如果我死了，大概又會變成「想引人注意才自殺的噁心女人」又在電議會上被罵……）

「嘿咻嘿咻！自、殺！」

「嘿咻嘿咻！自、殺！」

「嘿咻嘿咻！自、殺！」

那天晚上五人的奇特聲調，是把美咲逼入絕境，像音樂劇曲調一樣的吟唱。混雜著他們的聲音，感覺也聽見了素未謀面的了不起大人物akane 2345的聲音。

在流理臺前的她站不住了

美咲壓著胸口身體前屈，蹲了下來。嘔地一聲吐出了麻婆豆腐。

「不要這樣，真是的，不要這樣。」

妹妹哭了。

有人打開區隔廚房和客廳的玻璃拉門。

「美咲。」

是小楓的姑姑。

不玩社群軟體，沒有智慧型手機，也沒有一般手機的小楓姑姑，因為打室內電話聯絡不上美咲母親，來看看狀況。她聽到姊妹倆的聲音，雖然出聲打招呼了幾次，因為聽到很大聲的哭聲，嚇了一跳直接進屋裡。

「趕快叫救護車。」

小楓姑姑拿起室內電話。因為線被拔了不通，但美咲還是大叫。

「不要報警！」

她邊吐邊叫。

「報警的話大人物會生氣！」

她繼續邊喊叫邊嘔吐。

＊　＊　＊

電議會上出現新的發文。是針對akane 2345發文的回覆。

樓主，你應該只是看了簡短的新聞報導，或是簡短的電視新聞，就想像成是參加了跟東大生聯誼的他校女大學生，續攤的時候去了聯誼成員東大生的房間，還抱怨胸部被摸的事吧？藝人藥蘋果應該也是如此吧？

一開始只有一個人被逮捕的時候，我馬上看到他們網路上的痕跡（現在已經全部被刪除）就覺得這個事件應該不只像新聞報導的那樣而已。

根據今天（6/2）出的《週刊文春》，當天她連內衣褲都被脫下，逃出去報警。如果是因為跟自己（女性被害者）想像的有所不同而生氣，應該會穿好衣服回家，過幾天再去報警吧。

關於這次事件，等知道更詳細的內容再發言吧……

發文的ＩＤ是syu.s-7799geijutu。

是男性，名叫須田秀。日藝攝影系四年級。是之前曾跟美咲團體交往的男學生。

秀會反駁akane 2345的發文，並不是因為他知道女性被害人就是美咲。

＊＊＊

秀負責拍攝日藝祭海報的照片。其中幾張是拜託已畢業的前一年日藝小姐來當模特兒。她平常以石川縣的電視臺為主擔任旁白及活動主持人的工作，也會接東京的工作，所以配合她到東京的時間進行拍攝。那個人是那珂泉。

泉報名日藝小姐的時候用的照片，跟當上日藝小姐的時候的照片也都是秀拍攝的，所以她很乾脆就接下海報模特兒的工作。而之前為了拍攝作業，他們從她還在學期間就已經交換了Line、Mail、電話等的聯絡方式。不過兩人並不是特別熟識。

過去秀曾喜歡過美咲。他們那時還很年輕。他們在秀高三、美咲高二的時候認識，互相介紹彼此的友人、家人，進行了非常悠閒平和的團體交往。

跟美咲交往之所以如此悠閒平和，是因為秀強烈的自我意識。運動神經、外貌、偏差值、家世等，凡是近十幾歲後半的男生會在意的事，秀都在意。只不過他的程度已經不是在意而是接近神經質。一絲不苟又有潔癖的他，自我感覺低落的他，對自己完全沒有自信。看他在團體交往時悠閒平和、開朗的樣子，旁人完全無法想像這件事。他是處男，跟美咲交往時，在性關係上無法主動。

他聽說女兒節辦的活動，美咲和其他認識的人也會去，就去了當時是教育大附屬板網球社女經理、社員叫她南的女學生家。然而她家卻一個人都沒有。她說大家都會遲到，等秀來的時候，南對他採取與其說是積極，根本亂來的攻勢，他不幸地就此淪陷。

他無法告訴美咲這些事。怎麼樣都說不出口。越想越覺得會傷害到美咲而說不出口。他認為自己是不檢點的男人，因而自我厭惡。他希望美咲能忘記這樣的自己，有新的邂逅並過著幸福的人生，因而提出分手。

他對女經理南產生了新的情感也是事實。他們的肉體關係對於自我感覺低落的他而言，除了產生對南的責任感，也帶來跟美咲交往時所沒有的刺激與新鮮感。

南在半年後就移情別戀。對象是在三所大學聯合舉辦的學生攝影展上，秀介紹給南認識的東京藝術大學學生。

「因為她擺明就是愛名牌。」不知道是為了鼓勵自己、安慰自己，或只是單純地說壞話，另一個女經理朝倉如此跟他說，但秀對南沒有生氣或怨恨的想法。因為如果神明告訴他，只要他從日藝退學就會讓他進東京藝大，他也會逆來順受從日藝退學。既然如此，他也不能批評南。而且對於大方坦率一直跟自己上床的她，他也有感謝之情。朝倉所說南愛名牌的部分，在短短半年的交往期間秀也目睹了，但在他眼裡看來，那是自己所沒有的爽快乾脆的活力。

那之後秀的大學生活以上課為第一優先，課外活動參加了電影研究會，偶爾對於南會以一種從遠處觀望的心情回想：「如果能像她那樣爽快乾脆的話，說不定我也能看開，把攝影這件事當作賺錢的一技之長繼續下去。」

大學生須田秀對於請來當學園祭海報模特兒的那珂泉，並沒有特別變熟，也沒有出現想變熟的想法。

拍攝工作結束後，跟幾個學園祭執行委員一起在學校食堂簡單吃個東西的時候，她剛好坐在隔壁。

「唉唷，認識的人的朋友被逮捕了。」泉放下愛維養的寶特瓶後這麼說。

「逮捕？」「聽說是強制猥褻。」秀以為泉認識的人是色狼之類的。「咦，ＸＸ研究會？」隔壁的泉自言自語，並滑手機滑了好一陣子。至於她說是什麼研究會，秀並不是太在意所以沒有問。

但他聽見了泉一邊說一邊輸入「神立美咲、水谷女子大」。

「神立美咲？」秀轉向泉的方向，「她怎麼了？」

「不太清楚，但好像是她被約去東大的社團活動，遇到很糟的事。」泉回答完後，把愛維養寶特瓶留在桌上，跟執行委員負責會計的人一起離開學校食堂。

留在位置上的秀不管搜尋「神立美咲」還是「神立美咲、色狼、強制猥褻」，都查不到任何資訊。

雖然猶豫了一下，他還是打了電話問：「你剛剛是搜尋了什麼？」她回答說：「東大生因為強制猥褻被逮捕。那是認識的人的朋友，只是這樣而已。」這通電話就此結束。

秀以「東大、強制猥褻」重新搜尋。只有出現簡短新聞，並沒有看到神立美咲的名字。

隔天他又打了電話。「你為什麼那麼在意？那件事跟我無關。我只是之前被纏著問要不要加入東大星座研究會，讓我很困擾。然後那個社團發生這件事，就這樣。」泉這麼說道。不是傳Line或Mail而是打電話，這讓她感覺到的異樣感受忠實地從聲音傳來。

「你昨天不是有提到神立美咲？」秀如此問道。

「是這個名字嗎？我忘了。我從東大星座研究會還留著的推特上看到的名字。這個話題結束了吧。」她掛了電話，聲音透露著不耐煩。

秀照泉說的方式，重新以「東大、星座研究會」搜尋。距打給泉的第一通電話已經過了一天半，這個社團的官方推特雖然還在，上面只剩舉辦聚會的日期和地點的通知。

攝影系也會學到電腦繪圖。還算懂電腦的秀，從網路上殘留的痕跡循線找到這個社團的地下網站。照片和文字都已經全數消失，只是知道這個地方曾經存在。

到處都沒看到神立美咲這個名字。所以秀以為就跟那珂泉一樣，美咲一定只是被拉進星座研究會而已——

＊＊＊

——在那之後，秀先在藥蘋果的推特上看到這則新聞，再連到電議會，看見akane 2345的發文。先不管對於這則新聞的想法，他是因為覺得這篇文章太讓人不舒服才留言，不是為了幫美咲說話。

＊＊＊

在不但沒有網路，連手機、傳真機、按鍵式電話、媒油暖爐都沒有的時代，有的是學生運動。不是須田秀所發文的電議會，而是全學共鬥會議。

日本大學的秋田明大全共鬥議長，與東大的山本義隆全共鬥議長，他們各自是這個時代的學生中，集「黑髮自插梳流瀉，青春明媚傲人」之光為一身，閃耀的一輪明月。然而面對據守在障礙物內的學生們，說要發牛奶糖給學生而身穿白色割烹圍裙的婦女們，僅聚集在赤門前。婦女們差不多是學生母親的年紀，因而被稱為「牛奶糖媽媽」。

現在，與山本全共鬥議長女兒輩的牛奶糖媽媽們，主動聯絡了美咲。

讓治媽媽、和久田媽媽、國枝媽媽、金針菇媽媽，以及翼的媽媽，透過律師取得聯絡。她們說想跟她見面。

她們沒有見面。

因為沒辦法見面。

以美咲的身心狀況，要她與他們個自的母親會面，是不可能的。然而對於這些牛奶糖媽媽們而言，比起山本全共鬥議長孫子輩的兒子做了什麼，絕對無法接受的是自己的兒子有前科。因此五人都個別拜託律師想辦法讓她們見到面。

＊＊＊

「你怎麼會跟那個笨女人牽扯啦。」

讓治媽媽對拘留後回到自家的兒子說道。

借住在日吉品味高尚的讓治自家時，剛起床的讓治的「東大學長」在走廊所見，因外貌感到驚豔的讓治媽媽名字是紀子，三浦紀子。就是讓治所說「在縝密計畫之下」生了自己的女性。

在搜尋引擎輸入「三浦」之後，接續在大知、翔平、春馬、涼介、KEICHI、理惠子、知良、友和等之後，會出現「三浦紀子」。然而那是水谷女子大學的教授。

美咲在入學典禮上深受感動的，就是這個教授的演講。搜尋引擎搞錯而一起顯示的是日本Percy & Lind的官方網站。名字出現在這間公司官網上的，是讓治的母親。英國藥廠Percy & Lind，從一九九〇年代末期開始擴大美容皮膚科相關的藥品銷售規模。在日本，他們收購了原為業界第三的美體沙龍，改為直營的「醫學導向沙龍」。在這個時期二度就業而進入這間公司，現在任職該部門資深經理的，就是讓治的母親三浦紀子。

美咲受到激勵的入學典禮演講的教授，以及加害人的母親，竟然諷刺地同名同姓。

日本Percy & Lind的三浦紀子偶爾也會演講，因為她也擔任企業經營的講師。搜尋工商會或企業讀書會所舉辦的研討會記錄，會出現「三浦紀子（日本Percy & Lind直營醫學導向沙龍・資深經理）」的ＰＤＦ檔案。

她是從田園調布雙葉高中畢業，念完一橋大學商學部，再從倫敦政經學院畢業的才女。

「我們根本是被害者吧。」

才女吐了長長的一口氣。

這次的來龍去脈，她當然已經從律師那裡聽說了。她透過工作經歷所取得的人脈，選擇了擅長打色狼冤案並有實際成績的律師。

「那個女生想抓住竹內同學，但天不從人願，就是這麼一回事對吧？」

「……」

才女的兒子讓治，低頭不語。

「她跟竹內同學有過短暫親密關係，是他帶人來的。」

回答客戶問題的，是才女叫來位於低樓層大廈裡品味高尚的客廳的律師。他也是東大畢業的。

才女是不會自己去律師事務所的。律師前往拜訪客戶，才是（身為才女的）常識。

「她因為沒能抓住竹內同學，失敗了就把你們拖下水。真是的，捲入這麼蠢的事。」

才女又再次嘆了長長的一口氣。她穿著稍短的直筒洋裝。

「竹內同學確實是把那個女性全裸帶著笑容的照片給大家看了。看了那種照片，就會因此判斷女性的資質。」

「完全不能接受只有我們被當作現行犯逮捕。第一個被逮捕的，不應該是竹內同學嗎？應該由竹內同學一個人負起全責。我說過了吧，我們根本是被害者。」

才女以左手手背撥了撥長及骨盆的長直髮。

「就讓讓治一個人承擔這件事吧。」如同竹內翼在計程車上對「好友」們的提議，讓治媽媽也向律師提議：「就讓翼一個人承擔吧。」

「以本案的情況來說，要讓某一個人怎麼樣的，是不太可能的事。現在應該以不起訴為優先，全心投入才是。」

能否不起訴除了關係到讓治以外，也關係到對今年春天進入慶應大學醫學部的妹妹的影響。

「簡單地說，她就是想要錢吧？」

「以和解金為目的。這十分有可能。我們先以這個方向來進行。」

律師說道。

「貪心低俗人家養大的貪心低俗的人。是吧？」

「不，所謂的和解金……我不是這個意思……」

律師手指推了推眼鏡鏡框鼻架，把眼鏡推正。

「即使不是一開始就打算要和解金的仙人跳，對方也可能會因為報警後事態變嚴重而感到困惑，我是這個意思。」

「咦，是這樣嗎？對方是為何而困惑呢？」

「類似像『事情怎麼會變成這樣……』。既然如此，只要我們提出某個程度的高額和解金，以這個金額乘上人數五倍份，對方也可能會如此計算。並不是貪心低俗，而是因為發生在年輕女孩身上，精神層面也要加以斟酌，也就是說——」

以這次事件來說，受委託律師如果優秀，該做的事是讓客戶罪狀減輕，或可能的話，不起訴。

「——年輕女生如果因為遭遇猥褻事件上新聞，由於現在網路時代跟以往不同，會鬧得很嚴重。對對方而言是非常大的壓力。會希望事情平息的心情，也是很稀鬆平常吧？能讓事情平息，又能拿到錢，可以暫時出國旅遊散心靜一靜，會這麼想也是再自然不過的吧。我是這個意思。」

「哼，你這麼說也是沒錯。那可以幫我申請會面嗎？我要去她家直接說服她。」

才女已經用平板電腦看過美咲家外觀。雖然馬上就被刪除，總之現代社會連老家的照片都會馬上被放到網路。「簡單地說，她就是想要錢吧？」才女對美咲的這個想法，或許也是受美咲自家照片的影響。

才女和才女丈夫都沒有因為兒子被逮捕而停止出勤。他們堅定地以「因為某些誤會差錯導致對方單方面把這件事當成重大事件，很困擾」的表情、姿態、行走方式、說話方式貫徹職場。

在申請去美咲家調解之前，才女和才女丈夫馬上採取了對策。讓慶應大學醫學部的讓治妹妹休學一年，並在英國諾丁丘的高級留學生宿舍租了一間房間。

讓治和妹妹都是從小學一年級開始就有個人英語家教。先租好房間，趕上英國九月的新學期，去上個語文或經營相關的專科學校，回國後再復學回慶應大學醫學部。只要相隔一個學年，這種微不足道小事的八卦流言也已經灰飛煙滅，妹妹會和原本不知道這件事的同學一起上醫學部的課。

要把身為長女的讓治妹妹培育成皮膚科或麻醉科的專科醫生，母女一起開美容沙龍。才女的這個計畫，不想因為無聊的笨蛋小妞化為烏有。

「是神立美咲同學對吧？我會跟神立同學碰面，誠心誠意跟她聊聊的。」

於是才女提出申請，要求跟律師一起拜訪美咲家。

美咲透過檢察官轉達了她不想見面的回應。

美咲的和解條件，也是透過檢察官向才女的委任律師提出。並非才女所想的「錢」。不可思議地，就如同才女形容這件事所說的「微不足道」，條件也微不足道。

然而，對於如此微不足道的條件，才女和讓治本人都拒絕了。

拒絕條件在先，才女又申請與美咲會面。申請了六次沒能成功。

於是，她跟同名同姓的三浦紀子教授聯絡。

水谷女子大的三浦紀子與讓治母親三浦紀子曾在橫濱以「友善女性工作環境」為主題舉辦的演講上，分別以教育現場及企業現場代表參與，因而有一面之緣。

才女希望教授幫忙催促美咲答應會面，但被拒絕了。首先她以E-mail拜託，被婉轉拒絕後，她又打了電話。才女在電話上單方面講話，教授的發言很短，不到三十秒鐘左右。對於她的簡短發言，才女相當憤怒。

才女覺得被痛罵一頓，而放棄了和解。

自己兒子什麼都沒做，不要讓他被判有罪。她強力要求律師以這個方向辯護。

而後在讓治的第二次公開審判時，以證人身分出庭的才女，身穿瀟洒別緻的黑色西裝搭配白罩衫，長及骨盆的長直髮以髮夾固定成賠罪髮型（公主頭）出庭作證。

「和久田學長成績真的十分優秀，我兒子很尊敬他，也因為他總是對自己很好而相當開心。因為和國枝學長與竹內學長進到同一個研究室，三人常一起吃午餐，真的很受他們照顧。

「尤其是竹內翼學長。竹內翼學長一直有運動習慣，雖然我兒子運動細胞不是特別好，但很感謝學長還是會教他板網球。竹內學長文武雙全，我兒子說竹內學長真的對自己很好。我兒子真的很尊敬竹內學長，竹內學長總是帶領著他，他總是追隨在竹內學長的後面。」

她的這段發言，除了表達學長對他好、跟學長一起吃（午餐）、學長還教他運動（運動細胞不太好）等殷勤周到的部分，並藉由不斷重覆竹內的名字強烈控訴：「我家兒子，只是被三個學長，尤其是竹內學長牽著鼻子走。」

＊　＊　＊

「是這樣啊。」

和久田媽媽說道。

和久田家位在金澤市小立野町的寧靜一隅。自古經營紙鋪，到了曾祖父那代開了書店。那是書相當暢銷的時代。書店名叫「聖文堂」。

曾祖父除了經營聖文堂，同時也好俳句、俳畫，是金澤一帶文化沙龍圈的名士。

繼承書店的長男育有三女，其中長女與祖父相似，擅長日本畫，就讀公立中學、縣立泉丘高中時期在縣展獲得多次金獎，而後進入金澤大學藥學部就讀，畢業後成為藥師。然而她的名片上，印著「日本畫畫家」這個職業名。

這位日本畫畫家大學時期大兩屆的學長，以入贅的方式繼承了書店。他縮小店鋪面積，專門販售與金澤文化沙龍相關的自費出版書籍、攝影集與一般學習參考書籍。剩餘一半的空間改為公文式補習班。比起朗讀繪本給兒子悟聽，他們先給了公文式的數字盤。入贅女婿同樣是地方報社金澤新報的職員，在該社設立廣播公司後，也擔任廣播節目主持人，談論內容以藥、藥草歷史為主，獲得廣大市民的喜愛。

這是一對品味高尚的夫妻。

「是這樣啊。」品味高尚的母親，是在律師事務所說出這句話的。他們在聽見美咲方所提出的和解條件後，她向兒子被逮捕後委託的律師說道。

「照他們的條件即可。」

「是啊。」

品味高尚的父親也同意。

品味高尚的夫妻互視點頭。

「那麼，就依照這個方向進行。」

律師馬上回應。

＊＊＊

「這樣就好嗎？」

國枝媽媽說道。

由美凜子，本名國枝由美。學生期時結婚而後成為單親媽媽的她，所寫的自傳散文《都之西北，一人生養，好好吃飯》賣得不錯。倒不是因為出版散文，而是在出版期間，她就已經以特別來賓身分上晨間的電視育兒節目，並逐漸拓展電視圈人脈。

她現在以名嘴評論員身分，成為高收視率的平日午後資訊節目固定班底，並在週日晚間美食節目上，以獨創的頭銜「食味探險家」活躍於電視圈。

由美凜子（國枝由美）雖不算特別醒目的美女，但因為眼鼻眉口等臉部部位都小，就算搭配電視拍攝時的強力燈光而上大濃妝，也不會給人妝感過於厚重的感覺，看起來像是自然妝。她的臉小，肋骨骨架也瘦薄，手臂又細，坐在椅子上面對攝影機時，非常上鏡頭。

如果「個性化」一詞指的是代表一百個人中十個人的印象、角度、喜好或思考邏輯，而「大眾化」一詞則是代表一百個人中九十個人的，那麼由美凜子的發言絕對不會偏離「大眾化」的內容。那絕非她精心謀算，也不是深思熟慮的結果。她的知覺感受打從真心就是如此。

她是位可愛的女性。

又名由美凜子的國枝由美，主流的知覺感受從小就被培養茁壯，而且在學校很認真念書。念書是好事。她主流的感覺讓她這麼想，並照做了。

這位可愛名嘴出生於東京練馬區。

她幼稚園、中學小都念當地的公立學校。家庭方面也毫無問題，是個跟哥哥感情相當好，開朗可愛的妹妹。有哥哥當她的家教，整個中學小學階段就算不是最頂尖，她也都隸屬「會念書的那群人」，開心上學。

國三的時候，因為任職於證券公司的父親，以公司內部來說是升遷的調職而搬到金澤市。中學畢業後，她進入金澤鏡丘高中就讀。因為是石川縣頂尖的升學學校，成績雖然無法像過往一般，但她認真努力。然而早稻田大學提供的學校指定推薦名額只有兩個，她無法成為其中一人。經過一般入學考試，她進了早稻田大學第二文學部。

由美參加入學考試的時候，世上還沒有出現ＡＯ入學考試。而在由美參加入學考試幾年前開始，早稻田大學陸續廢除了夜間學部。僅存的夜間學部只剩第二文學部，而經過分配整合的原夜間部則成為社會科學部。社會科學部約從下午四點開始上課，第二文學部則是晚上六點半左右開始。在這個時代，社會學及二文實在說不上發揮了它們為在職學生設立的功能。由美的許多同學只滿足於當上早稻田大學生，上課不太認真，課後踏足深夜熱鬧市區玩樂，日出時分入睡，日落時起床。

由美在入學初期也和同學們差不多，但六月開始在區議會議員候選人選舉辦公室打工後，她的上課態度一轉，每一堂都坐第一排聽課，白天則到有「轉學部課程」的補習班上課。因為順利當選區議會議員告訴她「早稻田可以考進二文再移轉到一文，賺到了」，並以親身的經驗教她「移轉」的技巧。那並非不公正或狡猾，世上一切事物都有所謂訣竅。作為哥哥可愛的妹妹立場長大的由美，很擅長讓別人教自己這類的好事。因為是好事，所以認真努力。

她順利轉到日間部。

由美的認真努力，源自不公平的感受。

「不公平。」由美當時這麼覺得。順遂成長的由美，第一次懷抱如此膠著的鬱悶憤怒之情，是她十八歲的時候。

有個與她在石川縣的中學同屆，後來轉學的女生A。A不算是「不會念書」，但也絕非頂尖。

由美的成績遠優於她。這件事也表現在當地方城鎮成績好的學生會念公立高中的時代，A後來進了私立聖瑪德蘭女學院高中。

曾自嘲地說「我去了聖瑪變成會念書的人」的A，卻考上了雖不是上智大學最難的學科，但偏差值高於早稻田大學二文的經濟學部經濟學科。隸屬日本天主教學校聯合加盟的聖瑪德蘭，是該大學的推薦指定學校之一。

「因為你說早稻田我還以為就是早稻田，什麼嘛，竟然是二文喔」、「喔，二文是吧」，時不時會受到這類冷嘲熱諷的由美，對於像A這樣推薦入學的狀況感到憤慨不已。「在縣裡頂尖的升學學校縣立鏡丘高，努力要跟上其他人的學生豈不是很吃虧？」這樣不公平的感受，成為她想轉到日間部的動力。

這位努力念書的可愛名嘴，在法律事務所說：「這樣就好嗎？」是對著兒子幸兒被逮捕後的委託律師說。

可愛名嘴對美咲方提出的和解條件感到納悶。

「本來以為對方會不會跟黑道有關聯……一個小把柄就要永無止盡地勒索……還很擔心不知道什麼時間之前要付錢，原來不是那麼一回事啊。」

她鬆了口氣，拍拍胸口。

她一從幸兒口中聽說讓治被逮捕的事，就馬上以急症為理由暫時向固定節目請假，如此一來又能回到工作崗位。

「如果這樣就好，我們馬上處理。」

她回答律師。

「對吧？」

她向兒子說道，他也點了點頭。

＊＊＊

金針菇媽媽說：「怎麼辦？」

向戴著金邊眼鏡的丈夫（金針菇父）說。

如同金針菇借住被逮捕的讓治位在日吉家中時向翼所說，金針菇的母親「明明是廣島大學畢業的」，卻因生產而辭職，一直過著照料公婆與丈夫一切起居的生活；效法婆婆。婆婆在自家開書法教室。金針菇的母親把它改成珠算補習班。因此金針菇從小學低學年開始就學了算盤而很會心算。

她跟金針菇的父親是相親結婚。她是個在保守環境中生活的傳統女性，名叫雅代。

妻子看著自己說「該怎麼辦？」，（不知為何是背地裡）被學生叫「金邊」的中學校長不愉快地咂嘴。

「比起那傢伙，會有問題的是我們吧？怎麼辦？」

並不是在詢問任何人，金邊眼鏡的校長打開佛壇。一切都是由妻子雅代照料的他父母，在次子金針菇上東大那年冬末相繼離世。

接到警察打來的聯絡電話的是金邊。雖然說的是母語，但也是很多人光用耳朵聽沒辦法全部聽懂的事。接收的話語中如果超過四十個以上的字詞，就只會挑出一兩個單字放進腦中。

從警察打來的聯絡電話，金邊的理解是兒子「只是借房間給他們用」，沒想到會被起訴。

然而，那卻成為上電視的大新聞。該怎麼辦，指的是對於身在此處的他們而言的大問題。和人在東京的兒子有所不同，他們夫妻倆與親戚們都生活在廣島縣。

「實在丟人現眼。」

實在丟人現眼，指的是對他們自己而言。

「校長的兒子好像做了什麼很色的事。」

自從新聞開始出現在電視上，他們就必須在這個傳言中度過日常生活。完全是丟人現眼。

「怎麼辦？」

保守女性雅代再次說道。

並不是對丈夫，也不是對自己。雖然她的臉朝向佛壇上方擺的照片，但也不是對過世的公婆說。

* * *

翼媽媽說：「唉……是這樣嗎……？」

向電話另一頭的長子（翼的哥哥）說。

她的名字是美枝。

就如同翼先前在很貴的店被讓治請客的時候，談到家人的事時所說，美枝是東京藝大畢業的。她如父親（翼的外公）所望地成長。父親希望愛女去上離自家近的大學。畢業後也要她在離自家近的職場工作，然後找個跟自己一樣的公務員結婚就好。他相信這就是愛女的幸福，而女兒也相信凡事依父親的期許就是幸福。

美枝下面還有弟弟（翼的舅舅）。他也相同受到父親期許，但成績不如姊姊（美枝）一般五科平均都好，選了離自家近的私立大學，從國際基督教大學畢業。

美枝從學藝大畢業後，任教於公立小學。

在目黑區八雲長大的父親，有一樣在該地長大的竹馬之交B。B任職於東京都教育委員會，B的大女兒、二女兒跟美枝也感情很好。就是所謂包含家族成員的往來。

B的長女和美枝一起參加小學教師甄選，兩人都錄取了。

美枝赴任離自家算近的小學，從自家通勤。然而為問題學生與怪物家長所苦，在父親建議下，於一年多後離職。

父親邀請那時住在都職員宿舍，有數面之緣的某人來家中。那個人帶著自己遠親的男性一起。美枝跟那個男性結了婚。美枝的弟弟則跟B的次女結婚。

美枝生長在家人感情相當和睦的家庭。這點和神立美咲相似。

她很自然而然地崇拜父親，沒有過討厭爸爸的時期，也沒有一個人生活的經驗。她跟與父親相同職業（公務員）、父親同事的親戚結婚。

美枝跟母親也與父親一樣，感情要好，就像姊妹一樣地要好。在她婚後也是如此。

因為目黑區八雲持有的土地租金及股票配息的收入，父親在退休後，搬到美枝一家所居住的廣尾附近的青山，小巧公寓的一戶。同棟公寓別的樓層有一間空房，於是美枝弟弟一家也搬進去。

美枝是個甜美可愛的居家女孩。在這樣的環境下所培育出來的品味感受，雖與美咲也相似，但與和泉摩耶更加相像。

居家女孩一早從次子翼口中，聽說讓治被當作現行犯逮捕的事。

僅小睡片刻的翼一臉頹喪，一身酒氣地在餐廳廚房椅子上坐下。「怎麼啦？這麼早起？」一問之下他說：「東大學弟被警察逮捕了。」

「我們去喝酒，有女生在。大家邊鬧邊喝。我也喝了酒，喝到一半就半睡半醒。然後女生開始哭了起來。我睡醒還迷迷糊糊地發現了，問她在哭什麼，她突然衝出房間。那個女生喝很多，怕她危險受傷，跟房間裡其他東大的朋友一起出去追她。都沒人在也不好，三浦留在房間裡。然後不知為何警察來了，他被逮捕。」次子說明道。

對於M作戰、續攤S一概不知的美枝心想：「是有什麼誤會吧。」所以她只回答說：「真是麻煩呢。」

根據一早次子翼所說的內容聽起來，實在沒想到會演變成上電視新聞的情況。次子說：「我可能也會被逮捕。」美枝馬上去了娘家。

「是有什麼誤會吧，」美枝爸爸（翼的外公）也這麼說，「我想這件事應該誤會解開之後就結束，總之還是先找律師。」並幫忙請了律師。是美枝爸爸大學同學介紹的律師。

事情並沒有「就結束」。次子被逮捕了。

美枝打了手機給長子。長子住在北海道的丈夫老家。如果打室內電話，有可能會是公婆接的電話，她不想要如此。

美枝說「唉……是這樣嗎……？」時，就是在這通電話上。

因為長子說：「這種條件的話，乾脆點照做不就好了嗎？還猶豫什麼？」

對於次子遭逮捕的事，丈夫說：「學生的喝酒聚會上大喝之後睡成一片。有人稍微摸了女生一把，那個女生因為喝醉而歇斯底里，衝出房間被巡邏車盤查，就是這麼一回事吧。就算被起訴也是無罪。是那女的在大吵大鬧。」

丈夫在工作的政府機關豪爽地笑著說：「這年頭嘛，動不動就被說性騷擾，什麼都說成性騷擾的氣呼呼女學生，情緒化地提告。」

所以，如丈夫所言，美枝也以簡短而更柔和的方式，對公務員宿舍範圍內遇到的鄰居們說這件事。

對長子也是如此。然而長子卻說：「只因為這樣就被逮捕，太奇怪了吧。實情不太一樣吧？」「有人什麼事都提出來控訴啊。真的。我也有這種經驗啊。」美枝僅有此時才強硬地回話。

在美枝一年多的小學教師時期，曾受學生家長控訴。有學童在課堂上，經常一邊發出怪聲一邊在教室到處亂跑。她說：「現在是上課中，回自己位子坐好喔。」輕輕把手放在他頭上。只是輕輕放著而已。這件事被學童雙親告上教育委員會，說她施暴、是暴力教師。

她以前也跟丈夫、兒子說過這次的經驗，這時又再說了一次。

長子要求：「那時不也沒能好好說明實情？只聽翼的話是無法得知實情的。你們把委託律師的聯絡方式給我一下。」

＊　＊　＊

——隔天，她接到長子的電話。

「我在E-mail和電話上聽律師說明原委現況，但他也還要一邊處理其他人的委託，更細微的說法，我也不得而知。

「不過啊，我是不覺得翼會被判無罪。所以說，最好還是接受對方提出的條件。」

「唉……是這樣嗎……？」

對於長子所說的話，美枝又是相同的反應。

「我覺得是相當忠厚老實的和解條件。」

電話另一頭的長子繼續說。

「應該要馬上接受和解條件，然後讓翼誠心地去道歉賠罪，再支付應給的精神賠償。」

「可是……他好不容易考上研究所……」

「他想念書的話，大不了就去別的學校。或是函授制、去圖書館自學等等，這些都可以啊。」

「怎麼這樣……」

「不管怎麼說，先好好向被害者道歉。當作是個讓腦袋重新來過的好機會，你幫我轉達給翼。」

「說什麼好機會……怎麼會……」

「是個好機會沒錯啊。那傢伙既然有進得了東大的腦袋，他自己也知道是這樣。這麼忠厚老實的和解條件，媽媽，你和爸爸也應該跟翼一起去被害人家裡道謝。」

「怎麼這樣……」

「不要再說什麼怎麼這樣了。」

「怎麼這樣……」

美枝對著已經掛斷的電話反覆說著。

美枝將長子要她轉達給次子的話，說給丈夫聽。

「哼，不就是司法考試挫敗的人說的話。」

丈夫不開心並無視。

（小光因為是長子，會有過度強烈的責任感。責任感太重而內心挫折崩潰。跟我很像。相較之下小翼因為是次子……陽光開朗，絲毫沒有一丁點暴力的傾向。小光也沒有任何暴力傾向，但有時會因神經質而緊繃。小翼就沒有這種狀況……就像爸爸說的，有什麼地方弄錯了吧。就算受審判也一定是無罪……）

美枝是這麼想的。所謂的「爸爸」，指的是自己父親還是丈夫，本人也不太清楚。在沒有接受「忠厚老實」的和解條件下，翼遭到起訴。

3

美咲的和解條件只有一個。

國枝的母親、和久田的父母說：「這樣就好嗎？」翼的哥哥說「忠厚老實」的條件，是他們主動從東大退學。

對國枝及和久田而言，真的是「這樣就好嗎？」

國枝及和久田都是研究生，已經從東大畢業。即使主動退學，「東大畢業」的頭銜依然還在。

國枝由美和兒子幸兒，馬上答應並立刻搬家。

不過搬家和事件無關，是因為她一直上電視而設立了（之後可以跟兒子一起經營的）個人經紀公司，所以搬遷。

新住處的大廈除了以地方巡迴演出為主的演歌歌手夫婦之外，都是由中國富人所買，所以沒有會說幸兒閒話的鄰居。

「搬來這裡真是太好了呢。」

可愛名嘴總計出了三本關於育兒、料理的散文，但收入主要來自電視通告。著作也是因為上過電視而暢銷，上了電視就暢銷。

做了和電視相關的工作，由美才深深理解，網路之類的，實際上並不是真的很大眾化。網路不過是購物的工具，一般大眾只看電視。不管推特、部落格，也是上電視的人才會受一般大眾追蹤。電視前的一般大眾，並不在乎到底是碩士還是學士，他們注意的只有「東大」

二字，他們聆聽的只有「東大」的發音。

不過是一介學生的國枝幸兒，之所以能夠由產業日本社幫他出書，也是因為他有「東大」的頭銜。

「那個女生，之後應該會從某出版社出自白書吧？」

可愛名嘴對兒子說道。

「她感覺不是能做那種事的人……」

對於只講過一次話的美咲，國枝已經幾乎沒有印象。除了臉之外，就連名字都是律師說了之後，他還覺得：「是這個名字嗎？」他對她只有「水大當笑點的人」這個認知。

「有可能喔。她會變有名啊。就算那個女生不寫，出版社也可能會找寫手來寫。我總覺得會是那樣喔。萬一那個女生出了自白書，你也要想好對策。對了，你啊——」

可愛名嘴在和兒子說話時，從他小學的時候便習慣用「親密友好」的語氣建立關係。

「——你就寫本《仙人跳》的書來反駁她就好了。把上勾的東大生當作自嘲來搞笑，上遍綜藝節目。同時應該還要拿到諮商師的證照。去哈佛或耶魯旁聽心理學的課也不錯。應該有類似長期特別公開講座之類的。去上完回日本，在日本拿個可以打著美國CCE認證名號的心理相關證照，出一些有心理學味道的性格分析、戀愛工具書。但一定要一直上電視。要上電視好好地促銷才行。」

「哈佛或耶魯的公開講座這個方向也是個辦法。不過，在那之前我會先找間佛寺之類的。」

「佛寺？」

「對，找間可以讓我去待一個星期左右修行的佛寺。剃個大光頭。」

「喔，這個想法我也贊成。讚喔。果然不愧是考得上東大的你。很讚喔，剃個大光頭。大家都是從外貌在判斷事情的嘛。要讓人知道有在反省。」

可愛名嘴很樂觀。正確來說，不是「要讓人知道有在反省」，而是「要讓人看起來以為有在反省」，「看起來如此」這件事是擄獲人心最重要的部分，她深知這個道理。

「對不、對不？那，找哪家佛寺好，你有沒有什麼資訊？」

「好，我來幫你問問看，看有沒有什麼好的佛寺。不是有些因為用藥被抓的藝人嗎？只要發生那種事，他們就會被叫去。藝能經紀公司相關的人應該有人知道。」

＊　＊　＊

接受和解而不起訴的和久田悟也搬家了。

從原本住的東大附近搬到成田。

他租了成田市區的短租公寓。

和久田用的是搬家專案，打包廢棄等全程都交給業者處理，他只拖著一個有輪子的行李箱，搭電車移動到比之前住的地方還小的套房，給業者幾個指示，簡簡單單就搬完家。

室內面積變小，他的東西也顯著地少了許多。

大部分都寄回金澤市小立野町的老家。

如果沒發生那種事的話，和久田到九月為止回老家就好，根本不需要租短租公寓。

然而事件變成上電視新聞又見報，真名也被公開，他判斷現在不要在金澤閒晃比較好。

（好像金針菇的房間。）

和久田一邊巡視著搬家公司的人離開之後的狹小套房，一邊喝了罐裝咖啡。

「為什麼？」被警察說要以強制猥褻嫌疑逮捕他時，從和久田嘴裡只說出這句話。

如果是有人抱怨噪音，他就算不耐咂嘴，大概不至於說這句話。的確，他們五月十日那天晚上在狹小的套房裡大吵大鬧。那是很多獨居老人的大廈，夜晚的大廈四周也相當安靜。

沒有因為噪音被叱責，卻被說是強制猥褻，和久田心想：「讓治那傢伙，連M作戰的事都招了吧。」M作戰是那些女的自主同意被拍，讓治說連同意書都讓她們簽了，但就算這個部分沒問題，用那些影片、照片賺零用錢八成還是不太妙。

然而他從逮捕後的詰問時得知，讓治沒有透露M作戰的任何內容，而和久田從十一日到十二日徹夜刪除星座研究會的一切蹤跡有了回報，證據都被湮滅了。

（關於續攤S？被警察知道又如何。全部都是雙方同意。我要嗆說：「只要說是東大的喔，每個女的都會搶先脫內褲張開腿。警察先生也可以試試看啊。既然要逮捕人民的話，你們應該也是東大的吧？」但這樣說的話警察會生氣，不會真的這麼說。東大畢業的話，哪會淪落到巡邏拔刺地藏老人町這種工作。）

擁有適合拍Sunstar牙膏廣告的清爽外貌的和久田，被逮捕時在他優秀的頭腦裡這麼想著。

現在的他在成田的短租公寓裡。

（沒人記得啦。）

他一邊喝罐裝咖啡，一邊這麼想。

（金針菇的房間裡——）

身體軟趴趴，下顎不突出的金針菇靠中學校長父親給的生活費加上自己打工，堅持住在「東大附近」的那間套房。

（——那個房間偶爾會用來續攤S，我跟好多女的做過。）

但他卻不記得。

（啊，有一個女生，插進去的時候裡面的構造很厲害，我只記得那個感覺。）

臉和名字他都不記得。他從一開始就不記得。沒有打算要記得。

（而且對方也一樣啊。）

女生也是如此。對方也知道，他沒有打算把自己當成真正的戀人。開心地當成運動來享受。開心地當作運動，彼此都看得開，也好好地戴套。和久田這麼想。至少和久田是如此。顧慮對方而在上床時假裝看得開，或者已斷念而絕口不提從上床轉移到精神上的關係這個夢想，這些都是他壓根沒有想過的。

（續攤S的女生裡面，沒有人會笨到去提告。）

五月十日在金針菇房間進行的，就只是喝酒聚會。「只是喝酒聚會。」和久田是打從心底真心如此認為。

所以對從金澤趕來的品味高尚雙親，他以茫然的口氣說：「我只是在房間裡跟東大的朋友一起喝酒。其中一個人找了別間大學的女生跟一個上班族的女生。大家一起喝酒說笑，真的只是喝酒聚會而已。後來我越來越渙散，不知道怎麼一回事，有個傢伙開始亂開玩笑，別間大學的女生突然生氣衝出房間報警。」

他並不是假裝茫然想矇混過去。對於遭逮捕，他真的很茫然。明明沒做任何猥褻的事，為什麼會以強制猥褻的嫌疑被逮捕，他打從心底無法理解。

就算後來受到不起訴處分，說實話，他對被逮捕一事還是心有不滿。然而一旦成為新聞上了電視，就必須不得針對目前情勢有所處置。

身處金澤市文化沙龍中心的品味高尚夫妻，在當地購買者眾多的兩間報社的地方版面，以及只有金澤市發派的單頁報上買了廣告。

前些天因部分媒體報導出現敝店至親人士姓名讓各位鄉親擔憂煩心，深感抱歉。報案內容及報導有相當大落差，目前已獲檢方通知，該至親人士完全為不起訴處分。

平成二十八年六月一日　聖文堂書店

一般並不會以「完全」來形容不起訴，這個道理品味高尚的夫妻當然明白，但他們的目的是讓當地居民有「完全無罪」這個想法。

美咲提出的和解條件，對和久田一家而言全然就是「只要這樣」。

原本和久田悟就預計離開東大研究所。

他拿了加賀國際教育交流財團的獎學金，要到麻省理工學院留學。因為麻省理工學院學費高昂，他從轉到本鄉校區時就以這個財團的獎學金為目標。

一上中學，他就開始到家鄉金澤大學英語母語的留學生開的英語會話教室上課；高中時期則是上居住金澤市、金澤文化沙龍成員的美國人開的個人英文課。轉到本鄉之後正式準備TOEFL，並被選為財團招募的兩人之一。

（把因為勤勉苦讀的壓力累積的精液，在續攤S上跟雙方同意的對象發洩掉。我有什麼不對？我可是人類所需要的人才。）

和久田是這麼想的。

他原本打算到美國九月新學期開始前，把學籍留在東大研究所，只是提早罷了。無學籍的期間，待在金澤市內老家比較省錢，但他認為現在最好待在不顯眼的地方，搬到離機場近的成田。等美國那頭大學相關作業流程，和住所等各事項都處理完，他就提早到美國習慣講英文的生活。

狹小的套房位在三樓。聽得到飛機飛過的聲音。

他把罐裝咖啡喝光。

「真是垃圾。」

和久田以他如同晨間的森林一樣爽朗的聲音喃喃自語。

（逮捕我的那個工業高中之類畢業的警官也很垃圾，但最垃圾的還是報警的笨蛋女子大學那個女的。笨女人。）

（雖然不會公開說，但從單細胞生物到人類，頭腦不好、身體虛弱、身心障礙的傢伙都是弱者。弱者就會被淘汰。弱肉強食是大自然的法則。為什麼要掩蓋隱瞞這個事實？這就是事實，這就是自然啊。）

（要靠強者的餘裕來庇護弱者。高高在上？很好啊。志工、慈善、社福，這些全都是上對下恩惠吧。）

和久田這麼想。

（那女的真的是垃圾中的垃圾。）

那不是對於報警一事的憤怒。

（她以為自己可能會被輪暴？你是當笑點的人吔。才沒有人想跟你上床。憑你的大學、你那張臉、那種身材，你真的以為會被輪暴？自以為是。）

和久田這麼想，對於已經不記得臉和名字的美咲，因為她「自以為是」這個理由而感到憤怒。

他並沒有想跟美咲發生姦淫行為。這是事實。就算身在沒有旁人的地方，他獨自一人也能向神明發誓。

「明明沒怎樣還說強制猥褻？我們根本沒對那傢伙做什麼。」

和久田把空咖啡罐丟進塑膠袋裡。

＊　＊　＊

可愛名嘴替接受和解而不起訴的兒子泡了大吉嶺紅茶。

「大吉嶺喔。」

「嗯……」

（「大吉嶺」不知道還在不在。因為讓治曾經加入，應該讓他們的形象大受打擊。）

國枝用手機看了自己過去曾經也加入過的舞蹈社團的推特。

（星座研究會。如果方法對了，原本可以賺更多錢。應該辦些牡羊座小姐、處女座小姐、水瓶座小姐之類的盛大活動。都是因為三浦和竹內小鼻子小眼睛只想賺簡單錢，才會變成像在偷雞摸狗。要是當初搞得盛大一點，說不定可以輕鬆得到更多好處……）

他雖然會這麼想，但無論如何M作戰、續攤S的事沒曝光，讓他鬆了一口氣。

國枝把裝了紅茶的杯子放到嘴邊。

「真是的，那傢伙到底幹嘛報警啦。」

他把茶杯放回盤上。

「在警局也講過，我們真的對那個報警的女大學生什麼都沒做。色色的想法什麼的，真的absolutely nothing.」

「嗯，我聽過很多次了。」

「當然我也不是清新純潔的男人，我是很愛玩啦。」

「呵呵呵，我想也是啦。」

「但是那天，真的只是喝酒聚會。大喝特喝，那女生也喝了很多，只是大家一起吵鬧開玩笑而已。雖然在警局說我有在反省也道歉了，老實說我完全不懂到底為什麼被逮捕。」

「所以啊，她就是想受注目想出名的那種女生啦。所以啊，我才會說她之後應該會寫自白書。」

可愛名嘴雖然一派悠哉地跟兒子這麼說，其實對於克拉克悠希遭逮捕這件事感到幸運，偷偷在心中拍手叫好。

幾乎跟兒子的事同一天上電視，克拉克悠希被逮捕。

日本爵士鋼琴家和美國薩克斯風樂手的孫子克拉克悠希，在晚間新聞節目以評論員身分迅速獲得人氣，卻在採訪竹島問題的電視節目工作結束後，在住宿飯店強暴女性飯店工作人員被逮捕，連續數日上新聞。克拉克悠希的事情一口氣吸引了社會大眾目光，讓兒子的事件不太受到注意。

＊＊＊

對於美咲的和解條件，並不覺得「這樣就好嗎？」，對金邊眼鏡中學校長言聽計從的保守妻子，在佛壇前靜靜坐著。

校長坐在緣側，腳放在庭院裡。

「宮崎勤的——」

他口中說出了誘拐女童的連續殺人犯的名字。

「——爸爸在兒子被逮捕之後，從橋上跳河自殺。」

「你不要提奇怪的犯人……」

雅代敲響佛壇前的鈴缽。

「那是殘暴兇惡的事件……好幾個人被殺……那孩子，這次只是普通喝酒聚會有了誤會不是嗎？完全是兩回事……」

身為保守女性的雅代，她的話語如同線香燃燒的煙一般接連成串。

「要是他沒有把房間借給別人用就好了……真的是運氣好差……」

運氣很差。

對此她感同深受。

雅代從小學到高中都念男女合校，她知道男生背底裡都在嘲諷中傷自己的外貌。然而從小學到高中，她的成績都好到足以衝撞突破那些嘲諷中傷。考上廣島大學，也通過中學教師甄選。

（我當初是不是應該以數學教師的身分，繼續工作……）

雅代心想。趕快結婚、趕快結婚。不管父母親戚，還是學年主任都這麼說。要趕快生小孩。能生小孩的時間有限。身邊的每個人都這麼說。自己也並不排斥當新娘。只是，透過雙親找上門說媒的，最後都沒成。職場上也沒有好對象。而拿掉「廣島大學畢業」這個條件之後，與現在戴金邊眼鏡的丈夫的婚事就立刻談好了。

「怎樣都沒必要跟福山學院大的結婚吧？」「急昏頭了吧。」結婚典禮當天，她背後偷聽見兩個女同學的對話。

婚後，她們的聲音時而會在雅代耳內響起。

（我是不是太急了。又不是戰前，也有很多四十歲才第一次結婚的女性……明明也有穩定的工作……）

說不定自己會過著跟對方相互吸引而結婚的人生。她時而會這麼想。

（那時如果沒帶她去的話……）

擔任數學教師的時候，她對任職中學的國文教師有好感。只要擦身而過就會臉紅。

「下次跟我的朋友一起吃飯吧。」她找高中時期的同班女生，一起去了他邀約的聚餐。「廣大的？好厲害喔。」那個女生猛攻並抓住他。當時雅代因為對方有兩個男性，卻只有自己一個女生不太好而有所顧慮。

（如果那時沒有顧慮就好了……）

那個國文教師同事，今年春天當上教育委員長。

「照之抽到下下籤了……」

對於次子的事情，雅代這麼跟丈夫說。

次子說過因為兼了很多份打工很忙。回到家都已經過了晚上十一點，回家之後就不支倒地。

「在他想倒頭就睡的時間，不需要打工的同學硬要進他房間，照之一定是拒絕不了吧。長子的個性可以在自己喜歡的道路上勇往直前，但次子照之對那種事……個性上有的時候，原本該說不的事，也會忍不住說好……」

雅代在佛壇前合起雙手。

（那孩子……跟我很像，一被拜託就無法拒絕……）

她閉上眼睛。

（希望他被判無罪。好不容易考上東大，如果這樣就退學太可惜了。明明只是把房子借別人……對那個女生也沒有做什麼過分的事啊……）

拜託一定要讓他被判無罪。保守的雅代祈求上天。

金邊眼鏡的丈夫連續幾天到處打電話給教育委員會有分量的人，還與妻子雅代一起去見了她曾是同事的教育委員長。

「我兒子只是把房間借給別人，沒有碰那個女學生半根手指。真的是無妄之災。」

＊＊＊

無妄之災。

讓治和翼也都是這麼看待這次事件的。讓治的父母和翼的父母也是。

被逮捕是無妄之災。被控告也是無妄之災。

正是因為他們這麼想，才會拒絕美咲的和解條件。

答應和解與沒答應和解的五個東大生及他們的父母，全體共通的是這樣的想法：「他們毫無任何想強暴、輪姦這類的想法。只是開開玩笑。因為狂飲一場而玩笑開過頭。因為這種事情就被逮捕，很讓人遺憾。」

「如果這也算犯罪，那就這樣吧。」拘留時金針菇向警察所說的話，並不是因為看開了。因為絲毫沒有想要強暴，被逮捕讓人遺憾。脫掉女學生的衣服逼她全裸。伸直手掌拍打她的背跟屁股。如果說構成犯罪的話，大概就是這些事吧。既然罪名是強制猥褻大概就是。法律也認定那並不是強暴未遂。動手的讓治和翼再加上傷害罪的罪名，只有稍微碰到美咲的金針菇並沒有加上這條罪名。

以法律的角度來說，這五個自認運氣不好的人，只不過是強迫女性脫衣全裸就遭到逮捕。

「如果你們要說這樣是抽到下下籤，那就是如此吧。」

綜合資訊節目播放了讓治、翼和金針姑被起訴的新聞，主持人小澤玲開口說道：

「他們做的事當然不對，但……」

小澤玲的經歷是櫻苑女子中學、高中畢業。小澤玲的職業，則是「東大畢業生」。泳裝show girl、雜誌封面模特兒、女演員，她的工作經歷大多數觀眾都不知道。不管穿泳裝、上雜誌封面、參與電視劇演出、當上綜合資訊節目主持人，她所做的都是「東大畢業生」這件事。

小澤玲評論三人遭起訴的事：

「如果是別間大學的話，事情不會鬧得這麼大。」

不愧是東大畢業。她代表了和久田、國枝、讓治、金針菇、翼，五個東大生的心情。

然而，因為鬧得這麼大（雖然不及克拉克悠希強暴事件），即便「只是玩笑開過頭，倒楣抽到下下籤」而發生的事件，遭起訴的他們幾人，公開審判時，每次都有為數眾多的人希望旁聽，真的需要抽「籤」參與旁聽。

二〇一六年七月五日是讓治第一次公開審判。七月十一日是金針菇和翼第一次公開審判。九月五日是讓治的第二次公開審判。

九月七日是金針菇第二次公開審判。十月四日是翼的第二次公開審判。在他們個別的第二次公開審判上，進行了被告詢問與論告、求刑。

「從被害者到中途為止的狀況，我以為被害者也樂在其中，沒能注意到她並非如此，對於傷害了被害者一事感到抱歉。」

在各自的公開審判中，三人如此陳述。

雖然是分開審判，他們卻都像背誦考試標準答案一樣，只有表達的方式有細微差異。

＊＊＊

讓治的才女母親以他的證人身分出庭。

「我們對於造成精神上負擔的被害者，基於人道精神，提出想見面致歉的申請總共六次之多，但她不肯接受。」

她「六回之多」的「之多」這個詞語中所蘊含熊熊燃燒著的情緒，讓旁聽席上許多人懾服。

「他本人每天早上幫我一起做早餐，把自己的心情記錄在日記上。」

「我平常就看過他狂飲回家後，倒在床上的樣子，對於他不僅是小酌一番，而是喝得不勝酒力一事，甚是擔憂。」

才女的證詞，雖然是沉穩而溫和的聲調，內容卻不太算是有利的證詞，而讓治被判有罪。判決為懲處兩年有期徒刑，緩刑四年。而後遭東大退學處分。

＊＊＊

金針菇的保守母親以他的證人身分出庭。

「我兒子因為是從遠處到東京……我們家不像其他幾位，經濟上並非如此充裕，沒辦法給他很多生活費……三年級的時候住不了宿舍，必須在豐島區民營大廈租公寓，為了付房租兼了幾份打工，來配合維持跟其他幾位的往來……

「其他幾位，好像偶爾會在夜深時，一群人來到他房間，拜託他借房間給他們，我很擔心他念書和健康會不會有問題……」

這段證詞沒有虛假修飾，而是將「好友」中金針菇的立場說出來以被列入斟酌考量。

律師也在辯護時強調「與其說是他提供了房間，其實是他們硬要進他房間」的部分。

「被告的社團朋友傳來的Line中，不斷強調提醒他說：『我們會帶女學生去，但不是會有性行為的聚會。』他收到了說『只是普通的續攤』的Line，甚至在接受偵訊時也說了：『因為是普通的喝酒聚會，有點失望。』因此被告完全沒有發生性行為的期待。僅提供自己的房間。」

然而，他因為在第一次公開審判上的證詞說：「如果說沒有任何猥褻的期待是騙人的」，以及對於讓治對他說「你也給我摸啊」而摸了全裸被害人的胸部，與在讓治被逮捕後，對於當晚而進行各種隱瞞，因而被判有罪。

和讓治、翼相比些許輕微，被判懲處一年有期徒刑，緩刑三年。金針菇也在之後遭東大退學處分。

* * *

以翼的證人身分出庭的，是跟他一起在教育大附屬高中成立板網球社的同學。他從東大文III教養學部[7]畢業後，在自己哥哥創立、專精於股票買賣的資訊通訊公司工作。他說：「因為這次的事情，他在東大研究所一直是休學的狀態，我請他來自己工作的公司幫忙。他在經手電腦相關業務的這方面相當優秀。目前仍是員工數少的新創企業，對於敝公司而言，未來要穩定經營，非常需要他這樣的人才協助。」

他的同學向法官說應讓翼以他優秀的頭腦對社會做出貢獻。

接續這段話，律師說道：

「被告從高中時期開始，一直到大學受傷為止，一直從事運動社團的活動。即便他已無法出賽，仍以顧問身分參與社團。對於長期從事運動社團活動的被告而言，考量顧慮到自己的伙伴，為了他們想做好自己的角色職責，這樣的心情很強烈。事件當天晚上他也毫無強暴的意圖，一心只想炒熱氣氛，這樣的想法作祟而導致玩笑開過頭。」

他以翼不過只是為了避免冷場的角度來為他辯護。

然而在第一次公開審判上（不是分開，而是金針菇和翼兩人一起的公開審判）對於使用「普通喝酒聚會」這個說法的兩人，法官問道：「什麼是普通喝酒聚會？」金針菇回答：「並非跟朋友一起要說不普通的話，就是有跟異性雜交的場合。但並非如此，只是滑稽可笑單純的喝酒聚會。」第二次公開審判上法官提出這點，認為這表示翼他們平常會計畫性地舉辦以性交為目的的聚會。

「此外，本案中，被告集體逼迫被害人全裸，即便被害人抗拒，被告一群人全體一起觸摸、毆打、踢踹被害人的身體，展現執拗而卑劣的犯罪態度。尤其被告利用被害人對自身懷抱好感而對被告順從，將被害人帶往現場，非但沒有制止其他被告的行為，反而煽動鼓舞。可說是被告當中最為惡質者。對於學生們亂開玩笑這樣的評論，實無法苟同。」

以此定罪，判為有罪。懲處兩年有期徒刑，緩刑四年。這是二〇一六年十月五日的判決。

其後，翼也遭東京大學研究所退學處分。

＊＊＊

二〇一六年六月十九日。

上午十點。

---

7 相當於臺灣的「博雅學院」。

美咲收到一封信件。

信封上印刷著水谷女子大學的校名、地址和電話等資訊。

寄件人是三浦紀子。

另一個同名同姓的女性，透過律師多次說希望見面，她一瞬間以為這次是透過大學聯絡。

但因為她從五月十一日開始一直是休學的狀態，她心想或許是跟學分相關的聯絡事項而打開信封。

信封裡放了兩張國譽牌直式的簡單便箋。

她一讀馬上發現，是入學典禮時演講的家政學部教授。簡短卻充滿貼心的顧慮，信件內容是請求跟她取得聯絡。

如果能夠實現的話，對現在的你而言，信件、電話、E-mail，或在你所希望的地點直接碰面，這當中哪一個方式最不會造成負擔呢？

請先告訴我這件事就可以。如果是電話，事先以E-mail決定時間，我會在那個時間打電話給你。如果能親自碰面，就在你所希望的地點。

如此詢問後，寫上了教授的E-mail、電話號碼及自家地址。

三浦紀子教授在瀨谷校區沒有課。從入學典禮之後，美咲跟教授就沒有其他接觸，但她馬上拿起眼前的室內電話聽筒，按下號碼；在她將便箋摺起來之前。

回答她的是語音信箱的訊息。

「……」

她沒有留言就掛掉電話。

（我真是笨蛋……）

她再度覺得不經思考就唐突打電話的自己「頭腦不好」。「頭腦不好」、「髒大便」、「臭女人」、「笨蛋大學」、「斷送東大生未來」，她腦中聽見好多聲音。

「啊！啊！啊！」她用手摀住耳朵，大聲喊叫，把那些聲音都蓋掉。

放了自家照片的網站，在檢方要求之下馬上刪除了，其他暴露隱私的發文也都被刪除了。室內電話和手機也都換了號碼。

關於事件本身，她沒有告知水大和藤尾高中的友人。到底是誰知道了？是誰把自己的資訊公開到網路上？一旦開始思考、懷疑這些事，她又開始害怕並自我厭惡起來。

美咲一屁股坐在室內電話前。下樓後從玄關往起居室走廊轉角處的櫃子上放著電話。電話櫃不是合板製成的，而是紮實的木製品。「應該是奶奶買的吧，很久之前就有了。」她聽父親如此說道。因為是美咲小學低年級的時候，她並沒有特別在意是奶奶還是外婆買的。

美咲只知道「之前就有」，但到今天為止從沒在意過這個電話櫃。

上面放的電話換過很多次。現在是白色的無線電話，沒有子機。妹妹還小的時候，貼了三張從三麗鷗商店買的凱蒂貓貼紙。跟親戚要講很久的電話時會用室內電話，所以話筒上三張凱蒂貓貼紙中，手常常觸摸到的地方所貼的那張已經脫落而看不清臉。

（真是破舊窮酸。）

美咲對於剝落的凱蒂貓是這麼想的。她用吸水的海綿清除掉貼紙。放下話筒。放下的瞬間，電話響了。

她嚇一跳，差點跳了起來。

美咲從電話前退開，直直地站立，盯著發出聲響的話筒看了半晌。

像是下定決心似的，拿起話筒。

「是……」

以前她會自報姓名說：「是，我是神立。」但現在說完是之後，則是陷入沉默。因為可能又會有人打來說：「這是會錯意女的家嗎？」、「笨女人，你有在聽嗎？」她已做好準備，如果是如此，就沉默地掛上話筒。

「喂，我是水谷女子的三浦紀子，剛剛好像有您的來電……」

得知對方是水谷教授，美咲癱軟無力地蹲下。

「那個……那個……我是神立美咲……」

＊　＊　＊

美咲在公園跟教授見了面。

教授早上到位於田園都市線的老人照護中心探望家人，從照護中心離開時，打電話給美咲。

得知彼此所在位置碰巧很近，兩人決定見面。一聽見教授的聲音，美咲心底湧現入學典禮時「剛成為大學生」時的活力，主動提出說要見面。

因為不想要在車站前咖啡廳等座位距離很近，或說話內容會被他人聽見的地方，所以選擇了公園。

或許因為是陰天，周遭人並不多。

鋪石子步道穿過廣闊草地的縫隙，美咲和教授並肩走在步道上。

「我跟三浦紀子女士是在去年……不，是晚秋時，所以是前年了，在某次演講上碰面，雖然交換了名片——」

但那之後並沒有什麼交流往來。

「然後今年六月收到她的 E-mail ——」

讀了來自同名同姓的三浦紀子的 E-mail，教授得知了這次的事件。不，事件本身已經從新聞得知，她因此得知的是，被害人為水谷女子大的學生，名叫神立美咲。

「——恐怕是因為大學校名而想起我，沒跟律師商量，一時興起就跟我聯絡了——」

E-mail 上寫著才女想直接跟美咲見面，希望她幫忙安排。教授一回覆說恕無法照辦而回絕後，電話馬上打來。

為什麼提出六次會面請求，女學生全都拒絕？水谷女子大學都教學生無視別人的關懷嗎？為什麼不接受和解？圖的究竟是什麼？

才女對著教授，快語連珠地講了一長串。與其說是好好講話，不如說是喋喋不休地抱怨明明已經提出和解條件，但對方卻堅持不肯接受。

「如果這些條件不行，到底要什麼你們學校的女學生才願意接受和解？能幫忙問問看嗎？」才女以驚人的粗暴語氣對著教授暴怒。

「——對此，我稍微提了一下我的想法。」

她的發言，換算時間還不到三十秒。對於才女的連珠快語與沖天怒氣感到震驚，教授反而以緩慢、平穩的口氣回應，卻從話筒傳來尖銳刺耳的聲音。

「有這種大學才會出那種學生！」才女憤慨道，「我的人生至今還沒有像這樣被素未謀面的人臭罵過。」她怒吼後，切斷電話。

「因為一起參加演講、交換過名片，寫了E-mail來的是她，打電話來的也是她，卻怒吼說我『素未謀面』，可見她相當驚慌失措。」

教授在自動販賣機買了兩瓶小瓶的伊藤園綠茶。

「到那邊去喝吧。」

教授先一步坐到涼亭的板凳上，美咲只是跟著她的動作。

教授抓起美咲放在膝上的手，把她的手心轉向朝上，把茶放在上面。

「謝謝……」

美咲內心各種思緒洶湧，好不容易才擠出小小聲的道謝。

「我長得很醜對吧？」

教授把臉轉向美咲。

先不論教授的容貌如何，對於醜這樣直接了當的用詞，讓美咲震驚地緘口結舌。

「我母親住在我早上去的中心裡面。我從小就被她說因為長得醜，不可以感冒，要讓強壯耐用成為自己的優點，冬天也被要求要做乾布摩擦，雖然現在已經被懷疑沒有醫學上的成效。

「父親……因為我這個年紀的父親那一代人，出生在男尊女卑是理所當然的戰前時期，更是毫不留情地貶損我。

「我長得非常不像雙親，而像父親那邊的祖父，但父親跟祖父關係差到極點，大概因此討厭我的臉吧。

「但遺傳是件很不可思議的事。比我小一歲的弟弟，不僅五官深邃，頭和臉還非常小，身高也高到讓人需要抬頭看，手腳修長。是會引人注目的容貌。他高中、大學的時後當模特兒賺的錢就能輕鬆地付掉學費。」

在網路上搜尋「三浦」時，在理惠子前面先出現的KEICHI，是教授的弟弟。現在已經離開演藝圈，美咲這一代的人並不知道他，但三浦圭一以三浦KEICHI的身分被錄取，確定當上《Men's Club》專屬模特兒的那天，教授到自家附近神社，把存錢筒裡全數金額都投進香油箱裡。

「我向神明道謝。謝謝神明讓他生作我弟弟。如果他是妹妹，我一定會因為嫉妒、扭曲而變成討人厭的人，為此我很感謝，向神明道了謝。」

在年少時期，有個會貶損教授容貌的同學。糾纏不休且陰險。

「○○○○。我到現在都還記得名字。」

教授說出男學生的全名。

「一提到這件事，國高中念別所都會私立學校，被磨得世故老練的友人一定會說『男生嘛，那只是男生故意捉弄喜歡的女生』，只當作那是讓人面露微笑的青春趣聞……」

教授說。但那完全不是什麼令人面露微笑的趣聞。

「神立同學，你住附近嗎？」

被如此詢問後，美咲點了點頭。

「我也一直都是吔。我住再更過去一點。我出生長大的地方，現在因為急行電車也設站停靠，要到澀谷去變得很方便。以前叫作田奈村。」

教授從幼稚園到大學，一路都念公立學校。她和○○○○從幼稚園到中學都是念一樣的學校。

「現在感覺已經很鄉下，但十幾歲的時候，很多家的庭院裡都還有水井，是鄉下到這種程度喔。

「鄉下學校的男學生，就跟我父親一樣毫無顧慮。○○○○總是對著我說『醜八怪、胖子、去死。你沒有因為長這個樣子，自我厭惡到想自殺嗎？』，他並不是大聲捉弄，而是絮叨地故意說給我聽。

「只要仔細聽他的惡言相向，就算是念男女分校的人也會知道那不是什麼捉弄喜歡的女生。」

高中畢業典禮兩天後，上不同高中的○○○○跟教授碰巧在路上相遇。

「那個時代，大學生迎新聯誼上都理所當然會出現酒，就連高中在運動會的慶功宴、畢業典禮後也會喝酒。大家不懂怎麼喝酒，聚會上總是硬灌別人、硬喝……

「我那時身體很不舒服，穿過剪票口正要回家。他大概也從某處剛要回家，我們剛好從同一班電車下車。」

○○○○也在別的地方喝了酒，出了車站的路上兩人暫時同方向，碰巧走在一起，但教授因為想吐而進了公廁嘔吐。

她正要離開時，○○○○進來了，想掀開她的裙子。

「我只是對被壓在骯髒的公廁牆上這件事很抗拒，但完全不懂他想做什麼。」

或許該說慶幸，因為是為了嘔吐而進廁所的，教授並沒有脫下內褲。為了反抗回推○○○○，她的胃部出力而吐在他的脖子、肩膀上。

「我用嘔吐擊退他。當我安全逃離，跑回家的時候，甚至還想著應該要再去投香油錢感謝神明。」

教授雖然笑了，然而，只要想到剛剛所說的同學們如果聽到她講這件事，一定會說出類似「他果然對你有意思」的話，她就無法忍受。

「這完全是不同程度的事。無法好好傳達這點，讓我不甘心到無法忍受。」

教授用雙手包覆住美咲拿著沒有打開的伊藤園綠茶的手。

「神立同學的心情有多糟，因為我是旁人，無法完全理解。我只能夠推測同理。不過，希望你能打起精神。」

教授的體溫從掌心傳遞到美咲手背上。美咲大聲哭泣。放聲大哭。

「這給你用……」

教授從包包裡拿出毛巾，遞給美咲。面紙的話會來不及擦。

美咲一邊用毛巾擤鼻涕，一邊繼續哭泣。玩耍的孩童站著不動盯著她看，被母親催促離開。

「你沒有被強暴對吧？太好了。」母親如此安慰她。然而她卻無法向母親表白自己的心情。她不希望向父母表白自己內心深處的心情，害他們難過。因為自己是比弟弟妹妹大五歲的姊姊，也是長女。「你沒有被強暴對吧？」檢察官也向她如此確認。雖然檢察官應該站在被害人這一邊，但她也是東大畢業的，且令人害怕，光是回答她的問題就讓美咲耗盡心神，害怕哭出來會被她輕視。

「這……這條，這條毛巾……」

嗚咽的美咲拜託教授。

「這，這就……給我吧。」

「好，不用在意。」

雖然坐在涼庭下，教授還是撐起陽傘遮住美咲。美咲繼續放聲大哭。

* * *

被起訴的三人遭判決約三個月後。

包含未被起訴的兩人共五個東大生，都對這一切無法接受。他們五人的父母親也是。雖然沒對判決提出抗議，也因為低頭表示反省才是正確作法而照做，但內心並無法接受。五月十日當晚美咲的行為，對他們十四人而言仍然無法理解。

明明原本都還大口大口喝著酒，途中開始縮著身體不發一語，美咲的所有反應，完全出乎他們的經驗、感覺、想像之外。

深知美咲對自己懷抱強烈好感，正因如此翼才會在那時對她嗤之以鼻。

「哭什麼啦。」

譏笑著，並大力拍打到在她的肌膚上留下紅色掌印。

其他的東大生見狀也笑了。

別無他想，他們只是如此。

在那晚，根據他們的目的，他們「假設」美咲該有的行動是紅著臉，露齒微笑掩飾痛苦，並屈身承受。

然而美咲的反應並非如此。因為他們都有著亮晶晶的心，所以赤裸的女性縮著身體、嗚咽垂淚的狀態超出他們的假設，而這是優秀頭腦絕不能犯的錯誤反應。

被告方當中，勉強能夠理解美咲的反應的，只有讓治的母親，才女三浦紀子一人。

才女向同名同姓的教授詢問退學以外的和解方式。教授如此回答：

「包含你兒子在內，五個與這次事件相關的男學生面前，你脫光全裸，肛門插著衛生筷，再用吹風機對著生殖器吹熱風，您要不要試試看提出這個條件來談和解呢？」

她的聲音相當平靜，但才女聽完以尖銳刺耳的聲音憤慨地說道：

「我從沒有像這樣被侮辱臭罵過。有這種大學才會出那種學生。真是無可救藥的笨蛋大學。」

掛斷電話後，她鼻孔噴氣，呼吸紊亂，氣到臉紅脖子粗。渾身顫抖的她坐在椅子上好一陣子，緊抓著扶手一動也不動。

致使才女呈現此種狀態的，正是五名東大生對美咲所做的行為。

他們沒有強暴美咲。也沒有打算強暴她。他們對她並不抱性欲。

他們想做的，是對念低偏差值大學的生物大肆嘲笑；他們懷抱的，只有「看不起非東大人的欲望」而已。

後記

距公開審判過了一年。

受到退學處分的讓治、金針菇與翼三人當中，只有從地方城鎮上京的金針菇搬了家。因為罪名並非交通或思想方面的問題，而是「強制猥褻」，金針菇的家教工作被開除。雖然昌德宮說他可以繼續打工，但他無法忍受在與他同齡的工讀生們看自己的眼神，從「哇，那個人是東大的」急轉為「唉唷，那個人是色狼吔」的情況下，繼續端著牛五花、牛里肌。

他搬到千葉縣檢見川的加藤莊，可以搭JR京葉線、JR總武線或京成千葉線抵達，也就是說離這三條電車路線的任何一站都很遠，房租只有之前新大場大廈的幾乎一半，大約兩萬出頭。他找了距離西船橋車站較近且便宜的房子，找到的就是檢見川。

金針菇已經失去了曾經在房屋仲介公司能體會到的興奮感。去年他決定要租新大場大廈的時候，位於東大附近的那間房仲公司是這樣問金針菇的：「您是東大的嗎？」不只房仲公司，身在東大一帶，看起來是學生的樣子就常常會被問：「您是東大的嗎？」然後他會這麼回答：「嗯，算是。」被問到是不是東大的，回答「算是」的時候，那股勝利的滋味，那股高潮的滋味，在檢見川的房仲公司已經體會不到了。

決定搬到檢見川，是因為他要在位於西船橋一間在船橋地區中相對高檔的酒吧工作。這家店是金針菇之前在三鷹短暫打工過那間掛著紅燈籠的酒館老闆娘，從上一代老闆娘的外甥轉而和七十多歲的男性交往並結婚，兩人一起經營的。上門的客人眼裡只有年輕女服務生，不會注意金針菇的臉。金針菇打算先在這裡存錢，再思考今後的事。

「啊——真是的——大家都死一死算了。」

金針菇發出這則推特的時間，是二〇一七年九月三十日半夜。

＊＊＊

「雖然說暫緩執行，不代表一切暫緩。」

金針菇這則推特是十月十九日中午發的。

西尾看到的時候，人在日吉的拉麵店。金針菇每天每天不間斷地在推特上發文。

（又在講這種無聊話。）

曾是「好友」的牢騷多看無益，但他看還是會看，只是不會聯絡。對麻武時期的「好友」和東大時期的「好友」都是如此。他現在在Berlitz英語會話班有很多新「好友」。

西尾在公開審判後，為了避開時髦的低樓層集合住宅鄰居，白天都在妹妹之前常住的祖父母大廈的套房度過。

西尾讓治把手機收進口袋，埋頭吃著豚骨叉燒麵。在公開審判前，他叫三浦讓治。

西尾是才女母親的舊姓。

公開審判後，租賃大廈的屋主，也就是才女的父親收女兒的丈夫（讓治父親）為養子。他的姓因此變成西尾，長男自動變成西尾讓治，讓治妹妹的姓也變西尾。

出現在該事件新聞上的，是三浦讓治。就算搜尋「東大、強制猥褻」也不會出現西尾讓治這個名字。

西尾雖然向父母吵著要和妹妹一樣去英國，但即便換了名字，簽證在緩刑中也不可能核准，而被父親一口否決。他雖然對花錢找應召女的父親深惡痛絕，但他還是盲目地遵從了父親的意見，等他緩刑期滿後，再以西尾讓治的身分重新進入隨便一間英國大學就讀。才女母親也希望兒子暫時緊緊待在自己和父母身邊。她說，即便無法到國外大學留學，像堀江貴文一樣中輟也還是東大，只要等待她和妹妹一起開醫美沙龍的日子到來，他就可以一起幫忙經營。

拉麵店的鐘指向十二點半。再過一小時，艾蜜莉亞．溫特妹就會來到他房間。和有著翠綠色眼珠、年輕貌美的英語家教共度的時光，是西尾讓治眼前最大的樂趣。雖然他還記得神立美咲的名字，但對方的臉、聲音和氣質，如同國枝、和久田等人一樣，已經幾乎沒有印象。

＊＊＊

二〇一七年，十一月二十八日。

竹內翼走在往位於澀谷區的神南綜合醫院路上。

大樓之間的號誌亮起紅燈。他不得不停下腳步。那是一個很小的號誌。「呿。」因為他不悅地咂嘴，站在他旁邊的女性看了看翼。

（幹嘛啦，醜八怪。）

翼如此心想。

這種號誌，就算無視它直接跑過去也不會怎樣，大家卻順服地聽從紅綠燈的命令，跟笨蛋一樣。

圍著紅黑相間的羊毛圍巾，雙手插在口袋裡的翼，也遵守著號誌。

雖然他在一家資訊通訊公司的工作，但因為還是緩刑中的身分，他也只是做些助理的工作，沒辦法拿到高薪。只要有電腦，不需要準時進公司也能做的這份工作，時間自由這點很輕鬆，但他長時間待在廣尾原住宅，鄰居讓他很煩悶；就算在自家中，和父親打照面也讓他煩悶。

最近幾天，他每天習慣會去神南綜合醫院探病。

舅舅（母親美枝的弟弟）因為腎盂炎住院。因為他和外祖父母住在同一棟大廈，他會將外婆交待的物品帶去醫院，或把舅舅要他帶回家的東西拿回家。

離代代木公園很近的神南綜合醫院，因為剛翻新重建，很像飯店，在這裡閒晃最適合不過。因為是醫院，來往的人們全心只想著自己生的病、受的傷，或是來探望的家人親友的事，沒有人會多留意翼。

（去年發生的這麼小的事件，已經沒人記得了。）

雖然他是這麼想，但在公開審判後，他開始選擇那些避免與人接觸的地方，也選擇待在那樣的地方。

國枝好像還會出入相席居酒屋[1]，也傳了E-mail邀他一起去，但他拒絕了。今天中午左右，他傳了訊息來說：「剃光頭意外地還滿受女生歡迎的欸。」

（我應該跟那傢伙斷絕關係。）

有些人是那種獨占所有好處，讓別人承擔失敗和風險，和那種人往來也不會有什麼好事。而和泉摩耶在事件上新聞後，就主動和翼斷絕關係。

翼在擦得發亮的走廊上走著走著，來到了有明亮陽臺的餐廳，TANADA花園咖啡廳，那是由測量機器製造廠（股）TANADA的員工餐廳暨醫院餐廳部門所經營的。

他受日光吸引，在餐券販賣機買了咖啡歐蕾，走進TANADA花園咖啡廳。原本坐在偌大陽臺窗戶旁小桌子的客人剛好站起身，他將從取餐臺接過的咖啡歐蕾放上托盤，坐到那個位子上。

鮮奶油狀的白色液體滴落在桌上。不過是在桌子邊緣，還是能放得下托盤。只不過讓他很在意。

（拜託擦乾淨好嗎？）

不知道是對之前的客人還是對餐廳本身，翼忍不住又發出咂嘴聲。

他望向四周要找餐巾紙時，有個戴著紅色狩獵帽搭配白色圍裙制服的店員，正拿著不織布抹布擦著空桌，他舉起了手。

1　陌生男女併桌用餐以增加交流機會、具聯誼性質的餐廳。

「這裡很髒……」

對著說到一半的翼，店員叫了聲：

「竹內同學。」

是山岸遙。這麼說來，在事件之前，他在臉書上看到她進了TANADA。

「好久不見。」

遙帶著平淡的口氣，加上算不上討喜但不粗魯也不冷淡的微笑，她平淡的態度無論在事件前或現在都沒變。

「我在板倉校區拿到營養士證照，想進餐廳部門而參加了入社考試。」

「端盤子不是找工讀生做嗎？」

「第一年在總部研修完，被分派到第一線現場的時候，所有人都要服務客人。之後也會參加管理營養士的國考。」

遙擦了桌子。

「喔……」

雖然應聲附和了一下，但翼對於餐廳工作等事並不感興趣。

「你生病了嗎？」

「不是，探病。」

「是喔。總之真是太好了。」

「……發生那種事，大家應該都在看笑話吧。」

雖然有點猶豫，但感覺不提那件事也讓人不快。

她主動問了翼：「誰？」

「大家。」

「大家是誰？」

「中學同學之類的。」

「我不知道別人怎麼樣，我是笑了。」

「我想也是。」

「因為就和《理科女里香》一樣。」

「理科女里香？」

在翼反問之前，遙便走回員工休息室了。

「理科女里香……」

在青年漫畫雜誌連載的這部漫畫，翼雖然沒看過，但聽過作品名稱。

翼邊喝著咖啡歐蕾，用手機買了Kindle版青年漫畫雜誌，約略瀏覽。這部漫畫沒有什麼值得細看的劇情，可看之處只有里香入浴、換衣服、被追逐的場景。以這類漫畫來說，女主角是理科女（念理科的女性）這點，要說新奇也是滿新奇的。

里香做過隆乳手術的乳房是她頭部約十倍之大。因為實在過於巨大，已經超越煽情、情色的程度，有著像是乳房撞翻梯子之類的滑稽內容。

「……」

他走出餐廳。

遙正在調整門口的玻璃展示櫃裡食物樣品的陳列方式。

「我看了《理科女里香》。」

「是喔。」

她仍背對著翼，繼續擺放著假的食物。

「竹內同學是東大的所以很厲害。我是這麼想的喔。你很聰明、很優秀。我真的這麼覺得。竹內同學也自認為很厲害那是再自然不過。不過啊，怎麼說呢，就算如此也不需要注射5000c.c.啊。竹內同學念東大，就跟理科女里香的奶一樣。」

遙鎖上玻璃展示櫃，轉向翼。

「不過被東洋大的我這麼說，竹內同學你也沒什麼好說的吧。」

遙說到「很厲害」的時候，正好有客人投了錢進餐券售票機裡，喊著：「不好意思。」

「零錢出不來。」

「啊，這樣啊。那個……」

翼離開正在應對客人的遙，走到陽臺到醫院外。

從入口到門前的細長型花圃上，開著許多波斯菊。或許是孟德爾定律的惡作劇，既沒有紅色，也沒有白色或黃色，全部都是淡粉紅色。

翼的視線心不在焉地追逐著秋天微風吹拂飄動的波斯菊。

「這是在野草研究會摘的，是吧。」

翼將回蕩在耳邊的聲音說出口。

「欸？是什麼？我不知道。告訴我。」很意外地，美咲不知道波斯菊的花語，而翼卻知道。因為他聽女經理不知是朝倉還是南說過。花語因顏色有所不同，但翼也只知道美咲手拿的粉紅色的。

「少女的純潔無瑕。」他告訴美咲後，她說：「好厲害，果然東大的什麼都知道。」私毫不帶任何「別有居心」的成分，只是天真單純地誇獎他，翼當時應該也感覺得到。

「在巢鴨喝酒聚會時，那個女生為什麼會哭成那樣啊？」

翼無法理解。

本書是作者基於實際發生的事件有感而寫的小說。

作品中人物的行為、心情等皆為作者創作，與實際人物、團體無關。

國家圖書館出版品預行編目 (CIP) 資料

誰叫她是笨女人 / 姬野薰子作 ; 郭台晏譯 . -- 初版 . -- 新北市 : 木馬文化事業股份有限公司出版 : 遠足文化事業股份有限公司發行 , 2023.09
464 面 ; 14.8×21 公分
譯自 : 彼女は頭が悪いから
ISBN 978-626-314-485-9(平裝)

861.57　　112010647

誰叫她是笨女人

彼女は頭が悪いから

作者　姬野薰子 Himeno Kaoruko
譯者　郭台晏
社長　陳蕙慧
副社長　陳瀅如
總編輯　戴偉傑
責任編輯　涂東寧
行銷企畫　陳雅雯、趙鴻祐
封面設計　朱疋
內頁排版　宸遠彩藝工作室

出版　木馬文化事業股份有限公司
發行　遠足文化事業股份有限公司（讀書共和國出版集團）
地址　231 新北市新店區民權路 108 之 3 號 8 樓
電話　（02）2218-1417
傳真　（02）2218-0727
Email　service@bookrep.com.tw
郵撥帳號　19588272 木馬文化事業股份有限公司
客服專線　0800-221-029
法律顧問　華洋法律事務所　蘇文生律師
印刷　呈靖彩藝有限公司

初版一刷　2023 年 9 月
定價　480 元
I S B N　9786263144859

歡迎團體訂購，另有優惠，洽：業務部 (02)2218-1417 分機 1124